あの夏、風の街に消えた

香納諒一

角川文庫 14833

目次

Ⅰ部　夏のはじまり

Ⅱ部　暗い夜の底

III部　風の街

Ⅰ部　夏のはじまり

一　夏のはじまり

1

それはまだ二十世紀のことだった。新宿の高層ビル街と、毎日の平均利用者数が世界一を誇る新宿駅を間に置いてむき合う新宿御苑《ぎょえん》に、うっすらと朝靄《あさもや》の漂う夏の早朝、ひとつの巨大な影が佇《たたず》んでいるという噂を耳にしたのは。その巨人は、御苑のお池の辺りにのっそりと佇み、いっこうに立ち去る気配を見せないまま、高層ビルが淡いシルエットを描く明け方の空をじっと見つめていたという。

そんな話を聞かせてくれた時の玲玉《リンユイ》の、遠くを見やる瞳《ひとみ》が今でも忘れられない。彼女は角筈《つのはず》ホテルのポーチに置かれたベンチに僕と並んで坐《すわ》り、ビルの窓明かりに切り抜かれた夜空を見やりながら、ふと思い出したようにして巨人の話を告げたのだ。あの時彼女の目の中には、街明かりに浸食されて星も見えない夜空なんかじゃなく、巨人の姿こそがはっきりと見えていたのかもしれない。

スーさんは僕に、さんだらぼちと呼ばれる巨人の話をしてくれた。さんだらぼち、でいらぼう、だいだらぼうなど、呼び名は場所によってまちまちだが、日本の各地に、遠い昔から巨人伝説が伝わっている。民衆の自然に対する畏《おそ》れが、そんな伝説を生んだのではないか、或《ある》いは権力への抵抗の象徴ではないかなど、解釈もまた様々らしい。

いずれにしろ、悲しいかな、そんなものが実際に存在したわけがないことはわかっている。まして二十世紀の新宿だ。日本人にはわからない言葉がそこここで飛び交う街。こづかい銭程度の金で股《また》を開く少女たちや、ニクロム線みたいに切れやすい頭をした少年たちが、賑《にぎ》やかに遊び回る街。ネクタイ族も浮浪者もヤクザも露天商も娼婦《しょうふ》も同じ空気を吸い、家出少年たちや孤独な老人たちが目的もなく行き交い、リストラに遭ってこっそりと時間をやり過ごしている中年たちの横で、フリーターの若者がのんびりと空を眺めている。生活を一時間五百円のレジ打ちのパートに頼らなければならない主婦たちがバーゲンセールで服を漁《あさ》る一方、暇を持てあました奥さん族は同様の情熱をホスト漁りにかける。無数の商談が成立し、誰かが誰かを蹴落《けお》としたり、落とされたり。小さな幸福の灯がともるかと思えば、不幸の気配が立ちこめ、何が幸福で何が不幸なのかなど、やがては誰も問いかけなくなる街。

だが、案外そんな街だからこそ、さんだらぼちの伝説があっという間に拡がったのかもしれない。いや、実際にあの夏、噂の通り、新宿御苑には巨人が佇んでいたのかもしれない。玲玉と同じようにして、さんだらぼちを見た人間が無数にいたのではないのか。

色々なことが起こった夏だった。

まずはあの年の夏休みが始まった日へと、時間を戻すべきだろう。

夏休みが始まった朝、というか正確には昼過ぎ、失恋の痛手と猛烈な宿酔《ふつかよ》いを抱えた僕が鴨川《かもがわ》沿いのアパートで目覚めると、見知らぬ男が僕の顔を覗《のぞ》き込んでいた。

2

何か夢を見ていたのは確かだが、どんな夢だったのかはわからない。夢うつつの僕は無意識に頬を緩め、男に微笑みかけたようだ。それから何秒か後に正気に戻り、思わず小さく悲鳴を上げた。布団に起き上がろうとすると、頭痛が左右の顳顬《こめかみ》の間を駆け抜けて、さらに呻《うめ》き声が口をつきそうになった。

前夜の記憶はほとんどなかったが、最初と最後は憶《おぼ》えていた。語学が同じクラスの連中数人と学期末試験が終わったのを口実に、お馴染《なじ》みである百万遍《ひゃくまんべん》北の《しゃらく》で飲み出したのだ。その後何軒か梯子《はしご》したらしいが、気づくと四条大橋の袂《たもと》で吐き、タクシーに押し込まれていた。——いや、今現在思い出せないだけで、しばらくすればするすると蔓《つる》をたぐり寄せるようにすべてを思い出すはずだ。それで気分が晴れるのか、一層落ち込むのかは別として。

いずれにしろ、おそらく這《は》うようにして部屋に転がり戻り、そのままベッドに倒れ込んで意識を失ったのだろう。僕は頭痛に顔を顰《しか》めながら、やっとの思いで躰《からだ》を起こし、男のことを睨《にら》みつけた。

同じ歳ぐらいに思えたが、いくつか年上だと聞かされても、逆に年下だと聞かされたとしても、それなりに納得出来そうな感じの男だった。よく陽に焼けた顔に、白目も黒目もくっきりと目立っていた。目の光が強いのだと、少しして気がついた。ちょうど目にかかるかからないぐらいの長さの髪は、無造作に指で梳《す》いて六四ぐらいに分けられており、左右とも後方にむかって軽いウエイブを描いている。幾分睫毛《まつげ》が長いのは女性的に思えたが、何日も剃《そ》っていないように見える無精髭《ぶしょうひげ》が、男の印象をがらっと違ったものにしていた。黒い無地のTシャツにジーンズ姿。Tシャツの首のところに、レンズが卵形をした真っ黒いサングラスを引っかけていた。

「誰なんだ、あんた？　ここでいったい何をやってる？」

酸っぱい胃液が喉《のど》を焼き、声が幾分かすれてしまった。

「師井巌《もろいいわお》だな」

男は、つまらなそうに僕の名前を呼んだ。部屋を見渡し、

「これが大学生の部屋ってやつか。大したもんじゃねえな。昼過ぎまでごろごろしてるなんて、いい身分だぜ」

半ば独りごちるような口調でいった。どう応じればいいかわからない僕を前に、今度は部屋の隅に置いてある服の収納ボックスへと顎《あご》をしゃくった。

「おまえを迎えに来たんだ。服を着ろよ」

僕はランニングにトランクス姿だった。その時初めて気づいたが、あれだけ泥酔したにもかかわらず、トランクスの中身は凛々《りり》しく起きがけの状態になっていた。

男が視線を下ろしてニヤリとした。

「あんたは誰かと訊《き》いてるんだ。いきなり、どういうことなんだよ？　だいいち、どうやって人の部屋に入って来た？」

僕は声を荒らげた。それとともに、いよいよ口の中は胃液の酸っぱさでいっぱいになり、同時に吐き気がぶり返した。

「どうやってもこうやっても、鍵《かぎ》が開いてたぜ」

男は親指を立てて戸口を指した。

「説明は動き出してからしてやるから、とにかくこのクソ暑い部屋を出ようぜ。噂にゃ聞いてたが、京都の夏ってのは最悪だな」

そんなことをいいながら、思い出したように腰を上げて窓辺に歩き、カーテンとサッシの窓を順番に開けた。

喧《やかま》しい蟬の声と、煮詰めたような空気が流れ込んできて、男は躰を押されでもしたように妙な声を上げながら仰《の》け反《ぞ》り、慌てて窓を元通りに閉めた。

窓の外は、大人の背丈ぐらいの高さの土手のむこうを鴨川が流れている。とはいえ、川のせせらぎが僅《わず》かばかりの抵抗をしているだけで、夏の京都の昼日中に涼風は吹かないのだ。ビデオ・デッキの表示で時間を確認すると、十二時をもう回っていた。これからますます暑くなる。

男がきょろきょろした。「冷房をかけるぜ。リモコンはどこだ？」

僕はベッドの枕元に置いてある本箱からリモコンを抜き出し、エアコンディショナーのスイッチを入れた。

風の流れが起こるとともに、大きなくしゃみがひとつ出た。

同時にいよいよ胃が最後の一騒ぎを起こし、顔からすっと血の気が失《う》せた。

慌てて床に両足を降ろし、ベッドのスプリングの助けを借りて躰を持ち上げると、口を押さえた前屈《まえかが》みの姿勢でトイレに走った。

ドアを閉める余裕もなく、洋式便器を抱え込むように蹲《うずくま》り、胃の中の物を勢いよく戻した。胃液とアルコールの臭いが鼻をつき、背中の筋肉が強《こわ》ばって涙目になる。吐瀉《としゃぶつ》物にはほとんど消化されていない麵《めん》類が混じっており、仕上げに《天下一品》か《天天有》に寄ったのだろうかと考えてみたがわからなかった。ともに京都の学生に人気で、飲み会の後にはよく立ち寄ることにしているラーメン屋だ。

猛烈な自己嫌悪が押し寄せて来たが、僕はなんとか身をかわした。鏡子《きょうこ》ともう一度会ってきちんと話しさえすれば、またすべてが元通りにうまくいく。ただほんの少しすれ違っているだけなのだ。そうだろ、と自分にいい聞かせた。

何度かの吐き気の波がやっと治まるのを待ち、躰を起こして台所に歩いた。水道の水を盛大に出して口を漱《すす》ぐ。水の冷たさが心地よく、顔も洗った。

乾いたタオルで顔を拭《ぬ》いながらチラッと後ろを窺《うかが》うと、こちらに背中をむけた男は冷房の吹き出し口の真下に陣取り、Tシャツの首の周りを引っ張っては冷えた空気を入れていた。

尿意を覚え、トイレに戻って用を足してから、僕は冷蔵庫を開けて麦茶の二リットルボトルを取り出した。

「俺にもくれよな」

エアコンの吹き出し口に陣取ったまま、横着に顔だけこっちにむけていう。

僕は睨み返したものの、グラスをふたつ食器棚から出して麦茶を注いだ。両手にグラスを持って部屋に戻ると、男はそれを受け取るなり一息に飲み干してしまった。

「ああ、美味《うま》い」

浮かべた笑顔は邪気がなく、肩すかしを喰《く》らった気分がした。

「さあてと、それじゃあそれを飲んじまったら、とっとと服を着替えろよな。あんたの親父に頼まれて、俺はあんたを連れに来たんだ」

幾分恩着せがましいい方に思えた。

「親父に頼まれて、だって……?」

自分の実の父親に対して、新たな疑惑と不信感と反発を芽生えさせながら、改めてまじまじと男を見つめ直した。

「ああ、そうさ。わかったら、さっさと服を着替えろ」

「待ってくれよ。いったい親父に何を頼まれて、俺をどこに連れて行こうっていうんだ?」

「だから、そういうことは、移動の途中で話してやるといってるじゃねえか。あまり時間がないかもしれねえんだ」

「時間がないって——？」

「だから、そんなことを説明してる時間はねえんだよ。大学生だろ、それぐらい理解しろよな」

「いきなり人の部屋に入って来て、訳のわからないことをいうなよ」

父の関係だと聞いては引き下がれなかった。きちんと話を聞いて理解したつもりになったとしても、不愉快な出来事に出くわしたり、予期せぬ災難が降りかかってくる。息子にとって、師井健輔《けんすけ》という男はそんな父親なのだ。

「だいいち、あんたが父の知り合いだっていう証拠はどこにあるんだ？」

「おいおい、なんでそんな物が必要なんだ。なあ、おまえ、勘違いしてねえか。俺は好意で、おまえたち親子のために一肌脱いでやろうとしてるんだぞ。それを、そういういい方をされるとは面白くねえな」

僕と男は睨み合った。結局、目を逸《そ》らしたのは僕だった。

たばこを探すと、昨夜ベッドの足下に脱ぎ捨てたシャツの胸ポケットで、空のパックが潰《つぶ》れた蛙みたいになっていた。

男が無言でたばこのパックを差し出してくれた。マルボロだった。

「——父がまた何かしでかしたのか？」

煙を吐きながら、僕は訊いた。だとすると、目の前のこの男は、父がいかがわしい商売でこき使っているチンピラの一人なのか。

僕の口調には、自分で意識するよりもずっと不安そうな感じが滲《にじ》んでしまっていたのかもしれない。いくら反発を感じたとしても、父はあくまでも父なのだ。そのことが一層反発を煽《あお》るという、悪循環だ。

「またかどうか、俺は知らんがな。やばいことになってるのは確かみたいだぜ。それで、こっそりとおまえに会いたがってるってわけさ」

「会社が潰れたのか？」

「なんでそう思うんだ――？」

相手の反応から、自分の予想が間違っていないらしいと知った。胃液とは微妙に違う酸っぱい匂いが、つんと鼻を突き上げる。胸の奥を、小さな礫《つぶて》があちこちぶつかり始めていた。

「いつかはそんなことになると思ってたからな」

口では、しかし、そんなシラッとした応対をした。こういう癖が直れば、父との仲だって、もう少し違ったものになっていたのかもしれない。

男が軽く目をすがめ、僕の顔を透かし見た。

「御名答だぜ。確かにあんたの親父は会社を潰し、ヤバい連中に追われて身を隠してるそうだ。さあ、それがわかりゃ充分だろ。服を着て支度を調えろよ。脅かすわけじゃないがな、妙な連中が乗り込んで来ないとも限らないんだぜ」

「まさか……」

「冗談じゃねえんだ。おまえは唯一の身内だろ。親父が姿を消した今、連中にとっちゃ、おまえがおまえの親父に繋《つな》がる大事な手がかりってことになる。ここの場所を割り出せば、必ず誰か人をむかわせるはずさ」

僕はまだ半信半疑のまま、宿酔《ふつかよ》いの頭をすっきりさせようと必死だった。連中とは、いったい誰なのだ？　具体的にいったいどんな理由で、父の行方を捜しているのだろう？

「なんだよ、青い顔をして。また気分が悪くなったのか。そろそろ服を着ちゃあくれねえかな。俺はもう一杯麦茶を貰《もら》うぜ」

男は冷蔵庫に歩き、扉を勝手に開けた。

僕は収納ボックスから新しい下着とTシャツを出した。

浴室に移動して裸になり、新しい下着を身につけてTシャツを着た。下着が新しい分、すっかり汗ばんだ皮膚が意識され、今すぐシャワーを浴びたくなった。ジーンズに足を通して部屋に戻り、サイフを尻《しり》のポケットに捻《ね》じ込んだ。

「旅行鞄《かばん》かデイパックがあるだろ。それに必要最小限のものだけ入れろよ」

男はベッドに坐《すわ》って足を組み、すぱすぱとたばこを喫《す》いながら命じた。本棚からコミックを抜き出すと、品定めをするようにめくり出す。

思い出したように僕を見やり、白い歯を覗《のぞ》かせて微笑んだ。

「俺は袴田風太《はかまだふうた》。あんた、来年二十歳だろ。それなら、同じ歳さ。宜《よろ》しくな」

僕は目を伏せ、形ばかりの挨拶《あいさつ》を返した。人なつこい笑みに戸惑っていた。

こんなふうにして、僕は風太と出逢《であ》った。あの夏、僕を新宿という不思議の街に連れて行ったやつだ。延《ひ》いては僕に新しい一歩を踏み出させた男ということになる。もうひとつつけ加えるならば、現在に至るまでの僕の人生の中で、最良の友人となった男だ。

あの頃の僕はといえば、京都という文化と伝統の街の片隅で、浅く微睡《まどろ》むような毎日を生き、どこにも新たな一歩を踏み出せずにいた。改めていうまでもなかろうが、十九歳の誰もが明るい希望に満ち溢《あふ》れているわけじゃないのだ。

3

身の回りの物を詰めたデイパックを背負い、僕は風太と一緒に階段を下りた。そして、狭いエントランスに女が一人、溶けかかったチョコレートみたいにぐでっとしゃがみ込んでいるのを見つけた。

女は風太を見ると嬉《うれ》しそうに腰を上げたものの、それだけで力尽きたかのように肩を落とし、「暑いったらないよ。干物になっちゃうよ」と地団駄《じだんだ》を踏んで見せた。

「ねえ、フウちゃん。何か冷たい物を飲ませてよ」

風太にしなだれかかったものだから、見ているこっちまで暑苦しさが増した。

顔の造形が、目も鼻も口も揃って大きな人だった。アイシャドウも口紅も強い色を好むタチらしく、けばけばしいだけの花を見ているような気分にさせられた。僕よりもかなり年上に見えた。三十歳はとうに超えている。ノースリーブの水色のワンピースを着て、麦《むぎ》藁《わら》で編んだ鍔《つば》広《びろ》の帽子をかぶっており、帽子にはピンク色のリボンがついていた。僕はファッションにはてんで無頓着《むとんちゃく》だったが、何年か前の女性誌——それも目の前にいる彼女よりは、一回りぐらい年下の読者が読む女性誌——の広告から飛び出してきたような恰好《かっこう》に思われた。夏蜜柑《なつみかん》ぐらいはありそうな大きさの胸が、布地の下からワンピースを押し上げている。本当は小柄な部類に入るのに、少し離れて見ると実際よりもかなり大柄に感じさせた。

女が僕を見つめ返した。近眼らしく、僕の視線を捉《とら》えてから焦点を調節するような目つきをした。

「お、あんたが悪徳社長の息子か」

突然吐きつけ、一人であはははと大口を開けて笑った。綺麗《きれい》な歯並びが見えた。

「天野貴美子《あまのきみこ》さんだ」

言葉を失っている僕に、風太が彼女を紹介した。ちょっときまりの悪そうな顔をしていた。

「あら、やだ、フウちゃん。私とあんたの仲でさ、そんな紹介ってないでしょ」

彼女は風太を押すような素振りをして、再び白い歯を覗かせてから、

「キミちゃんでいいからね」

と、今度は幾分作り物めいた笑みを浮かべて寄越した。

ただし微妙に視線をずらし、僕と目を合わせようとはしなかった。それは、僕がまたいつもの癖を発揮して、相手の目をまともに見つめてしまっていたためかもしれない。僕は時折誰彼構わずにそうしてしまうことがあった。

「ま、とにかく東京までの道連れさ。仲良くやろうぜ」

風太がいい、女の足下にあった自分のデイパックと手提げケースを持ち上げた。黒くて細長いケースだった。

貴美子さんは風太にまた冷たい物をせがみ出し、それは先に立ってエントランスを出た風太が道ばたで出くわした自動販売機でジュースを買ってやるまでつづいた。古都の景観を台無しにしている販売機が役立ったことになる。

「そのケースは、何なんだ？」

僕は並んで歩く風太の手元を指した。楽器ケースだろうとは見当がついた。

「この人の商売道具。ラッパのケースよ」

「サクスフォンだ」

「昨日はこの人、アイビースクエアのビア・ガーデンで吹いてたのよ。恰好よかったんだから」

「アイビースクエアって、倉敷《くらしき》のですか？」

「そうそう」

貴美子さんは頷《うなず》き、風太の肘《ひじ》を指先でつついた。

「あんまり恰好よかったんで、演奏が終わったあと、生ビールをどうって誘ったのよ。私が奢《おご》るからってさ。そしたら、すっかり意気投合しちゃって。ねえ」

風太は僕のことも貴美子さんのことも見ようとはしないまま、鼻の頭を掻《か》いていた。

僕はこの二人が昨夜会ったばかりだということを知り、さらには風太がさっき恩着せがましく振る舞ったにもかかわらず、実際は何も父に頼まれてわざわざ東京から僕を連れに来たわけではなく、瀬戸内《せとうち》での演奏の帰りに立ち寄ったにすぎないらしいことも察した。

僕たち三人は市営バスを待って乗った。道すがら、風太と貴美子さんとは、実にどうでもいいような話を延々とつづけていた。

いつしか二人の会話を耳から追い出し、僕は自分だけの物思いの中へと沈んでいった。僕とのつきあいを拒んで去ってしまった鏡子のことが何度か頭に浮かんだが、やがてそれもまた追い出すことに成功した。今日これから会いに行き、二人きりでじっくりと互いの気持ちを話し合うのだと、昨夜、仲間たちと酒を飲みつづけながら思い描いていた計画ともつかない計画が、これでおじゃんになった。だが、それでよかったのだ。この気持ちが翻り、鏡子と会いたくて仕方なくなる前に、新幹線で出来るだけ遠くまで離れてしまえばいい。

父のことを考え始めた。そうするとまたいつものように、僕が中学二年生の時に亡くなった祖父のことが頭を占めた。

僕は静岡県の清水市《しみず》で生まれて育った。祖父は清水港を仕切る沖仲仕組合の組合長を長いこと務め、引退してからも墓に入る直前まで、相談役として睨《にら》みを利かせつづけていた。親会社のお偉方は勿論《もちろん》、警察や暴力団でさえ収めきれないようなもめ事も、師井玄蔵《げんぞう》が一声発すれば落ち着くべきところに落ち着く。港に出入りする人間たちはみな、一様にそういい合い、祖父のことを尊敬していた。晩年には港湾組合や土木連盟の相談役なども引き受ける一方、武道やスポーツを少年少女に振興するいくつかの会の名誉会長なども務め、県知事や国会議員たちと席を並べることもあった。野球に夢中になる以前の僕は、祖父の影響でずっと剣道をやっていた。今でも歩く姿勢がいいのは、野球ではなく剣道の影響だ。少年剣道大会の時、幹事席につく祖父の前で相手を打ち負かすことが、どれほど誇らしかったことだろう。

早くに母親を亡くした僕は、ほとんど祖父母によって育てられた。父は東京、名古屋、大阪など、大都市を駆けずり回ることに忙しく、そういったところに滞在用のマンションなども借りたり持ったりしていたので、ほとんど家には帰らなかった。もっとはっきりいってしまえば、父がそんな生活をつづける背景には、父と祖父の間の感情的な対立も働いていたのだと思う。祖父は父の生き方を、父は祖父の生き方を、最後まで決して認めようとはしなかった。

小学校の五年生の時に祖母が亡くなり、それから三年後の中学二年生の時に祖父が亡くなってからも、父の留守がちな生活は変わらず、僕の食事の世話や家の掃除などは、祖母が亡くなったあと祖父が雇っていたお手伝いさんにそのまま任せっきりだった。時枝《ときえ》という名のお手伝いさんはちょうど僕ぐらいの歳の息子の他に、三つ上の長男と二つ下の長女がいる中年女性で、祖父たちも僕もトキさんと呼んでいた。祖父が気に入るだけあって、はっきりとした性格の人だった。祖父が亡くなったあと、僕が京都の大学に入って静岡を離れるまでの五年ほどの間、僕の身の回りの世話をしてくれたのは彼女だった。トキさんは僕にとってはまったくの他人だったが、それでも父と比べれば、僕と過ごした時間はずっと長いといえた。僕が大学に合格し、静岡を出て京都にむかう時には、わざわざ新幹線の駅まで見送りに来て、うっすらと瞳を濡《ぬ》らしながら、途中で食べろと手製の弁当を渡してくれたりもした。

大学生になってからの僕は、もう父の世話になるのが嫌で、アルバイトと奨学金で生活費をまかなっていた。学費は、祖父が僕の名義で残してくれた預金を充てた。

夏休みの間もまた、父の元に帰るつもりはなく、アルバイトをしながら京都で過ごすつもりでいたのだ。僕が京都に来てからは、清水の家はもぬけの殻の状態だった。父は父で相変わらず大都市を飛び回っており、トキさんに頼んで月に何度か空気を入れ換え、掃除をして貰っているだけだった。父の傍に、僕の帰る場所があるとは思えなかった。

祖父みたいに凛々《りり》しく生きたい。ったこの時でも、昔と少しも変わらず僕の胸に生きていた。それは同時に、父のような男にはなりたくないという心の裏返しでもあった。どうしてあんな厳格で真っ直ぐな祖父に、あんなにうわっついていい加減で、それこそいつ手が後ろに回ってもおかしくないような息子が出来たのか。それは僕にとっては、大いなる謎のひとつだった。普通の不動産屋なら二の足を踏むような土地やマンションの仲介、販売、ゴルフ場会員権の販売やリゾート開発……、父は僕が知るだけでも到底まともとは見えないようなビジネスを、手を替え品を替え始めては、誰かを泣かせたり恨まれたりした挙げ句に金だけ手にし、するりと身をかわして生きてきたのだ。ヤクザかといえばヤクザではない。だが、まっとうなビジネスマンかといえばとんでもない。そんな蝙蝠《こうもり》のような人だった。綱渡りの名人は、落ちそうに見せて決して足を踏み外さないものだ。法律というのは、頭の悪い人間を取り締まるのであって、軽業師のごとく網の目をくぐっていく俺たちには関係ない。なにしろ、ここの出来が違うからなといって、白髪が目立ち始めた頭を指さしほくそ笑んでいた父。

しかし、それが今度ばかりは落ちたのだ。

具体的にどこで足をすくわれ落ちたのか、考えられる可能性はありすぎる気がして、僕には見当がつかなかった。

京都駅で新幹線を待つ間に、風太に小声で尋ねてみたが、風太もまたそこまで詳しい話は知らされていないらしく、新宿で親父と会ったら直接訊《き》け、とすげなくいわれてしまった。結局のところ、こいつはただの使いっ走りにすぎなかったのだ。

小中高が夏休みに入る前であり、お盆のラッシュもまだ先なので、昼間の新幹線は比較的空《す》いていた。風太と貴美子さんは駅弁をつまみに昼間からビールを飲み出した。僕もつきあうように誘われたが、まだ宿酔《ふつかよ》いが抜けきっておらず、青い顔をして坐《すわ》っていた。

それに、まるで大気圏外に出ようとするロケットが重力に囚《とら》われるかのように、大変な後悔が始まっていたのだ。きっとあの父のことだから、心配して新宿へ駆けつけたところで、しゃあしゃあと涼しい顔をしているだけではなかろうか。今の僕に必要なのは、こんな訳のわからない話に乗って父の元へ駆けつけることなどではなく、鏡子ともう一度話してみることではなかったのか。

だが、新幹線は容赦のないスピードで僕を東へ東へと運んだ。

新幹線の自由席で飲んで騒ぐ風太と貴美子さんの二人は、歳の離れた姉弟《きょうだい》、あるいは歳の近い母子のようだった。彼女はいったい何をしに東京へ行くのだろう。僕はふとそんなことを思ったが、問いかける機会はなかった。

そして、いつしか眠りに引き込まれてしまっていた。あれこれ頭を悩ますよりも、疲労と宿酔いの苦しみが勝ったのだ。

揺り動かされて目覚めると、いつしか新幹線は品川を過ぎて、スピードを落とし始めていた。

「よく眠るやつだな」

風太が呆《あき》れ顔でいった。

貴美子さんとは、東京駅であっさりと別れた。結局、京都で出逢《であ》ってから東京までの間、僕は彼女とはほとんど話をしなかった。何も出逢い頭に「悪徳社長の息子か」といわれたから腹を立てたわけではなく、何を話せばいいのかわからなかったのだ。十九歳の僕にとって、年上の女性というのは、なんだか遠い存在に思えてならなかった。

4

日暮れ前の中央線はそこそこに空いていたが、新宿駅は論外だった。清水で育ち、京都で学生生活を送る僕は、早くも人の多さにうんざりしてしまった。ラッシュ・アワーには間違っても遭遇したくなかった。

大学を受けた時も、東京は選択肢から綺麗《きれい》に外れていた。不動産をいじくり回している父を見ているうちに、大都会で学生生活を送るなどまっぴらに思えたのだ。開発と投機によって次々と街の景色が変えられ、大切な物が順番に失われていく。それが僕が中学高校を通して伝え聞いていた東京の姿だった。政治家や銀行や暴力団や、父も含めた地上げ屋めいた不動産屋たちがそれに荷担するのは勝手だが、自分は決してそんな場所で暮らしたくなかった。

西口改札を出て、高層ビル街へとつづく地下通路を歩いていると、排気ガスの混じった熱風が屯《たむろ》し、下水道を漂う木の葉にでもなったような気分だった。だが、そんなふうにうんざりしているのは僕一人だけなのか、僕と同じ方向に歩いて行く人も、僕たちのほうにむかって来る人も、無表情に、足早に、そそくさと、この不快極まりない通路を進んでいた。

両側には段ボールハウスが所狭しと並び、定職も住居も持たない人たちがささやかな生活を送っていたが、通路を歩く人たちは誰も彼らを見ようとはせず、彼らもまた歩く人たちを見てはいなかった。二枚の違う絵を切り抜いて貼り合わせたみたいで、すぐ隣はまったく無縁な世界らしい。

通路を出た。ビルの隙間の空を、輪郭も色合いもくっきりとした雲がいくつも追い立てられるように奔《はし》っていた。水蒸気で膨れ上がり、今にもそれを雨滴に変えて吐き出したがっていそうな雲だった。

夏の夕方の強い陽射しが、低い角度から空一杯に拡がり、雲の切れ間には対照的な青空が覗《のぞ》いていた。だが、雨の気配が飽和近くになるにつれ、景色も、景色の中を歩く僕たちも、張りつめた空気に包まれた。もう一分、あるいはその次の一分が経過するうちには、爪先に雨が落ちて来て、街の景色を一変させる予感――。

僕は段々と妙な気分になった。以前にこの道を、こんなふうにして歩いたことがあるような気がしてならなかった。雨の降る間際の、空気中のイオンが皮膚にピリピリと騒ぎ出す感覚。それもあの日と一緒ではないか……。

三井ビルの前の広場を右手に見ながら進んだ。新しい都庁の建物は、この年にはまだ建築中で、あの独特の偉観はなかった。議事堂通りの下をくぐった辺りから、公園通りのむこうに拡がる新宿中央公園の緑が見渡せた。刻一刻と強さを増す風に騒ぐ木々が、水から上がったばかりの犬のように、盛大に躰《からだ》を震わせていた。

この先にあるホテルセンチュリーハイアットのロビーで、父と待ち合わせることになっている。風太からそう聞かされていた。

風太はホテルに着くと、僕をロビーの一角に待たせて電話ブースに入った。携帯電話がものすごい勢いで普及して、中学生や小学生に至るまで専用の携帯を持つようになるのはまだ数年先の話だ。

「すぐ来るそうだぜ」

やりとりは簡単に済んだらしく、ほとんど待たせずに戻って来た風太はいい、僕を同じフロアの喫茶スペースへといざなった。

中央公園が見渡せる窓辺の席のひとつに陣取って、コーヒーをふたつ注文し、僕らはたばこを喫《す》いながら時間を潰《つぶ》した。

そうしているうちに、僕はまた記憶の断片をひとつたぐり寄せた。以前に一度だけ、新宿に来た時の記憶。幼稚園の頃だったはずだ。父に連れられ、手を引かれ、どこかのホテルのレストランに入り、高そうな料理を食べたことがある。

さっき感じた、以前にこの道を、こんなふうにして歩いたことがあるような気分は、もしかしたらあの記憶と繫《つな》がるのだろうか。そうすると、あの日、父に連れられて入ったホテルとは、このセンチュリーハイアットだったのか。残念ながら、どんなシチュエイションだったのかも、どこのホテルだったのかもまったく思い出せなかった。

だが、まだ父がイカサマ商売で大金をつかむようになる以前のことだったのだろう、息子と二人、精一杯に見栄《みえ》と虚勢を張っていても、父はそのレストランでどことなく落ち着かなげだった。それはよく憶《おぼ》えている。皿をカチャカチャいわせるなと、小声で息子を窘《たしな》めながら、自らも弾《はじ》けばカチンと音を立てそうなほどに硬くなっていた父。その後、ホテルのレストランを出たあと、親子二人で小さな居酒屋に寄った。父も僕もそれでどこかほっとして、父はビールを飲み出し、息子は父親が頼んだつまみを一緒にパクついた。

そう、あの時のような父のままだったら、ずっと父のことを好きでいられたのではないのか。今にも雨が落ちて来そうな窓外の景色を眺めながらたばこをふかしつつ、僕はそんなふうに思ってみた。

それとも、居酒屋で仲良く寄り添っていた親子など、ただの僕の空想にすぎず、実際はどこにもいたためしなどなかったのだろうか。

風太がたばこをもみ消した。僕は風太の視線を追い、エントランスからロビーを横切って喫茶スペースへと近づいて来る男を見つけた。

三十過ぎぐらいの男だった。風太と同様によく陽に焼け、髪は短く刈り込んでいた。ワイシャツにネクタイ姿。上着は脱いで肩に掛けている。上背がかなりあり、汗でワイシャツが張りついた肩は、パットでも入れたみたいに盛り上がっていた。右手に筒状に丸めたスポーツ新聞を持っており、喫茶スペースの入り口で、風太にむかい、「よっ」という感じでそのスポーツ新聞を掲げて見せた。

男は一人で、父と一緒ではなかった。

窓辺の席に近づいて来た男は、風太の隣に腰を下ろし、

「なんだか妙な空模様だな」

深刻な話でもするかのような顔つきで告げた。それから、手間をかけて悪かったな、といったのは、倉敷からの帰りに京都に寄り、こうして僕を連れて来たことに対する礼だったようだ。

僕はいったい父がどこから現れるのだろうと、ロビー、エントランス、あるいはエレヴェーターの昇降口などに視線を何度も巡らせていた。

男はそんな僕を見て、「嶌《しま》だ。宜《よろ》しくな」と、大して感情の籠《こ》もらない声でいった。

「みんな嶌久《しまきゅう》さんと呼んでる。俺の兄貴分みたいな人さ」

言問いたげな顔をする僕に、風太が横合いからいった。

「で、おまえの親父のことなんだがな、ここには来られなくなった」

嶌久さんがいった。

「——来られないって、なぜです……?」

僕は咎《とが》めるような目で相手を見つめ返した。声が険しくなっていることが、自分の耳にも聞き取れた。

「なぜだか、俺も詳しい理由まではわからん。だが、おそらく今下手に動き回ると、あとを追ってる連中の網に掛かりかねないと判断したんだろうさ。心配はいらんよ。簡単に捕まるような野郎じゃない」

嶌久さんはあっさりといってのけたが、疑念は膨らむばかりだった。

父が待っているというから、こうしてここまで付いてきたのに、新宿に着いた早々、来られなくなった、父のことなら心配はいらないなんて、この男はなぜ軽々と断言出来るのだろう。だいたい父が新宿で僕を待っているというのは、本当だったのだろうか。この二人は僕を騙《だま》して新宿に呼びつけ、僕をどうにかするつもりではないのか。――そういった考えが次々に湧き出して、頭の中はカードをぶちまけたみたいに取り散らかってしまった。

いや、素直に認めるべきだろう。父が来ないと聞いた瞬間から、急激に不安感が拡がって、すっかり浮き足だってしまっていたのだ。父を毛嫌いしながらも、新宿で父と会い、父の口からじかに事情を聞きさえすれば、きっとすべてが落ち着くべきところに落ち着くはずだと、そんなふうに考えている自分がいたらしい。

嶌久さんは上着を取り上げて内ポケットを探り、携帯電話を抜き出した。

「ま、もう少ししたら、この携帯に電話が来るはずさ。訊《き》きたいことがあるなら、おまえから直接、親父に訊くんだな」

まるで僕の心を見透かしたようにいい、携帯電話をテーブルに立てて置くと、指を鳴らしてウエイトレスを呼んだ。

チラッと腕時計を覗き見てから、僕たちが飲んでいるコーヒーに視線を移し、思い悩ましそうな表情を浮かべた。

「暑いし、ビールにするかい」

風太が察したらしくいうと、

「よせやい、俺はまだ勤務中だぜ」

と、一応厳《いか》めしい表情をしたが、結局はウエイトレスにビールを三つ注文した。やって来たビールを、嶌久さんと風太の二人は実に美味《うま》そうに飲んだ。それに釣られ、僕も喉《のど》を鳴らしてしまった。宿酔《ふつかよ》い明け、しかも暑かった一日の夕暮れ時だ。胃で吸収されたアルコールが躰の細胞のひとつひとつにまで染み透っていくのが手に取るようにわかった。

だが、酔ってしまいたくはなかった。父から電話が来たら、どんな話をするべきか、何をどんな順番で聞き出し、少なくとも何は僕のほうからちゃんといっておかなければならないのか、まとまらない頭をなんとか整頓《せいとん》しようと努めながら、僕はテーブルの携帯電話を見つめつづけた。

二　角筈《つのはず》ホテル

1

受話器を通して聞こえた声は、確かに父のものだったが、どことなく知らない人間のようでもあって妙だった。

こうして父と話すのは、およそ半年ぶりだった。大学に入学して清水を出てから、電話で話すことすらなかったのだ。僕は一人で大学の入学手続きを済ませて下宿を決め、一人で引っ越しの準備をした。いざ引っ越す前の晩も、父は仕事で飛び回っており、家に帰っては来なかった。

「あまり時間がないんでな。用件だけいうぞ」

父は幾分不機嫌そうな口調で、口早に告げた。

「おまえのことは、嶌久のやつに頼んである。ああ見えても信用出来る男だから、心配するな。寝泊まりする場所も、嶌久が確保してくれてる。だから、おまえはしばらく新宿で隠れてろ。なあに、そんなに長いことにはならないはずだ」

「ちょっと待ってよ」

と、僕は父をとめた。事情を何ひとつ説明しようともせず、ただ指示を与えるだけの父に、猛烈な腹立ちを覚えていた。隠れていろなどといわれて、僕の京都での暮らしはどうなるのだ。アルバイトだってあるし、大学の仲間たちとの約束だってある。それに、鏡子と会って二人のことを話さなければならないというのに……。

「一人でどんどん話を進めないでよ。いったい、何がどうなっているのか、説明してくれたっていいだろ」

「そんなことを聞いても、仕方があるまい。かえって、おまえに余計な火の粉が及ぶ危険が増すだけだ」

「父さんは、いったいどこにいるのさ」

「訊《き》いてどうするつもりだ」

「どうするって、居所がわからなけりゃ、心配じゃないか。それに――」

「それに、何だ？」

「俺にだって、何か助けてやれることがあるかもしれないだろ」

「おまえに出来ることなど何もない」

父は僕の言葉を遮るようにいった。断固とした口調だった。

いつでもこうだった。僕が何か話し合おうとしても、父はいつでも僕を子供扱いし、自分の意見を押しつけてくるだけだ。父の中ではもうすべての整理がついており、あとはそのどこかに僕の居場所を当てはめる。だが、そんなふうにして他人から与えられた場所など、息苦しくてならないだけだということには決して思い至れはしない。

僕が黙り込んでしまったものだから、父はまた一方的にまくし立てようとしたのかもしれないが、何かがそうすることを思いとどまらせたようだ。しばらくの間、電話を通して、父の息遣いだけが聞こえていた。

「俺の居所は知らずにいたほうがいいんだ。そのほうが、おまえに及ぶ危険が少なくて済むだろ」

微《かす》かな間を置き、かさつく低い笑いを漏らした。

「それに、いつまでも一所に隠れてるわけじゃない。今どこにいるかを教えても意味がないさ」

「父さん――」

「すべて済んだら連絡をする。だから、俺からの連絡を待ってろ。いいな、わかったな」

「父さん」と、僕は再び呼びかけた。「こっちからも連絡が取れるようにしておいてくれよ」

「それは得策ではないといっただろ」

「本当に俺には何かしてあげられることはないのか？」

父はさっきと同じ、おまえに出来ることなど何もないという言葉を繰り返したが、さっきとは微妙に口調が違っていた。

「なあに、心配はいらん。俺には今、いくつか片をつけなきゃならないことがあるだけだ。

のか」

だが、それにきちんと片をつけさえすりゃあ、巻き返せる。前に俺がいったことを忘れた

「——軽業師は落ちそうに見せて、落ちないだろ」

僕がいうと、父は再び低い笑いを漏らした。

「その通りだ。わかったら、嶌久と電話を代わってくれ」

「何に片をつけるのさ？」

「おまえには関わりのないことだ」

「そんないい方はないだろ」

「厳」と、父は僕の名前を呼んだ。「今は子供につきあっている時間はないんだ。いいから、嶌久と電話を代われ」

カチンとこなかったわけがない。そうなのだ。父はいつでも僕を子供扱いするだけだ。

僕は唇を引き結び、父の言葉に何とも応じぬままで、携帯電話をむかいの椅子に坐《すわ》る嶌久さんに差し出した。

どうでもいいという顔を繕って、グラスのビールを口に傾けた。

嶌久さんと父のやりとりは簡単に終わった。嶌久さんは、電話にむかい、任せておけ、ああ、わかってる、といった短い言葉を連ねるばかりだった。

もう一度電話を代わって欲しい、といい出したい気持ちを抑え込み、僕はビールを飲みつづけた。

嵩久さんが通話を終え、携帯電話をポケットに仕舞うとともに、急にこの街に一人きりで投げ出されてしまったという不安に包まれた。

「ま、そういうわけだ」

僕を見やり、ニヤッと唇を歪《ゆが》めて、嵩久さんはいった。

「こうして俺が身柄を預かったんだから、おまえは大船に乗ったつもりでいろよ」

何と答えたものやらわからなかった。よろしくお願いしますとでもいうべきなのかもしれないが、勝手に進められた話の中で、自分がまるで荷物のように右から左に渡された気もして、素直な気持ちにはなれなかった。

「さてと、それじゃあ俺は仕事があるんでな。すぐに戻らなけりゃならねえんだ。塒《ねぐら》にゃあ、風太が案内してくれる。わからねえことがあったら、この野郎から聞けよ」

嵩久さんはつまらなそうにいい放ち、レシートを摘《つま》んで立ち上がった。

いったい嵩久さんというのは何をしている人なのか。風太に質問をぶつけても、にやにやとしてじきにわかるさというばかりで、何も答えようとはしなかった。

僕と風太はホテルを出て、公園通りに架かる歩道橋を渡った。目的地は歩いて行ける距離で、新宿中央公園を横切れば十分とかからないとの話だった。時刻はそろそろ六時半になろうとしていた。公園樹から喧《やかま》しい蝉の声がして、そこいら中の空気を震わせていた。ミンミン蝉の洪水の中に、法師蝉の声が混じっている。雲の隙間から夏の光が射していたが、雲はいよいよ折り重なってひとつの巨大な島になりつつあった。

噴水の広場に差し掛かった時だった。蟬の声が途切れ、一瞬辺りが静かになったと思ったら、拳《こぶし》ほどもありそうに思える雨滴が頰に当たった。その数がすぐ多くなり、あっという間に雲の底を抜いたような土砂《どしゃ》降りになった。

公園の木陰に逃げた僕たちは、なるべく枝の密集したところを選び、しばらく雨をやり過ごすことにした。髪や肩についた雨滴を払いながら見やると、コンクリートにもう水たまりが出来ていて、水面に生まれた無数の同心円が重なり合い打ち消し合っていた。雨に搔《か》き立てられた草と土の匂いが辺りを色濃く覆ったのち、それも風に押し流されて雨の匂いだけが残る。雨の礫《つぶて》が枝葉を打ち、大きな音を立てていた。風の勢いが勝ると、雨は横殴りに変わってジーンズの足先を濡《ぬ》らした。辺りは一瞬のうちに薄暗くなっており、無数の長い黒髪が空から地面へと伸びているように見えた。夕立ちだ。吹きつける風に鳥肌が立った。雨のむこうにビルが遠のき、だだっ広い公園にいるというのに、自分の息が行き場をなくして鼻先で屯《たむろ》しているような閉塞《へいそく》感に包まれた。

「角筈《つのはず》ホテルっていうのさ」

並んで雨を見ていた風太がいった。

「あんたは、これからしばらくそこに泊まることになる。こづかいが必要なら、俺がバイト先を見つけてやるから安心しろ。宿泊代の件は、嵩久さんとあんたの親父とでもう話し合ってるから、考えなくていいそうだ。ただし、銀行のカードは決して使うなって話だ。

わかったな」

「ああ、わかった――」と僕は応じた。

風太の口調には、微妙な気遣いが感じられた。それは父との電話を終えてからの僕が、いかにも不安げに見えてしまったためだろうかと思うと、逆に心穏やかではなかった。

「俺のアパートも、ここからすぐなんだ」

風太は喋《しゃべ》りつづけた。

「あんたはこの辺の生まれなのか?」

僕は訊いた。

「そうさ、といいたいところだがな、俺は茨城の日立《ひ》市《たち》さ。行ったことはあるか?」

「いや」

「新宿に来てそろそろ三年になるよ」

僕と同じ歳なのだから、引き算をすれば、十六の時に出て来たことになる。高校はどうしたのだろう。

「ミュージシャンになるためか?」

「決まってるだろ」

僕はなんとなく意地悪な気持ちになった。夢なんてものを信じ、そのために毎日を賭《か》けるみたいな態度を取る人間が、この年の夏が始まった時にはまだ僕は嫌いでならなかったのだ。

風太は自分の夢の話を始めた。

僕は適当に相槌《あいづち》を打ちながら雨を眺めていた。

2

雨が上がって月が出た。夕立ちが空と街を洗い流し、排気ガスを大気から追い払ったためか、月は輪郭も模様もくっきりしていた。

虫がそこここの叢《くさむら》や茂みですだき出す中を、僕と風太は歩いた。中央公園を横切り、十《じゅう》二《に》社《そう》通りを渡った。

乾物屋と自転車屋の間の細い路地に入るとともに、辺りの様子は一変した。木造の二階屋や平屋が軒を連ね、繁華街やビジネス街の雰囲気を遠くへ押しやってしまったのだ。

下見板塀の家々の玄関脇に、押し売りお断りや猛犬注意といった札、それに熊野《くまの》神社の氏子票なども貼ってあった。葦簀《よしず》や簾《すだれ》のむこうから、テレビの音や子供の声とともに、母親がまな板を使う音が聞こえており、蚊取り線香の匂いがしていた。

コンクリートの電柱に混じって、木製の電柱がまだ生き残っており、場所によってはふたつが寄り添うように立っていたりした。電柱や板塀にはインスタントカレーや健康ドリンクを宣伝する琺瑯《ほうろう》の看板に加え、《世界人類が平和でありますように》といった標語が貼ってある。細い路地をさらに狭めて置かれた鉢植えで芙蓉《ふよう》が咲き、プランターには鳳仙《ほうせん》花《か》が色とりどりの花を連ねていた。軒下に寄せて置かれた犬小屋から、犬が顔だけ覗《のぞ》かせる横に、朝顔の蔓《つる》を巻きつけた篠竹《しのだけ》が立っている。無造作に置きっぱなしにされたバケツや如雨露《じょうろ》に雨水が溜《た》まり、三輪車のハンドルから、激しい夕立ちが残した雨滴が滴り落ちていた。子猫ほどもある巨大なドブ鼠が一匹、我が物顔でのしのしと路地を横切って行った。

僕は雨の緞帳《どんちょう》が上がるとともに、自分が違う世界に迷い込んでしまったような気がした。それとともに、またもやあの気分が頭を擡《もた》げていた。自分は以前にここに来たことがある。新宿の巨大ターミナル駅から西口通路を歩いている途中で、さらにはつい先ほど中央公園で雨宿りをしていた時にも、心のどこかでそんな気がしてならなかったのだ。

「そうだ、ひとついっとくことがあるのさ」

隣を歩く風太が、思い出したようにいった。

「ホテルはハルさんって婆さんが一人でやってるんだが、このところハルさんはちょっと躰《からだ》を悪くしててな。だから、あまり世話は期待しないほうがいい。ホテルに泊まるなんて考えず、ただ寝泊まりする場所を提供して貰《もら》うぐらいのつもりでいろ」

それから、僕の顔を覗き込んできた。

「おい、聞いてるのかよ」

僕は「ああ」と生返事をした。ハルさんという呼び名にも、なんとなく微かな聞き覚えがあるような気がした。

さらにしばらく行くと、乗用車が一台通れるぐらいの幅にまで道が拡がり、むかって右側に三軒ほど店が並んでいた。クリーニング屋と豆腐屋とパン屋だった。その先で道がY字形に分かれ、左の細いほうの道は、車では入れないほどの幅しかない。その道を入ったすぐのところにお稲荷《いなり》さんの祠《ほこら》があり、塗りの剝《は》げかけた鳥居が立っている。昔好きだった古い映画を観直すかのように、僕にはそんなふうに次の景色を予測することが出来た。

「この先だろ――」

僕がいうと、風太が怪訝《けげん》な顔をした。

――デジャヴか。

目の前に威風堂々とした洋館が現れた時、脳裏をそんな言葉が過《よぎ》っていた。

洋館と呼ぶのは正確ではなく、和洋折衷の屋敷だった。和瓦《わがわら》の屋根に、煉瓦《れんが》を重ねて作った煙突がふたつ突き出ている。一本は暖炉で、一本は厨房《ちゅうぼう》の物だ。クリーム色のペンキを塗った下見板の壁、上げ下げ窓を覆ったやはり同色の鎧戸《よろいど》。吹き放ちの二層のベランダは、一階が水平梁《はり》で二階はアーチ形。丸柱と角柱が、ちょうどバランスよく配されていて、ベランダの手摺《てす》りにはチャイナ風の模様が施してあった。玄関は建物の真ん中にあり、玄関横の明かり取りにはステンドグラスがはまっている。むかって左側には、六角形のちょうど半分が張り出した形の大きな張り出し窓がある。その窓は鎧戸が開いており、薄いレースのカーテンを透して贅沢《ぜいたく》なシャンデリアの光る格子天井が見えた。

車がなんとかすれ違えるぐらいの道が、屋敷の正面を通っていた。その道と、僕たちが歩いて来たお稲荷さんの祠の道とは、屋敷のほぼ真正面で直角にぶつかっていた。屋敷は道からは車寄せと前庭を間に置いて、数メートルほど奥まったところに建ち、手入れが行き届いた何種類もの庭木に取り囲まれていた。車寄せの隅や庭木の間には、瓦斯《ガス》灯を模した庭園灯が立ち、すでに明かりを振りまいて夕闇を押しやり始めている。月の光はしかし、いよいよ強さを増してきたようで、屋敷全体を青白く照らしていた。

《角筈ホテル》――アーチ形の玄関口の、ちょうど要石《かなめいし》の真上に、右から左にむかってそう書かれているのが読み取れた。

屋敷と隣接して神社があった。道から何段か階段を上ったところから参道が延び、そのむこうに立つ鳥居が、ここからだと斜めに見える。

背後を振りむくと、年代物の二階屋が建ち並ぶ路地のむこうに、新宿西口のビル群が聳《そび》えており、たまらなく妙な感じだった。

「なんだい、どうかしたのか？　入ろうぜ」

風太がいい、促した。

前庭を突っ切って延びるアプローチに、足を踏み入れようとした時だった。黒い巨大な塊がいきなり目の前を過り、僕はドキッとして仰《の》け反《ぞ》った。

鋭く僕の鼻先をかすめた影は、一旦《いったん》地面すれすれまで下降してから今度は優雅な曲線を描いて舞い上がり、角筈ホテルの前庭に聳える一本の欅《けやき》の枝にとまった。

羽や頭部は黒かった。腹部から首の周辺、そして後頭部にかけて、白にも銀色にも見える鳥だった。大きさは鳩ぐらいだが、鳩ではなかった。銀色の目玉を輝かせて、小莫迦《こばか》にしたように僕を見下ろしている。

「どうやらスーさんが来てるみたいだな」

その鳥を見て、風太がいった。

誰のことなのかと訊《き》くよりも早く、暗闇から声がした。

「驚かしたかもしれんがな、そいつ流の挨拶《あいさつ》なんだ。気を悪くせんでくれよ」

誰もいないと思っていた神社の参道に、痩《や》せた小柄な老人が坐っていた。アメリカ風のアニメのキャラクターを描いたぶかぶかのTシャツを着て、色の褪《あ》せたジーンズを穿《は》いていた。髪も髭《ひげ》も伸び放題、細くて小さな目は皺《しわ》の中へと埋《うず》もれてしまいそうだった。真っ白いスニーカーだけが、Tシャツやジーンズやそれを着ている本人とも対照的に清潔そうで、夕闇の中でも目を惹《ひ》いた。

ワンカップの酒とハイライトが、胡座《あぐら》をかいた膝《ひざ》先に並んで立っていた。

「何なんですか、この鳥は？」

僕が訊くと、

「コクマルガラスさ」

と、なぜか老人は肩を聳《そび》やかした。

「シベリアからヨーロッパまで、広くユーラシア大陸で繁殖するカラスだが、日本では極めて珍しい。カラスとしては小柄で、なかなか一羽では生きられんのだろう、大概はミヤマガラスの群などに混じって生活しとるが、時にはこのカースケのように孤高を守りつづけるやつもおる。全身が真っ黒の暗色型と、白と黒の混じった淡色型があって、カースケは見ての通り後者さ」

「カースケというんですか――」

僕は訊き返した。

「ああ」

「お爺《じい》さんが飼ってるんですか？」

「違う。そいつは孤高の鳥だといっただろ。誰にも飼われたりはせん。儂《わし》の友達だよ」

老人はそう告げると、僕の顔をしげしげと見つめ、ニヤッと唇の片端を歪《ゆが》めた。

「おぬし、あのペテン師の息子だな」

「――ペテン師って、誰のことです」

僕は幾分気色ばみ、食ってかかるような調子で訊いた。貴美子さんからは初対面でいきなり悪徳社長と吐きつけられ、今度はペテン師ときたものだ。

「おまえの親父の師井に決まっとる」

「なぜ僕が師井の息子だと？」

「妙な若造が、嶌久のやつと会ったあと、風太と一緒に中央公園を横切って来たと、このカースケから聞いたからな。で、あとは儂が最近の嶌久の動向を思い出し、このおつむで考えて出した結論だ」

僕は何と応じればいいのか迷い、口を閉じているしかなかった。雨の緞帳が上がった先の世界には、どうやらおかしな住人まで屯《たむろ》しているらしい。

「いつ父を知ったんですか？」

一応そう訊いてみた。

「昔な。なかなか面白い男さ」

「どこで知ったんです？」

「儂はもうここ何十年もの間、新宿から一歩も外へ出たことはないよ。居心地がいいんでな」

「新宿で、どうやって父と知り合ったんですか？」

「おい、若いの。初対面で、そうしてぽんぽんと質問を繰り出すものじゃないぞ。なんでそんなことを知りたいんだ。父親が心配か？」

僕はまた口を閉じるしかなかった。スーさんと呼ばれた老人は、いったい父の今の窮状を、どこまで知っているのだろうか。まさかそれまでカースケというカラスから聞き、何もかもお見通しとはいうまいが……。そもそもが、この老人はいったい何者なのだ。

コクマルガラスが鳴き、僕は驚いて顔を上げた。「キャンキャン」と空で子犬が鳴いたような声だった。銀色のふてぶてしい目が連想させるよりもずっと可愛いらしくて、いかにも愛嬌《あいきょう》があった。羽ばたき、上空を何周か飛び回り、滑降して老人の頭にとまった。

「この野郎め。そこにとまるなと、いつでもいってるだろ」

老人は腹立たしそうな顔で吐き捨てたが、追い払おうとはしなかった。

まる。

コクマルガラスの鳴き声に耳を傾けるような顔をしたのち、ひょいと腰を上げ、ジーンズの尻《しり》を片手ではたいた。カースケがスーさんの頭から飛び立ち、今度は神社の鳥居にとまる。

「もめ事だ。ちょいと助けを必要としている連中がおるらしい。儂は行くぞ。近いうちにまた会おう」

ワンカップの蓋《ふた》を閉め、ハイライトとともに薄汚れた手提げ袋に入れた。座布団代わりに使っていた厚手の漫画週刊誌を手に持つと、「それじゃあな」と掲げた。

「待ってくださいよ。親父のことで、何を知ってるんです？」

「まあまあそう慌てるな。おぬし、しばらくはここから動けんのだろ。今度ゆっくりと話す機会もあるわい。もしも儂に会いたい時は、庭に出てカースケを呼べ」

スーさんはいい、ほわっほわっと鞴《ふいご》を鳴らすように笑った。

僕はスーさんの年齢を想像しようとしたが、よくわからなかった。身のこなしは矍鑠《かくしゃく》としており、去って行く後ろ姿はとても老人には見えなかった。この時になって気づいたのだが、よほどうまい雨宿りの場所でもあったのか、スーさんは先ほどの激しい夕立ちにもかかわらず、少しも濡れてなどいなかった。

風太と目が合い、僕が口を開こうとすると、先手を打たれた。

「何者なんだ、と訊いても無駄だぜ。俺だってな、見ての通りの妙な爺さんだってことしか知らねえんだ」

3

角筈ホテルのレセプション・デスクは、ヨーロッパの片田舎にでもありそうなこぢんまりとしたホテルやレストランの入り口を思わせた。人が一人立てばいっぱいになってしまうような狭いカウンターの奥の壁に、各部屋の鍵《かぎ》を突っ込んでおく細長いボックスが、上下二段に四つずつ並んでいた。

カウンターの右端に置かれた呼び鈴を風太が鳴らすと、デスクのむこうのドアの奥から、「はいはい」とおきゃんな声がした。

すぐに麻の着物を着た老婦人が出て来た。目のきょろっとした人だった。下膨れの顔。丸メガネ。ほとんど黒いものが見あたらない髪を後ろにひっつめ、薄いピンク色のエプロンを掛けていた。

「ようこそ。よく来たわね。待ってましたよ」

僕たちに均等に微笑みかけてから、風太を見ていった。

「あら、久夫《ひさお》ちゃんは一緒じゃないのね」

それが嶌久さんのことであり、嶌久さんの名前が久夫らしいとわかるまで、少し時間が必要だった。

「まだ仕事が終わらないのさ。今日は来るかどうかわからないよ」

「そうなの。残念ね。あの子、このところ寄りつかないのよ。子供の頃は毎日来ていたのに、つまらないわ」

　僕は相手に気づかれないように注意しながら、老婦人の顔をじっと眺め回していた。この人にも見覚えがないかどうかを思い出そうとしていたのだ。いつからここでホテルをやっているのだろう。僕と父は、以前ここに泊まったことがあるのだろうか。

「おい、さっき話したろ。ハルさんだ」風太が僕にいい、「ハルさん。これが師井厳。宜《よろ》しく頼むぜ」と、僕を紹介した。

　僕は素直に頭を下げた。さっき会った嶌久さんとこの人は、いったいどんな間柄なのかを考えていた。

「はいはい、いつでも大歓迎よ。そろそろお腹が空《す》いてるでしょ。まずは順番にお風呂《ふろ》に浸《つ》かったらどう。それからすぐにお夕食にするわね」

　ハルさんはにこにこ笑いながらそういってくれた。

　朝から大した物も食べていない僕は、さすがに空腹を感じ始めていたし、暑さと湿気ですっかり躰《からだ》が汗ばんでもいた。

「俺は夕食はいいからさ」

　だが、風太が慌てていった。

「それに、こいつのことだって、ただ泊めてくれればそれで充分なんだ。食事とか風呂とか、ハルさんは何も気にしないでくれよな」

「あら、そんなわけにはいきませんよ。厳君はこのホテルのお客さんなんだもの」

「でも、嶌久さんからも、そう聞いてるだろ」

「久夫が何といおうと、私は私よ。さあさ、今日は最初の夜なんですもの、夕食はパティオで食べられるようにしましょうね。夕立ちが来て涼しくなったし、お月様もきれいだし、それがいいわ。じゃあ、まずは厳君をお部屋に案内しなくちゃ」

ぽんぽんと言葉を押し出すハルさんは、どことなくウキウキして見えた。

「俺が連れて行くよ」

風太がいったが、自分でカウンターのキーボックスから鍵を取って僕を手招きすると、先に立って階段にむかった。
二、三段上ると後ろを振り返り、一緒に上がって来ようとする風太を押し留《とど》めた。
「あなたはいいの。先にお風呂に入っちゃいなさいよ。そしたら、次が厳君。そして、みんなで御飯よ」

風太は僕を見て、何かいいたそうな顔をしたが、結局は諦《あきら》めたように頷《うなず》いて一階の廊下を奥にむかった。僕はハルさんに付いて階段を上った。階段の壁にはどっしりとした額に納まった風景画が、一定の間隔を置いて並んでいた。どれもどこか遠い外国の風景だった。綺麗《きれい》に磨き上げられた手摺《てす》りを摑《つか》みながら、一歩一歩ゆっくりと上るハルさんの隣に並び、僕は「あの」と話しかけた。

「つかぬことを伺いますが、僕と父は、以前にここに来たことがないでしょうか？」

ハルさんは手摺りに体重をかけて立ち止まり、僕の顔をゆっくりと見上げた。

「あなたと、あなたのお父さんが——？」

「ええ、僕がまだ幼かった頃だと思うんですが」

まるで僕の顔のどこかに答えを探すかのように、ハルさんはしばらく僕を見つめつづけていた。

「いいえ」とやがて首を振った。「そんなことはなかったはずよ。どうして？」

「なんだかこのホテルに、見覚えがある気がするんです。だから、ずっと昔に、来たことがあるんじゃないかって——」

「あらま」といったきり、次の言葉を忘れでもしたように黙り込んでしまった。

やがてまたゆっくりと階段を上り始めた。会話の継ぎ穂を投げ出されたような、なんとなく居心地の悪い沈黙だった。

「あの、父のことは直接御存じなんですか？」

「師井さんね。はいはい、勿論《もちろん》知っていますよ」

「どういうお知り合いなんでしょう？」

「ええと……、あなたのお父さんね……。そう、古いお友達なのよ」

「どんな？」

「その話は、あとでゆっくりね。いいでしょ」

階段を上りきると、臙脂《えんじ》色の絨毯《じゆうたん》を敷いた廊下が二方向に延びていた。

左右を見渡す僕の傍らで、ハルさんも僕と同じように左右を見渡していた。

左に何歩か進んでから、はたと思いついた様子で右に戻った。階段の降り口から数えてふたつ目の扉を開けて中を見渡し、僕のほうを振り返った。そうする間中、ハルさんの横顔には、いうにいわれぬ不安そうな表情があったが、僕を振りむいた時にはまたにこやかな笑顔に戻っていた。

「さあさ、ここよ。自分の家だと思ってくれていいんですからね。ゆっくりしてちょうだい」

八畳から十畳ぐらいの広さの部屋だったが、真ん中に西洋風の大きなベッドが置いてあり、壁に箪笥《たんす》と机があるだけだったので、物でごった返した京都のアパートの何倍も広く感じられた。

僕はデイパックを肩から外し、箪笥の前の床に置いた。床には廊下とは異なり、黄土色を基調としたペルシャ模様の絨毯が敷かれていた。

「こっちが、おトイレ。でも、お風呂は下だから、忘れないでね。あとですぐ案内してあげるわ」

ハルさんは出入り口の横にあるドアを開け、僕にそう説明して聞かせ、急にスラスラとあとをつづけた。

「冷蔵庫もテレビもなくて、若い人にはちょっと物足りないかもしれないけれど、食堂の横がプレイングルームになってるわ。バーでお酒も飲めるし、テレビやゲームもあるのよ。うちは家庭的なサービスがモットーで、皆さん馴染《なじ》みの方が多かったから、御食事のあとも下で大勢でお話をして過ごしたものだったの。あなたも、このホテルを我が家だと思って、気を遣わないでくつろいでちょうだいね」

僕は「ありがとうございます」と礼を述べてから、「父とはどういうお知り合いなのか、教えていただけますか」と、改めて訊《き》いた。

ハルさんの顔が曇り、「——古いお友達よ」と、さっきと同じ言葉を繰り返した。

また居心地の悪い沈黙が落ちかけ、質問を変えてみることにした。

「それじゃあ、嶌久さんとは、どういうお知り合いなんですか？」

ハルさんは眉間《みけん》に皺《しわ》を寄せ、一層考え込むような表情になった。

「嶌久さんって……？」

「嶌久夫さんですけど」

「ああ、そうね……。私の甥《おい》よ。甥なの」

そうだったんですか、と僕は頷いた。

「そうそう、思い出したわ」

突然力強い声を出した。

「師井厳君ね。あなたは厳君。そうよね」

「はい……」

居心地の悪さはピークに達しようとしていた。ここに来る途中で、風太がなんとなくいいにくそうにして、ハルさんはこのところ躰を悪くしていると告げた意味がわかった気がした。

戸惑う僕に、ハルさんはにこにこと邪気のない笑顔を見せた。

「思い出したわ。あなたのお父さんのことはちょっとわからないけれど、お母さんが、つい二、三ヶ月ほど前に泊まりにいらしたのよ。十年以上、いいえ、もっと久し振りだったわね。とにかく、ものすごく久し振りだったの。ほんとに懐かしくて、いろいろと尽きないお喋《しゃべ》りをしてしまったわ」

「ちょっと待ってください。それは僕の母じゃありません。誰か別人と勘違いしてるんです」

僕は声を硬くした。居心地の悪さが、微《かす》かな腹立たしさに取って代わられようとしていた。僕には母はいなかった。僕を産んでじきに、病気で亡くなってしまったのだ。元々躰が弱い人だったという話を、僕は父たちから聞かされていた。

「いいえ、勘違いなんかじゃないわ。その時一緒に写した写真もあるのよ」

「いい加減にしてください」

ついに声を荒らげてしまった。

ハルさんは口を閉じ、叱られた子供のように首をすくめ、大きな両目を怯《おび》えでいっぱいにした。

ちょうどその時、階下から素頓狂《すっとんきょう》な悲鳴と、「ひでえぞ、ハルさん。まだ完全な水じゃねえかよ」という風太の怒声が聞こえてきた。

くしゃみをし、犬のように躰を震わせた風太は、ティッシュを抜き取って洟《はな》をかんだ。

「きちんといっとけばよかったんだがな……。知り合いの医者はアルツハイマーだといってる。ハルさんが嫌がって検査を受けないものだから断定は出来ないが、ほぼ間違いないそうだ。少しずつ症状が進んで、だんだん日常生活にも支障を来し始めてるんだ」

幾分声を潜めていったのは、僕と風太がむかい合って坐《すわ》った中庭のテーブルから、ハルさんがせっせと夕食の用意を調えてくれているキッチンまでは、ほんの何メートルもなかったからだ。

「だからさ、お袋の話は気に障ったかもしれんが、そう目くじらを立てて怒るなよ」

「怒ってるわけじゃないさ。ただ、食事が終わったら、写真と宿帳を見せるっていうんで、戸惑ってるんだ」

僕がいくら母は僕を産んでじきに亡くなったと説明しても、ハルさんはにこにこはしているくせに頑固に譲ろうとはせず、二、三ヶ月前に夫婦で来て一晩泊まり、自分と話し込み、写真も撮ったという話を繰り返したのだ。もしもそんな話が本当なら、父は二十年近くもの間、母が生きていることを僕には秘密にし、そしてほんの二、三ヶ月前には、二人でこっそりとここに泊まりに来たことになる。

「だから、そう目くじらを立てるなって」

いいながら、風太が脛《すね》を平手で叩《たた》いた。

　僕は耳の周りに寄ってきた蚊を手で払った。中庭は、植え込みを隔てて隣の神社の境内と接しており、我が物顔で飛び回る蚊の牙城《がじょう》と化していた。テーブルには未《いま》だ料理はひとつも現れず、蚊取り線香も何もない中に坐らされた僕と風太の二人は、自らが藪蚊《やぶか》の夕食に饗《きょう》されてしまっていた。

「嶌久さんがハルさんの甥だっていう話は、本当なのか？」

「ああ、それは本当さ。ハルさんの弟の息子なんだ。もうその弟は死んじまってるけどな」

　答えてから、風太はキッチンに呼びかけた。

「ハルさん、悪いんだけれど、ビールと蚊取り線香をくれないか」

「はいはい、もう少しね」と、ハルさんは台所で料理と格闘しながら、もう何度目かになる同じ答えを返した。

　窓からはいかにも食欲をそそりそうな匂いが流れて来て、腹の虫が鳴き始めていた。しかし、ハルさんのいわゆる健康状態を考えると、この匂いに騙《だま》されるのはかなり危険に思われた。調味料の区別を忘れるぐらいは、お手のものではなかろうか。

　藪蚊に手といわず足といわず食われながら、そんな心配をしているうちに、すっかり食欲が失《う》せてしまった僕らの前へと、やがてハルさんは次々と料理を運んで来た。

「若いんだから、堅苦しくサーブするよりも、一遍に並べてわいわい食べたほうがおいしいわね。ほんの家庭料理だけれど、さあ、たあんとお召し上がれ」

そういって微笑み、心配した通りに僕と風太のむかいにどっかと坐り、期待を込めた目で僕たちが食べ始めるのを待った。

少なくとも見栄えだけは、家庭料理というには立派すぎた。ポタージュ・スープ、海の幸をちりばめて特製ドレッシングをかけたサラダ、魚料理も肉料理もお洒落《しゃれ》に盛りつけられ、やはり特製のソースがかかっていた。それにスペイン風のパエリア。クーラーに冷やしたビールとワインも出た。

僕と風太は、こっそりと目を見交わした。風太の目が、まずはおまえが食べろといっている。僕は同じ言葉を視線に込め返した。

「さあさ、何してるの。遠慮しないで、食べてちょうだい。私も御相伴させて貰《もら》うわね」

僕らは覚悟を決めた。

スプーンを手に取り、スープをひとくち口に運ぶ。

それからまた、互いの目を見つめ合った。

それ以降はもう、互いの目を見つめ合うような暇はなかった。盛大に合唱を始めた腹の虫に、次々と餌を与えるのに忙しかったのだ。

「うめえな」

めちゃくちゃなフォークとナイフの使い方で忙《せわ》しなく料理を頬張りながら、風太が感極まった声を上げた。僕は無言で何度も頷《うなず》き返した。パエリアを目一杯に頬張っていて、口を開けることが出来なかった。

ハルさんはそんな僕たちを、満足そうに眺めていた。テーブル狭しと並ぶハルさんの手料理が、そっくり僕ら二人の腹へと納まるまでに、大した時間はかからなかった。

やがてコーヒーとデザートの準備に席を立ったハルさんは、途中で一旦《いったん》戻って来ると、じきにコーヒーが沸くといいながら、臙脂《えんじ》色の表紙のついた立派なアルバムと、濃紺色の薄手の冊子とを僕に差し出した。

「これがさっき私が話した、あなたのお母さんの写真と、お母さんたちが泊まった時につけた宿帳よ」

僕はナプキンで口を拭《ぬぐ》った。

ハルさんは宿帳とアルバムの該当するページをそれぞれ開き、僕の前に置いた。

僕は勿論《もちろん》、直接目にした母の顔を憶《おぼ》えてはいない。静岡の実家に残っていた数枚の写真で知るだけだった。それだって、どうしてもとせがむ僕に根負けをした父だったか祖父だったかが、仕舞っていた写真を出して来て、これがおまえの母親だと見せてくれただけであり、いつでも見える場所に写真が飾ってあったわけではなかった。あの家で、母はそういう存在だったのだ。

それでもやはり「母親だ」と見せられた写真の印象は、くっきりと心に焼きつくものだ。混乱した。目の前のアルバムの中では、美しい中年の女性が微笑んでいた。僕が知る母の写真は、どれも僕が生まれる以前に撮られたもので、当然ながら母は若かった。だが、それでもほぼ断言出来た。あの写真の母に時が流れ、その分だけ歳を重ねたとしたら、この写真のような女性になっているはずだ。

ただし、母の横に写る男は父ではなかった。

宿帳には、《山之内亨《やまのうちとおる》》とその妻《忍《しのぶ》》という名前が、ふたつ並べて書いてあった。

僕を産んでじきに亡くなったはずの母は、忍という名前だった。

4

母は生きている。僕をこの世に産み落としてじきに死んだわけではなかった。そんなふうに思っても、まったく実感が持てなかった。これは何かの間違いか、もしくはトリックにちがいない。

「ほらね、これはあなたのお母さんの忍さんでしょ」

微笑んでいうハルさんを、僕は睨《にら》み返した。

「妙な冗談はやめてください。僕の母親は、僕が生まれてじきに亡くなったんです」

「だから、それは間違いだといってるでしょ。だって、ここに泊まりに来たんだもの。ほら、この日付を見てちょうだいな」

確かに宿帳の日付は今年の四月の初めで、今からおよそ三ヶ月ほど前だった。

「なあ、待てよ」

風太が僕の肩に触れ、宿帳の《忍》という名前を指さした。

「あんたのお袋は、ほんとに忍という名前なのか？」

「ああ」僕は頷くしかなかった。

「山之内って男は、知ってるのか？」

今度は首を振った。「そんな男なんか、知るもんか」

「だが、アルバムのこの女性は、おまえのお袋に似てるのか？」

「お袋の顔は写真でしか知らないんだ」

「だが、似てるんだな」

再び頷いた。

風太は指先で顎《あご》の先を掻いたり、頭を掻いたりして、しばらく考え込んでいた。

「あんた、ここにお袋の写真を持って来てるか？」

僕は答えに詰まった。

「──そんなもの……、持ち歩いてるわけがないだろ」

すぐに風太に見抜かれてしまった。

「荷物の中にあるんだな。それじゃあ、俺が第三者の目で判断してやるから見せろよ」

「────」

「何を躊躇《ためら》ってやがるんだ。死んだと聞かされてたお袋が生きてたかもしれないなんて、本当だとしたらめでたいことじゃねえか。うだうだ考えたり悩んでたりするよりも、まずは本当かどうかを確かめてみるのが先決だろ」

それでもまだ僕は躊躇っていたが、風太は早速席を立ってしまった。

「そんなわけだから、ハルさん。俺たちは、しばらくこいつの部屋に上がってるよ」

宿帳とアルバムを手に持ち、ハルさんに声をかけて出口にむかった。なんとなくことの成り行きを楽しんでいるような雰囲気もあった。

それならばコーヒーとデザートを部屋に運ぶというハルさんに夕食の礼を述べ、話が済んだら食堂に降りて来ると告げると、風太は僕を促して二階の部屋に移動した。

だが、部屋に入ってもなお、僕の躊躇いは消えなかった。

「おいおい、勿体《もったい》ぶらずに、さっさと見せろよ」

風太の言葉に内心むっとしつつ、デイパックのポケットからお守りを出した。それは実家の近所にある小さな神社のお守りで、まだ幼かった頃、祖父に連れられて行ったお祭りの夜に買ってもらった物だった。

そのお守りの口を開け、中から油紙に包んだ小さな写真を抜き出した。免許証の証明写真に使うぐらいの大きさだった。自分でその大きさに切り抜いたのだ。そして、誰にも内緒でここに納めた。

油紙を開き、母の写真を指先で摘《つま》んだ。少年時代のある時期は、毎日のようにこっそり取り出しては眺めていたものだが、こうして目にするのは久し振りだった。

風太が横から覗《のぞ》き込んできた。

「綺麗《きれい》な女《ひと》だな」

無遠慮に口にしたそんな言葉に、僕はそれほど腹が立たなかった。

心のどこかでは、誇らしさを感じていたかもしれない。母は綺麗な人だった。黒目の光の強い、くっきりと刻んだような二重瞼《ふたえまぶた》。それほど高くはないが形のいい鼻。小さくて可憐《かれん》な唇。尖《とが》った顎と、頬骨の高い頬。全体のバランスの中では額が心持ち目立つが、それは活動的な雰囲気に切った短い髪のせいもあるだろう。

僕がまだ幼かった頃、高峰秀子主演の古い映画——後にわかったが、それは成瀬《なるせ》巳喜男《みきお》監督の『浮雲』だった——をテレビで家族で観ていて、僕が画面を指さし、お母さんがいるといい出したことがあったそうだ。確かに写真の母は、でこちゃんの愛称で呼ばれていたあの大女優とどことなく似ていなくもない。

高校に上がってから、僕は何度か所謂《いわゆる》二番館と呼ばれた映画館に足を運び、高峰秀子の主演した映画を観た。そして、映画館の暗闇の中で、ふと夢想に耽《ふけ》ったものだった。母もまた高峰秀子のように、少しかすれたハスキーな声をしていたのだろうかと。

「さて、どうだろう。はたして同じ女なのかどうか……」

風太は階下から持ってきたアルバムを拡げ、僕が渡した母の写真を山之内という夫婦の写真の横に並べると、口の中で呟《つぶや》くようにいった。

しばらくじっと見較べていたが、やがて顔を上げて僕を見た。

「どうも俺には、なんともいえない気がするけどな。似ているといやあ似てるが、他人のそら似といえなくもないぜ」

だが、その時にはもう、僕は確信を持っていた。

「この二枚の写真の女《ひと》は、同じ人間らしい……」

僕はいった。時間が経過してもなお変わらない何かが、二枚の写真には確かに存在していた。

「おいおい、よく考えて答えろよ。ってことは、やっぱりあんたのお袋は生きてて、ついい三ヶ月ほど前にゃここに泊まりに来たことになるんだぞ」

今度は何も答えられなかった。

「じゃあ順に訊《き》くがな、お袋の墓はどこにある？　勿論、墓参りをしたことはあるんだろうな」

「ない」と、僕は首を振った。

「ない、って、おまえ――？」

「墓参りをしたことはないし、墓がどこにあるのかも知らない」

「位牌《いはい》はおまえの家にあるのか？」

僕が「ない――」と繰り返すと、風太は呆《あき》れ顔をした。

「なんだ、そりゃ。それじゃあ、死んだかどうかなんかわからないじゃないか。っていうか、位牌もなけりゃ墓もないんじゃ、そりゃあ、生きてるってことじゃないのか」

「墓がないとはいってない。位牌だって、俺の実家にはなかったといってるだけだ」

「どういうことなんだよ？」

「俺の親父とお袋は、正式には籍を入れてなかったんだ」

それは風太が今僕にしたのと同じ質問を、もっとずっとせっぱ詰まった口調で問いかけた結果、父から聞き出した話だった。

僕の家は江戸時代からつづく旧家で、家の居間には巨大な仏壇が鎮座し、中には先祖の位牌が並んでいた。それなのに、なぜその中には母の位牌がなかったのか。それに、どうして自分はただの一度も母のお墓参りをしたことがないのか。中学校に上がって間もなく、僕は突然疑問に思い、この疑問を解かないことには自分が一歩たりとも先へは進めないような気がしたのだった。いや、今にして思えば、同様の疑問をそれまでにも何度か抱き、それを父や祖父、あるいは祖母などにぶつけていたのだろう。大人たちはしかし、巧みに話題を逸《そ》らし、僕を煙《けむ》に巻きつづけていたのだ。

「それで？」風太が僕を促した。

「それでも何も、それだけさ。お袋のお腹に俺が出来たので、正式に結婚をする気でいたが、互いの家族に反対されつづけて出来なかった。子供が生まれ、孫の顔を見せたら親たちの気持ちも変わるだろうと思い、俺を産んだんだ。だが、母はそれからじきに亡くなってしまったそうさ。それで親父は俺を連れて静岡の実家に戻り、あとは主に祖父母が俺の面倒を見て育てたんだ」

「と、あんたは親父から聞かされただけだろ。嘘をついてたかもしれねえじゃねえか。それに、ちょっとその話はおかしくねえか。あんたの親父は、何でもやりたい放題にやって来たんだろ。家族に反対されたら、あんたのお袋と結婚出来なかったのかよ」

「その辺の事情は、あんたにゃわからないさ。うちの祖父は、若い頃から清水の荷揚げ人夫のまとめ役をしていて、地元じゃ一目も二目も置かれてた。家族や親戚《しんせき》に対しても、ものすごい影響力があって、親父も祖父には絶対に頭が上がらなかったんだ」

「それにしたってよ――」

風太はそういいかけたが、思い直したように口を閉じた。

僕の肩を叩《たた》いて立ち上がった。

「まあ、ここでうだうだと考えてたって始まらねえや。下へ降りて、ハルさんに電話を借り、この宿帳の住所にかけてみようぜ」

僕は驚いて風太を見上げた。

「待てよ。そんなことを、いきなり……」

「なんでだよ。躊躇ってたって、しょうがねえだろ。住所も電話番号も宿帳に書いてあるんだぜ。かけてみりゃあ、何もかもはっきりするじゃねえか」

「そんな簡単にいうなよな。だいいち、いきなり電話をかけて、いったい何ていうんだよ」

「別に、普通に事情を話せばいいだろ。山之内忍さんって人はいますか、と訊き、いたら代わってもらい、実は自分は角筈ホテルにいるんだが、宿の主人から話を聞き、あなたの写真を見せて貰《もら》ったところ、あなたが自分の母親じゃないかと思えてならない。さて、どうでしょう、と、まあこんなところでどうだ。忘れずに自分の名前を名乗ってからにしろよ」

僕は無言で颪太を見つめつづけた。呆れてものがいえなかった。

5

呼出音が始まってから、自分がとんでもない間違いを犯しているような気がしてならなくなった。颪太にいわれてその気になり、電話をしてしまうなど、これが間違いでなくてなんだろう。たとえ山之内忍という女性が僕の母かどうかを確かめるにせよ、こんなふうにいきなり電話をかけるなど最悪の手段ではないのか。せめて直接訪ねてみたら……。だが、宿帳に記された住所は石川県の金沢で、思い立ってすぐに訪ねられる場所ではなかった。

電話が繋《つな》がった。受話器を持った右手が汗ばみ、息が喉元《のどもと》で立ち往生した。

電話に出たのは、男の声だった。「山之内でございます――」と、落ち着きのある丁寧な口調でいった。

息を吸い込み、吐いた。深呼吸のつもりだったが、吐ききったところで口を動かしたものだから、しゃっくりのような音が漏れてしまった。

「あの……、山之内さんのお宅ですか……?」

「はい、山之内でございます――」

男は丁寧なまま繰り返した。

「山之内亨さんのお宅ですね？」

「左様ですが。失礼ですが、どちら様でしょうか？」

「僕は」といいかけ、いい直した。「私は、師井厳といいます」身分も所属も告げず、いきなりフルネームを名乗るのは不自然だろうかとも思ったが、わからなかった。「そちらに、忍さんという女性がいると思うんですが」

「恐れ入りますが、どちらの師井様でしょうか？」

男はいるともいないとも答えないままで、そう訊き返してきた。口調に微《かす》かな変化が生じていた。

顔が火照《ほて》るのを感じた。電話をかけてしまったことに、いよいよ後悔をし始めていた。

「師井厳といって貰《もら》えれば、たぶんおわかりになると思います。電話を取り次いで戴《いただ》きたいんですが」

「奥様は、現在、お留守でございます」

どこかでほっとしながらも、気落ちするほうがずっと大きかった。

「――何時頃、お戻りになるのでしょうか？」

少し間が空いた。

「当分はここにはお戻りにならないと存じます。宜《よろ》しかったら、御伝言を承りますが」

僕もしばらく考えた。相手のいう意味が今ひとつよくわからなかった。

「山之内亨さんは、御在宅ですか？」

「先生もお留守です」

今度はぴしゃりとしたいい方だった。山之内亭を「さん」づけで呼んだのがいけなかったのだろうか。いったい何の先生なのだろう。

僕はすっかり立ち往生してしまった。

伝言があれば承ると、男は同じ言葉を繰り返した。相変わらず礼儀正しくはあっても冷たい声だった。

「あの……、山之内忍さんは、今はどちらに？」

「奥様は、入院なさっておいでですが、それが何か」

だんだんと慇懃無《いんぎんぶ》礼《れい》な調子になりつつある。いや、無礼なのは他でもなく、突然電話をし、要領を得ないやりとりをしているこの僕のほうなのだ。

「どちらが悪いんですか——？」

僕の口は戸惑いとは裏腹に、そんな質問を発した。

「電話では詳しいお話は申しかねます」

「それでは、病院の名前を——」

「宜しかったら、どちらの師井さんかお教え戴けませんでしょうか」

頭に血が上ってぼうっとなり、ろくな考えが浮かばなくなっていた。やはり電話などするべきではなかったのだ。

「静岡の師井厳から電話があったとお伝えください。僕は今、新宿の角筈ホテルにいます。

ですから、もしも宜しかったら、新宿のほうに電話をくださいと。すみませんが、お願いします」

僕は口早にそう告げると、男が応《こた》えるのも待たず、逃げるようにして電話を切った。受話器に手を添えたまま、しばらくはそのまま俯《うつむ》いていた。電話は一階のプレイングルームと呼ばれる部屋の出入り口脇の角にあり、木製の電話ボックスになっていた。部屋の奥のソファには風太が坐《すわ》り、話を聞こうと待ち構えているが、出来るだけ長く一人でいたかった。あいつが後悔の源だ。

電話ボックスを出ると、ソファから軽く腰を浮かせた風太が手招きした。

僕は俯きがちにプレイングルームを横切った。

シャンデリアの真下のちょうど部屋の真ん中辺りには、玉突き台が置いてあった。壁にはダーツの的が掛かっており、そのすぐ隣には、ピンボールが一台置かれていた。寄せ木張りの床に、漆喰《しっくい》塗りの壁。格子天井。僕が使った電話ボックスも含めて、造りはいかにも昭和の初めとか大正時代とかを連想させる部屋だった。部屋の窓側の隅にはフロアランプが立ち、一間ほどの幅のカウンターにスツールが四つ。カウンターの奥には、僕には名前もわからないような洋酒の瓶が並んでいた。

「それで、どうだったんだ？　聞かせろよ」

風太が好奇心一杯の目で訊いてきたが、僕は生返事をしながら、火のない暖炉の前の人影に目をむけた。

僕が電話をしているうちにやって来たのだろう、初老の男が一人ロッキングチェアに坐り、膝《ひざ》に載せた厚くて重たそうな本を読んでいた。

頭の大きな人だった。禿《は》げ残った両耳の上から後頭部にかけての髪を無造作に伸ばしているので、なんだか丁髷《ちょんまげ》を切った落ち武者のようだった。編み目の緩い、ふわっとした白いセーターが、そんな容貌《ようぼう》に似合わず可愛らしかった。

暖炉はソファのすぐ右手にあり、話をすれば聞こえてしまいそうな距離しか離れていなかった。

「ああ、教授さ。そこが教授の指定席なんだ」風太がいい、「教授」と、本人に呼びかけた。

「こいつはこれからしばらく、ここに泊まることになるんだ。宜しく頼むよ」

教授と呼ばれた男は本から目を上げ、僕らを見た。老眼鏡の度がかなり強いようで、両目が目玉焼きぐらいの大きさになっていた。その巨大な目玉を忙《せわ》しなく瞬くものだから、見ている僕まで神経質な気分になった。

僕が「師井です」と名乗って頭を下げると、軽く頭を下げ返したものの何もいおうとはせず、顔はもう半分ほど本のほうに戻っていた。

だが、何かを思いついたようにまた視線を上げて、躊躇《ためら》いがちに口を開いた。

「――し、しばらくというのは、いつまでです？」

「それはまだ、こいつにもよくわからないんだよ」

僕に代わって、風太が答えた。

「そ、そ、それは、どういうことです？」

教授というのがただの渾名《あだな》なのか、本当にどこかで教壇に立っているのかわからなかったが、後者だとすればかなりの苦労を強いられるのではなかろうか。教授には赤面症の気味があるらしく、初対面の僕とは目を合わせようとはしないままで居心地が悪そうに顔を赤らめており、しかもかなりの吃音症《きつおんしょう》だった。

だが、それにもかかわらず、その声はとてもソフトで感じがよかった。男としては高いほうだろうが耳障りなほどではなく、真っ直ぐに耳に飛び込んでくる。

「色々ともめ事があってさ。まあ、それが片づくまではここにいるってとこかな」

風太がいった。

「ふむ……」

教授はそう応じたが、納得した顔ではなかった。

「だが……、そ、そうすると、彼がこのホテルの、さ、最後の客ということになるかもしれませんな」

やがて風太にそう告げてから改めて僕にむき、「よ、宜しく」と頭を下げた。

「最後のというのは、どういうことなんですか？」

僕が訊くと、教授に代わって風太が答えた。

「ここはこの夏一杯で閉めることになってるのさ。教授はもう長いことずっとここに暮らしてるから、困っちまうよな」

同意を求めるように本人を見たが、教授は曖昧《あいまい》に頷《うなず》いただけで、そそくさと読書に戻ってしまった。

僕は風太に袖《そで》を引かれた。

「さて、それでどうだったんだよ」顔を近づけ、心持ち潜めた声で尋ねてきた。「お袋とは、話せたのか？」

僕はチラッと教授の様子を窺《うかが》ってから、風太をソファに引っ張って行った。教授はもう本から目を上げる気配はなく、僕たちの存在を壁掛けぐらいにも気にとめていないように見えたが、僕のほうではそうはいかなかった。

「留守だった。それにまだ、俺のお袋と決まったわけじゃないぞ」

「それじゃあ、直接話すことは出来なかったわけか。亭主のほうはいたのか？」

僕はそっちも留守だったと答え、さらには山之内忍は今入院しているらしいと告げた。

「何の病気なんだ？」

「そんなことは訊《き》けなかったよ」

「なんでだよ。実の親子じゃねえか」

「だから、それはまだわからないといってるだろ。考えてもみろよ、いきなり電話をかけてきた、どこの馬の骨ともわからない人間に、おまえなら何の病気で入院してるなんて話を聞かせるか」

「まあ、そりゃあ、そうかもしれんがな。で、あとは？」

「ここに電話をくれるようにと伝言を残した」

「なんだよ、それだけかよ」

「なんでおまえがそうやってカッカするんだよ」

「だって気になるじゃねえか。しょうがねえな。それじゃあ、何かわかったら必ず教えろよな」

なんでおまえに一々教えなけりゃならないんだ。そんな言葉が出かかったが、いわなかった。驚いたことに、この男はつい半日ほど前に会ったばかりの僕のことを、本気で心配しているらしい。

「さあさ、厳君も風太君も、コーヒーと一緒に召し上がれ。ケーキが作ってあるのよ」

ハルさんがお盆を持って現れた。

「教授もどうぞ。好物のシフォンケーキですよ」

ハルさんに声をかけられ、教授はゆっくりと本を閉じた。こっちで一緒にどうかと誘われたが、いや、私はここでなどと首を振り、自分の指定席らしいロッキングチェアを動こうとはしなかった。

ケーキは既に切り分けられていた。ハルさんがてきぱきと皿を並べた。

「つ、つい聞こえてしまったんだが……、ちょっと、宜しいかね」

やがて教授が僕と風太を遠慮がちに見て、いった。

「き、君たちは、山之内夫妻のことを、話していたようだが」

風太が勢い込んで上半身を乗り出した。

「そうなんだよ、教授。山之内忍っていう女は、こいつのお袋かもしれないんだ」

教授は口を輪っかの形にしながら、僕のほうに顔をむけた。

「よ、よかったら、事情を、少し、話してみませんか。わ、私は、ここにも、長いこと厄介になっていてね。三ヶ月ほど前には、山之内夫妻とも、こ、ここでお会いしてるんですよ。なかなか気持ちのいい、御夫婦でしてね。こ、こ、こうしてハルさんが淹《い》れてくれたコーヒーを飲みながら、しばらく、あれこれ、話したんです。だ、だから、何かのお役に、立てるかもしれません」

「そうか、教授は山之内夫婦に会ってるのか。こりゃ、やったな」

風太がいった。

僕は風太に促されて、ハルさんから聞いた話を教授にして聞かせた。自分が持っている母親の写真と、山之内忍という人の写真が同じ人物に見えることを告げてから、たった今かけた山之内家との電話のやりとりについても簡単に触れた。

ハルさんは僕がそうする間に、コーヒーカップを並べてポットからコーヒーを注ぎ、クリームと砂糖ポットを添えた。僕たちの会話に関心があるようには見えなかった。まさかハルさんは、つい何時間か前に自分が僕にした話を、もう忘れてしまったのだろうか。そう思うと、恐ろしいような悲しいような気分になった。

「た、たぶん電話に出たのは、山之内さんの、お弟子さんでしょう」

ケーキに手をつけないまま、黙って話を聞いていた教授は、僕が話し終えるとそんなふうにいった。

「や、山之内さんは、加賀《かが》友禅《ゆうぜん》の、かなり有名な職人さんでしてね。お弟子を、何人も、抱えているそうです。す、住み込みの弟子も、いるそうですから」

電話の相手が、山之内氏を先生と呼び、夫人の忍を奥様と呼んだのはそういうことだったのか。それにしても、いきなり出てきた加賀友禅の職人などという話にも、その奥さんが自分の母親かもしれないということにも、相変わらず実感が持てなかった。

「入院しているという話なんですが、ここでお会いになった時、山之内夫人は何か躰《からだ》の不調を訴えたりはしていませんでしたか？」

教授はしばらく考えてから首を振った。

「いえ、そ、そういうことは、なにも……。ただ、あの奥様のことが知りたいのなら、藤《ふじ》木《き》邸を訪ねてみたら、どうなんです」

「藤木邸って、あの蔦《つた》屋敷のことかい？」

風太がいった。

「蔦屋敷？」

同じ言葉を繰り返す僕に、風太は頷いて見せた。

「ああ、西新宿にあるでかい屋敷で、この辺じゃ知らない人間はいないぜ。こっから歩いて、十分か十五分ぐらいってとこさ」

「そうなのよ。忍さんは、藤木さんのところのお嬢さんなのよね。里帰りをして来て、それでここに一泊したのね」

ソファの一番端に坐《すわ》ってじっと黙っていたハルさんが、急に話に割り込んできた。自分は何ひとつ忘れてなどおらず、話に取り残されていたわけでもなく、今までただ説明する機会を窺っていただけだ。いかにもそういいたげな口調だった。

教授がそんなハルさんを見て微笑んだ。正解をいい当てた生徒を慈しむような眼差《まなざ》しを浮かべていた。

「ええ、わ、私も、夫妻からそう聞きました。もう、長いこと会っていなかったお父上と会うために、金沢から出て来たそうですよ」

「よし。それじゃあ早速、明日、一緒に蔦屋敷に行ってみようぜ。午前中はちょいと音楽事務所との打ち合わせがあるから、あまり早い時間じゃ駄目だが、昼近くには迎えに来てやるよ」

風太がいうのにむけ、僕は曖昧に頷いた。

ハルさんや教授のいう通り、藤木という男が山之内忍の父親なら、僕にとっては祖父ということになるのかもしれない。清水港の港湾を牛耳っていた師井玄蔵という祖父が、僕にはいつでも巨大で揺るぎない存在だった。だが、その蔦屋敷には、もう一人の祖父がいるというのか。

三　蔦《つた》屋敷の怪

1

翌朝、朝食の用意を済ませて呼びに来てくれたハルさんの声で起こされ、僕は九時きっかりに目が覚めた。元々枕が替わると寝つきが悪いほうだったし、父のことや母かもしれない山之内忍という女性のことや、色々なことが気になってなかなか寝つかれず、いつしか朝になっていたような具合だった。カーテンを開けて眺めた空は晴れ渡り、既に気温が上がり始めていた。睡眠不足の躰《からだ》には、あまりありがたい天候ではなかった。

朝食はハムエッグとフレンチトーストにサラダを添え、搾りたてのオレンジジュースとコーヒーがついていた。僕はもうすっかりハルさんの料理のファンになっていて、あっという間に平らげてしまった。

昼近くに迎えに来るといった風太は、僕が朝食を食べ終える頃には現れて、言葉巧みに自分の分の朝食をねだった。ハルさんの美味《うま》い朝食が目当てで早く来たのさ、と初めは僕にいっていたが、

「音楽事務所からアパートに電話が来て、今日の打ち合わせには来なくていいといわれち

まったんだ。こんちくしょう、バンド仲間の中に、倉敷での俺の演奏態度が気に入らないやつがいたらしいや。そんな辛気臭えことをいうやつに限って、教科書通りのつまらねえ演奏しか出来ねえんだ」

やがてそう吐き捨てた。

朝食を食べ終わるまでの間も、それから二人で連れ立って角筈ホテルを出、蔦屋敷を目指して歩き出してからも、しばらくは風太の愚痴につきあわされた。

風太は他のメンバーをしきりと糾弾していたが、どうも話から察すると、演奏中もそれ以外でも我が物顔で振る舞いつづけた結果、すっかりメンバーたちから煙たがられてしまったらしかった。

それでも風太の口調は絶えず自信に満ち溢《あふ》れていた。ジャズ・スピリットがあるのは俺だけだ。俺の音楽が理解出来ない人間たちは皆、揃ってスピリットが欠けている。主張は極めて単純で、最後はその繰り返しになった。

僕にはそんなふうに自分を肯定し、自分を信じていられる風太という男が、内心では不思議でならなかった。普通は誰もが少年時代に別れを告げ、現実の世界に足を踏み出すにつれ、自分を無闇に信じすぎるのは誤りだという単純な事実に気づくのではなかろうか。

太陽は始終僕たちの頭上にあり、何もかもを熱気で地面へと押しつけていた。

しばらくの間、僕たちは細い路地を縫うように歩いた。土地鑑のある風太が最短距離を選んでいたのだろう、あみだ籤《くじ》のように何度か進む方向を変えた。おそらくそんなふうに歩いたせいで、高い塀に囲まれた西洋館の正面ではなくて側面にたどり着いた。細い路地を抜けた先に突然西洋館が現れ、高い塀に行く手を遮られたような感じだった。

「ここが蔦屋敷さ。門のほうに回ってみようぜ」

風太がいい、僕らは今度は高い塀に沿って歩き出した。塀の足下は土が剝《む》き出しで、ペンペン草などの雑草が蔓延《はびこ》っていた。

塀に沿って建つ家々は、どれもこぢんまりとした日本家屋で、蔦屋敷のような大きな建物は他にはなかった。

「地上げさ」

風太がいった。

「ぽつぽつと更地が混じってるだろ。それに、空き家も増えてる。この辺りはもう何年も前から地上げに狙われつづけてるのさ。来年には都庁が移って来る。それに合わせて、ここいらも高いビルで埋め尽くしたいらしいや」

後になって振り返ってみれば、この年、すなわち一九九〇年は、まだ東京の地価は高騰を極めてはいたが、既にバブル経済の崩壊の兆候が静かに不気味に出始めていた年だった。円高傾向は一向にとまらず、海部俊樹首相の率いる自民党が総選挙で勝利を収めたにもかかわらず、二月からは株価がじわじわと下がり出していた。いわば僕たちの暮らす島国が、長い不景気の泥沼へと落ち込んでいこうとする崖《がけ》っぷちにいたというべきだろう。

熱した鉄板のような太陽が照りつける下を歩くのは僕らだけで、静かだった。

更地にヒメジオンが咲き、黄色いチョウチョが舞っていた。

屋敷の正面に回り込むと、両開き式の厳《いか》つい鉄門があった。高さは塀と同様に三メートル近くはあり、渦巻き装飾が施された鉄格子のてっぺんには、何本もの剣先が突き出ていた。その門のむこうに見える屋敷は、和洋折衷の角筈ホテルとは違い、完全な西洋館だった。三階建てで、三階部分は屋根窓になって屋根に食い込んでいる。アーチ形の玄関をちょうど真ん中に置き、左右対称の造りで、その玄関の上空には屋根から一層高く聳《そび》えた物見塔があって、建築用語でいう屋上露台になっていた。——もっとも、そんな用語を僕が知るようになるのは、もっとずっとあとになってからの話だが。——そして、何よりの特徴といえば、屋敷の壁はどこもかしこも、渾名《あだな》の通りに見事な蔦で覆われていた。

屋敷の大きさは角筈ホテルと同じぐらいだったが、庭は明らかにここのほうが広く、鬱《うっ》蒼《そう》と庭木がおい茂っている。

門に顔を近づけても、左右は死角になって見えなかった。

「なんだい、こりゃ。おい、どういうことだろうな」

風太がいった。両開きの鉄の門には鎖が巻きつけられ、その鎖が頑丈そうな錠前でとめられていた。

「おい、あれを見ろよ」

僕は門柱を指さした。表札は抜き取られ、蒲鉾板《かまぼこいた》のような形の凹《くぼ》みが出来ていた。

風太は門の鉄格子を両手で握り、そこに顔を押しつけた。

「ちきしょう、どういうことだ。せっかく来たのに、もぬけの殻とは。ハルさんや教授のいった通りだとすれば、三ヶ月前にゃ、おまえのお袋さんがここを訪ねてるはずなのにな」

独り言に近い口調で呟《つぶや》いてから、僕を見た。

「ひょっとして、この屋敷も地上げにあったのかもしれねえぞ」

たった今僕も、同じことを想像していたところだった。周辺の家が立ち退き、更地が増えている。だが、この広大な屋敷を残していては、まとまった広さの土地を入手したことにはならないだろう。

「あすこでちょいと話を聞いてみようぜ」

風太が指さす道の先に、駄菓子屋の物らしい看板が見えた。近づくと、硝子《ガラス》の引き戸の奥が三坪ぐらいの小さな店だった。

「今じゃこういうのも珍しいだろ。何度か寄り道して買ったことがあるのさ」

風太は店の入り口に置かれた冷蔵庫の硝子扉を、勝手知ったる顔で開け、緑色をしたラムネの瓶を取り出した。

「おまえはどうする？」

と促され、僕はニッキ水にした。冷蔵庫の横にはアイス用の冷凍庫と、景品でガムが出て来る式のパチンコ台が陣取っていた。

風太について店に入った。ザラ玉、麩《ふ》菓子、ソース煎餅《せんべい》、スモモ、あんこ玉、ソフトラスク、笛ガムにピースラムネなどの駄菓子に混じって、銀玉鉄砲やバスケットピンポンが柱にぶら下がり、壁の一角はプラモデルの箱で占められていた。店の奥に座敷があり、大きな三毛猫と老婆とが、揃って置物のように坐《すわ》っていた。

「なあ、婆さん。あすこの蔦屋敷なんだが、門に鎖が掛かって表札がなくなっちまってるだろ。いったい、どうしちまったんだろうな？」

好きな物を選んで老婆に差し出しながら、風太が訊《き》いた。

「ああ、藤木さんを訪ねて来たのかね」

老婆は代金の計算を済ませてから、いった。

風太が払った小銭をブリキ缶に選《よ》り分けて入れ、猫の背中に手を置いてさすりながら顔を上げた。

「あそこなら、屋敷が人手に渡ってしまったらしいよ」

「地上げかい？」

「どうだろね」

「何があったのか、噂ぐらいは聞いてないかい？」

「それがね、こうして近所に暮らしてても、よくわからないのさ。御主人は役所にお勤めでね。真面目な方だったんだよ。何年か前に定年で退職して、それからはここらでお見かけすることも多かったんだけどね。それがいきなり、いなくなってしまったのさ」

「それは夜逃げをしたってことなのか？」

「そういうことになるのかね。そのあと、他の人が出入りしてるみたいな様子もあったし、それでどうも人手に渡ったんじゃないかって噂になったんだよ」

「その出入りしてた人間ってのは、付近を買い漁《あさ》ってる地上げ業者か何かじゃないのか？」

「年寄りにゃ、そんなことはわからないよ」

「藤木さんがいなくなったのは、いつ頃のことなんですか？」

僕が代わって問いかけた。

「さあてね、一、二ヶ月前じゃなかったかな」

一ヶ月なのか二ヶ月なのかと粘ってみると、ゴールデン・ウイークの頃だったと、比較的はっきりとした答えを得られた。

「あの屋敷には、その御主人の他にはどんな人が住んでたんでしょう？」

だが、今度はしくじったらしい。そう訊いた僕に、老婆は胡散《うさん》臭そうな目をむけた。

「あんたら、ほんとに藤木さんの知り合いなのかね。もしかして、あんたらが地上げ関係の人じゃないのかい？」

風太が笑った。「よしてくれよ、婆さん。俺が地上げ屋なんかに見えるかい。俺はミュージシャンなんだぜ」

胡散臭げな様子は変わらなかった。

「お婆さんの所は、地上げは大丈夫なんですか？」

僕が訊くと、老婆はひらひらと片手を振った。

「地上げ屋なんて、まっぴらさ。あんたらも、おかしなことを考えてるんだったら出てっておくれよ。私ゃもう先も長くないんだ。爺《じい》さんのお迎えが来るのを、ここで待つよ」

そんなふうにいった婆さんの手首にある金ぴかの腕時計に気づき、僕は内心ドキッとした。

金なんかよりも馴染《なじ》んだ家がいいといいながら、立ち退き料の吊《つ》り上げを待つ人たちも多いらしいといった噂を聞いたことがあった。この婆さんがどうかはわからないが、金ぴかの腕時計とこの木造家屋とは、いかにもアンバランスに思われた。

「おい、あれを見ろよ」

その時、風太が僕の肩をつついて表を指さした。

硝子戸からそっと顔を出して見やると、蔦屋敷の門の前に、男が二人立っていた。二人とも僕らよりは少し年上で、二十代の半ばぐらいに見えた。二人揃って僕らと同様にTシャツとジーンズ姿。背の高いほうは、肩にかかるぐらいまで伸ばした髪を真ん中で分けて左右に垂らしており、もう一人は短くさっぱりと刈り上げていた。

どことなく落ち着きがなく、辺りをきょろきょろしていたが、僕らの視線に気づいた様子はなかった。

やがて男たちは肩を寄せ合うようにして鉄の門にむいた。躰《からだ》に隠れて見えなかったが、心持ち背中を丸めて手先に意識を集中しているようだった。と、突然門を細く開け、隙間に躰を滑り込ませて屋敷の中へと消えてしまった。

「なんだ、あいつら。どういうつもりだ？　どうやって入ったんだ？」

風太が僕の耳に囁《ささや》いた。

僕たちは、婆さんに礼をいって店を出た。

屋敷の門に近づくと、門をとめた鎖が切られていた。

「専門の工具を使ったみたいだな」

風太がいい、僕を見た。その目が「どうする？」と問いかけていた。

僕らは並んで門の前に立ち、今さっき男たちがしていたのと同じように辺りをきょろきょろした。門のむこう側に目を凝らしても、どこに姿を消したのか、二人組は見当たらなかった。僕が先に足を踏み出した。

2

玄関へとつづく三段ばかりの階段を上った僕らは、張り出し屋根の下に入り、真鍮製《しんちゅう》のノブを摑《つか》んで捻《ひね》ってみた。ドアには鍵《かぎ》がかかっていた。

「どうする？」というふうに、風太がまた僕を見た。

「屋敷に沿って一周してみないか」

僕が囁き返すのを受け、ニヤッとして頷《うなず》いた。待ってました、というところらしい。

僕らは辺りに注意を払いながら、屋敷の周囲を右回りに廻《まわ》り出した。門から延びたアプローチの右隣が、長方形にコンクリートで固められているのは、車置きだと知れた。優に三台分ほどの広さはあった。今は勿論《もちろん》そこに車はなく、コンクリートの割れ目から雑草が顔を覗《のぞ》かせていた。

屋敷の角を曲がったすぐの所に小さなドアがあったが、そこも鍵が閉まっていた。さらに進んで裏庭に出た。かなり広い庭で、一隅には半面だけのバスケットコートが設《しつら》えられてあり、夏の強い陽射しがバスケットボードの影をコートにくっきりと焼きつけていた。

庭木が多いせいか、蟬の声が大きくなったような気がした。庭木と高い塀に囲まれ、周囲に聳えるビルもないので、完全に辺りから隔絶された空間だった。

バスケットコートのむこう側には、煉瓦《れんが》で造られた平屋があった。六畳間がふたつ横に並んだぐらいの大きさの建物で、煉瓦の外壁はくすんであちこちに苔《こけ》と雑草を蔓延《はびこ》らせており、長い時の経過を感じさせた。屋敷と同様に窓にはカーテンが引かれてあって、中の様子はわからない。

「おい、ちょっと来てみろよ。鍵が開いてるぜ」

風太が声を潜めて僕を呼んだ。屋敷の真裏にあるドアを細く開けていた。

風太に近づき、隣に並んで隙間から覗くと、ドアのむこうはキッチンだった。黴《かび》臭いような、何かが腐ったような臭いが鼻を突いた。

「あの二人、ここから入ったのかもしれねえな……」

一旦《いったん》ドアの隙間から顔を離し、風太が囁き声でいった。「どうする？」

僕が躊躇《ためら》っていると、とっとと自分で答えを出し、「よし、いっちょ行ってみようぜ」といってドアの隙間へと躰を滑り込ませた。

僕も中に入ろうとして、一瞬動きをとめた。振り返り、蟬時雨《せみしぐれ》が降りしきるバスケットコート越しに、もう一度煉瓦造りの建物を見やった。背中に視線を感じたような気がしたのだ。

だが、どこにも人影は見当たらず、窓のカーテンが揺れた気配もなかった。

僕は風太に少し遅れてキッチンに入った。僕も風太も、靴は履いたままだった。キッチンには古い巨大な冷蔵庫がでんと居座るだけで、他の物は一切合財がなくなっており、食器戸棚が置いてあったらしき場所を示す痕《あと》が床や壁に残っていた。流しは干涸《ひか》らび、ガス台もガスレンジはなくなり変色した痕だけが残っている。

僕は冷蔵庫の脇に立てかけてある木製のモップを手に取った。振り回したところで大した効果もなさそうに思えたが、手ぶらでいるよりはずっと落ち着いた。もしもあの二人組がむかってきたら、昔取った杵柄《きねづか》で、剣道の突きをお見舞いしてやればいい。モップを持って、風太の後ろにつづいた。

戸口のむこうには廊下がキッチンと平行に延び、その廊下を間に置いた真むかいはかなり広い居間だった。廊下には、黴臭いような何かが腐ったようなあの臭いが、一層強く漂っていた。駄菓子屋の婆さんがいっていた通りに、家主が五月の初めに出て行ったのだとすれば、その後梅雨の時期も含めて二ヶ月近く、ずっと閉め切ったままだったのだろうか。

居間には今度は古びたソファがひとつ残されたきりだった。藤木がこの屋敷を手放すともに、使えそうな家具はすべて持ち去るか、もしくは売り払うかしたらしい。

風太は注意深く左右に視線を巡らせたのち、そのソファに歩いてどっかと腰を下ろし、スプリングの具合を計るみたいに躰を揺らした。僕はそんなことをしている場合ではないと示すために顎《あご》をしゃくって見せ、回れ右をして廊下に出た。

廊下を左奥にむかう。居間の隣は、客間だろうか。ここも家具はなくなっていたので、どんな用途で使われていたのか正確にはわからなかったが、八畳ほどの真四角な部屋だった。その隣が玄関ホールになっており、玄関の真むかいに二階へ上る階段があった。耳を澄ませ、階上の雰囲気を窺《うかが》ったが、足音ひとつ聞こえなかった。

僕はモップを握りなおした。窓が閉め切ってある屋敷の中は、午前中にもかかわらず既にかなり暑くなっており、湿度も高く蒸していた。汗ばんだ掌《てのひら》を、順番にジーンズの太股《ふともも》に擦《こす》りつけた。

むず痒《がゆ》いような興奮を感じていた。喉《のど》が渇き、胸の鼓動が高鳴った。怖れや躊躇いよりも、いつしか好奇心が遥《はる》かに勝っていた。

二階にするか、さらに廊下を奥にむかうか。風太が僕に手振りで尋ねた。僕は廊下の奥を指した。一階をすべて調べてしまってから、二階を当たろう。それで二階にも誰もいないようならば、庭の煉瓦造りの建物がいよいよ怪しい。

いきなり首筋がぞくっとした。それがなぜかはわからなかった。廊下の先には、左右にふたつずつドアが並び、ドアはすべてが閉まっていた。

廊下の行き止まりには窓があり、そこには眩《まぶ》しい外光が貼りついている。その分だけ逆に廊下そのものは、そこにいる僕らも含めて頼りない翳《かげ》りを帯びていた。

「なあ……、何だろうな。この臭い……」

風太が呟《つぶや》いた。

悪臭は、玄関ホールを過ぎてからは、一際強さを増したように思われた。風の抜けない空間で、煮詰められて溜《た》まっている。

ゆっくりと左右のドアを見渡した。

しばらく時間が経ったあとで思い返した時に、僕はあの時自分が感じたものを予感と呼ぶのだとはっきりと悟った。そして、予感とは微《かす》かな閃《ひらめ》きのようなものではなく、それは我々を牛耳り、搦《から》め捕り、取り返しのつかないところまで連れて行く強烈な力であることを思わないわけにはいかなかった。

この四つのドアのどれかのむこうに、とんでもない物が待っている。——僕にはこの時、それがはっきりとわかったのだ。

僕も風太も、いつしか凍りついたように身動きをとめていた。

「おい、何かおかしいぞ……。引き返したほうがいいのかもしれん……」

風太がいった。幾分かさつく声だった。

だが、その時にはもう、僕は自分をとめられなくなっていた。風太を見つめ、大丈夫だというつもりで小さく頷いたが、自分がそういう顔をしていたのかどうかはわからない。

今やほんの何秒か前までとは、状況はすっかり変わってしまっていた。好奇心も冒険心もすっかり消え失《う》せていたにもかかわらず、まるで泥濘《ぬかる》んだ斜面を滑り落ちるように、前へ進むしかなくなっていたのだ。

僕は悟った。右の奥のドアだ。間違いない。この臭いの元は、右奥のドアのむこうにある。

ノブに手をかけた。指先が真鍮のノブに触れた瞬間、そこから弱い電流が躰を走り抜けたような気がした。

今度は僕のほうから風太を見て、開けるぞという意思を伝えた。

ノブを回して、そっと引いた。

ドアの隙間を一ミリ拡げれば一ミリ分、二ミリ拡げれば二ミリ分だけ強くなるように思えた異臭は、ある臨界点を超えた時点から一気に加速度を増し、目に見えない小さな無数の手で僕らを搦め捕ってしまった。

すさまじい臭気だ。

ポケットからハンカチを抜き出して鼻に当てた。歩く途中で何度も汗を拭《ぬぐ》ったハンカチはすっかり湿ってしまっていた。異臭を防ぐ手助けにはほとんどならなかった。

ドアの中は脱衣所だった。

そこには何もなく、誰もいなかった。

息をとめて足を踏み入れた。

まるで魅入られたようにして、躰《からだ》が勝手に動いていた。真むかいが浴室の扉で、曇り硝子が塡《はま》っていた。真ん中で半分に折れ曲がり、くの字形になって開くスライディング・ドアだ。あの浴室に、何かがある。未《いま》だかつてこの人生で出くわしたことのないような何かが、じっと僕を待っている。頭のどこかで、誰か他人のもののようにも思える自分の声が、そんなふうに囁いていた。

よせ。

風太がそう叫んだのか、僕の頭の中の声が叫んだのかはわからない。

だが、その時にはもう僕はスライディング・ドアに手をかけ、力を込めて押し開けていた。

一層のすさまじい臭いとともに、真っ黒い大きな塊が顔に押し寄せて来た。

黒い雲のような塊だった。

顔の皮膚を擦りながら、僕を押し包むようにして躰の両側へと流れて後方へ飛びすさっていく。いくつかがひっきりなしに瞼《まぶた》に当たり、唇の薄い皮膚に当たった。

思わず躰を後ろに引き、僕は息を吐き出した。肺が新しい空気を求め、半開きになった口の中に、その黒い塊のひとつが飛び込んだ。

頭の中でぷつんと何かが切れた。乾いた声が漏れた気がするが、わからない。口の中に飛び込んだ何かが小さく震えながら舌の上を動き回った挙げ句、喉のほうに下りかけるのを感じた。危うく嚥《の》み下してしまうところだったが、踏み止《とど》まり、なんとかハンカチに吐き出した。蠅だった。

手を振ってそれを足下に落とした。視線をハンカチから浴室全体へと移した。いつしか涙目になっていた。蠅が瞼にだけでなく、目の表面にまで当たったためだ。いや、この悪臭が原因だ。頭髪と服が判別できた。それで人間だと理解した。さもなければ、人間以外の何かだと思っただろう。こんなところで、こんなふうにグロテスクな状態になって、人が横たわっているわけがない……。腐り果てた肉の塊。蛆《うじ》が湧き、蠅がたかり、顔かたちは既にまったく判別がつかなくなっていた。浴槽に浸《つ》かり、土器《かわらけ》色をした頭部を斜めに後ろの壁に凭《もた》せかけていた。かつて目があった部分のふたつの空洞に、無数の蠅と蛆とがかって蠢《うごめ》いている。柔らかい頬の肉も大半がなくなり、何倍もの大きさになった唇が左右に大きく裂けていた。この世のすべてを嘲笑《あざわら》うような表情の正体は、それだった。頭髪は抜け落ち、ある部分は頭皮そのものまで剝《は》がれ落ち、内側の爛れた肉の断面と、それとは対照的なほどに真っ白く陶器のような艶《つや》を宿した頭蓋骨《ずがいこつ》とを覗《ただ》かせていた。

胃がざわめいた。

浴槽は、どす黒い液体で満たされてしまっていた。夥《おびただ》しい量の血と、腐った躰から滲《し》み出した体液が混じり合い、そんな色になったのだ。濁ってどろっとした液体の中にも、無数の蛆が湧き出して、表面を泡立て蠢めいていた。小さな泡が、無数に生まれては弾《はじ》けながら、瘡蓋《かさぶた》のように液体の表面をびっしりと埋め尽くしている。

バスタブの左隣に位置した洗面鏡の前に、西洋剃刀《かみそり》が置いてあった。血が付着し錆《さ》びていたにもかかわらず、浴室の曇り硝子《ガラス》いっぱいに貼りついた眩しい外光を吸い寄せ、白い清潔な輝きを放っていた。

耳のすぐ後ろで風太の悲鳴を聞いた。風太が踵《きびす》を返して逃げ出した。それで頭の回線が繋《つな》がった。いよいよ吐き気がこみ上げ、今度はとても堪えられそうになかった。胃が収縮し、でんぐり返り、中身を口にむかって絞り出そうとしている。

鼓膜が研ぎ澄まされ、表の蟬の声が、突然べたっと鼓膜に張りついてきた。

一歩後ろに退いた。

なんとか呪縛《じゅばく》が解けたらしい。

自分のものとは思えない悲鳴が口を突いた。

僕は浴室に背中をむけて廊下に飛び出し、一目散にキッチンを目指した。風太がどこかで僕を呼んでいるようだったが、捜し求める余裕はなかった。

干涸らびたキッチンシンクにたどり着くと同時に、胃の中の物がこみ上げて口を突いた。いくら吐いても吐き気は治まらず、最後は胃液しか出て来なくなった。

僕は祈るような恰好《かっこう》で流しに縋《すが》りついていた。

3

勝手口の扉を抜けて裏庭によろめき出た。自分の吐瀉物《としゃぶつ》の前にいると、またもや新たな吐き気が押し寄せそうな気がしてならなかった。裏庭には、風太がぺたんとしゃがみ込んでいた。

風が頬を撫《な》でて行き、陽射しが躰に降り注いだ。僕は風太の横にへたり込むと、新鮮な空気を求めて大きく呼吸を繰り返しながら、顔を上むけて陽射しを浴びた。

「あれはいったい、誰の死体なんだ……。藤木という男なのかな……」

風太が呟くようにいった。

「なんでそう思うんだ？」

「そう改まって訊《き》かれても困るんだが……、ここは藤木の屋敷じゃねえか。だから、頭に浮かんだだけで、特に理由なんかねえよ」

僕たちはそんなやりとりを交わしただけで、またしばらく黙り込んだ。風を感じ、蟬の声を聞いた。陽射しが僕の躰を少しずつ清めてくれるように思われた。

「とにかく、警察に電話をしなくちゃな」

やがて思い出したように風太がいった。

腰を上げ、表の門を目指して歩き出した。

「なあ、さっきの二人組はどうなったんだろう」

その横に並び、僕は風太にいってみた。

「そんなことは、今はどうでもいいじゃねえか。屋敷の中に、あんな物があったんだぞ。とにかく、警察を呼ぶのが先決だ。参ったな。なんだか、えらいことになってきやがった」

風太は一人でまくし立てるようにいうだけで、僕の疑問に取り合おうとはしなかった。だが、鉄の門を出たところで立ち止まってむき直ると、思い直したようにいった。

「待てよ。もしかしたらあの連中、あの浴室にあった死体と何か関係してるのかもしれんな。ほら、犯罪者は現場に戻るっていうだろ」

僕は黙って曖昧《あいまい》に頷《うなず》いた。

「それじゃ、おまえはここに立っててくれ。あの二人組が、逃げ出して来るかもしれん。俺はさっきの駄菓子屋の婆さんに頼んで、電話を借りてくる」

そういい置いて遠ざかる風太を見送り、門のほうにむき直った僕は、鉄の格子越しにじっと屋敷を見つめた。

浴室で見たものが脳裏を離れず、瞼の裏に焼きついてしまっていた。この先もずっと消えないように思えてならなかった。いったいいつからあの死体は、あの浴室に横たわっていたのだろうか。死体に関する知識など何もなかったが、一日や二日であんな状態になるとは思えなかった。あれは蔦屋敷の主《あるじ》だった藤木という男なのか。だとすれば、僕はあんな姿に変わり果てた祖父を発見したことになるのだろうか。

またもや吐き気がこみ上げそうになった。僕は蔦屋敷から目を逸《そ》らすと、なるべく他のことを考えようとした。

狭い路地に何台ものパトカーが連なって停まった。蔦屋敷の鉄の門は左右に押し開けられ、前庭もまたパトカーでいっぱいになった。僕と風太の二人は車置きに駐車されたパトカーの後部シートに並んで坐《すわ》らされ、窓硝子の外を忙《せわ》しなく動き回る警官たちをぼんやり眺めていた。二人とも、そうしてただ並んで坐るだけで、先ほどから一言も口を利いてはいなかった。

最初のうちは運転席に一人警官がいたが、それもすぐにどこかにいなくなってしまっていた。車内に取りつけられた無線機からは、時折無機質な低い男の声で、この蔦屋敷の所番地が繰り返し伝えられていた。その声を聞く度に、僕は神経が逆撫でされるような気がした。

いつの間にか屋敷の外の路地は、どこにこんなにいたのだろうと思いたくなるような数の野次馬《やじうま》に埋め尽くされ、無数の顔が押し合いながら門の中の様子を窺《うかが》っていた。

コツコツと、後部ドアのサイドウインドウを叩《たた》く者があった。車の中からは、ワイシャツを着た男の腹の辺りしか見えなかった。男はそんなふうにして僕らの注意を惹《ひ》いてから、助手席に回ってドアを開け、躰を屈《かが》めて上半身を車に突っ込んできた。

昨日、ホテルセンチュリーハイアットのロビーで顔を合わせた蔦久さんだった。父の代わりに現れた男だ。

事情が呑《の》み込めない僕の横で、風太は固まっていた表情を崩し、いかにも嬉《うれ》しそうな笑みを浮かべた。

「ああ、来てくれたんだな、嶌久の兄ぃ。これでほっとしたぜ」

しかし、嶌久さんのほうはにこりともせず、ただほんの僅《わず》かに顎《あご》を引いて見せただけだった。

僕にチラッと視線を投げてから、「仕事だからな」と、つまらなそうな口調で告げた。

「別におまえらのことを思って来たわけじゃないさ」

「つれないことをいうなよな」とふくれる風太の隣から、「仕事って？」と僕が思わず訊き返しても、嶌久さんは口をへの字形に引き結んだままで、何も応《こた》えようとはしなかった。

手に持ったハンカチで額の汗を拭《ぬぐ》い、助手席に躰を入れた。

上半身を捻《ひね》り、汗をかいた缶コーヒーを二本、僕と風太に差し出してくれた。

「これでも飲め」

冷たい缶を握った瞬間、喉《のど》がからからに渇いていることを思い出した。

缶コーヒーを流し込む僕たちを、しばらく嶌久さんは黙って見ていた。

「車ん中が少し暑いが我慢しろ。ショックを受けたあとってのは、抵抗力も弱まるのか、躰を冷やすと体調を崩すやつが多いんだ」

相変わらず何の興味もなさそうな口調のままだったが、こうして飲み物を差し出してくれたのも、僕たち二人の体調を気遣うような言葉をかけてくれたのも、嶌久さんが初めてだった。

「――兄ぃも、あれを見たのかい？」

風太が訊いた。

「ああ、見た」

「あれは、この藤木邸の主人の死体なんでしょうか？」

僕が訊くと、薄ら笑いを浮かべた。それは嶌久さんをよく知らない人間にとっては、いかにも莫迦《ばか》にされたように感じさせる笑みで、この時の僕もそう思って気分を悪くした。

「あの状態で、すぐにゃ遺体の身元なんかわからんよ」

「でも、着ていた服などに、何か身元を確かめられる物が入っていたとか？」

「上着の胸ポケットにゃあ、何も入ってなかった。他のポケットは、鑑識と立ち会いの監察医の調べが終わり、死体を動かしてからじゃなけりゃあ探れないさ。なにしろ、蛆がうじゃうじゃいる風呂桶《ふろおけ》の中だからな」

僕は缶コーヒーを口から離した。

「ただし」と、嶌久さんはつづけた。「二階の一室から、旅行鞄《かばん》がひとつ見つかった。中には、着替えの下着などに混じって、藤木幸綱《ゆきつな》って男の免許証の入った財布があった。この蔦屋敷の主人だった男だ」

「それじゃあ……」

「だからといって、あの遺体が藤木幸綱だとはまだ断定は出来んよ。その可能性が考えられるということだ。この先は、監察医に任せるしかない。指紋は判別不能だろうが、歯型は綺麗《きれい》に残ってる。それが有力な材料になるだろうさ。いずれにしろ、きちんとした結論を出せるには、まだしばらく時間がかかる」

一旦《いったん》間を置き、問いかけてきた。

「それより、制服から聞いたんだがな。おまえ、藤木幸綱って男の孫だと名乗ったそうだな。どういう意味なんだ？」

僕は頷いた。無断でこの屋敷に入った理由を説明する必要があり、あの怪しい二人組のことも含めて、ひと通りの話をしてあったのだ。

「孫かもしれない、といったんです」

「で、それはどういうことなんだよ。先に釘《くぎ》を刺しとくがな。死体がひとつ転がってたんだ。ガキだからといって、口から出任せじゃ通らねえんだぞ」

僕は内心でまたカチンときた。子供扱いは御免だ。風太が横から口を出そうとするのを手で制し、昨夜、ハルさんが僕に告げた話から始めて、ここで出くわした二人組の件まで、少しも狼狽《うろた》えてなどいないような態度を装いながらひとつずつ話して聞かせた。

嶌久さんは黙って僕の話を聞くだけで、メモを取ろうとも、相槌《あいづち》を打とうともしなかった。

「なるほど、ハルさんがね……。ここの娘が、おまえの母親かもしれんといったのか」

僕が話し終えると、口の中で半ば自身にむかって呟《つぶや》くようにいった。

「兄ぃは、角筈ホテルに泊まったその山之内って夫婦のことは、何も知らなかったのかい？」

風太が訊いた。ハルさんは、嶌久さんにとっては伯母《おば》さんにあたる。嶌久さんは首を振った。「いや。ここんとこ、あすこには御無沙汰《ごぶさた》だったからな」

腰の位置をずらし、ドアを開けた。

「ま、おめえらの話はわかったぜ。もうしばらく、ここで待ってろや。まだ現場検証で忙しいんだ。少ししたら、また訊かなけりゃならねえことも出てくるかもしれん。それが済んだら、野次馬やマスコミに邪魔されないように連れ出してやる。わかったな」

車を降りようとする嶌久さんを、僕はとめた。

「待ってください。——浴室に、血の付いた剃刀《かみそり》があったんです」

「ああ、あったな」

「あれを使って自殺したんですか？　それとも……」

「待て待て。自殺かどうかってことも、解剖を待ってからでなけりゃなんともいえんよ」

「解剖の結果は、いつ頃はっきりするんですか？」

「明日にはわかるさ。身元が判明するのには、もう少し時間がかかるだろうがな。さて、これでいいかい。とにかく、少し待ってろよ」

僕は小さく頷いた。人を食ったような口調と子供扱いする雰囲気には反発を覚えたが、なんとなく頼りになりそうだった。

「ま、こういうことさ」遠ざかる嶌久さんを見ながら、風太がいった。「見ての通り、嶌久の兄ぃは新宿署のデカなんだ」

二、三十分して嶌久さんが戻って来た時には、今度は別の私服刑事と一緒だった。嶌久さんはその私服刑事を運転席に坐らせ、自分は助手席に納まると、さっきと同じように躰を捻って僕らを見た。
「それじゃあ、約束通りに車で送ってやるが、その前にひとつ気になることが出て来た。おまえらが制服組の聴取でいってたらしい二人組だが、本当に屋敷に入ったんだろうな？」

「なんで俺たちが嘘をいうんだよ」

風太がすぐにいい返した。

「嘘をいってるとは思っちゃいないが、おまえらのいう通りだとすると、その二人は屋敷の敷地内で煙みたいに消えちまったことになるんでな」

「どういうことなんです――？」

と、今度は僕が訊いた。

「実はな、風太が電話を借りて一一〇番したという駄菓子屋の婆さんにも話を聞いたんだが、おまえら、屋敷に入る前にも一度、あの店に寄ってるだろ。その時、婆さんはおまえらの様子に不審を覚えたので、それからずっと屋敷の様子を窺ってたそうなんだ。おまえらが屋敷に入るのも見られてたぜ。警察に電話をするかどうか、迷ってたところだといわれたよ。ま、それはそれとしてだ。あの婆さんによると、おまえらが門の中へ消えてから、風太が電話を借りに行くまでの間に、屋敷の門から出て来た人間はただの一人もいなかったそうなんだ」

「それじゃあ、裏門から逃げたんだろ」

風太がいった。

「いや、それはない。屋敷の裏側にひとつ、出入りの出来る潜《くぐ》り戸があったが、敷地の内側から完全に打ちつけてあって、人が出入りした形跡はないのさ」

僕と風太は顔を見合わせた。

「——他に出入りの出来るところはないんですか?」

僕が訊いた。

「他にはない。あとは高い塀を乗り越えて逃げたとしか考えられんが、普通の人間の跳躍力じゃあ、直接飛びついて登るのは到底無理だし、足場になるような物も何も残されてはいなかった」

「きっと庭の木のどれかによじ登って、そこから塀に飛び移ったのさ」

風太がいった。

「そういったちょうどいい位置にゃ、枝がないんだよ」

「一本もかい?」

「ああ、一本もだ。塀と庭木の間にゃ、どこも一定の間隔が空いてる。引きつづき調べちゃみるがな、今のところは、おまえらの話が本当ならば、その二人組はまだ敷地のどこかにこっそり隠れているか、それとも煙みたいに消えちまうかしたことになるってわけさ」

風太がふてくされて口を尖《とが》らせた。

「けっ、面白くねえや。やっぱり俺たちを疑ってるんじゃねえか。なあ、兄ぃ、なんで俺たちがそんな嘘をいう必要があるんだよ」

「おまえらが自分で表の門の鎖を切ったのなら、今素直に吐けば怒りゃしないぜ」

「仕舞いにゃこっちが怒るぜ。そんなふうに俺たちを疑うより、あの駄菓子屋の婆さんを疑ったらどうなんだよ。大方、ちょいと目を離すか、居眠りでもして、二人組が門から逃げ出すのを見逃したのさ」

「ま、その可能性もあるな」

「屋敷の裏側にあった煉瓦《れんが》の建物も調べたんですか？」

僕は気になっていることを訊《き》いた。

「勿論《もちろん》さ。中にゃ、誰もいなかった」

「あれは、何の建物だったんです？」

「さあてね、物置にでも使われてたんじゃねえのかな。中にゃ地下室もあったが、そこももぬけの殻だったよ」

「地下室――」

「古い屋敷だから、ワインセラーか何かに使われてたのかもしれん。わからんがな」

僕は屋敷の勝手口から中に入ろうとした時に、あの煉瓦の建物から誰かに見られたような気がした話をするかどうか迷ったが、結局、口にはしなかった。はっきりと人影を見たわけではないのだ。

「ところで、おまえら、その二人組の顔は見たのか？」

嶌久さんの問いかけに、僕らは頷いた。

「それじゃあ、この刑事と一緒に新宿署へ行き、似顔絵を作るのに協力しろ。その方が、嘘をついてないって証《あかし》も立つだろ」

車で送ってやるというその行き先は、どうやら警察署らしかった。

四　遠い声

1

解放された時には、日暮れが間近に迫っていた。青梅《おうめ》街道沿いに建つ新宿署の建物から表に出た僕らは、すっかり疲れ果てていた。結局、昼飯は食べ損ねたままだったが、ほとんど空腹は感じなかった。ただひたすらに躰《からだ》が重く、相変わらずの暑さにのしかかられて軽い眩暈《めまい》を感じた。

土地鑑のない僕にはどこをどう歩いたのかわからなかったが、風太について進むうちに、いつしか新宿中央公園に出ていた。前日に、風太と並んで雨宿りをした場所だ。

「どうする？　俺は夜はバイトなんだが、まだ少し時間がある。何か食うか？」

公園を横切りながら、気怠《けだる》げに風太が尋ねてきた。

「そうだな……」と僕は曖昧《あいまい》に頷《うなず》いた。何かを考えるのが億劫《おっくう》だった。どこでもいいから躰を横たえ、五分でも十分でも眠りたい。出来ればこのまま一晩ぐっすりと眠ってしまいたい。何をどうするかを考えるのは、それからだ。

「どうも躰が気色悪くていけねえな」

そういい、風太はぽんと手を打った。

「そうだ、いいことを思いついたぜ。とにかく、ひとっ風呂《ぷろ》浴びねえか。十二社《じゅうにそう》温泉っていってな、すぐそこに温泉があるんだ。汗まみれでかなわねえや。とにかく、ひとっ風呂浴びて、さっぱりしようじゃねえか」

新宿に温泉があるというのには驚いたが、反対する理由は何もなかった。汗もさることながら、今なお蔦《つた》屋敷のあの浴室で嗅《か》いだ匂いが忘れられず、躰に染みついてしまっているような気がしてならなかった。広い湯船に浸《つ》かって躰を伸ばせば、どんなにか気持ちがいいだろう。

僕たちは公園を抜け、十二社通りを横断した。その通りに沿ってさらに進むと、確かに十二社温泉と書かれた看板が出ていた。その看板はビルの一階にあり、温泉自体は階段を下った地下だった。

受付を入った先には、食事を摂《と》ったり酒を飲んだり出来る休憩室があり、半分ほどのスペースは畳敷きの和室になっていた。その突き当たりで貸しタオルを受け取った僕たちは、さらに奥の脱衣所に入った。脱衣所も洗い場もそれほど広さはなかった。洗い場が湯船の三方を囲んでおり、お湯は烏賊墨《いかすみ》のように黒く濁っていた。

時間が中途半端なせいだろう、浴槽に老人が二人浸かるだけで、それも僕らとほとんど入れ替わるように上がったので、途中からは僕と風太の貸し切り状態になった。出て行く時に見えた片方の老人の痩《や》せて萎《しな》びた背中には、鮮やかな唐獅子《からじし》の刺青《いれずみ》があり、僕は怖れるよりもむしろ感心した。黒く濁った湯に浸かり、静かに息をしていると、躰の奥には冷たく硬い痼《しこ》りがあることに気づかざるをえなかったが、それも徐々にこなれて消えていくような気がした。

「それにしても、駄菓子屋の婆さんがいったのが本当だとすると、あの二人組はいったいどこに消え失《う》せてしまったんだろうな」

僕は手《て》拭《ぬぐ》いで顔を拭いながら、そんなふうにいってみた。

風太はいかにも腹立たしそうに口を鳴らした。

「けっ、そんなのは、あの婆さんの思い違いに決まってるじゃねえか。それなのに、サツの連中は、なんで婆さんの話は信じられても、俺たちのことは信じられねえんだ。ああ、感じがワリいったらねえぜ。なあ、おまえだって気づいたろ。似顔絵を作ったデカの野郎、俺たちがいう通りに絵を描いて見せながら、ほんとのことをいってるのかどうかを、ずっと疑ってやがったんだぞ」

新宿署で僕らの説明に応じて似顔絵を作成した刑事の態度を思い出してみても、僕には彼がずっと僕たちを疑っていたとも、それほど失礼だったとも思えなかったが、それを風太に告げるのはやめにした。風太は黒いお湯の一点をじっと睨《にら》みつけていた。その横顔には、何か頑《かたく》なものが垣間見える気がしてならなかった。

「だいたいデカってのは、誰も彼も、俺たちプー太郎みたいな暮らしをしてる人間を疑ってかかりゃ、それでいいと思ってやがるのさ」

「嶌久さんはどうなんだ？」

「兄ぃは別さ。つまらんことをいうなよな。だけどな、絶対に兄ぃ以外の刑事は信じねえほうがいいぞ。わかったか。――ま、あんたは大学生だから、警察の扱いも違うかもしれんがな」

そんなふうにいわれるのは面白くなかった。きっと風太は、以前に警察からチンピラ扱いをされて、腹が立ったことが何度かあるのだろう。――その時は、風太が故郷で抱えていた事情も、高校に入ってほんの間もないうちに辞めてしまって故郷を飛び出した理由も知らず、僕はただそんなふうに思っただけだった。

その後僕らは、そのまま十二社温泉の休憩室に陣取って生ビールを飲んだ。そこはどこか片田舎の旅館の広間、といった佇《たたず》まいの部屋だった。壁には枝豆や冷《ひ》や奴《やっこ》といった簡単なつまみに加え、各種の定食やカレーライス、ラーメンといったメニューが、黄ばみかけた短冊に書かれて並んでいた。

同じ和室のむこう隅には、僕たちよりも先に風呂を出た二人の老人が顔を寄せ合って坐《すわ》り、入りの悪いラジオみたいな声でぼそぼそと何かを語り合っては、時折豪快な笑い声を上げながら日本酒を酌み交わしていた。

風太はカレーライスも頼んだが、僕は枝豆を摘《つま》むだけで我慢することにした。風呂に浸かってリラックスすることで、すっかり忘れ去っていた食欲は頭を擡《もた》げかけていた。だが、朝、角筈ホテルを出た時に、僕はハルさんから夕食の希望の時間を確認されていたのだった。帰って食べなければ、ハルさんをがっかりさせるだろうとも思ったし、あんなに美味《うま》い夕食を食べ損なうのは僕自身も残念でならなかった。

風太のアルバイトの時間が近づき、僕らは六時半頃にそこを出た。

日が暮れ出し、西の空はすっかり赤くなっていた。高層ビルが建ち並ぶ東の空に目を転じると、既に空は奥行きの深い濃紺色へと塗り込められようとしており、ネオンや高層ビルの窓明かりが眩《まぶ》しくなる直前の間隙《かんげき》を縫って、こんな都会でもいくつも星が見えた。カナカナ蟬が喧《かまびす》しい。虫を捕獲して回る蝙蝠《こうもり》が、独特の鋭角なターンを切りながら辺りを飛び回っていた。

道はわかるかと尋ねる風太に、ここからならば大丈夫だと応《こた》え、僕は今日一日つきあって貰《もら》った礼を述べた。

風太は「なあに」とはにかむような笑みを浮かべた。

「そうだ。おまえ、親父から、銀行のカードは使うなといわれてるんだろ。バイトをしたいなら、紹介してやるぜ。なんなら明日の夜から一緒に来るか」

そんなふうにいって風太が薦めてくれたバイト先は、歌舞《かぶ》伎町《きちよう》にあるというジャズ喫茶のウエイターだった。恩地《おんち》さんというジャズ好きの店主がやる店で、夜はパブとして酒も出す。始終ジャズのレコードを流す他に、何回かのショータイムを設けてバンドの生演奏もやっているという。風太は東京に出て来て以来、そこでずっとアルバイトをしながら、サクスフォンの練習をしているとのことだった。

僕は頼むことにした。

「それじゃあな」

僕らは片手を上げ合って、別れた。

それじゃあな。――今にして思うとどこか懐しく、そしてどことなく不思議な言葉だ。風太とは、あの夏も、それからの何度かの再会の時も、いつでもそんなふうにいって別れた記憶がある。「さよなら」でも「またな」でもなく、いつでも「それじゃあな」といい合っていた。

一人になって歩き出すと、自分がくたくたに疲れていることを知った。大して歩き回ったわけでもないのに、スニーカーの中の足が火照《ほて》っていて、土踏まずの筋が不快に突っ張っていた。後頭部から首のつけ根にかけて、筋肉の張りがある。頭のどこかは確実に高ぶっており、それに生ビールの酔いが加わったせいか、車の騒音がやけに耳障りで神経を逆《さか》撫《な》でするものに感じられた。

長い一日だったと思いながら、僕は角筈ホテルへの道を急いだ。

だが、それでその日が終わったわけではなかった。

2

電話が鳴ったのは、ハルさんと教授の二人と一緒の夕食が終わりかけた頃だった。

夕食は妙なものだった。決して食事がまずいわけではなかった。前日のように盛り沢山の品数は並ばなかったものの、ハルさんの腕前はやはりさすがというしかなかった。実をいえば僕は心のどこかでは、食事を口にした途端に死体のことを思い出し、吐き気を覚えてしまうのではないかと恐れていたのだが、そんなことも起こらなかった。それほどに食事が美味かったのだ。

妙だというのは、他でもなく、教授とハルさんのやりとりだった。吃音症《きつおんしょう》の教授が、次々と様々なことを問いかけては、ハルさんが答えるという形で、ずっと会話はつづけられた。何も大げさなことを問うわけではなく、その日見たテレビや、庭の花々や、そこに来る小鳥や、食事のレシピなど、日常のごくありふれた事柄を尋ね、その合間に、そういえばあれはどうしたろうと、ふと思い出したようにして、昔の何かの話題を俎上《そじょう》に載せる。あとで教授と二人きりの時に聞いた話によると、ハルさんの病気には、そんなふうに何気ない会話をリラックスしてつづけることが、何よりもプラスに働くそうだった。「記憶というものは、生き物なのさ」教授は僕に、そう告げた。撫《な》でたりさすったりして温めてやれば、いつまでも温《ぬく》もりを保って生きつづけるのだと。

お喋《しゃべ》りをするハルさんも、頷きながら聞く教授も、いかにも楽しそうに見えた。

二人の会話に割り込んで、蔦屋敷での出来事を語って聞かせることなど到底出来なかったが、僕にはむしろそのほうがありがたかった。食事の時にしたい話題でも、思い出したいことでもなかった。

電話のベルが、二人の会話を中断した。

席を立とうとする教授を制したハルさんが食堂を出て、間つづきになったプレイングルームにある電話ボックスへとむかった。本当は教授は、ハルさんには電話の応対をさせないほうがいいと、内心そう思っているらしいのが窺《うかが》われた。

にこにこしながら戻って来たハルさんが、僕にいった。

「山之内さんから、あなたに電話ですよ。きっと、あなたのお母さんのことだと思うわ」

僕のほうは、ハルさんのようににこにこすることなど出来なかった。

チラッと教授に目をやってから、テーブルを立ち、部屋を横切って電話ボックスを目指した。冷静なつもりではいたが、一歩進むごとに心臓の鼓動が増し、足下は逆に頼りなくなるばかりだった。

木の扉を引いてボックスに入り、旧式の電話機のすぐ横に置かれた受話器を取り上げてから、僕は何度か深呼吸をした。

「もしもし、師井厳ですが」

僕が名乗ると、

「山之内です——」

と、相手もすぐに名乗り返した。

低音で、電話の回線を通してもよく響く声だった。

「昨日は留守をしておりまして、失礼しました。伝言をお聞きし、一度、昼間もお電話を差し上げたんですよ。しかし、生憎《あいにく》とそちらもお留守でしたので、電話をくれるようにと春子《はるこ》さんに頼んでいたのですが」

口調こそ丁寧だったが、親しみは少しも籠《こ》もっておらず、予《あらかじ》め決めておいた台詞《せりふ》を淡々と口にしているような感じもした。どうやらハルさんは、山之内氏からの電話を受けただけで、僕に告げるのをすっかり忘れてしまっていたらしい。

「すいませんでした」と、僕は詫《わ》びを述べた。「電話があったことを知らなかったものですから——」

「師井健輔さんの息子さんですな」

僕がいい終わらないうちに、山之内氏が言葉を被《かぶ》せてきた。

「父のことを御存じなんですね」

今度は何も応えぬまま、しばらくして問いかけてきた。

「なぜ、我が家の電話番号がおわかりに？」

「角筈ホテルの宿帳を見ました」

山之内氏は、再びしばらく沈黙した。

「健輔氏は、きみがここに電話をしてきたことを御存じなんですか？」

「いいえ。父は知りません。父とは今、会えない状態なんです」

なぜ会えないのか問いかけてきたら、それなりの話をしたいと思ったが、何も訊《き》いてはこなかった。父にも、僕にも、何ひとつ興味はないということだろうか。父のことを健輔氏と呼ぶ山之内氏と父とは、いったいどんな関係なのだろう。

「正直申し上げて、突然こんなふうに電話をされても、私どものほうでは些《いささ》か戸惑っているところなんです」

唐突に吐きつけられ、僕のほうも戸惑わざるをえなかった。

「こんなことをなさる前に、きちんとお父上と話してみては如何《いかが》ですか?」

「父とは今、会えないんです」

僕は同じ言葉を繰り返した。少し頑《かたく》なな口調になっていたのかもしれない。

山之内氏はまたもや沈黙した。

全体に話し方を選んでいるらしいこの間の空け方が何を意味するのか、嫌でも悟るしかなかった。相手は、僕と話したがってはいないばかりか、僕が昨夜ああして電話をしたことについて、かなりの不快感を抱いている。違うだろうか。

「——あの、山之内忍という女性は、僕の母なんでしょうか?」

そんな相手に対して、僕はふと気がつくと、あまりに無防備で考えなしの問いを発してしまっていた。対処の術《すべ》を思いつけなかったのだ。

「失礼ですが、そういった話は、電話で、こんな形でする事柄ではないように思います。とにかく、お父上ときちんと話し、お父上の話を聞いたらどうかね」

「わかりました——」

ぴしゃりとしたいい方に、そう応じざるをえなかった。他にどうすることが出来ただろう。こんなシチュエイションで、自分の母親かもしれない女《ひと》について、慇懃《いんぎん》無礼《ぶれい》な男に縋《すが》って何かを聞き出そうとするなど御免だった。

「それでは、電話を切らして貰いますよ」

山之内氏がいった。

「藤木幸綱という人は御存じですか？」

咄嗟《とっさ》に言葉が出た。

「――なぜかね？」

「今日、藤木さんの屋敷に行って来ました。この辺では、蔦屋敷と呼ばれてるらしいです」

「そうらしいですね」

僕は少し間を置いてから、その屋敷の浴室で死体を見つけたことを告げた。

「もしかしたらもう、テレビのニュースや新聞にも出ているかもしれませんが」

「何をいっているんですか、きみは……」

山之内氏の声には、微《かす》かにだが腹立たしそうな調子が加わっていた。

「さっきまで、警察に行っていたところです」

「警察というのは、どういうことです？　いったい、誰が浴室で亡くなっていたんでしょうか？　藤木さん御本人だというんですか。まさか、そんなことが……」

「死体が誰かは、まだわからないんです」

「わからないとは、どういうことかね」

僕は死体が何日もの間そのまま放置されていたらしいことを告げ、腐敗が激しいので、身元や死因を確認するために、現在解剖されているところだといった。

僕が話し終えてもしばらくは、山之内氏はじっと黙り込んだままだったが、今度は拒絶や怒りのためではなさそうだった。

「奥様は、藤木幸綱という方の娘だと伺いましたが」

促すと、「ええ」と応じた。

「藤木は、家内の実家です。──私のほうからも、警察に問い合わせてみたいのですが、どこの何という刑事さんと話せばいいか、御存じでしょうか？」

僕は嶌久さんの名前を挙げ、「ハルさんの甥《おい》っ子に当たるそうです」とつけたした。

山之内氏は礼を述べた。

そのまま電話を切ってしまいたがっているのは、手に取るようにわかった。

「奥様は入院中だと伺いましたが、どちらがお悪いんでしょうか？」

「はっきりしたことはわからないんです……。いや、つまり……、電話では何とも申し上げられない」

言葉を濁したのははっきりしていたが、踏み込んで追及することは出来なかった。

「申し訳ないが、そろそろ電話を切らせて貰いますよ」

山之内氏は、想像通りのことをいった。

「山之内さん」と呼びかけた。

「突然電話をしてしまって、申し訳ありませんでした。でも、僕も、母のことについて、昨日ハルさんからいきなり話を聞かされて、何がなんだかわからないでいるところなんです。藤木さんの屋敷を訪ねてみたのも、そのためでして……。お願いですから、教えて戴《いただ》けないでしょうか。山之内忍という女性は、僕の母なんですか?」

「私の口からは何ともいえない……。お父さんに訊《き》いてみてください」

山之内氏は、言葉をなんとか押し出すようにいった。

今度は、その口調には、嫌みも拒むような調子もなかった。

その分、僕のショックは大きかった。

3

——あれは肯定と取るべきだ。

夕食を終え、二階の部屋に上がった僕は、ベッドに寝ころんでぼんやりと天井を眺めやりながら、改めてそう思うしかなかった。電話ボックスからテーブルに戻ると、電話のやりとりについて、いかにも遠慮した口調で尋ねてきた教授に、僕ははっきりした答えは得られなかったと言葉を濁していた。だが、実際はあれは答えたも同然ではないか。

しかし、そうだとすれば父だけでなく、もう亡くなってしまった祖父も祖母も、本当は僕の母が死んでなどいなかったにもかかわらず、ずっと嘘をつき通していたことになる。いったい、なぜなのだ。なぜ父と母が別れたと告げるだけでは足りず、僕を産んで間もなく死んでしまったなどと、そんな嘘をつく必要があったのだろう。

何をどこから考えて整理していけばいいものやら、どうにも端緒が見つからなかった。父の行方を見つけ出し、父の口から答えを聞くべきだ！　あれこれと異なる道筋をたどっても、最後には決まってそんな結論にたどり着いた。だが、それではいったいどうやって、父を見つけ出せばいいというのか。

時計の針はゆっくりと動いたり、僕が気づかぬ間にこっそりと何十分も跳《と》んだりした挙げ句に、十時を指した。僕はまるでそれを待っていたかのように勢いをつけてベッドから起き上がると、トイレで用を足し、そのまま部屋を出て階段を下りた。

別段何かの目的があってそうしたわけではなかった。誰とも顔を合わせたくはなかったので、ハルさんや教授と出くわしたなら、そのままちょっと付近を歩き回ってみるつもりで、財布をポケットにねじ込んでいた。

だが、二人ともとっくに自室に入ってしまっており、プレイングルームも食堂も夜の闇の中に沈んでいた。新宿の十時とは思えないほどに静まり返り、庭や隣の神社の境内で騒ぐ虫の声が聞こえるばかりだった。

風音がして、木々が一斉に騒ぐのを聞いた。おそらくその同じ風が雲を流し、月を露《あら》わにしたのだろう。窓からレースのカーテンを透して月明かりが射し、僕の真正面の壁へと庭木の影を落とした。平らだった壁が、突然深い表情を宿し、風の騒ぎに合わせてざわざわと踊り出していた。

僕は壁のスイッチへと急ぎ、プレイングルームの天井灯を点《とも》した。玉突き台に近づき、気まぐれにキューを手に取って球を並べかける途中で、壁際に置かれたピンボールに目が行った。キューを台に戻し、ピンボールマシンに歩み寄った。

改めて近くから見ると、それは初めて目にする、そして非常に奇妙なピンボールだった。ドラム式のピンボールを、昔懐かしきピンボールと思っていた僕にとって、目の前にあるものはピンボールマシンというよりもむしろ、かつて温泉場などでよく見かけたスマートボールや、家で遊んだコリントゲームなどを連想させた。

それというのも、フィールドがとにかく単純なのだ。小気味よく回転するスピナーも、狙い撃ちするドロップターゲットもなく、スリングショットやリターンレーンまでなかった。硝子《ガラス》のむこうに、のっぺりと一層のフィールドが拡がるばかりだ。真ん中に、キックアウトホールと呼ばれる穴がふたつ縦に並ぶ他は、左右対称に、数個ずつのバンパーとポストが配されているだけだった。それに、ボールを弾《はじ》き返すフリッパーの位置もおかしい。手前にふたつ、もしくはその変形として四つあるのが普通だと思っていたのに、フィールドの左右に、奥、真ん中、手前と三つずつ、合計六つが、しかも外側をむいて並んでいた。

バックの絵硝子のほうも変わっていて、残りボール数の表示はおろか、点数を示す表示盤さえなかった。絵硝子いっぱいに描かれた城壁の前で、王様と美女たちが騒いでいた。そういった絵柄の左右に、一万点から七〇万点までの数字が描き込まれ、どうやら得点はこの絵柄が点灯することで示されるらしい。城壁の上空に、ハンプティ・ダンプティと、マシンの名前が入っていた。それを見てひとつ合点がいった。フィールド上の《スペシャル》と書かれたエリアで得意そうに笑っているのは、マザーグースに出てくるお化け卵だ。

僕はジーンズの尻《しり》ポケットから財布を出した。百円玉をスロットルに入れようとして、一ゲーム十円だと知った。硬貨を入れると、床に響く小気味よい音がした。二、三度フリッパーボタンを押し、フリッパーの強さを確かめてみたら、遊び慣れた機械よりもずっと頼りなかった。プランジャーを引いて、最初の玉を放った。

そうやっていざゲームを始めてみると、この奇妙なピンボールマシンには不思議な魅力があった。フィールドがこの上なくシンプルな分、玉を放つ強さの加減と、台を揺らして玉の軌道を操り、フリッパーによって打ち返すという、非常に基本的な腕前が要求された。ただしフリッパーには、打ち返すというほどの強さはなく、むしろ玉を押し戻すというのが適当に思えた。

財布の中の十円玉は、瞬くうちに減っていった。どれぐらい時間が経ったろう。またもや新たな硬貨を入れようとしかけた時に声をかけられ、振り返ると嶌久さんが部屋の入り口に立っていた。

「俺にとっちゃ懐かしい遊びだが、今のガキでもやるんだな」

嶌久さんはいい、右手の指先で挟んでいたたばこを唇に運んで煙をくゆらせた。ネクタイの結び目を緩めるだけ緩めて首からぶら下げており、上着は脱いで肩に掛けていた。腕まくりをしたワイシャツが、汗で躰《からだ》に貼りついて、下のランニングが透けている。

「京都のアパートの傍に、ピンボールを並べたゲーム場がありますよ」

僕がいうと、

「さすが文化と伝統の街だ」

と、まったく感心しているとは思えない口調で感心して見せた。

嶌久さんは、プレイングルームを横切ってこっちに近づいて来ると、そのまま僕の後ろを素通りした。幅一間ほどの長さのカウンターのむこう側に入り、壁に作りつけられた洋酒の棚を物色し始めた。

途中で手をとめ、僕を見やり、随分と顔の動きを省略したように思える薄い笑みを浮かべた。

「もうゲームはいいのか？　それなら、こっちに来いよ。近づきの印だ。一杯やろうぜ。酒は何がいい？」

僕にとってそれは、またとない誘いだった。本当をいえば、あそこに並んだ酒は勝手に飲んでしまっていいものかどうか、ハルさんに訊いておかなかったのを悔やんでいたところだったのだ。神経がハリネズミみたいに立ってしまっていて、それを宥《なだ》めて眠るには、酔うしかない気がしていた。

スツールに坐《すわ》った僕に、嶌久さんは酒の好みを尋ねたが、よくわからないので同じ物にして欲しいと答えるしかなかった。

「それじゃ、バランタインをやろうぜ。十七年物だがな。飲み方はどうする？」

嶌久さんが、棚からボトルの一本を下ろして、いった。

水割りと答えた僕に、「いい酒は、そんなふうにするもんじゃねえんだぜ」と例の笑みを浮かべ、小莫迦《こばか》にしたような口を利いたものの、それから「待ってろ。今、水と氷を持ってきてやる」といい、動こうとする僕を手で制して自らキッチンにむかった。

ほどなくして、清涼飲料水のボトルを右手に、氷を製氷皿ごと左手に持って戻って来た。

「駄目だな、こりゃ。どこに何があるのか、さっぱりわからねえや」

嶌久さんはそうぼやきながらプラスティック製の製氷皿をたわめ、浮き上がらせた氷を指先で摘んでは抜き取った。並べて置いたふたつのグラスに、三、四個ずつ放り込むと、琥珀《こはく》色の液体を注ぎ、清涼飲料水のボトルを添えてグラスのひとつを差し出してきた。

「自分で好きな濃さにしな」

僕は少し濃いめぐらいに水を入れて掻《か》き回した。

嶌久さんのほうは、オン・ザ・ロックのままだった。気怠そうにグラスを掲げてくるのに掲げ返してから、僕は水割りに口をつけた。当時、友人たちと飲んでいた酒はレッドやホワイト、奮発してオールドぐらいまでで、バランタインを飲むのはこれが初めてだったが、大して美味《うま》いとも思えなかった。

「どうもあの死体は、自殺らしいぜ」

新しいたばこを抜き出して火をつけながら、嶌久さんがいった。スツールに足を組んだ姿勢で坐り、斜め前方をむいていた。

「解剖で、はっきりしたんですか？」

「中を開いた結果があれこれはっきりするのには、まだ少しかかるといっただろ。だがな、二階の荷物の中から、遺書が見つかった」

「――それで、何と書いてあったんです？」

「大したことは書かれちゃなかったさ。疲れたとか、すまないとか、そんなふうな走り書きの短い文面だった。それから、荷物の傍にゃ、ほとんど空になったウィスキーの瓶が転がってたぜ。酔って、朦朧《もうろう》となってから書いたってところだろう」

「遺書の署名は……？」

「藤木幸綱となってたよ」

「誰に宛てたものだったんです？」

「娘の山之内忍だ。聞き込んだところによると、彼女はまだ娘だった時分に、勘当同然に家を出て、それ以降はまったく家に寄りついてなかったみたいだな」

「――勘当同然」

「ああ」

「何があったんでしょうか？」

「それはわからんよ」

そういいながら、嶌久さんは上着を引き寄せて内ポケットを探り、縦に四つに折った紙片を差し出した。

「これが遺書のコピーだ。見るか？」

コピーとはいえ、現物が目の前にあることに、僕は我知らずどぎまぎした。受け取り、ゆっくりと開けた。コピー用紙のつるつるした手触りと、祖父かもしれない人間が死を間際にして書いた遺書という存在とが、不釣り合いに思えてならなかった。

《こんなことになってすまない。だが、疲れはてた。今になってみると、四月にきみがここを訪ねてくれたことが、せめてもの救いになった気がする。母さんの所へ行く。いつまでも、きみが幸せであることを祈っている。》

それはそんな短い文面で、筆跡も随分乱れていて、確かにいかにも酔った上での走り書きに見えた。

「さっき署のほうに、山之内って男から電話があった。それで、この遺書のことも含めて、一通り話をしておいたぜ」

僕は嶌久さんを見つめ返した。

「ここに電話がありまして、山之内さんとは、僕もさっき話したばかりです」

「ああ、そのことも聞いた。おまえが、俺の名前を伝えたんだってな」

「まずかったですか？」

「そんなこたあないさ。万が一、自殺じゃねえとしたら、俺が担当することになるヤマだ。遺体の身元をしきりと気にしてたんで、正確に身元がわかるまでには、まだ若干の時間を要するともいっておいたぜ」

「──でも、藤木さんの遺書があったのに」

「いくら遺書があったって、遺体はあんな状態なんだぞ。いわゆる変死体ってやつだ。正確な顔の確認も不可能だし、指紋も消えちまってる。解剖して、死因を特定し、血液型や歯型の確認が取れてからじゃなきゃ、最終的な断定は出来ねえよ」

「──それじゃあ、まだ二、三日はかかるんですか？」

「ま、そんなとこだろうな」

嶌久さんはグラスを口に運んだ。たばこの煙が、グラスの表面に屯《たむろ》しながら薄まって消えた。

「藤木幸綱という人は、仕事とかは何をしていたんでしょう？」

「ああ、それなら、役人さ。都庁に勤めてたそうだぜ。もっとも、十年近く前には職場を退き、その後は所謂《いわゆる》、悠々自適ってやつだったみたいだがな」

「でも、それであんなに大きな屋敷を──？」

「あすこはな、俺がガキの頃からずっとあのまんまさ。なんでも、戦前からあそこに暮らしてたって聞いたことがある。戦争で一度焼けたのかもしれんがな。昔っから、蔦が凄《すご》い屋敷だったよ」

「──嶌久さんは、僕の父があの蔦屋敷の女性とつきあってたかもしれないとは、知らなかったんですか？」

「おまえの親父とお袋のことを、知ってて隠してたのかって訊《き》きたいのかい？　それなら、答えはノーだよ。今日、あの蔦屋敷で、おまえがあすこの孫かもしれんなんて話を聞いても、半信半疑だったぐらいなんだぞ」

「でも、ハルさんは、昔から忍って人を知ってるみたいでしたよ」

「そんな目で見るなよ。嘘じゃねえさ。俺はまだ三十一だぜ。おまえの親父たちと、いくつ違うと思ってるんだ。もしも山之内忍って女がおまえのお袋だとして、おまえ、風太と同じ歳だろ。おまえが生まれた十九年前には、俺だってまだ中学に上がるか上がらないかって歳だったたんだぜ。棒っきれを持って走り回ってたようなガキに、何がわかるっていうんだ」

僕は黙って水割りを飲んだ。

「それからな、あの屋敷はもう、藤木幸綱の持ち物じゃなくなってたぜ」

「人手に渡ってたんですか——？」

門の表札がなくなっていたことを思い出し、僕は尋ねた。

「ああ。二ヶ月ほど前に、業者を介して土地ごと売ってる」

「二ヶ月……」

僕は呟《つぶや》いた。娘の山之内忍が訪ねてきて、久しぶりに親子の再会を果たした翌月には、あの屋敷を売り払ってしまったことになる。いったい、何があったのだろう。

「自殺の動機は、はっきりしたんでしょうか？」

「それもまださ。自殺だったとして、の話だが、なぜ売り払った屋敷に戻って命を絶ったのか、二ヶ月前にあの屋敷を買った相手や、間に立った業者にも、事情を聴く必要があるだろうな。それから、藤木の戸籍を調べたぜ。妻は、もう四年前に亡くなってる。子供は忍以外に、二歳年上の兄がいたが、今から二十年ほど前にやはり亡くなってるな。つまり、あの屋敷に、藤木は夫婦二人きりでずっと暮らしてきて、カミさんが死んじまってからの四年間は、一人だったことになる」

「娘の忍が、山之内亨と結婚した年はわかりましたか――？」

「七六年。今から十四年前だ」

山之内忍が僕の母だとすれば、僕を産んだ五年後に山之内亨と結婚したことになる。いや、もう認めるべきなのだ。山之内忍という人は、僕を産んだ母にちがいない。勘当同然に家を出たとは、いったい何があったのだろう。もしかして、僕や父と何か関係したことなのだろうか。

「それから、忍にとっては、それが初めての結婚だった」

嶌久さんがそうつけたした。

僕はさり気なく聞き流したように装おうとした。僕は父と母が籍を入れずに生まれた子供だ。そんなことは、ずっと昔に聞かされてわかっていたはずではないか。

だが、嶌久さんのひと言に、予期せぬショックを受けていた。たとえ山之内忍が僕の母だとしても、僕と彼女の間には何ひとつ繋《つな》がりはない。彼女の人生の中で、僕という存在は、まったくないに等しいのではないか。戸籍などただの紙切れにすぎないと思ってみても、そんな疎外感は消せなかった。

「嶌久さんのほうから、本当に父に連絡を取ることは出来ないんですか？」

僕が訊くと、嶌久さんは心の内を見透かしたような顔で首を振った。

「ああ、出来ない。ヤサを転々としてるんだろうさ」

「本当ですか？」

「くどいぜ」

空になった僕のグラスを顎《あご》の先で指し、ボトルをこっちに押しやってきた。

「俺はちびちび飲むのが好きなんだ。もっと飲《や》りてえなら、自分で作んな。あんなものを見た日は、そんなふうにして眠っちまうのが一番さ」

僕は新しい水割りを作った。一杯目よりも一層濃くした。

それを呷《あお》り、胸元に灼《や》けるような感じを覚えながら、新しいたばこに火をつけた。胸の中に半ば投げやりな気分があり、それをアルコールとニコチンで紛らせてしまいたかった。

嶌久さんはそんな僕を横目で見ながら、自分のグラスを啜《すす》りつづけていた。

「ま、明日になりゃ、テレビや新聞がますます騒ぎ立てるだろうから、蔦屋敷の事件を知れば、親父のほうから繋ぎを取ってこないとも限らん。もうしばらく待ってみるんだな」

「——父とは、いつからの知り合いなんですか？」

「そうだな。最初に知ったのはもう、かれこれ五、六年ほど前になる」

「どこで、どんなふうに？」

「おいおい、デカにむかって、事情聴取かい」

「だって刑事と僕の親父が親しいなんて、信じられないから」

僕がしどろもどろにいうと、嶌久さんはそれを楽しむように話し始めた。

「最初はこの角筈ホテルに、客として何日か滞在してたのさ。ハルさんを訪ねたら、おまえの親父がちょうどここで一人で飲んでてな。誘われりゃ、俺も嫌いな口じゃないんで、一緒に飲んだのさ。だがな、それから半月も経たないうちに、今度はワッパを嵌《は》めかけたんだよ」

息を詰めた僕にむかい、片唇を歪《ゆが》めて微笑んだ。

「——といやあ、まあ半分は本当だが、半分は嘘さ。結局は俺は嵌めてねえんだから、いいじゃねえか。ようするに、ある事件について、おまえの親父に協力を仰いだのさ。お互い、ここで飲んでる時は、自分の職業にゃ触れなかったんで、捜査中に出くわした時には俺もおまえの親父も驚いたがな。だが、叩《たた》けば埃《ほこり》が出そうな男だってことは、最初からなんとなくわかってた。蛇の道は蛇ってやつだ。そうなると、普通は道はふたつしかねえんだ。叩いてその野郎にワッパを嵌めるか、目こぼしをしてやる代わりに情報を差し出させるか」

「ふたつ目の手を選んだわけですか――?」

「いいや、違う。俺とおまえの親父との間にゃ、三つ目の道が出来たんだよ。気が合い、ポン友になっちまったのさ」

「――――」

「あとから思やあ、俺が丸め込まれたのかもしれんな。俺もまだ半ば駆け出しで、デカとしちゃ右も左もわからねえような頃だったからな。だが、少し時間が経ったあとで、丸め込まれたのかもしれんと気づいても、嫌な気分はしなかったぜ」

「なんでですか?」

「なんでか、な。わからんよ。ただな、俺がおまえぐらいだった頃のことを思い返しても、息子なんてもんがてめえの親父のことをどれだけわかってるかわからんがな、俺にゃこれだけはいえる。おまえの親父は、面白え男だぜ」

「父は、誰からどうして逃げ回っているんでしょう?」

「それは、おまえは知らないほうがいいってことになってるんじゃなかったか」

「――父が僕をこの角筈ホテルに預けたのには、何か意味があるんでしょうか?」

「そりゃまた、どういうことだ?」

「この角筈ホテルと、僕の母の実家かもしれない蔦屋敷とは、ほんの目と鼻の先の距離じゃないですか。しかも、山之内忍という女性は、三ヶ月ほど前に、実に久しぶりで里帰りをするためにこの角筈ホテルに泊まってる。僕にもよくわからないんですが、もしかしたらこれはただの偶然じゃないような気がしたんです」

「ふうん、なるほどね」嶌久さんは下顎を撫《な》でた。「確かにそういう考え方もあるのかもしれんな」

しばらく中空を睨《にら》んで思案顔をしていたが、「わからんな」と、結局、そう吐き捨てただけだった。

「俺にも、今の時点じゃあ何ともわからん。おまえの親父のことだから、何か考えがあるのかもしれんが、とにかく今は俺もおまえも、むこうからコンタクトを取ってくるのを待つ以外には手がないってことさ。ま、どっしりと構えてろよ」

嶌久さんはグラスを飲み干すと、もう新たに注ぎ足そうとはせず、氷をひとつ口に投げ込んだ。音を立てて嚙《か》みながら、スツールから腰を上げた。

「さて、それじゃあ俺はそろそろ行くぜ」

上着を手に取り、振り返った。

「おっと。それから、おまえのお袋の話に戻るがな。蔦《つた》屋敷にあったあの遺体が藤木幸綱のものだとはっきりしたら、山之内は夫婦揃って上京して来るといってたぜ。通夜と葬儀を、自分たちの手で挙げるそうだ。その時、知りたいことはすべて直接訊くんだな」

「——わかりました」

僕の声は、幾分かすれていたかもしれない。

背中をむける嶌久さんを、僕は「ちょっと待ってください」と呼び止めた。

「この角筈ホテルのことも教えて貰《もら》えませんか？」

「何が訊きてえんだ？」

「ハルさんは、嶌久さんの伯母《おば》さんに当たるそうですが――」

「そうだよ。俺の死んだ親父の姉貴さ」

「ハルさんがこのホテルを造ったんですか？」

「いいや、戦後じきにハルさんの亭主が建てたんだ」

いかにも面倒がっているような切れ切れの答えに、僕が次の問いかけ方を考えていると、嶌久さんは上着を玉突き台に置いた。

「もっとも、ホテルに改装して客を泊めるようになったのは、その亭主が朝鮮戦争の頃に死んじまってからだそうだがな。女が食っていくにゃ、そうするしかなかったんだろうぜ。それ以来ずっと、ハルさんが女将《おかみ》として切り盛りしてきたんだ。俺の親父もまだ若かった頃にゃ、ここを手伝いながら学校に通ってた時期もあるらしい。親父にとっちゃ、少し歳の離れたハルさんが母親代わりみたいなもんだったのかもしれんよ。俺だって、ガキの頃にゃ、よくここに遊びに来たもんさ。広くて遊ぶ場所にゃ事欠かなかったし、異国情緒みたいなものもあって珍しかったしな。庭から裏の神社の境内にも行けて、今じゃもう埋めちまったが、当時はあの境内に防空壕《ごう》なんかも残ってたりしてた。探検のつもりで、勝手に中に入り込んだもんさ」

喋《しゃべ》る途中から、懐かしそうな顔つきになった。僕は段々気づき始めていたが、この人は見かけの冷淡な印象とは裏腹に、優しい人のようだった。たぶん、今夜も、僕の様子を見に来てくれたのだ。

「——このまま放っておいていいんですか？」

だが、僕がそう問うと、元の冷淡な顔つきに戻ってしまった。

「何がだ？」

「ハルさんの健康状態です」

嶌久さんは唇の合わせ目を微妙に動かしながら、ポケットを探っていると思ったら、ピンボールに歩いてコインを入れた。

「おめえの目から見ても気になるか？」

最初のタマを弾《はじ》きながら、訊いてきた。顔はピンボールのフィールドにむけたままで、僕を見ようとはしなかった。

嶌久さんが何度かフリッパーを操作する間、僕は答え方を考えていた。

「ハルさんの夕食は絶品だと思います。でも——」

「でも、何だ？」

「昨日、僕をどの部屋に通すのかを忘れてしまってたみたいです」

「——そうかい」

「ハルさんには、子供は？」

「亭主を亡くし、ハルさんが女手ひとつで育てた息子がいるよ。そいつが今、このホテルを売ろうとしてるところだ」

「売るって、何でなんです？」

「何で売るのか、っていうのかい？　それなら、答えは高く売れるからさ」

「だって、ハルさんが大切に守ってきたホテルなんでしょ。息子が継ぐって方法だってあるはずなのに――」

「おまえなら、おまえの親父がやってきたことを継ごうと思うかい？」

僕は答えに詰まってしまった。父のインチキ商売を継ぎたいとは、勿論《もちろん》、思えなかった。だが、もしも父がこうしたホテルを大切に守ってきたとして、何かがあって僕が継がなければならなくなったとしたら、躊躇《ためら》いもなく継ごうとするだろうか。

「ハルさんの息子は、今は大手銀行の課長か何かで、この五年ぐらいはずっと家族共々ニューヨークだかシカゴだかに赴任中さ。日本に滅多に帰って来ることもないような、エリート銀行員だ。ガキの頃から勉強の出来るやつでな。ハルさんは、そのことをとても喜んでた。出来のいいガキが、出来のいい頭を発揮していい大学を出て、いい勤め先を見つけたんだ。それはそれで、いいことだろ」

「――――」

「聞いたかい。この夏の終わりにゃ、ここを閉めることになるらしい」

「教授と風太から聞きました。僕が最後の客になるだろうって……」

「ハルさんがあんな状態になってからは、客を取ってなかったからな」

「あの親爺《おやじ》は別さ。ここがすっかり気に入っちまって、もう長いことここで暮らしてるんだ」

「教授がいますが」

「何を教えているんでしょう？」

「あの話し方で、人前ですらすらと講義が出来ると思うか。何も教えちゃいないよ」

「でも、それじゃあなんで教授と――」

「昔、本を書いてたみたいだぜ。どんな本かは知らんがな。訊いても、教えようとはしないのさ」

「ハルさんの親戚《しんせき》か何かなんですか？」

「いいや、長期滞在客ってやつだよ。最初は仕事に便利だからってことで、月極で借りてたらしい。昔は、そんなふうにして利用する客が多かったのさ。静かさと家庭的なサービスが気に入って、缶詰になるならこの角筈ホテルだと決めてた作家だとか、何日もここに籠《こ》もって映画のシナリオを仕上げてたシナリオライターや映画監督のグループだとかな。興味があるなら、ハルさんにいやあ、喜んでアルバムを見せてくれるだろうさ。――今から思やあ、あの頃が、伯母さんにとって一番いい時代だったのかもしれんよ」

嶌久さんは、僕の前で初めてハルさんを「伯母さん」と呼び、無愛想な口調に少しだけ違うものを滲《にじ》ませた。

「それで、ハルさんは、このホテルを閉めたあとはどうなるんでしょう？」

そう訊くと、ピンボールのフィールドから目を離し、ほんのチラッとだが僕を見た。

「息子は、ここを売った代金で、最高級の医療設備が整った施設に入れるつもりだといってる。だがな、それ以前に、俺が気になってならないのは、ハルさんはこの夏の終わりにゃ自分がここから出ていかなけりゃならないってことを、はたしてきちんとわかってるのかどうかってことさ」

「────」

「長いことずっと、ミヨさんって人がここで働いてた。この角筈ホテルは、ハルさんとミヨさんの二人で切り盛りしてたんだ。なんでも、ミヨさんは、戦争で家族をみんな亡くしちまったらしい。ハルさんとは幼馴染《おさななじ》みだったらしくてな。ハルさんと再会してからはずっと、この角筈ホテルに住み込みで働いてきたのさ。あんまり二人が仲がいいので、事情を知らない客の中にゃ、ハルさんたちを姉妹だと思ってた連中もいたみたいだぜ。そのミヨさんが、去年の秋頃に亡くなってからさ、ハルさんの調子がおかしくなり出したのは。最初はちょっと物忘れが激しい程度だったんだが、段々と加速度をつけて症状が悪化してきたんだ」

僕が言葉を探していると、嶌久さんは「ああ、もう飽きたぜ」と声を上げてピンボールの前を離れた。

玉突き台の上着を取り上げて肩に掛け、僕に顎《あご》をしゃくって見せた。

「すっかりこれが気に入ったみたいじゃねえか。あとは、おまえやれよ」

その時になって初めて気づいたが、驚いたことに嶌久さんはさっきから僕と会話を交わす間中ずっと、ひとつのタマで遊びつづけていたのだった。

それがこのシンプル極まりないハンプティ・ダンプティというピンボールマシンに於《お》いてはどれほど驚くべきことなのかは、嶌久さんがここに現れるまでさんざんプレイをしていた僕にははっきりと実感出来た。

バックグラスの点数表示に目をやって、僕はまた吃驚《びっくり》した。ちょうど四十万点が点灯していた。一万点以下の端数が存在しないこのピンボールの点数表が表示しうる最高得点が七十九万点。そのおよそ半分で切り上げたことになる。偶然ではなく、四十万点に達したところでタマのコントロールを放棄したのだと知れた。このまま嶌久さんが残りふたつのタマでプレイすれば、苦もなく最高得点にたどり着くにちがいない。

「凄《すご》いテクニックですね！」

僕はいった。感嘆の気持ちを露《あら》わにするばかりでなく、尊敬の眼差《まなざ》しもむけていた。

嶌久さんは、例のニヒルな表情を一瞬崩し、案外と嬉《うれ》しそうな笑みを浮かべた。

「昔、随分とプレイしたからな」

「それにしても、これは珍しいピンボールですよね」

だが、僕がいうと、一瞬とはいえ表情を崩してしまったことを悔やむかのように、今度は鼻先にほんの薄い笑みを過《よぎ》らせただけだった。

何もわかっちゃいないんだな、と、いかにもそういいたげな笑みの意味は、数日後に教授の口から説明を聞かされるまでわからなかった。ハンプティ・ダンプティというこの台は、フリッパーが取りつけられた世界最初のピンボールだったのだ。ゴッドリーブ社によってこの台が作られたのは、一九四七年の秋のことだった。それは革命的な出来事で、この台が誕生した僅《わず》か三ヶ月後には、フリッパーのないピンボール・マシンはすべて時代遅れになってしまったそうだった。教授はさらに、大恐慌時代に登場したバッフルボールというマシンの話までしてくれた。ハイスコアのホールが四つフィールド上にあり、フィールドの下部にはロースコアのポケットが並ぶだけのこの単純な機械が、アメリカ人を熱狂させて国民的な娯楽の座を摑《つか》んだことから、ピンボールの歴史が始まったのだ。

だが、さすがの教授でも、なぜハンプティ・ダンプティのような台が、どこをどう巡ってこの角筈ホテルに来たのかは知らなかった。

嶌久さんが出て行ったあとで、僕が緊張とときめきの中で慎重に弾き出したタマは、努力も虚《むな》しくあっさりとボトムに落ちて行った。

5

その夜、僕は夢を見た。

夢の中には母がいた。夢の母は、僕がお守りに入れて持ちつづけていた写真の顔をして、あの写真のままの笑顔を浮かべていた。そのことに懐かしさよりもむしろ、苛立《いらだ》たしさと憤りを覚えながら、僕は必死で母を呼んだ。だが、いくら呼ぼうとも、母は少しも僕に気づかず、ただ漠然と微笑みつづけるばかりだった。僕たち二人の間は、透明な厚い硝子《ガラス》で隔てられてしまってでもいるようで、母には僕の声が聞こえない。呼べば呼ぶほど哀しみが増す。母は僕に気づかぬまま、少しずつ遠ざかってしまう。母は車に乗っているのだ。運転席でハンドルを握るのは父だ。いや、一瞬そんな気がしたのは間違いで、それは見も知らぬ男だった。それにもかかわらず、その男が母の大切に思う相手であることを、なぜか僕は知ってしまっていた。母と一緒に角筈ホテルに泊まりに来たのは、この男に他ならないはずだ。僕には、母とこの男とがホテルのプレイングルームでくつろいで、ハルさんたちと楽しげに喋る姿が見えた。ということは、この男が山之内亨なのか。顔立ちさえはっきりしない男を前にして、僕はそう思っていた。いつの間にやら、風太や教授も一緒にいた。嶌久さんまで一緒だった。みんなで、いかにも楽しげに、ハルさんが心を込めて作った夕食を摂《と》っている。それなのに、僕一人だけが仲間はずれで、離れたところからそんな彼らを見ているしかなかった。その時、父の声がした。振りむくと、父が僕を睨《にら》みつけ、行儀悪くそんなところに立っていないで、おまえも早くテーブルにつけと手招きした。

僕と父は並んでテーブルに坐《すわ》った。いつの間にか風太たちも誰もいなくなっており、父の横で僕は子供に戻ってしまっていた。いや、誰もいないわけじゃない。僕らの前には、テーブルのむこうに、母と男が並んで坐っていた。

「――皿をカチャカチャいわせて食べるなよな」

父が小声で囁《ささや》いた。冗談めかしてはいても、顔がどことなく不自然に強《こわ》ばっていて、父らしくもなく周囲に気を遣っているのが痛いぐらいにわかる。そう思った瞬間、僕は景色が細かく罅割《ひびわ》れて、そのむこうからもうひとつの世界が動き出すのを感じた。そうだ、これは夢じゃない。遥《はる》か昔の幼い日に、父と二人で共有した思い出だ。母との間を隔てていた硝子が罅割れる。母が写真から抜け出して、生身の母の顔になる。車の窓から首と手を突き出し、僕にむかって懸命に振っていた。母の唇が動いているのは、たぶん、僕の名前を呼んでいるのだ。

「置いていかないで――」

遠くで誰かの声がする。

「僕を一人にしないで――」

誰か親しい人の声がする。

――そうじゃない。あれは僕自身の声だ。母を求め、幼い僕が必死で叫んでいるのだ。躰《からだ》が落下するような感覚とともに目覚め、僕は自分が角筈ホテルのベッドに横たわっているのを知った。朝までまだ間があるとわからせる闇が色濃く屯《たむろ》しており、天井だけがぼんやりと白かった。虫まで寝静まっているようで、僕自身の呼吸が聞こえるばかりだった。びっしょりと汗をかいていた。それよりも遥かに不快なのは、目の玉と瞼《まぶた》の隙間に残る熱い感覚だった。ゆっくりと一度瞼を閉じると、新たに頬を伝わるものがあった。僕はそれを手の甲で拭《ぬぐ》い、拭えば拭うほどに腹立たしさが増した。

――なぜ忘れていたのだろう。

風太と一緒に角筈ホテルへの道を歩きながら、以前にここに来たことがあるように思ったのはデジャヴや錯覚ではなかった。

どんな事情だったのかはわからない。だが、いずれにしろ僕は以前、父に連れられてここに来ている。

この角筈ホテルで最後の夕食を摂り、そして、母に捨てられたのだ。

II部　暗い夜の底

五　アルバイト

1

　翌朝、僕は教授からアルバイトの話を持ちかけられた。ハルさんの作ってくれた朝食を食べ終えて部屋に戻ろうとしたところで声をかけられ、時給五百円で本の整理を手伝わないかといわれたのだった。

　僕は引き受けることにした。蔦《つた》屋敷の浴室から見つかった遺体が藤木幸綱だとはっきりするまでは、くよくよと頭を悩ませてみてもしょうがない。父とも連絡が取れない以上、今のところは大人しくこの角筈《つのはず》ホテルで過ごしているしかない。そんなふうに思おうとし始めているところだった。角筈ホテルの宿泊代は父が払うことになっているようだったが、ほぼ躰《からだ》ひとつで京都からやって来た僕は、財布にほとんどお金が入っていなかった。少し稼がないことには、じきにたばこ銭にも困ることになるだろう。

　昨夜思い出したあの夕食会のことをハルさんに問いかけるのも、当分は見合わせるつもりだった。ただ問い質《ただ》したところでハルさんを混乱させるのがおちで、益することは何もない気がした。それに、朝の光を浴びるとともに、父と二人でこの角筈ホテルに来て母と会ったなどというのは、やはり夢かただの思い過ごしで、現実の出来事ではないような気もしてならなかったのだ。

一階の奥にある教授の部屋に足を踏み入れた途端、僕は思わず息を呑《の》んでしまった。凄《すさ》まじい本の量だった。まるで部屋そのものが、本で出来ているように見えた。壁という壁はすべて本棚で埋め尽くされ、棚と天井との隙間にも、本がびっしりと積み重ねられている。

窓辺に置かれた机がひとつと、小振りの洋服ダンスがひとつ、それにベッドがひとつ。その三点の家具については二階の僕の部屋と同様で、ここも元は普通の客室だったことを辛うじて伝えていたが、そういった家具の周りもまた、足を踏み入れる隙間もないほどに本で埋め尽くされていた。高いところでは胸辺りまで、低いところでも腰辺りまでは本が積まれて行く手を遮り、その本の山を乗り越えるか迂回《うかい》するかしないことには、机にもベッドにもたどり着けそうにない。

「入り口付近に積んである本から順に、隣の部屋に移して欲しいんです」

教授はいった。本の圧迫感で息苦しさを感じている僕とは対照的に、教授のほうはなんだか活《い》き活《い》きとして見えた。

「この部屋はもういっぱいすぎて、あれこれ本を整理することも適《かな》わないので、ハルさんに頼んで、しばらくは隣の空き部屋も使わせて貰《もら》うことにしたんですよ」

そういい、廊下を僅《わず》かに戻って隣のドアを開けた。

備えつけの家具以外には何もなくてすっきりとした部屋の真ん中に、潰《つぶ》した段ボール箱がいくつも積み重ねてあった。

「あの段ボールを組み立てて本を詰めるのですが、詰める順番をきちんと考えて分類していかないと、どこに何が入っているのかごちゃ混ぜになり、手に負えなくなってしまいます。ですから、必ず私が整理を終えて部屋の入り口に積んである本だけを、各々の山が決して混ざらないように注意しながら、こちらの部屋に移して欲しいんです」

「――あの、ここから出て行くために、荷造りをするということなんですか？」

わかりましたと頷《うなず》いたのち、躊躇《ためら》いがちに僕が訊《き》くと、教授は顔を曇らせた。

「そういうことになるかもしれません」

「行く先は？」

「それは、ぼちぼち考えるつもりです。ですが……、それよりも、私には、ハルさんのことが心配でしてね。出来ることなら、このままいつまでもここで、このホテルを守っていて欲しいんですが……」

僕の視線に気づくと笑みを浮かべ、教授は背中をむけて元の部屋に戻った。

そして、部屋に足を踏み入れると、本の山の間を縫って、一旦《いったん》右側の本棚の正面へむかった。その本棚の前には、躰を横にすれば通れるぐらいの細い隙間が開いており、そこから本棚に沿って移動したのち、今度はベッドの縁に沿って左へ曲がった。ベッドの足元までたどり着くと、躰を真横にむけ、蟹《かに》歩きで本同士の隙間をそろそろと抜ける。

十畳ほどの広さの部屋の窓辺にある机に、そんなふうにしてやっとたどり着き、机から厚い大学ノートを取り上げた教授は、たった今の動作を正反対にひっくり返して戻って来た。

何気なくやっているように見えるものの、もしも教授以外の人間がこの狭い隙間を抜けようとすれば、躰のどこかが本の山に触れて崩してしまうのは確実と思われた。

「ちょうどいい機会なので、蔵書の整理を徹底的にしてしまおうと思っているんです」

と、教授は説明をつづけた。

「もう少し使い勝手をよくしたほうがいいですからね。そのために、私はこのノートに必要な心覚えをつけています。それが済む前に本を動かされると困りますので、あまりはりきって急がなくても結構ですよ」

僕は「はあ」と、間の抜けた返事をした。

「いったいここには、何冊ぐらいの本があるんでしょうか？」

「わかりません」

「この本を、全部読んでるんですか？」

「それは、時々訊かれる質問ですが、本には色んな読み方がある。例えば、書店で書棚を見回すとしましょう。すると、なぜかはわからないが、どうにも気になってならない本がありますす。そうでしょ。本が、語りかけているんです。きみはその本に近づき、書棚から抜き出し、まずカバーを眺めるでしょう。その手触りを楽しむかもしれない。それから目次を読んだり、あとがきを繰ってみたりしてから、気に入った箇所をいくつか拾い読みしてもみるでしょう。そして、場合によっては、その本を買って帰る。その後、じきにきちんと読み通すかもしれないし、部屋のどこかに積んだまま、何年かが経ってしまうのかもしれないが、実をいえば、それはもうどちらでもいいことでね。その本ときみとが、そうして出逢《であ》ったことが大切なんです。書店でそんなふうに本を味わったこと自体が、既にもう本のひとつの読み方なんですよ。もっとも、私の場合は、主に古書店ということになりますがね」

僕はまた「はあ」と間の抜けた返事をした。なんとなく煙《けむ》に巻かれたような気分は否めなかった。

それよりも、教授が話しつづける途中でふと大変な発見をし、そのことのほうにむしろ驚きを感じた。

この部屋に足を踏み入れてからの教授は少しも言葉に詰まらず、吃音症《きつおんしょう》も赤面症も出ていなかった。自信に満ちた口吻《くちぶり》で、すらすらと名調子で語っている。その口調があまりに流暢《りゅうちょう》なために、今の今まで僕は教授の吃音症のことをすっかり忘れていたほどだったのだ。

「本の地図がね、頭に入っているんですよ」

どこにどんな本があるかわからなくならないのかと訊くと、今度は教授はそんなふうにいった。

「図書館の司書さんならば、到底こんな置き方はしないでしょうが、私にはこのほうがずっとわかりやすいんです。この部屋の本そのものが、私の脳味噌《のうみそ》の一部といえばいいでしょうか。それとも、私の脳味噌そのものを拡げたものだといえばいいのか。とにかくですね、この本の一冊一冊は、目に見えない血管で繋《つな》がっていまして、その血管は、私のここに」と、自分の頭を指さした。「いつでも新鮮な知的興奮を運んでくれているんです」

僕は話を聞いているうちに段々嬉《うれ》しくなってきた。自分が読書家だとはとてもいえなかったが、それでも決して僕は本が嫌いではなかった。それに本の持つ匂いや空気そのものにも惹《ひ》かれていた。大学に入学した四月や五月の間は、新しい友達もまだ出来なかったこともあり、大学の図書館に時折顔を出しては本を借りたり、昼下がりの利用者が少ない静かな図書館で読書に耽《ふけ》ったりもしたものだった。

ただ、問題は、いったいどんな本をどんなふうに読めば最も面白いのかが今ひとつわからず、いつの間にかお手軽と思えるベストセラーに手を出しただけで終わってしまったり、そうして本に手を出す代わりにビデオを見たり、コンパや飲み会に顔を出したり、ぷらっと友人の下宿やアパートを訪ねて話し込み、いたずらに時間を過ごしてしまったりするのが多いことだった。誰もがそうではないだろうか。

しかし、教授は違うのだ！　この部屋には、教授だけの宇宙がある。教授はすべてが自分の血となり肉となる本に囲まれて、興味が赴くがままに空想の翼を拡げ、果てしない広大な世界を飛び回っている。教授は旅人だ。吃音症でも赤面症でもなく、人前でおどおどし戸惑うこともなく、次には自分が何をしてどこへ進みたいかを知っている誇り高き旅人なのだ。

「――でも、教授は、お仕事は何をなさっているんですか？」

それなのに、なんということだろう……。僕はたった今、自分がそんな素敵な想像を巡らせたにもかかわらず、色褪《いろあ》せた質問を口にしてしまっていた。

仕事！

十九歳の僕にとって、それは巨大な影だった。それは身動きの取れない雁字《がんじ》搦《がら》めの毎日を、払いのけられない重圧とともに押しつけてくる存在に思えてならなかった。だが、この先三年数ヶ月が経過して大学を卒《お》えると、自分もまた否《いや》が応でも社会というやつに押し出され、世間といわれるものに揉《も》まれ、何らかの仕事に身をやつして暮らしていかなければならないのはわかっていた。一旦そんな暮らしが始まったら、今の自分が誰にも内緒でこっそりと心にとめているような、ささやかだが大切に思えてならないようなことは、何もかも僕の生活から消えてなくなってしまうのだろうか。

教授は僕と目が合い、慌てて逸《そ》らした。

俯《うつむ》き、忙《せわ》しない手つきで大学ノートのページを繰りながら、神経質そうに瞬《まばた》きを繰り返した。

ほんの一瞬の間に、何かが変わってしまっていた。それは教授のせいではなく、この僕の責任だった。

「し、仕事は……、あれやこれや、か、か、書き物を、少しね……」

教授は俯きつづけたまま、消え入るような声で答え、自信がなさそうに語尾を途切れさせた。あとはもう、何もいおうとはしなかった。

僕は本を運ぶ作業を始めた。汗が額から両頬を伝って流れ落ちるのを拭《ぬぐ》っても、後から後から流れてきて苛立《いらだ》たしかった。

ふとこんな想像をしてみた。

もしも教授が突然どこかにいなくなり、部屋の本だけが残されたなら、誰一人としてどの本がどういった理由でその場所を占めているのかわからないだろう。そして、結局、乱雑に本が積み重ねられた部屋だと結論づけるしかないのだ。

それは寂しい想像だった。

2

昼食を挟んで三時頃まで、僕は教授の指示に従って本を移動させつづけた。午後の作業に戻る前に一度、ハルさんに電話を使わせて貰い、京都でのアルバイト先であるコンビニエンス・ストアに連絡を入れた。僕はそこで週に三日、深夜の店番をやっていたのだ。

僕は父が突然入院し、つき添ってやらなければならないので静岡の実家に戻っていると嘘をつき、当分アルバイトに出られない旨を告げた。店長は一応同情を示しはしたが、突然新たなローテーションを組まなければならなくなったことへの困惑のほうがむしろ強く伝わってきた。学校が休みに入るといきなり休みを貰いたいといってくる学生がいて困るといった愚痴を、つい何日か前に聞かされたばかりだった。このまま馘《くび》かもしれないとも思ったが、それならそれで仕方がなかった。

一旦電話を切ったあと、鏡子の部屋に連絡を入れることを思いついた。僕は、しかし、そんな気持ちをなんとか押し込めた。このままにしていていいわけがない。さかんにそう主張する自分と、もう何もかもが終わったのだから、電話などしたら迷惑がられるだけだと主張する自分とがいた。

そして、午後の作業を始めて何往復かした頃だった。

自分が移動させた本の一冊に、僕はふと興味を惹かれた。

『小さな家』ル・コルビュジエ著　森田一敏訳　集文社

それは、そんな本だった。

なぜ興味を惹かれたのかはわからなかった。それはほんの薄い小冊子で、その薄さからも、また白地にただ黒で日本語のタイトルと著者名及び訳者名、それにフランス語の原題だけが書かれたシックなカバーからも、どんな内容の本なのかは少しも見当がつかなかった。ただ、著者であるル・コルビュジエという名前に、なんとなく聞き憶《おぼ》えがあるような気がしたが、それでさえどこの何者なのかといったことはまったく思いつけなかった。

そればかりか、ふとページをめくり、この著者が建築家であるらしいと知った時には、軽い嫌悪感さえ催していた。これも父の影響といえば影響かもしれないが、この当時の僕には、建築家という存在が、いやらしく、世俗的で、しかもただはったりばかりに頼って糧を得ているような連中に思えてならなかったのだ。あのバブルの時代に、東京などの大都会に奇抜な建物を造り、そうすることによって法外な報酬を得ていたような建築家たちは、地上げ屋たちと同じ穴の狢《むじな》ではないかと。

だが、この『小さな家』という本には、そんな建築家たちとはまったく別の姿があった。タイトルの小さな家とは、建築家のル・コルビュジエが、両親のために造った家のことだった。ル・コルビュジエはこの家を構想したのち、およそ二年間に亘《わた》って、その構想通りの家を建てるのに最適な場所を探しつづける。最適な場所そのものが、家の構想の一部だったからだ。

そして、彼は老夫婦のために、湖とそこに映えるアルプスの山々が一望出来る小さな家を建てる。この本は、そのシンプルで快適な家を造る過程を記したものだった。

薄い本だったこともあり、何気なくページを繰り始めただけだったのだが、僕はいつしか本にのめり込み、教授の部屋の隣室の床に胡座《あぐら》をかいて坐《すわ》ったまま、汗がだらだらと垂れてくるのも忘れて読み耽っていた。

「建築に興味があるんですか？」

後ろから手元を覗《のぞ》き込まれ、そう声をかけられるまで、教授がすぐ傍に来ていることも気づかないほどだった。

「いえ、別にそういうわけじゃないんですが……」

慌てて首を振って否定する僕に、教授はいたずらっぽい目をむけた。

「ちょっと待っててください」

そういい置いて一旦部屋を出ると、ほどなくして戻って来て、本を二冊差し出した。一冊は丸善株式会社から出ている「建築巡礼」というシリーズ物のムックの一巻で、『ル・コルビュジエ　幾何学と人間の尺度』というタイトルが打たれていた。筆者は、富永譲。

それからもう一冊は、スタニスラウス・フォン・モース著、住野天平訳で彰国社から刊行された『ル・コルビュジエの生涯——建築とその神話』だった。

別に興味があるわけじゃないと告げようと思ったのに、目の前にある本を見つめていると、自分の中の何かがそうするのをとめた。

「この二冊にも、目を通してみたらどうですか。そうすれば、ル・コルビュジエについてもっとわかるでしょうし、もしかしたら建築というものに対するあなたの考え方や感じ方そのものが、変わるかもしれませんよ」

「——僕は別に、建築に興味があるわけじゃないんです」

「たとえ建築に興味がなかったとしても、面白く読める本ですよ。面白い本というのは、そういうものなんです」

僕は結局、お礼をいって借りることにした。本運びのつづきは、また明日手伝えばいいといわれて切り上げると、その場で渡してくれた日当を受け取り、シャワーを浴びた。

そして、二階の自分の部屋に戻った僕は、窓辺の机にむかって坐り、教授から借りた本を拡げたのだった。窓の外には蟬時雨《せみしぐれ》が騒がしいほどだったが、それ以外には何の物音もしない静かな午後だった。

どちらかを先に読み通すわけではなく、片方をある程度読み進めて厭《あ》きたらもう一冊を開き、疲れたら窓の外に見下ろせる裏庭や隣の境内の緑を眺めては目を休ませた。

『ル・コルビュジエの生涯——建築とその神話』のほうは、ル・コルビュジエの孫弟子の立場にある筆者が、その一生を丹念に追った伝記であり、一方、『ル・コルビュジエ　幾何学と人間の尺度』は、日本人の筆者がル・コルビュジエの手になる建設物をひとつひとつ見て歩きながら、その感想を交えつつやはり生涯を追った一冊であった。

ル・コルビュジエは、本名をシャルル・エドゥアール・ジャンヌレといい、一八八七年の十月六日にスイスのジュラ地方にあるラ・ショー・ド・フォンという町で生まれた。ここは海抜一〇〇〇メートルに位置し、一年の半分は雪の中に埋もれてしまうような町であり、住人の多くは時計作りに従事していた。ル・コルビュジエの父も時計の文字盤職人で、母はピアノ教師、兄のアルベールはのちに作曲家となる。

子供の時分から絵が好きだったル・コルビュジエは、地元の美術学校に学び、ここでシャルル・レプラットゥニエという師に出逢《であ》う。画家になるつもりであったル・コルビュジエに対して、その内なる才能を見抜いたレプラットゥニエは、「おまえは建築をやれ」といった。この師はその後、学校の委員会の一メンバーを説得し、自宅の設計をル・コルビュジエに任せさせる。こうして、ル・コルビュジエの住宅第一作に当たる《ファレ邸》が建築されたのは、彼が十七歳の時のことだった。この地には、ル・コルビュジエの手になる七つの建物が残されており、そのどれもが後年の仕事と比べれば習作の域を出ないものの、そこには建造物を明快な幾何学的秩序によって貫こうとしたル・コルビュジエの原型を見ることが出来るという。

だが、決定的ともいえる人生の転換点は、二十四歳、東方への旅行中に訪れた。一九一一年、ル・コルビュジエは、数ヶ月に亘るバルカン巡礼の旅へと出かけ、そして、光溢《あふ》れる街、アテネに出合うのだ。この旅の中でル・コルビュジエは六冊の手帳を付けているが、アテネに到着するなり日常の覚え書きや金銭などのメモはすっかり姿を消し、ひたすら何枚ものスケッチが連ねられることになった。偉大なる感動を前にして、言葉は効力を失ってしまったのだ。

僕は何度かページを繰る手をとめては、二冊の本に掲載されている、ル・コルビュジエの建築物の設計図や実物写真に見入った。

しばし本を閉じ、遠い国の既に亡くなっている建築家の考え方や思想を咀嚼《そしやく》した。

そして、こう問いかけた。

――いつか僕にも、二十四歳のル・コルビュジエに訪れたような、人生の転機が訪れるのだろうか。

風太が夜のアルバイトに誘いに来た時、僕は本を閉じるのが残念でならなかった。

それとも、本を閉じ、現実の世界へと引き戻されるのが残念でならなかったのだろうか。

3

黒く塗り込められた階段を地下に下った正面に、《CECIL》とローマ字で記された重たげなドアがあった。風太とともにそのドアの前に立つと、巨大な音が出口を求めてひしめき合っているのが感じられ、ドアを引き開けるとともに、その音がもの凄《すご》い勢いで僕たちにぶつかって来た。

ぎょっとした僕は風太に話しかけようとしたが、風太はそれに先んじて僕に顔だけむけると、何も喋《しゃべ》るなというように人差し指を唇の前で立て、無言で首を左右に振って見せた。

真正面に、ライブ演奏が出来る舞台が見えた。舞台の背後の壁に巨大なスピーカーが置かれていて、端からはまるでトタン屋根のように見えるホーンレンズが載っていた。フロアには合計十前後の白いテーブルが配されており、むかって左側に延びたカウンターには、七つ八つのスツールが並んでいた。ドアを入ったすぐのところには、客が立ち見で飲めるようなスペースが、かなりゆったりと取ってあったので、風太によれば人気ライブが行われる夜には、六、七十人前後、場合によっては百人近い人数までが詰め込まれることもあるそうだった。

だが、今は客が四、五人、ぽつんぽつんと互いに距離を置いて坐るだけだった。

僕を振り返った風太が、一緒に来いというように手で示し、僕らはフロアを横切ってカウンターに近づいた。

そのカウンターの背後の壁に、膨大な量のレコードが並んでいた。カウンターには誰もいなかったが、カウンターの右端に、レコードプレイヤーや各種の機材に囲まれて、硝子《ガラス》張りになった一角があった。その硝子の奥で黒縁眼鏡をかけた痩身《そうしん》の男が一人、両手を握り合わせて口の前で立て、じっとこっちを見つめていた。何か思索に耽《ふけ》る哲学者のような顔をした人だった。目が合い、僕は反射的に頭を下げたが、男は何の反応も示さなかった。

「気にするな。今は何も見えちゃいないんだ」

訝《いぶか》る僕の耳元に口を寄せて、風太がいった。

それが恩地さんだった。

もっとも、予《あらかじ》めここに来る途中で風太に耳打ちされた話によると、恩地さんを絶対に恩地さんと呼んではならないらしかった。

「特に、店の中にいる時にゃ、恩地さんと呼んだって絶対に返事をしないし、機嫌が悪い時には、手元にあるグラスか灰皿ぐらいは飛んで来ないとも限らんからな」

僕が理由を尋ねると、

「訊《き》かなくてもわかるだろ」

といわれ、じきにわかった。ジャズをこよなく愛する恩地さんとしては、自分の苗字が音痴と同じ音だというこの偶然は致命的というか、正に許すべからざることだったのだ。

店名の《CECIL》は、恩地さんが尊敬するジャズ・プレイヤーのセシル・テイラーから取ったもので、本人は自分のこともセシルさんと呼んで欲しかったらしいが、それでは店を呼ぶのと区別がつかなくて紛らわしいということからか、それともさすがの常連たちも、下町生まれの恩地さんをセシルと呼ぶのは照れ臭かったのか、テイラーのほうを取って「テイラー」さんとなり、それが縮まって「テラさん」で定着したらしかった。

じきに僕は知ることになるが、店でライブ演奏がある夜、テラさんは興が乗ってくると、白いタートル・ネックのセーターに白いズボンと白い靴といった出で立《いた》ちで、躰《からだ》をくねらせて奇声を上げながら舞台に登場することがあった。それはかなり奇妙な光景で、喩《たと》えていえばしゃっくりのとまらない軟体動物が苦しさを堪《こら》えながら、必死で自らを舞台に押し上げるように見えた。

演奏が始まるとそれはますます激しさを増し、何かに取り憑《つ》かれたようにピアノの鍵盤《けんばん》を叩《たた》きつづけるテラさんに対し、見えない第二第三の手が、あるものは頭髪を後ろからひっ摑《つか》んで頭部をぐるぐる振り回し、あるものは腋《わき》の下や脇腹などを擽《くすぐ》って躰を痙攣《けいれん》させ、あるものは背中を時折はたいて奇声を上げさせる、といった、ありとあらゆる嫌がらせをしかけてくるとしか見えなくなる。

しかし、テラさんのこういう服装と、こういう独特な演奏スタイルには、実はきちんとした理由があって、それはテラさんの青春時代の最高の思い出であるばかりか、この《CECIL》という店が誕生した理由にも、テラさんの存在理由そのものにもなった重大な出来事と関係していた。一九七三年五月二十二日、来日したセシル・テイラーが、厚生年金会館大ホールでコンサートを行った。白いタートル・ネックのセーターも白いズボンも靴も、その時のセシル・テイラーの舞台衣装をそのまま再現したものであり、テラさんが見せるしゃっくりを堪えた軟体動物のような動きもまた、テラさん本人にとっては、その日のセシル・テイラーそのもののつもりなのだった。

風太はテラさんに軽く合図を送ると、僕を促してテーブルのひとつに坐《すわ》った。

「——ここじゃ、七時までは私語は一切厳禁なんだ。どっちにしろ、バイトは七時になってからだから、少しここで聴いてようぜ」

また耳元に口を寄せてきて、そんなふうに囁《ささや》いた。

硝子張りのオーディオルームにこちらをむいて、チャールス・ミンガスの『直立猿人』と書かれたレコードジャケットが立っていた。

数十分後、テラさんがレコード針を上げ、静寂が訪れた時には、鼓膜の緊張が解き放たれる爽快感《そうかい》とともに、頭の芯《しん》にキンと金属的な澄んだ音が響くような錯覚を覚えた。

風太が僕を促して席を立ち、テラさんに紹介してくれた。

だが、テラさんの態度は素っ気なかった。仕事の細かい話は風太に訊け、といっただけで、勤務時間や時給の話も、週に何日使って貰《もら》えるのかといった話も出てこなかった。そういったことはすべて、既に風太との間で相談が出来ているということなのだろうか、何かしっくりこないまま頭を下げ、背中をむけかけた僕を呼びとめたテラさんは、

「ところで、楽器は何かやるのかい？」

と訊いてきた。

「いいえ」と首を振ると、「ふむ」と頷《うなず》いてそれだけだった。

舞台からカウンターを間に置いた反対側に、小さな厨房《ちゅうぼう》があった。

「いつもああなのか？」

そこに入るなり風太に訊いたが、風太は訳知り顔で、「ま、おいおいわかるよ」というだけだった。

「テラさんは、俺の恩人さ。サックスが吹きたくて故郷を出て来た俺をアルバイトで雇ってくれて、今はここのライブの舞台にも立たせて貰ってるんだぜ」

七時以降はパブとして営業することになっていたが、おつまみや食事の類《たぐい》を作るのはすべて、厨房係のヤマさんという人に任されているので、僕らの仕事はヤマさんが作ったものを運んで出すだけでいいそうだった。

七時頃になると、ヤマさんの愛称で呼ばれる山崎さんがやって来た。テラさんとは違い、ニックネームに複雑な理由はなかった。ヤマさんとテラさんは大学時代、モダンジャズ研究会で一緒だったそうで、卒業後、ヤマさんは保険会社に就職し、それから三、四年後に幼馴染《おさななじ》みと結婚した。彼女は中野の商店街にある美容院の一人娘で、しばらくはヤマさんはそのまま勤めをつづけたが、女房が最初の子供を出産してじきに退社し、家事と子供の面倒を見るようになった。子供が大きくなったのを機に、それまでは客として通っていたこの《ＣＥＣＩＬ》を手伝うことにしたそうだった。

生演奏の夜以外、店が賑《にぎ》わい出すのは少し遅くなってからだとのことだった。確かにその話の通り、九時が近づくと少しずつお客さんがやって来るようになった。そして、十時が近づく頃には大方のテーブルが埋まり出した。早い時間からいた常連客たちのほうは、いつの間にか姿を消してしまっていた。どうやら馴染み客たちにとっては、こうしてごった返す《CECIL》には、あまり魅力が感じられないらしかった。

テラさん一人は、相変わらずレコードをかけることに専念していたが、アルコールを飲みながらそれぞれに盛り上がっているお客さんのはたしてどれぐらいが、店内に流れるジャズに耳を傾けているのかは怪しいものだった。

僕と風太の二人はフル回転の忙しさになった。ヤマさんもまた、一人で調理場を仕切るのは大変そうだった。

夢中で立ち働くうちに時間が飛び去るように過ぎ、深夜近くになった頃だった。

サラリーマン風の四人連れが勘定を済ませて出て行くのと入れ違いに、背の高い男二人を両側につき従えるようにして、小柄な女性が入って来た。

厨房の入り口脇に立っていた僕は、僕と同じ歳ぐらいの彼女を見た瞬間、思わず「あ」と声を上げそうになった。

アーモンド形のくっきりとした両目と小振りで形のいい鼻、引き締まった頬、尖《とが》った顎《あご》、控えめな唇。男の子のように短く刈り上げた髪型によって、額が幾分強調されているが、決して全体のバランスを壊すほどじゃなかった。

——いったい、いつの間に髪を切ったのだろう。

反射的にそんなふうに思うとともに、「——鏡子」と、僕は口の中で呟《つぶや》いていた。

僕の視線に気づいた彼女が、こちらに目をむけた。男の一人が心持ち身を屈《かが》め、彼女の耳に何かを囁きかけていた。

彼女は僕と視線が合うと、避けるようにすっと顔を逸《そ》らしたが、それでもまだ僕が見つめていたので、今度はきつく睨《にら》み返してきた。

彼女たち三人は店を横切り、舞台に近いテーブルのひとつに陣取った。僕はメニューとお盆に載せたおしぼりを持って、彼女たちのテーブルへと近づいた。

他人のそら似だ。——既にそれはわかっているのに、やはり躊躇《ためら》いを感じないわけにはいかなかった。

「いらっしゃいませ——」

僕は三人のテーブルの傍らに立つと、目を伏せておしぼりを渡しながら、礼儀正しく頭を下げた。声が少しかすれてしまっていた。

彼女は右側に坐っていた。男の一人は僕から見て左側に、もう一人は、スピーカーを背にして正面にいた。三人ともTシャツにジーンズ姿で、男は二人ともがっしりとしていた。

僕はテーブルにメニューを置いた。

「御注文が決まりましたら、声をかけてください」

アルバイト初日でまだ口に馴染まないそんな決まり文句をいって引き下がろうとすると、

彼女が僕のほうに躰を捻《ひね》って何かいった。パブタイムにはジャズのボリュームは絞って流されていたが、それでも巨大なスピーカーの前ではかなりの音だった。

それもあって彼女の言葉を聞き逃してしまった僕は、「何でしょう?」と訊き返しながら躰を屈めた。

「ビールを三つ、ください」

今度ははっきりと聞き取れた。

間近でちらっとだけ視線が合った彼女の目は、微《かす》かな笑みを浮かべていた。斜め上から見下ろすと、無造作に着たTシャツを、下からふたつの胸の膨らみが押し上げていた。汗のせいで、ブラジャーのラインが微かに浮き出していた。

「銘柄は何にしますか?」

彼女は他の二人の顔を眺め回し、幾分困ったような表情を浮かべた。実のところ、何にすると尋ねるほどの銘柄は揃えておらず、キリンかサッポロしかなかったので、僕はそう尋ね直した。

「それじゃ、キリン」

「何かおつまみは?」

今度は無言で首を振った。

こんなふうに近くで見ても、確かに鏡子によく似ていた。だが、本物の鏡子よりもよく陽に焼けていて、その分前歯が陶器のようにくっきりと白かった。

ほんの短いやりとりを交わしただけだったが、彼女の話す日本語に妙なアクセントがあることに気づくには充分だった。そして、彼女と二人の男たちが交わしていた会話は、日本語ではなかった。

それが玲玉との出逢いだった。

4

だが、その日、彼女の名前までわかったわけじゃない。ちょうどお客さんの入れ替わる時間帯に差し掛かったのだろう、彼女たち三人に缶ビールを運んだのち、他のテーブルで動きがつづいた。僕は何度かグラスや皿を下げてはテーブルを拭き、風太のほうはお客が立つ度にレジで勘定をした。そして、ある時調理場から出て来た僕がふと見やると、彼女たちはもういなくなっていて、風太がテーブルを拭いていたのだった。

ビールをそれぞれ一杯ずつ頼んだだけで、時間にすると三十分と経たないうちに引き上げてしまったことになる。おかしな客だった。

別段、彼女が長くいたところで、個人的に親しくなれるわけもなかったし、一対一で口を利けるわけさえなかったが、やはり一抹の寂しさがあった。ただそこに坐っていてくれて、時折視線をやると遠目にでも彼女を眺めていられるだけでよかったのだ。

初めてで夢中だったこともあって、お客さんが回転し始めてからは時間があっという間に経った。本当は金沢にいるらしい母のことも蔦《つた》屋敷で死んでいた祖父のこともずっと気になりつづけていたが、こうして忙しく立ち働いていると、頭の隅へと押しやっていられた。

十一時五十分にテラさんが音楽をとめると、それが閉店の合図となり、十二時の閉店時間を若干回った頃には、最後のお客さんも引き上げた。

手分けしてテーブルを拭いて回り、調理場で洗い物を手伝った。

僕は風太にいわれて表の立て看板を仕舞った。

「今度ゆっくり飲もうな」

ヤマさんが、電車があるうちにそういって引き上げたのち、僕と風太も帰り支度を調えた。

テラさんに別れを告げて店の階段を上がると、今夜もまたアスファルトに籠《こ》もった熱気が屯《たむろ》する熱帯夜で、フライパンの上を歩くような暑さに包まれた。

《CECIL》は、新宿コマ劇場に近い路地の一本にあった。辺りは隙間なくビルが建て込んでおり、風が流れず、それもまたこの暑さを助長する要因になっていた。

「なあ、小腹が減らないか」

風太がさり気なく僕を誘い、僕たちは風太がアルバイトの後でよくぷらっと寄るという、新大久保《しんおおくぼ》の韓国料理屋を目指すことにした。

風太が道を弁《わきま》えていて、近道らしい裏道を横切って行くが、途中からはラブホテルに囲まれた一角に入り、寄り添って歩くアベックたちとすれ違う度に、なんとなくきまりの悪い思いがした。

職安通りが近づくと、街角に立つ女たちや客引きの男たちが現れた。到底金があるようには見えない僕らは対象外なのだろう、無視をするか、からかいの対象にされるばかりだった。

風太が肩を怒らせ始めたのに僕も合わせ、二人して風を切って歩いた。


風太が僕を連れて行ったのは、職安通りと大久保通りとを結ぶ細い路地の一本にある韓国料理屋だった。厨房の入り口付近に置かれたテレビには、ビデオなのか有線放送なのか、韓国語のテレビドラマが映っており、壁に貼ってあるメニューは日本語と韓国語の両方で書かれていた。ホステス風の女と客らしい男が日本語で会話を交わす以外は、店内で聞こえてくるのはテレビの声も含めてすべてが韓国語だった。

僕らは入り口に近いテーブルにむかい合って坐った。風太は店の人間と顔馴染《なじ》みらしく、注文を取りに来たおばさんに慣れた態度で応対した。

とにかく生ビールを頼んでから、豚の薄切り肉をジンギスカンのように焼き、ゴマの葉に包んで食べるのが安くて美味《うま》いという風太の薦めでそれを頼むと、キムチやナムルなど何種類ものつまみが、皿に山と盛られて出て来た。

なんとなく風太の口調が重たい気がしていた僕は、豚の薄切り肉を焼く準備が出来上がる頃には、それが何かを切り出したくて切り出せずにいるためだと気づいていた。

「どうかしたのか？」

促すと、風太はまだしばらく躊躇っていたが、徐《おもむろ》にこう切り出した。

「実はな、貴美子さんのことなんだ」

「何か連絡があったのか？」

カクテキを口に投げ込んだ風太は、苦い薬でも飲み下すかのようにジョッキを大きく傾けた。

唇の泡を手の甲で拭《ぬぐ》い、幾分投げやりな口調でいった。「実はあの人は、今、俺のアパートにいるのさ」

「おまえのアパートにだと……」

「ああ」

「――何でだ？」

僕はあれこれ思いを巡らせてから、結局、そう尋ねた。他に訊《き》きようがなかった。

「何でって、おまえ……、そういうことになっちまったんだから、しょうがないだろ」

風太は戸惑ったように目をしょぼつかせてから、今度は腹立たしげにいった。

「いつから？」

「一昨日《おととい》の夜だ」

答えを聞き、僕は些《いささ》か呆《あき》れ顔になっていたと思う。一昨日といえば、貴美子さんと一緒

に三人でこっちに来た日だった。東京駅で別れたのに、その日のうちにまた会っていたと
いうのか。
　風太によれば、あの日、ハルさんの作ってくれた晩飯を食って角筈ホテルから引き上げ
ると、家の留守電に、貴美子さんから伝言が残っていたそうだ。
「相談したいこともあるから、折り返し電話をくれってことで、その番号にかけたら、今、
新宿にいるんで飲まないかって誘われてな。ついつい繰り出したら、それはおまえ、男と
女だ。再び意気投合して、それじゃ俺の部屋にでも来るかってことになって、そのままこ
ういうことになっちまったのさ」
　結局のところ、のろけたいのか、相談したいのか、どっちかにしろといいたいのを堪え
ながら、僕はジョッキのビールを飲み干した。
　韓国の濁り酒にあたるマッコリが美味いというので、それに切り替えた。
「それで、貴美子さんの相談事というのは、何だったんだ？」
「人捜しだよ。なんでも同郷の女が、一緒に店を開ける約束で一足先にこっちに出て来て、
新宿のバーで働いてたらしいんだが、訪ねてみたら、行方がわからなくなってるってこと
なんだ。それでしばらくあちこち捜し回るつもりなんだが、その女の部屋に泊まるつもり
だったんで、あんまり持ち金もないらしいのさ。それでな、貴美子さんにゃ、ついつい口
から出任せで、その女が見つかるまでは俺の部屋にいていい、みたいにいっちまったんだ
けどよ。どうやら捜す当てもそれほどないみたいだし、別に貴美子さんがいたって俺は構

わねえんだけど、あんまり長くいて、もしも大家に見つかったなら、何かとうるさいだろうしな」

風太は運ばれて来たマッコリをグラスふたつに注ぎ、自分の分をぐいと喉《のど》に流し込んでから改めて僕を見やった。

「なあ、おまえだって満更、貴美子さんと縁がないわけじゃないんだ。ちょいと人捜しを手伝えよ」

「手伝うって、いったいどうすりゃいいんだ？」

縁があるとも思えなかったが、僕は訊いた。

「それは、まあ、おいおい考えるさ。それもそうだが、もうひとつは彼女の泊まり場所のことなのさ。角筈ホテルは、今は部屋がいくつも空いてるだろ。おまえの知り合いだとかいって、貴美子さんを空いてる部屋に泊めるっていうのはどうだろうな？」

なんでそういう話になるのかわからなかった。

「そういうことなら、嶌久さんからハルさんに話して貰《もら》ったほうがいいんじゃないのか。伯母《おば》と甥《おい》のわけだし」

「おまえ、案外と冷たいな」

風太はもう一口マッコリを飲んだ。

焼き肉の熱で汗ばむ額を拭い、眉間《みけん》に皺《しわ》を寄せて眉《まゆ》を八の字形にした。

「――ほんというとな、俺、あんまりアパートに帰りたくねえんだよ。なあ、俺、痩《や》せたと思わねえか。それに、何だか顔色が悪かねえか？　今日、アパートの部屋を出たら、お日様が黄色く見えたのさ。部屋を出たっていったって、おまえ、バイトに行く夕方近くになってからだぜ。なにしろ、それまでは離しちゃくれねえんだからな。これじゃ、楽器の練習だって出来やしねえよ」

「――――」

結局のところ、こいつはのろけたいのか、相談を持ちかけたいのか、どっちなんだ。――ますます呆れながら、さっき思ったのと同じことを、今度は僕はずっと腹立たしい気分で思っていた。

そんな腹立たしい気分は、風太と別れ、角筈ホテルを目指して歩く間も燻《くすぶ》りつづけた。風太と一緒にいた時にはそれでもまだ、どこかで呆れながらも時々茶化したり、大げさに驚いて見せたり、風太と貴美子さんがどんなことをしたのかについて僕のほうからも質問を繰り出してみたりして、それなりに愉快に飲んでいたはずなのに、「それじゃあな」と片手を上げ合って別れてからは、なんだか腹立たしい気分ばかりが大きくなってしまっていたのだ。

僕はたばこを銜《くわ》えて、歩きながら喫《す》った。この時間には、もう十二社通りは車が疎《まば》らだった。中央公園を越えたむこうに、高層ビルが静かに連なっていた。少し風が出てきたものの、暑さが和らぐ気配はなかった。

——僕がまだ女を知らないということが、風太に悟られはしなかっただろうか。

そう思うと、居ても立ってもいられないような気分だった。僕は週刊誌や本で熱心に知識を仕入れてはいたが、まだ本物の女の躰《からだ》を知らなかった。写真やビデオで見てどこがどうなっているのかも、どこをどう刺激すればどんなふうに反応するのかもおよそはわかっているつもりであり、目を閉じて意識をちょっと集中しさえすれば、自分の顔を思い浮かべるよりもむしろはっきりとひとつひとつを連想することだって出来たのに、その手触りや匂いはわからなかった。

だから、風太がして聞かせた話に相槌《あいづち》を打つことも、ちょっとした突っ込んだ質問をすることだって可能だったが、話がどこかの線よりも先にいくと、リラックスをしている振りをしながら、その実必死で頭を働かせ、自分の知っていることを総動員して、話を合わせていられるように努力しなければならなかった。

鏡子のことを思っていた。鏡子の躰が欲しかった。それが最大の望みではなかったが、かなり大きな望みであることは確かだった。だが、それが愚かで的はずれな望みであることもまた、僕はどこかで感じていた。もう何もかもが終わったのだ。

いや、そもそも僕と彼女の間で、何かが始まってなどいたのだろうか。自分がただ弄《もてあそ》ばれただけなのか、彼女にとってはただの一時の気休めにすぎなかったのか、それともやはり僕に対して、なんらかの真心があったのか、考えはいつも堂々巡りをするばかりで、答えを見つけることは出来なかった。

鏡子は僕が五月になって入ったテニス・サークルの二年生で、キャプテンの彼女だった。校内放送の花形アナウンサーを務め、キャンパスではかなりの有名人だった。そんな彼女と清々《すがすが》しいスポーツマンであるキャプテンとは、ある意味では絵に描いたようなカップルであり、周囲の注目を集めていたように思う。

あれから長い歳月が経過した今にしてみれば、彼ら自身も自分たちのそんな立場をどこかで意識しており、そして、ふとしたことから鏡子に悩みを打ち明けられた僕自身もまた、心のどこかでは自分がそんな彼女たちに関わること自体に、密《ひそ》かな喜びを感じていたのかもしれない。それに彼女が気休めで僕とつきあったのか、それとも僕に惹《ひ》かれていたのかだって、どちらか一方だと決めつけることなど出来ず、どちらの気持ちもともにありえたのだろう。

だが、あの頃の僕にはとてもそうは思えなかった。彼女の本当の気持ちが何なのか、自分の頭で考え尽くせばたったひとつの答えが見つかるように思ったし、あれだけあれこれと僕に相談を持ちかけたくせに、一旦《いったん》僕とそういう関係になりそうになるとさっと身をかわしてしまった彼女をもう一度引き戻す方法だって、きっと見つかると思えてならなかった。

角筈ホテルの部屋に戻るのが嫌で、しばらく付近の路地を彷徨《うろつ》き回っていたが、鏡子のことを頭から振り払えはしなかった。やがて僕は半ば捨て鉢な気分で、ホテルへと戻るしかなかった。

この気候じゃ汗をかくだろうから、アルバイトのあと、深夜でもシャワーを浴びて構わないといってくれていたハルさんの好意に甘え、帰り着くとすぐに浴室でシャワーを浴びた。躰を洗う間も、頭を洗う間も、生暖かい泥のような欲望が腰の回りにまつわりついていた。

僕はシャワーを水に切り替え、下半身に浴びせかけた。真夏とはいえ、背中を誰かにどやしつけられたような感じがして、心臓がピンポン玉ぐらいに縮み上がった。頭から浴びると、いよいよ爽快感《そうかいかん》が増した。小刻みに息を吐いては吸い、吸っては吐きながら、冷たい水を浴びつづけた。

しかし、プレイングルームからグラスに注いで持って来た名前もわからないウィスキーを自分の部屋でちびちびと飲み出すと、シャワーで冷やした躰があっという間に火照《ほて》ってきて、自慰を憶《おぼ》えて以来何百回、何千回と繰り返してきたのと同じ轍《てつ》を踏みそうな気配が強くなってしまった。しかも、始末の悪いことに、微《かす》かな嫌悪感や罪悪感があるにもかかわらず、この轍に足を踏み入れることを僕自身が望んでいた。

どうして十九歳の躰は滑稽《こっけい》なのだろう。僕はベッドに躰を横たえて、しばらく天井を睨《にら》みつけていた。

全裸の鏡子が眼前に浮かんだ。鏡子は僕にのしかかり、僕の唇を貪《むさぼ》るように吸ってくる。彼女が動く度に、豊かな胸が僕の裸の胸に押しつけられる。求めに応じ、僕は彼女の股間《こかん》に指先を伸ばす。自分のペニスの尖端《せんたん》をそこに当て、ゆっくりと分け入る。そして、何度も突き上げていると、段々と彼女の息が荒くなり、やがては小さな喘《あえ》ぎ声が漏れ始める……。

しかし、それはただ、頭に思い描くしかないものだった。

掌《てのひら》ひとつ分ほどのティッシュを持ってトイレに入り、便器に流す時にはもう、いつもの物悲しい気分が始まっていた。

5

翌朝、尿意を感じて目覚めた。股間は朝の健全な状態を示していた。健全ではあっても、困りものであることに変わりはなかった。小便が便器の外に飛ばないように慎重を期す必要はあったが、膀胱《ぼうこう》がさっぱりするに従って、難なくパンツに納まる大きさへと戻っていった。

六時。朝食まではまだ間があった。三、四時間ほどしか眠っていないにもかかわらず、ベッドに再び躰《からだ》を横たえた僕は、頭がすっかり冴《さ》えてしまっているのを知った。

ベッドから起き出して、窓のカーテンを引き開けた。夏の光が満ちていた。Tシャツに短パン姿のままで部屋を出た僕は、角筈ホテルの玄関をそっと押し開けると、前庭で朝の空気の匂いを嗅《か》ぎながらゆっくりと準備体操を始めた。高校の三年間、僕はずっと野球をやっていた。ファーストを守り、打順は六番だった。その後はもうチームプレーを必要とするスポーツをやる気にはなれなかったが、浪人時代も、京都でひとり下宿生活を始めてからも、毎朝のジョギングはずっと習慣にしていた。それを新宿でもつづけてみるつもりだった。

鳥の声があちらこちらで聞こえ、蟬も既に鳴き始めていた。朝日が日向《ひなた》と日陰とをくっきり浮き立たせていた。

そろそろ走り出そうと思ったちょうどその時、頭上であの独特の鳴き声がした。見上げると、隣の神社との境目に立つ欅《けやき》の枝に、コクマルガラスがとまっていた。躰の特徴的な模様は見間違えるはずがなかったし、日本では極めて珍しい鳥だということだったので、僕がこの角筈ホテルに来た日に見たカースケに間違いなかった。飼い主のスーさんは見あたらなかった。

カースケは枝から軽やかに舞い上がり、ゆっくりと円を描いて飛んだ。さあ行こうとでもいっているように見え、僕がジョギングを始めると、その頭上を併走するように飛び始めた。

細い路地を抜けて十二社通りに出た。車は疎《まば》らで、通行人はおらず、街はやけによそよそしかった。

この通りを北にむかって走って行き、どこかで心持ち左側の路地へと入れば、神田川《かんだ》にぶつかるはずだった。名前だけは聞き慣れた川だったので、どんなものか目にするのは悪くなかったし、鴨川沿いを毎朝走っていた経験から、川沿いを走る心地好さはわかっていた。

　だが、ほどなくしてそれらしい川にたどり着いた僕は、自分の思い違いを知った。それは川と呼べるものではなく、ドブというべきだった。川面《かわも》を渡る風には爽快《そうかい》さはなく、ヘドロの臭いが充満していた。それでも鳥が何羽か、朝の水浴びにちらほらと姿を見せていて、それがむしろ哀れだった。

　ひとつ吸って、ふたつ吐く。深く吸い込み、分けて吐く。呼吸のリズムを崩さないようにして、僕は走りつづけた。一定のリズムを保っている限り、何時間でも走っていられる自信はあった。

　神田川の景色を楽しむことは諦《あきら》めたが、角筈ホテルまで引き返す目印にはなる。川から付かず離れずに、適当に方向転換を繰り返しながら、細い路地を走りつづけた。そんなふうにして見知らぬ路地を抜けていくのは、それはそれでなかなか面白かった。

町名の表示が西新宿から北新宿へ、そして、やがて高田馬場《たかだのばば》へと変わっても、なかなか引き返す気にはならなかった。

　僕は薄々気づき始めていたが、そうして走りつづけるよりも大事なのは、走りつづけることで母のことや、自分の祖父なのかもしれない藤木幸綱の死体のことや、それにどこかしっくりしないままつづけていた京都での大学生活のことなどを、思い悩まずにいられることだった。

　結局、京都でこの数ヶ月の間、自分はいったい何をやっていたのだろう。ふとそんなふうに思うと、いたたまれないほどの不安に足下をすくわれそうだった。夏の光が降り注ぎ、何もかもが悲しくなるほどの生命の躍動を示しているというのに、なんだか自分だけがとりとめもなく、中途半端で、頼りない存在に思えてならなかった。

やがて僕は、高戸《たかと》橋と書かれた橋の袂《たもと》に差し掛かった。川幅が広くなっており、橋の袂に立つ表示板によると、ここで高田馬場分水と神田川とが合流しているそうだった。橋の欄干にとまってビーズ玉のような目をこっちにむけるカースケの傍らに立ちどまり、僕はTシャツの裾《すそ》を捲《まく》り上げて顔の汗を拭《ぬぐ》った。かなり汗をかいていた。もう四、五キロは走ったものと思われた。ここから折り返して戻れば、ちょうど十キロ前後というところだろう。

カースケがあの小犬に似た鳴き声を上げた。

それにつられて、僕は橋の欄干に近づいた。何かが気になり、欄干に両手を突き、足下を流れる川面へと目を凝らした。

コンクリートで塗り固められた足下を、どす黒く濁った水が流れていた。水量はあまり多くはなく、流れの左右には一、二メートルほどの幅で、コンクリートが剝《む》き出しになっていた。空き缶やスーパーのポリ袋などに混じって、タイヤの取れた自転車が一台、身をくねらせて横たわっている。壁面に開いたいくつもの穴から、不気味な色をした液体が、あるところはしょぼしょぼと流れ出ており、あるところは干涸《ひか》らびて、流れの形を染みつけていた。

初めそれは、犬か猫の死骸《しがい》に見えた。たぶん雑誌の束でも腐って、原形を留《とど》めなくなったのだろうぐらいに思い直し、そのまま視線を逸《そ》らしかけた。自分の中の何かが、そうすることをとめた。サッカーボールほどの大きさの、幾分ひしゃげた塊からは、黒い海苔《のり》のようなものが伸びて流れにそよいでいた。

——頭髪。

それは人間の頭髪で、あのひしゃげた肉塊は人の頭に間違いない。誰かが浅瀬に俯《うつぶ》せで横たわり、後頭部と肩の一部だけを水の上に出している。

だが、そう判断するには何かがおかしいことまでも、僕の目は見定めようとしていた。後頭部のすぐ近くに、空き缶が転がっていた。水深はほんの数センチにすぎないのだ。あんな浅瀬で、どんな恰好《かっこう》をして身を横たえると、胴体が水の中に隠れるのだろう。

認めたくない答えが、少しずつ頭を擡《もた》げ始め、恐怖がじわじわと拡がりだした。流れが頭部を押し流した。それはあっけなくむきを変え、人間の顔を露《あら》わにした。いや、かつて人間の顔だったものというべきだろう。魚がつついたのか、それとも邪悪な誰かの手で刳《く》り貫《ぬ》かれたのか、両眼はただの黒い空洞になっており、鼻は欠け、口の周辺もまた直視に堪えないほどに破壊されていた。

僕は浅瀬に横たわった人物の胴体が見えなかったわけを知った。頭部以外はなかったのだ。

喉《のど》の奥から悲鳴が込み上げてきた。

六　探索開始

1

「またおまえなのか――」

嶌久さんは僕を見ると、驚きを露わにしたというよりは、むしろ幾分呆《あき》れ顔をしていった。蔦《つた》屋敷の変死体について、またもやおまえが発見者なのかという意味だろうが、僕だって望んでそんな役柄を買って出たわけがなかった。

公衆電話で一一〇番通報をすると、ほどなくしてパトカーが集まって来て、それにつれて野次馬《やじうま》も数を増し、今や高戸橋の周辺は黒山の人だかりと化していた。橋の南側の袂で明治通りと新目白通りがぶつかるために、通勤通学の時間が近づくにつれて車の往来も激しくなっていた。路肩にパトカーが並んで車道を狭めてしまったのに加え、十字路の信号を渡る人の流れも滞りがちとなったため、やがて警官が交通整理を始める必要さえ生じてしまっていた。

あとで知ったことだが、目と鼻の先に戸塚《とつか》警察署があり、ここはその署の管轄だったが、僕が通報時に嶌久さんの名前を出したために、本人が飛んで来てくれたのだった。

僕は無愛想を絵に描いたような嶌久さんに出くわし、やっと少しだけ落ち着きを取り戻すことが出来た。今まで戸塚署の見知らぬ刑事から、あれこれと質問をぶつけられていたが、ショックで満足に答えることも出来ずにいたのだ。

その刑事としばらく声を潜めて話をしていたと思ったら、嶌久さんだけが僕の傍に戻って来た。

「さて、どうしてこんなところで死体を見つけることになったのか、経緯を話せよ」

「今の刑事さんに、もう何度も話しましたが――」

僕はいったが、「俺にもう一度話すんだ」と促され、仕方なく説明を繰り返した。

とはいえ、ジョギングの途中で、ひょいと神田川を見下ろし、頭部と胸部だけの遺体を発見したという以上に、いったい何を話すことが出来ただろう。

「それだけかよ」という嶌久さんに、僕は「ええ」と頷《うなず》くしかなかった。

嶌久さんは苦虫を噛《か》み潰《つぶ》したような顔のまま、僕のことをジロジロと眺め回した。

「それでそんな恰好なのか。よくまあ、こんなとこまでジョギングで来たな。角筈ホテルから十キロ近くはあるんじゃないのか」

おそらく四、五キロだろうと思うと、僕は遠慮がちに訂正した。

「まあ、いいや。これをちょっと見ろよ。死体のジャケットの、胸のポケットに入ってたものだ。死体があの状態じゃ、顔つきもよくわからなかったろうが、一応、警察の形式ってのもあってな。第一発見者として、意見を聞かせろや」

嶌久さんはそういいながら、透明なビニール袋に入れた定期入れを差し出した。中には定期はなく、代わりに写真つきの学生証が入っていた。

その学生証に貼ってある写真を見た途端、僕は息を呑《の》んだ。

「どうかしたのか？」

嶌久さんが尋ねてきたが、すぐには顔を上げることが出来なかった。

「これは、蔦屋敷で見かけた男だと思います……」

「おまえと風太が見かけたっていう、二人組の片割れかよ？」

「ええ、背が高かったほうの男です。もう一人は、髪を刈り上げてました」

「間違いねえんだな？」

「はい」

嶌久さんは、僕の顔のどこかに疑念が隠されていないかと疑うかのように、しばらくじろじろと眺め回していたが、やがて低い声でいった。

「今朝、この死体を見つけた経緯も、ジョギングの途中でたまたま出くわしたってことでほんとに間違いはないんだろうな。隠してることがあるなら、いっちまえよ」

「何も隠してることなんかありません」

「わかった。疑って悪かったな。おまえを信じるぜ。しかし、だ。そうすると、こりゃ、どういうことなんだ。二人組は、どこからも外に抜け出せるはずがなかった蔦屋敷から忽《こつ》然《ぜん》と姿を消した挙げ句、こうして一人は頭だけの死体になって、神田川に姿を見せたってわけか」

後半は、独りごちるような調子だった。

確かにどういうことなのだろう。改めて学生証に目を落とすと、《TOP日本語学院》とあり、所在地は神田錦町《かんだにしきちょう》となっていた。姓名は、劉捷連。名前の下に記されたローマ字によると、Liu. Jielian と読むらしい。現住所は足立《あだち》区綾瀬《あやせ》。そこまでは憶《おぼ》えたが、学校の所在地についても現住所についても、さすがに番地までは憶えられなかった。

あの二人組は、いったいどんな目的があって、蔦屋敷に忍び込んだのだろう。誰がこんなむごい殺し方をして、死体の一部をこんなに離れたところに捨てたのだろうか。胸の中でそう問いかけるとともに、僕はひとつ思い至った。走って来た感じから大まかに考えて、蔦屋敷からここまで、おそらく三、四キロ前後はあるだろう。だが、蔦屋敷のすぐ傍にも、神田川が流れている。あの屋敷の近くで殺害して川に捨てた死体が、流されてこの辺りまで来たのかもしれない。

だが、僕が自分のそんな思いつきを口にしてみても、嶌久さんは大して興味もなさそうに頷いただけだった。とっくにそんなことは考えていたらしい。

「それよりも、こっちの写真の男はどうだ？　定期入れと一緒に、やっぱり胸ポケットに入ってたんだ。あの死体が二人組の一人だとすると、こいつはもう一人の片割れじゃねえのか？」

と、ビニール袋に入った写真を見せた。

それは短く髪を刈り上げた男だった。無駄な肉がなく、頬骨も下顎《したあご》も、くっきりと輪郭を浮き立たせていた。軽く微笑んでいたが、目つきと目の光そのものには、意志が強そうとも強情ともいい得るような雰囲気が漂っていた。

僕は首を振った。

「いえ。違います。これは、あの二人組の片割れとは別人です」

「だが、いったじゃねえか。もう一人は、この写真の野郎みたいに、髪を短く刈り上げてたんだろ」

「そうですが、でも、顔が違います」

嶌久さんは再び僕の顔を眺め回したが、思いついたように上着のポケットに手を入れ、四角折りにしたA４判ほどの大きさの紙を抜き出した。僕と風太が一昨日《おととい》、警察署に連れて行かれて作らされた似顔絵のコピーだった。

刈り上げの男の似顔絵と写真の男とを照らし合わせている嶌久さんに、私服刑事の一人が駆け寄ってきて何か耳打ちした。

「なんだって、くそ……」

嶌久さんは低い声で呟《つぶや》くと、怖い顔のままで僕を見た。

「ちょっと待ってろ」

早口にいい置き、背中をむけた。

小走りで離れかけたが、振りむき、胸ポケットから出したたばこをパックごと放ってくれた。

「まあ、ちょっと一服やってろよ」

走り去る嶌久さんの背中にお礼をいい、僕はパックに挿し込んであった使い捨てライターを抜き取り、一本を抜き出して火をつけた。普通はジョギングのあとしばらくは、たばこを喫《す》う気にはならなかったが、今は別だった。いつの間にか汗が引き、湿ったTシャツが冷たく重く感じられた。

朝のたばこが頭をくらくらさせた。僕は警察の指示によって、野次馬たちや人の流れとかち合わないように、高戸橋のつけ根にあるちょっとした広場のほうへと移動していた。だから僕の位置からは、橋の欄干に鈴生《すずな》りになって、川を見下ろす野次馬たちの姿が一望出来た。

僕は煙を吐きながら、川岸の柵《さく》に近づいて、改めて神田川を見下ろした。橋の下には多くの警察官が降りて、さかんに動き回っていた。ビニール合羽《がっぱ》を着て、ゴム長や胴付きゴム長を穿《は》いている警官もいたが、中には背広のズボンの裾《すそ》を捲《まく》り上げ、革靴のままで川へと入っている仕事熱心な強者《つわもの》もいた。

手がかりを探し回っているのだと、漠然とそんなふうに思いながら彼らを見やっていた僕は、やがて、当然といえば当然のことに遅ればせに気づき、改めて背筋が冷えるのを感じた。彼らはあんなに必死になって、死体の他の部位を捜しているのだ。

いつの間にか根本付近まで灰になっていたたばこを足下に投げ捨て、スニーカーの踵《かかと》で消した。口にはニコチンとタールの辛みが残っているのに、少しも喫った気がしなかった。

僕はふと、雨の降り出しの一滴が頬に触れたようなこそばゆさを覚え、ふっと視線を巡らせた。欄干に連なる人混みの中から、誰かがじっとこちらを見ているような気がしたのだ。

「――鏡子」

胸の中で呟いた。

だが、それは鏡子ではなく、彼女とよく似たあの外国人の女の子だった。

彼女は僕と目が合うと、戸惑ったように何度か瞬《まばた》きし、すっと欄干から姿を消してしまった。

僕は視線を巡らせて、その姿を追い求めたが、小柄な彼女は欄干に居並ぶ人混みの背後へと隠れてしまい、もう見つけ出すことは出来なかった。

たばこをもう一本喫い終わる頃、嶌久さんが戻って来た。

「確かに、おまえがさっきいった通り、あの写真の男は二人組の片割れじゃなかったようだぜ」

嶌久さんは低い声で告げると、僕の手からたばこのパックを奪い取り、すぐに一本を銜《くわ》えて火をつけた。まるで何かを振り払うかのように、二度三度と煙を吐き上げながら、しばらくは口を利こうとしなかった。

「死体がもうひとつ、少し下流で見つかった。髪の毛を短く刈り上げた若い男だ。似顔絵の顔と一致した。状況から考えても、こいつが二人組の片割れにちがいねえ」

僕は唾《つば》を呑み込んだ。二人とも殺されていようとは、いったいあの蔦屋敷で何があったのだろう。

「――僕がじかに、顔を確認したほうがいいんですか？」

かさつく声で尋ねると、嶌久さんは僕を見つめ返して静かに首を振った。

「あとで死体の写真を見せて、頼むかもしれんがな。今はいいよ。さすがに、そんなことは頼めねえ」

「――でも」

「今度の死体は、肋《あばら》から上ぐらいと右腕、それに頭は残ってるが、腹から下と、左腕のつけ根から先はすっかりなくなってるんだ。顔だって、さっきの死体と一緒で、あちこち破損しちまってる。おまえだって、同じ朝のうちに、そんなバラバラ死体をふたつも拝みたかねえだろ」

「――――」

「それから、右足の足首がひとつ、やっぱり下流で見つかったが、これがどっちの死体のものなのかはまだ不明だ」

嶌久さんは、半ば捨て鉢な口調で吐き捨てたかと思ったら、堪《こら》えきれなくなったかのように怒りを爆発させた。僕は、この人が顔を紅潮させるのを初めて見た。

「こんちきしょう。どこのどいつが、こんなことをやりやがったんだ。俺はこんな遺体は初めて見たぞ。あの死体は、誰かに切り刻まれてああなったんじゃねえんだ」

「どういうことです……」

「おまえが見つけた長髪の死体も、もう一体のほうだって、切り口に刃物で切ったような跡がねえ。もう一体のほうなんぞ、肋骨《ろっこつ》の下から、内臓が引きちぎられたみたいにして表に飛び出してやがった。検死の結果を聞かないことには、正確なことはわからねえが、何かの機械に胴体を固定して捻《ひね》り切ったとか、えらく切れ味の悪い小さな刃物でじわじわと切断したとか……、ああ、わからねえ！　だが、とにかく何か普通じゃ想像がつかねえようなことが行われたんだ」

内臓が飛び出した死体の様子が脳裏を過《よぎ》り、僕は吐き気に襲われた。たばこがいけなかったのか、それとも貧血を起こしかけているのか、やけに躰《からだ》がふわふわする。

「すぐに、日本中が大騒ぎになるぞ」

嶌久さんが、いつもの冷ややかな声でつづけた。

「こんな猟奇殺人は、前代未聞というしかねえからな」

2

それからさらに三十分ほど、その場に足止めされたあと、嶌久さんが僕を車で角筈ホテルへと送ってくれた。

「ところで、蔦屋敷にあった遺体だがな。藤木幸綱だとはっきりしたぜ」

自らステアリングを握る嶌久さんは、走り出してじきにそう告げた。

「おまえの祖父《じい》さんだってことだ」とつけたした。

「それは、金沢のほうには――？」

山之内氏、と名前を出すのも、母、というのも躊躇《ためら》われて、僕はそんなふうに訊《き》いた。

「結果が出たのが、昨夜、少々遅い時間だったんだが、一応すぐに連絡した。おまえにもかけたんだが、いなかったろ」

「風太に誘われて、バイトを始めたんです」

「どんな仕事だ？」

「ジャズ喫茶のウエイターです」

「ああ、テラさんのとこか。なら、構わねえだろ。で、山之内氏だが、明後日《あさって》の土曜日に通夜を、日曜日に葬儀を執り行いたいという返事だった。可能ならば、夫婦で上京して来たいということだったぜ」

可能ならば、とは、どういうことだろうか？　入院中の母には、上京するのは叶《かな》わないかもしれないということか。いったいどこが悪いのだろう。

考えれば考えるほどに、一層苛立《いらだ》ちが増しそうだった。いや、恐れというべきか。僕と父とを捨てた女と、その女にそんなふうにさせた原因のひとつになったのだろう男とが、つい二日後には揃って僕の前に現れる。どんな顔で彼らと会えばいいというのか。出来れば父に一緒にいて欲しかった。少なくとも彼らと会う前に父と話し、かつて僕の知らないところで何があったのかを訊きたかった。

「——藤木さんが自殺だったという判断には、変わりはないんですか？」

祖父と口にするのはよそよそしかったが、藤木さんと呼んでみても、違った意味のよそよそしさがあった。

「それについちゃ、死因に他殺らしきところはなかったよ。遺書も残されてたし、自分で両手首の血管を切り、風呂《ふろ》に浸《つ》かったと考えるのが自然だという結論が出た」

「アルコールを浴びるほどに飲んだ挙げ句に——？」

「その通りだ」

「でも、さっきの二人組の死体との関係はどうなるんですか？」

僕がいうと、嶌久さんはニヤッとした。

その笑顔は例によって冷ややかなものだったが、僕はそれほど気にならなくなっていた。表面のそういった印象の奥には、案外と思いやりのある素顔が潜んでいることに気づき始めていたのだ。

「藤木幸綱とあの二人組と、何か関係があるというのかい」

「わかりませんが」

「そうだな。今んところ、なんであの二人組が屋敷に忍び込んだのかもわからねえんだ。だが、藤木幸綱があそこを死に場所に選んだ理由のほうは、なんとなくわかってきたぜ」

信号待ちで車が停まった。嶌久さんは、ちらっと僕に視線を走らせて、つづけた。

「あの蔦屋敷は、正当な売買によって新たな持ち主に移ったんじゃなく、むしろ騙《だま》し取られた節があるんだ」

「――騙し取られた？」

「ああ、買い主は河林《かわばやし》って男で、それを取り持ったのは田代《たしろ》ホームズの田代って野郎なんだが、この田代ホームズというのは評判が悪いところでな。不動産屋というよりは、不動産ブローカー、もっといやあ、地上げの尖兵《せんぺい》の役割を担わされてるようだ。蔦屋敷の周辺を聞き込んだところによると、ここ一、二年ほどの間、あの辺りの土地がしきりと買い漁《あさ》られてるらしい。それを行ってるのが田代ホームズで、後ろにいるのは、どうやら亀和田《かめわだ》興業って暴力団らしいのさ」

「亀和田興業というのは――？」

「新宿にゃ、十五から二十ぐらいの暴力団がひしめき合ってるんだが、そのうちのひとつだ。さらにその背後にゃ、大手デペロッパーだの、銀行だの、てめえの手は汚さずにふんぞり返ってる連中がいるんだろうぜ」

僕はこの間、風太と二人で蔦屋敷を訪ねた時のことを思い出した。周囲には、空き地が、かなり広範囲に亘《わた》って点在していたのだ。あの一帯を地上げし、まとまった土地を手に入れるつもりなら、ほぼ真ん中にしかも広大な土地を有する蔦屋敷は、是が非でも立ち退かさなければならない相手だったにちがいない。

もしも藤木幸綱がそれを拒んだとすれば、強引な手段を講じた可能性も充分にあるだろう。

「蔦屋敷を買った河林というのは、どんな男なんでしょうか？」

「フルネームは河林寛《ひろし》。まだ本人にゃ会えてねえんだが、やっぱり亀和田興業と関係の深い男のようだぜ。後ろで糸を引いているのは、この男かもしれん。いわゆる胡散《うさん》臭い実業家ってやつさ。既にマエもふたつほどある。詐欺で一度と、傷害恐喝で一度喰《く》らい込んでるんだ。四課からも情報を貰《もら》ったんだが、この河林って野郎と亀和田興業の榊原武夫《さかきばらたけお》って幹部とが、何年も前からツーカーの間柄らしいのさ」

信号が変わり、嶌久さんは車を出した。

「――でも、地上げの土地を、河林って男が個人的に買ったって、それでどうなるんですか？」

僕がいうと、嶌久さんは助手席側の唇を歪《ゆが》めて笑った。

「師井の子供にしちゃ、おまえ、何もわかっちゃないんだな。つまり、河林って野郎も、その地上げの輪の中に入ってるってことさ。仮に河林がどこかの土地を五億で買ったとすれば、それを六億か七億で榊原って野郎に売る。榊原は今度はまたそれに一億か二億上乗せして、別の野郎に売るって具合に、帳面上の取引が、子供がキャッチボールでもするみたいに、悪党の身内で繰り返されるのさ。銀行は銀行で、土地の値段が吊《つ》り上がりゃ、それだけ担保価値が上がって金を貸すことが出来る。それを見込んで、悪党どもとぐるになって、このくだらないキャッチボールで飛び交う金を用意してやってるんだ」

嶌久さんは十二社通りから細い路地へと曲がり、角筈ホテルの正面に車を停めた。

ふと見やると、手拭《てぬぐ》いを頭に巻いたハルさんが前庭の隅に蹲《うずくま》り、せっせと雑草を抜いていた。

僕は送って貰った礼をいって、車を降りかけた。既に陽射しは容赦ない強さになっており、息苦しいほどの熱気に包まれた。

「なあ、おまえ、どう思う。ハルさんがああして草を抜いてる周りだけで、数千万、下手をすりゃ一億近いんだぜ」

嶌久さんが、僕を呼び止めていった。

「土地を転がしてる連中からすりゃ、そんな土地に暮らし、ああして雑草を自分で抜いて手入れしてる姿なんぞ、まったく理解に苦しむにちがいねえ。だけど、現に暮らしてる人間にとっちゃ、そういうもんじゃねえだろ」

「ええ、そうですね」と、僕は頷いた。

「さてと、それじゃ俺は行くぜ。ちょいと風太にも話を聞いてから、現場検証のつづきだ。おまえ、これ以上、死体を見つけるなよな」

嶌久さんは軽口を叩《たた》き、薄い笑みを浮かべた。

「せっかく来たのに、ハルさんには会っていかないんですか？」

「いや、今朝はいいや」と首を振り、フロントグラス越しにハルさんを見やったままで、

「美味《うま》い朝食はまだ健在かい？」と訊いた。

「ええ」

「じゃ、俺も今度、改めて食いに寄るよ」

僕が頷《うなず》くと、そのまま何気ない口調でつづけた。

「昨日、息子から俺んとこへ電話があった。近いうちに休暇を取って、日本に帰って来るつもりだそうだ」

「何のために……？」

「決まってるだろ。角筈ホテルを、業者に引き渡す算段をするためさ」

バブルの波に呑《の》み込まれているのは、蔦屋敷だけではないのだ。

嶌久さんは、僕にドアを閉めろと命じて車を発進させた。

玄関へのアプローチを進むと、手を休めたハルさんが、遠ざかる嶌久さんの車を眺めやっていた。近づく僕に顔を転じ、額の汗を手の甲で拭いながら微笑んだ。

「朝から、いったいどこへ行ってたの？　心配しちゃったわ」

「すいません」と、僕は詫《わ》びた。「ちょっと、ジョギングに」

「さあさ、それじゃ、朝御飯の用意が出来てますよ、一夫《かずお》ちゃん。早く食べてね」

今度は少し遅れて「――はい」と頷いた。

風太が僕を訪ねて来たのは、ハルさんが作ってくれた朝食を食べ終えて間もない頃だった。

本運びのアルバイトは今日はいいと、教授から食事の時に予《あらかじ》めいわれていた。僕よりも先に食事を済ませていた教授は、ハルさんを手伝って草取りに精を出すつもりらしく、既にTシャツと短パンに着替えていたのだ。一夫が誰なのかは、この時、教授の口からこっそりと聞いた。角筈ホテルを売り払い、ハルさんを専門の老人ホームに入れる準備を進めている一人息子の名前だった。

「おいおい、参ったな。あの連中、ええことになったそうじゃねえか」

玄関から勝手に上がり込んできた風太は、キッチンで洗い物をしている僕に近づき、顔を覗《のぞ》き込むようにしていった。両目には、驚きや恐れよりもむしろ、煮詰められたような好奇心がぎらぎらしていた。

「そっちにも、嶌久さんが行ったか？」

僕は手を休めずに訊いた。食器洗いが済んだら、僕も庭に出て、ハルさんと教授の二人を手伝うつもりだった。長期滞在者である教授が手伝っているのに、僕が何もしないわけにはいかないと思ったのだ。

「まあな。アパートにやって来て、死体が持ってたっていう学生証の写真を見せられたよ。確かに、あの長髪野郎は、俺たちが蔦屋敷で見た片割れじゃねえか。それで、じっとしていられなくなって、こうしてやって来たんだ。なあ、おまえは野郎たちの死体を見たわけだろ。ええ状態だったそうだな」

「まあな――」

僕は、そう答えただけだった。まだ記憶が生々しくて、多くを話したくはなかった。

「さて、それじゃあ、それが済んだら繰り出そうぜ」

風太にいわれ、手をとめた。

「繰り出すって、どこに？」

「どこって、おまえ、この事件を調べるつもりなんじゃねえのか。おまえとはダチだからな。一緒につきあってやるよ」

僕はコーヒーカップを水切りに移すと、手を拭《ふ》き、キッチンテーブルの椅子を引いて坐《すわ》った。確かにこの一件が気になってならないのは否定のしようがなかった。なぜ藤木幸綱は、かつて自分の持ち物だった屋敷で自殺をしたのだろう。その屋敷に、あの二人組はどんな目的でこっそりと忍び込んだのか。そして、誰がなぜ、二人をあんなに酷《むご》いやり方で殺したのだ。

しかし、好奇心を剝《む》き出しにした風太のいいなりに動き回っていると、なんとなく大変なことになりそうな気もしてならなかった。

「調べるって、どうやって？」

「どうだ、あの長髪野郎が持ってた学生証の日本語学校に行ってみないか？」

「何のために？」

「野郎を知ってるやつが、きっといるはずさ。そいつらを見つけて話を聞けりゃ、あの二人がなんで蔦屋敷を探ってたのか、理由がわかるかもしれねえだろ。なあ、どうだい。いっちょ俺たちで、蔦屋敷の謎を解いてみようぜ」

大いに乗り気で鼻孔をひくつかせていたが、僕にはどうも今ひとつピンとこなかった。それを告げると、風太は大げさに首を振った。

「何もわかっちゃいねえんだな。日本語学校っていうのは、新宿にいる外国人にとっちゃ、ちょっとしたポイントなんだよ。今にわかるから、とにかく一緒に行こうぜ」

「そういえば、もうひとつ気になることが出来たんだ」

僕は思いついて告げた。

「昨夜、店に来た、片言の日本語を話すショートカットの子を憶《おぼ》えてるか？」

風太がニヤッとした。

「おまえがしきりと気にしてた中国人だろ」

頰が火照《ほて》るのを感じた。

「別に気にしちゃないさ。それに、なんで中国人だとわかるんだ？」

「連中が交わしてたのは、中国語だぜ。中国の、どこの言葉かはわからんがな。でけえ国だけあって、ものすごい数の方言があるらしいじゃねえか。だが、いずれにしろ、そのうちの何かの言葉だよ」

「曖昧《あいまい》だな」

「曖昧じゃねえさ。俺はもう、新宿で三年も暮らしてるんだぜ。ああいう連中とは、毎日ことはわからなくたって、連中が中国人だってことははっきりわかるさ。で、あの娘がどうしたんだよ？」

「今朝、死体を発見した高戸橋のところで、野次馬《やじうま》に混じって俺のほうを見てたのさ」

「あの女がか！　確かかよ？」

「目が合うと人混みに隠れてしまったので、チラッと見ただけだけどな。間違いないと思う」

「うむ、興味深えな。もしかして、テラさんの店にも、俺やおまえの様子を見に来たのかもしれねえぞ。あの女、長髪野郎の知り合いにちがいねえ。うまくあの女を捜し出せれば、色んなことがわかるんじゃねえのか」

僕は風太に、さっき嶌久さんから聞かされた、蔦屋敷絡みの話をして聞かせた。河林寛という怪しい実業家や、田代という不動産ブローカー、それに亀和田興業という暴力団の榊原という幹部の名前まで告げた。そういった連中と、死体で発見されたあの二人組とは、何か関係があるのだろうか。蔦屋敷で自殺してしまった僕の祖父とは、どうなのか。考えるほどに、自分のこの手で答えを知りたいという気持ちが大きくなった。

「よし、もう出られるんだろ。行こうぜ」

風太が僕を促した。

「だけど、そういえばおまえ、貴美子さんに頼まれてる人捜しのほうはいいのか？」

思いついて訊くと、あっさりと首を振った。

「構わねえさ。この広い東京で、大した手がかりもなくて、いったいどうやって人捜しをするっていうんだよ。彼女のほうは、もう一人で出かけて捜しに回ってるがな、つきあいきれやしねえよ。それにな、どうも、あの女、何か隠してるような気がするんだ」

「隠してるって、何を？」

「それはわからんよ。だけど、今朝、嶌久の兄ぃが訪ねて来たろ。それで、兄ぃが刑事だって知ったら、明らかに顔色を変えたのさ。それに、考えてみたら、新宿のバーに勤めてた友達を捜してるっていってるくせに、俺たちと一緒に新幹線で来た時は、東京駅でさっさと別れたろ。なんかおかしいと思わないか」

僕は「なるほど」と下顎《したあご》を撫《な》でた。「そうだな」

「ま、いずれにしろ、今はあの女のことはいいじゃねえか。行こうぜ」

僕は一旦《いったん》二階の部屋に上がり、財布をズボンのポケットにねじ込んだ。玄関を出て見やると、教授とハルさんの二人は前庭の草むしりを終え、屋敷の横手へと回ろうとしていた。

二人に挨拶《あいさつ》をして背中をむけてから、ハルさんが今度は僕を息子の名前で呼ばなかったことに、ほっと胸を撫で下ろした。

何歩か歩いて振り返ると、麦藁《むぎわら》帽子を被《かぶ》り、並んで庭の夏草をむしる教授とハルさんの二人は、仲睦《なかむつ》まじい老夫婦みたいに見えた。

3

日本語学校の正確な住所までは憶えていなかったが、電話帳で引くとすぐに所在地がわかった。僕らは新宿から神保町《じんぼうちょう》まで地下鉄で移動し、そこから歩くことにした。だが、それからが少し手間だった。住所を頼りに捜しても、なかなかそれらしい建物が見つからず、流れ出る汗を拭き拭き歩き回ることになってしまった。

やっと捜し当てたビルは、車が一台擦り抜けるのがやっとぐらいの細い路地にあった。学生証に神田錦町とあったので、僕は本屋や古本屋、学生相手の喫茶店など、なんとなくそういったものが並ぶ雰囲気の場所を想像していたのだが、当の目当てのビルがある周辺はまるっきり違っていた。四階建ての古びたビルが、狭い敷地をいっぱいに使って建っており、左右に並ぶのもまた似たようなビルだった。ビル同士の間にはほとんど隙間がなかった。むかい側は小さな印刷工場で、インクの匂いとともに活版印刷機のものらしい音が途切れなく響き、暑苦しさを増していた。

そもそもこんなに目立たない路地にあるというのに、加えて日本語学校の看板もまた、階段の上り口にほんの申し訳程度に掲げられているだけだった。ビルの一階はシャッターが閉まり、学校はその横にある狭くて薄暗い階段を上った二階から上だけらしかった。

僕たちは軽く目を見交わしてから階段を上った。どちらかというと当たって砕けろという気分だった。二階の短い廊下に出ると、左側に厚い硝子《ガラス》の扉があり、その扉に《TOP

日本語学院》と書かれているのを確かめて押し開けた。

そこは殺風景な狭い部屋で、学校の受付ロビーというよりは、流行《はや》らない町医者の待合室といった感じだった。入り口を入ったすぐ左側に、硬そうな長椅子がひとつ置かれていて、そのむこうには立ったまま物が書ける高さに、壁に直接作りつけられた細長い出っ張りがあった。それらしいポスターがいくつか並ぶのに混じり、非行防止や安全運転といった、警察配布のポスターまで貼ってある。

町医者の待合室を思わせたのは、受付窓口の形からだった。入り口から見て右側の壁の一部に、薬の受け渡し口のような小窓が開いていた。その奥から、テレビのワイドショーの声が聞こえていた。

受付に近づき、風太と一緒に屈《かが》み込んで中を覗くと、五十近くに見える瘦《や》せた女が一人坐っていた。

彼女は手元の雑誌から目を上げて、少し上目遣いに僕たちを見た。

ただこちらを眺めるだけで、何もいおうとはしなかったので、「すいません」と僕のほうから告げた。

間にはプラスチック板の仕切り窓があった。それを開けてくれそうな素振りもなく、僕が自分で開けるしかなかった。

「何でしょう？」

尋ねるというには、投げやりすぎるいい方だった。

「ちょっと教えて欲しいことがあって来たんです」

僕はポケットを探り、メモ用紙を女の前に置いた。名前を発音しようにも、読み方を忘れてしまっていたので、学生証にあった《劉捷連》という名前を紙に書いて来たのだった。

「こういう人が、ここの学生にいると思うんですが」

女は軽く首を傾げた。

「どうでしょうね。で、もしもいるとしたら、何でしょう？」

この女は、今朝の事件を既に知っているのだろうかと考えてみた。そして、おそらくまだだろうと見当をつけた。もしもうあの事件を知っているなら、このメモの名前を見て、何か違った反応を示すはずだ。

とはいえ、それではどう切り返すべきか考えつかない僕をチラッと見てから、風太が女に笑いかけた。

「この人のことで、ちょっと知りたいことがありましてね。親しかった友人を、何人か教えて貰《もら》いたいんです」

「あなたたちは誰なんです？　どうしてこの男性のことを調べているんですか？」

何と答えるか考える僕の隣で、風太がさっさと応じた。

「今朝、この男の死体が神田川で見つかったことは、知ってますか？」

女はかなり驚いたようだった。

「死体が……」

呟《つぶや》いたきり、今度は長いこと何もいおうとはしなかった。

「ちょっとその事件に絡んで、知りたいことがあるんですよ。彼と親しかった友人の名前と連絡先を、こっそりと教えてくれるだけでいいんだけどな」

だが、女は冷ややかに風太を眺めるだけだった。

「生徒のプライバシーに関することは、外部の方には教えられないことになっているんです」

「そんなに堅いことをいわずに、ちょっと教えてくれませんか。学生証を持ってたんだ。このメモの男が、お宅の学生であることは間違いないんでしょ」

「とにかく、私どもでは、生徒のプライバシーについては、何もお答え出来ませんので。いったい、あなたたちは何なんですか。あまりしつこくすると、警察を呼びますよ」

「そんないい方はねえじゃねえか。なあ、おばさんよ。こいつのダチを教えてくれよ。決して迷惑はかけないからさ」

風太はすっかり地金が覗いてしまい、僕は内心、頭を抱えた。かといって僕が交渉をしたとしても、上手《うま》くいった保証はなかった。何か予《あらかじ》め口実を考えて臨むべきだったと思っても、あとの祭りだ。

「一旦、引き上げようぜ」

僕は風太に小声で告げた。

「だけどよ」

と口を尖《とが》らせる風太に、何か違う手を考えようといい聞かせた。

受付カウンターの隅に載っていた、この日本語学校の案内用パンフレットを一部抜き取ると、風太を促して出口にむかった。パンフレットとはいってもそれはA4判ぐらいの紙を縦に四つ折りにしたぺらぺらのもので、印刷もいかにもお粗末に見えた。

僕たちが受付の前を離れるとすぐ、女は早々とプラスチック板の仕切りを元通りに閉めてしまった。

「ちぇ、いけすかない女だぜ」

蒸した階段に出るなり、風太が憎々しげに吐き捨てた。

「なあ、どうするよ。こうなりゃ、ちょっと、ここの周辺に張り込んでみるか?」

僕は曖昧に頷《うなず》いただけで、何も答えられなかった。

目が階段の下方へと釘《くぎ》づけになっていた。階段の出入り口を塞《ふさ》ぐようにして、何人かの男たちが群れ、じっとこっちを見上げていたのだ。表はかんかん照りで明るいために、連中の顔は陰になって見えにくかったが、友好的な顔つきでないことだけは確かだった。

その男たちを押し分けるようにして、あの小柄な女の子が現れた。鏡子によく似た、ショートヘアーの中国人だった。

彼女は男たちの先頭に立って、僕らのほうへと階段を上がって来た。

「ここに、なにしにきたの?」
二、三段ほどを残して立ち止まり、僕と風太を見上げ、吐きつけるような口調で訊《き》いた。

僕たちに見下ろされるのが気に入らない、といわんばかりに胸を反らし、こちらを睨《にら》みつけていた。幾分おかしなアクセントが混じっていたし、たどたどしくもあったが、きちんとした日本語だった。

「あの二人のことが知りたくて来たんだ」

僕がいうと、すぐに問い返してきた。

「あのふたりって、だれ？」

「わかってるんだろ。蔦《つた》屋敷に忍び込んで、今朝方、神田川で死体で発見された二人さ。きみ、あの二人の知り合いじゃないのか」

彼女は僕の言葉が終わるか終わらないうちに、後ろにいる他の男たちを振りむき、僕にはわからない言葉で何かやりとりを始めた。確かにそれは風太がいっていたように、中国語らしいとは察せられた。

「ここにきたのは、なぜ？」

再び彼女が、他の連中を代表するように訊いた。

「神田川で発見された遺体のひとつが、この学校の学生証を身につけていたんだ」

僕は、先ほど受付の女にも見せたメモを差し出した。

「彼は、こういう名前なんだろ？　きみたちも、ここの学校の生徒なのか？　よかったら、少し話を聞かせてくれないかな」

出来るだけ穏やかな笑顔を浮かべていったが、彼女はメモ用紙の名前をじっと見下ろすだけで、僕に目をむけようとはしなかった。

後ろにいた男の一人が彼女に話しかけてきて、再び内輪のやりとりが繰り返された。

「あたしたちも、あなたたちにききたいことがある。うえで、はなしましょ」

彼女が再び代表していった。

「上――？」と、僕は訊き直した。

「きょうしつよ。いいでしょ。あなたたちがききたいことにも、こたえてあげるわ」

僕はそっと風太と目配せした。男たちの数は四人。改めて頭数を数えては、無意識に相手の体格を推し量りもした。このまま素直に従うには、なんとなく危険な雰囲気を感じていたのだ。

だが、躊躇《ためら》う僕らを押し上げるようにして、四人の男たちが階段を上って来た。僕と風太は、まだ心が決まらないままで、仕方なく階段を上るしかなかった。

4

「あたしがきくのに、こたえてちょうだい。あなたたちは、あのやしきでなにをしてたの？」

三階の教室に入ると、そう尋ねてきたのもやはり彼女だった。大して広さのない部屋に、スチールパイプで椅子とひと繋《つな》がりになった一人用の机が、無造作に幾つも並んでいた。古びたエアコンディショナーが壁に張りついていたが、今は惰眠をむさぼるように止まっており、ここは階段以上に蒸していた。

僕らは誰も坐《すわ》ろうとはせず、教室の後ろ側のスペースに、睨み合うような形で立ってい
た。その時になって思い出したが、彼女と一緒にいる四人の男のうちの二人は、昨日彼女
と一緒に《CECIL》に来た男たちだった。

「どうして僕らが、あの屋敷にいたと知ってるんだ？」

僕が訊くと、彼女は苛立《いらだ》たしそうに足を鳴らした。

「きくのは、あたしといったはず。あなたたちは、ただ、こたえてちょうだい。そうしな
いと、ひどいめにあうわよ」

「どうひどい目に遭うっていうんだよ、この野郎」

風太が肩を怒らせたのに反応し、彼女の周りに立つ男たちも同じようにした。

僕は風太を押し留《とど》め、「いがみ合ってるより、ちゃんと話してみたほうがいい」と耳打
ちした。

「蔦屋敷の持ち主が、僕の祖父だったんだ」

それから、いった。

「そふ？」

「祖父《じい》さんさ」

「おじいさん、いまもあのやしきにいるの？」

どういう意味の問いなのか、考える必要があった。あの屋敷がまだ祖父のものかどうか

を訊きたいのか、それとも、祖父が現にあそこに暮らしているのかを知りたいのか。もしかしたら、この連中は、蔦屋敷で見つかった死体のことを知らないのだろうか。

「祖父は死んだよ。あの屋敷で、自殺していたんだ」

僕がいうのを聞き、彼女は「あ」とでもいいたげな顔をした。

「あなたのおじいさん、ふじきゆきつな？」

「祖父を知ってるのか？」

「しらない。でも、ひとからきいた。それに、テレビもみた。あなた、かわいそう。どうじょうする。おくやみ？」と、語尾を上げ、自分の日本語が正しいかどうかを確かめたらしい。「いわせて。でも、くわしいはなしを、きかせてほしい。あなたのおじいさん、どうしてあのやしきで、しんでたの？　ほんとに、じぶんでしんだ？」

「詳しいことは、まだわからないんだ」と、僕は首を振って見せた。「だが、自殺であるのは間違いないはずだと、警察はそういってた」

「どうしてわからない？　あなたのおじいさんでしょ？　どうしてしんだか、あなた、しってるはず」

「そういわれても、一度も会ったことがないんだ。あの日、俺は初めて祖父を訪ねたのさ」

自分が嘘をついているわけではないのを伝えたくて、相手の目をじっと見つめていたが、気持ちが通じるのかどうかはわからなかった。

「どうしてじぶんのおじいさんなのに、あったことないの？」

冷淡な訊き方というべきだった。

「そんなことを、きみに答える必要はないだろ」

僕のほうもまた、どうやら自分で思う以上にずっと棘《とげ》のある口調になっていたようだ。

彼女の両側の男たちが、再び肩を怒らせかけたが、彼女が彼らを押し留めた。

「とにかく、あなたたち、あのやしきにいった。そして、ふたりをみた。そうね？」

「屋敷の門のところで二人を見たから、僕らも屋敷に入ったんだ。あの連中は、門の鎖を切って、中に潜り込んだのさ。だが、それから先のことはわからないよ」

「どうしてわからない？　あなたたちもあそこにはいった。なかでなにをみた？　あのふたり、どうしてた？　おねがいだから、おしえてほしい」

僕はあの屋敷の前で二人組を見つけ、二人のあとを追って自分たちもまた屋敷の中に入ったものの、連中の姿はそれきり見失ってしまい、代わりに祖父だった人間の遺体を発見したのだということを、嚙《か》んで含めるように語って聞かせた。男たちはみな、彼女ほどには日本語が理解出来ないらしく、彼女がいちいち通訳していた。

「さあ、そしたら今度は、そっちの番だぜ。あの二人が蔦屋敷に潜り込んだ目的は、いったい何だったんだ？　おまえらは、なんで蔦屋敷に興味を持ってるんだよ？」

風太が焦《じ》れたように問いかけたが、彼女たちはそれを無視して、そのままやりとりをつづけていた。

僕もいい加減焦れ始める頃、彼女が一枚の写真を差し出した。

「このひと、しってる？」

それは神田川で見つかった死体が身に帯びていたのと同じ写真で、陽に焼けて髪を刈り上げた男が写っていた。

「やしきか、どこかで、このひとをみた？」

「知らないよ」

僕と風太は、ほとんど口を揃えるようにしていった。二人とも突慳貪《つっけんどん》な口調だった。自分たちでは何も答えようとはせず、ひたすら質問をぶつけてくるばかりで、これではあまりに一方的過ぎるではないか。

「きみたちの仲間も、同じ写真を持ってたな。この写真の男は誰で、どうしてきみたちはこの男を捜してるんだ？」

男の一人が何かいおうとするのを手で制し、彼女が再び口を開いた。

「これは、あたしのおにいさん」

「兄さん——？」

「そう。でも、おにいさん、つれさられてしまって、あたし、ゆくえをさがしてる」

「連れ去られたって、誰に？」

「はっきりはわからない。でも、たぶん、かめわだこうぎょうっていうぼうりょくだん」

「亀和田興業」

僕と風太は、彼女がいうのをなぞるように繰り返した。つい今朝方、二人組の死体を見つけたあと、嶌久さんからその名前を聞いている。

「亀和田興業が、きみの兄さんを連れ去った理由は何なんだ？」風太が訊いた。

「にぃさん、かめわだこうぎょうにおかねをかりてた」

「なんでヤクザに借金したりしたんだ？」

「そんなこと、あなたたちにはかんけいない」

風太は大げさに溜息《ためいき》を吐《つ》いて見せた。

「なあ、フィフティー・フィフティーでいかねえか」

だが、彼女は「あなたたちには、かんけいない」と繰り返すだけだった。

「あの屋敷に、お兄さんが捕まってると思ったのは、なぜなんだ？」僕が訊いた。

「みんなで、てわけしてさがしたら、かめわだこうぎょうのおとこたち、あのやしきにではいりしてるのがわかった。それで、なかまのふたりが、あのやしきをさぐってみることにした」

蔦屋敷に目をつけたのは、本当にそれだけの理由なのだろうか。どうも違和感を覚えてならなかった。僕は写真に目を落とした。兄妹《きょうだい》というには、あまり似ていないように思われた。

「あなたはなんで、けさ、神田川にいたの？　あたしたちのともだちのしたい、あったばしょ。あのしたい、あなたがみつけた？　あなた、どうやってしたいをみつけた？」

彼女が僕に訊いてきた。それは警察からも何度となく訊かれた点だった。やはり高戸橋の上から僕を見ていたのは、彼女だったのだ。

「ジョギングで、たまたまあそこを通りかかったんだ」

彼女たちはまた、頭を寄せ合って何かやりとりを交わした。

そのうちに、一人が僕のほうにむき直った。昨夜、彼女と一緒に《CECIL》に現れた男の一人で、小柄なほうだった。とはいっても、僕と同じ一七四、五センチぐらいはあり、胸板の厚さや腕の太さは比べものにならなかった。

「たまたま、したいをみつける。おかしい。おまえ、しんじられない」

彼女よりもずっとたどたどしい日本語だったが、この男の単純な疑念をぶつけるには充分だった。

「そういわれても、偶然は偶然なんだから、しょうがないだろ。きみたちのほうで、誰があの二人を殺したのか、何か心当たりはないのか?」

男は口を開きかけたが、日本語を思いつかないのか苛立たしそうに首を振り、僕たちには理解出来ない言葉で捲《まく》し立て始めた。

昨夜のもう一人の片割れのほうに顎《あご》をしゃくり、さらに捲し立てたのは、どうやら何かを命じたらしい。ということは、この男のほうが、リーダー的な存在なのか。

片割れが前に出て来た。こちらは正真正銘の大男で、立派な筋肉が上半身を覆っており、そんな肉体を見せびらかすかのように、躰《からだ》にぴたっとしたTシャツを着ていた。

風太が僕を庇《かば》って一歩前に出ようとした。庇われるつもりはなかったので、僕も一緒に前に出た。

彼女が間に割って入った。大きな男を躰で押し留めると、中国語で何か捲し立てた。大きいほうよりも、主に小さいほうの男を見ていた。彼女の身振り手振りから、どうやら今朝の僕が、確かにTシャツに短パン姿で、ジョギングの途中らしく見えたといった説明をしているようだと察せられた。僕を弁護してくれているらしい。

「あのやしきのことを、もっとおしえて。おじいさん、どうしてあのやしきをつかわずにいるの？」

完全に納得した様子ではなかったものの、一応男たちが引く素振りを見せると、彼女がすぐに訊《き》いてきた。

「あの屋敷は、売ってしまったのさ。というよりも、詐欺に遭ったみたいなんだ」

「さぎ？」

「騙《だま》し取られたらしいんだ」

どうやら伝わっていないらしいので、僕はポケットからボールペンを出した。書く物を探しかけた僕に、風太が先ほど下の受付から持って来たこの日本語学校のパンフレットを差し出した。

《TOP日本語学院》とのみ書かれている表紙ページの余白に、《詐欺》《屋敷》《盗》と、僕は思いつくままに漢字を並べた。中国語で何というのかは見当もつかなかったし、彼女たちが僕たちとまったく同じ漢字を使うのかどうかもわからなかったが、どうやら通じたらしかった。

「だれにとられたの？　それじゃ、いまは、だれのものなの？」

「河林って男が今の持ち主らしい。この男は、さっききみたちがいった亀和田興業とも関係しているみたいなんだ」

「かわばやし――？」

僕がその名を口にした瞬間、彼女のくりっとした両目がさらに一回りぐらい大きくなった。

「どう、かくの？」

僕はまだ事情がわからないままで、ポケットに仕舞いかけていたボールペンを握り直し、パンフレットの表紙に《河林寛》とフルネームを書いた。

それを見て、今度は彼女だけでなく男たちの全員も表情を変えた。

理由はすぐにはっきりした。彼女が華奢《きゃしゃ》な指先を伸ばして、僕の手元にあったそのパンフレットの表紙を捲ったのだ。最初のページに、この学校の理事長として、河林寛の名前があった。

5

「おいおい、ってことは、この男がこの学校を作ったのかよ」

風太が素頓狂《すっとんきょう》な声を上げた。

「おまえら、ここの生徒だろ。こいつのことはよく知ってるんだよな」

一様に呆然《ぼうぜん》とした様子で黙りこくる彼女たちを見渡し、吐きつけるように訊いた。

戸惑いに囚《とら》われたままで、五人はまだしばらく黙りこくっていたが、やがて彼女が否定した。

「よくはしらない」

「なんで知らねえんだ？」

「あったことはない。だから、あたしたち、どんなひとかはしらない」

「だって、ここの理事長なんだろ。この学校には、顔を見せないのかよ？」

「みせない。なまえ、しってるだけ」

どこに行けば、この河林という男に会えるのかと風太が訊いても、わからないと首を振るばかりだった。だが、言葉通りに受け止めることは出来なかった。会ったこともない理事長の名前に接しただけで、五人が五人とも揃ってこんなに大きな反応を示すとは思えなかった。

しかし、その点は一旦《いったん》は措《お》くにしろ、とにかくこの連中が捜し求める写真の男は、この学校の理事長によって連れ去られた可能性が高いことになる。完全にそこまではいいきれずとも、河林という男がかなり密接に関わっていることは確かなはずだ。なぜなのだ。

彼女たちの興味の対象もまた、すっかり河林という男に移ったらしく、それにつれて僕たちへの興味は急激に失《う》せ始めたようだった。

「もう、かえってもいいわ」

彼女がいった。

「おいおい、そりゃないだろ。おまえらはまだ何も喋《しゃべ》っちゃいないじゃないか。あんな出任せを、俺たちが信じると思うのかよ」

風太が食ってかかろうとしたが、大きな男が彼女との間に分け入ってしまった。伸び上がるようにして男を睨《にら》みつける風太のほうが、どう見ても分が悪かった。

「もしも僕らのほうで、写真の男の居所がわかったら、どうやってきみたちに連絡をすればいいんだ？」

僕は訊いた。彼女たちだって、あの写真の男に関する情報は欲しいはずだ。

彼女は思案顔をしたが、今度は他の連中と相談することなく、ポシェットから出した名刺を差し出した。そこには《西湖大酒店》と書かれてあり、東池袋《ひがしいけぶくろ》の住所と電話番号が並んでいた。

「ここのオーナーにれんらくすれば、オーナー、あたしにれんらくくれる。なにかわかったら、かならずおしえて」

僕は頷いた。「きみの名前は？」

「あたしはリンユイ」

と、彼女は初めて名前を名乗り、今渡したばかりの名刺を僕の指先から取ると、そこに

《王玲玉《ワンリンユイ》》と書き記した。

「その代わり、そっちでも何かわかったら教えろよな」

風太がいって、自分のアパートの電話番号を走り書きして渡した。

表へ出ると、むかいにある印刷所から聞こえてくる輪転機の音が、暑苦しさを一層増していた。路地の延びる方角が風の流れと合わないらしく、辺りは無風状態に近かった。

「な、わかったろ。日本語学校ってのが、いかがわしいものだってことがよ」

囁《ささや》く風太に、僕は頷《うなず》いた。

日陰を見つけて陣取ったものの、およそたまらない暑さだった。だが、僕らはしばらくここに粘ってみるつもりだった。物陰に隠れて連中が出て来るのを待ち、あとを尾《つ》け、せめて塒《ねぐら》ぐらいは突き止めてやる。

しかし、十分が経ち、二十分が経っても、連中の誰一人として日本語学校の建物から出て来ようとはしなかった。

三十分が過ぎ、さすがに心配になってきた頃、後ろから肩を叩《たた》かれた。どきっとして振りむくと、嶌久さんが立っていた。

「なんだ、兄ぃかよ。悪い趣味だぜ。いきなり驚かさないでくれよな」

風太がほっとしたように微笑んだが、嶌久さんのほうは例のしらっとした目つきで、僕と風太を見やっていた。

「趣味も何もあるか、莫迦《ばか》野郎。おまえら、ここで何をしてるんだ」

僕らが何かをいうより早く、自分で答えを見つけたらしく、小さな音を立てて舌を鳴らした。

「そうか。死体の持ってた学生証に興味を示して、てめえらで調べに来たんだな」

「まあまあ、そう目くじらを立てないでくれったら。兄ぃの捜査に、少しでも協力出来ればと思ったんだぜ。なあ、それよりも、兄ぃがこうして出張《でば》って来たってことは、蔦屋敷の調べのほうは済んだってことかい。何か見つかったのか？」

風太が宥《なだ》めつつ訊くと、嶌久さんはあからさまに顔を顰《しか》めて見せた。

「何も見つかりゃしねえよ。捜査は打ち切りだ」

「打ち切り――？」

思わず僕らは揃って声を上げかけた。

「犯人も捕まらないうちに打ち切りって、それはまた、どういうことなんだよ？」

風太が訊いた。

「俺たち所轄のデカは、蚊帳《かや》の外に押しやられちまったってことだよ。あとは、本庁の公安の連中が引き継ぐことになったんだ。そうそう、死体が後生大事に持ってた写真の身元が割れたぜ。あれは天安門事件で学生のリーダーだった一人で、蔣建国《ジャンジェングウォ》って名前の男だそうだ。それで、公安の外事課が出張って来たのさ」

「天安門事件のリーダー――」

僕は口の中で反復した。すぐ隣の風太と同様に、きょとんとした表情を浮かべていたにちがいない。

世界中を騒がせたあの事件が起こり、そして、中国政府の命令を受けた軍隊によって鎮圧されたのは、一年ちょっと前、一九八九年の六月のことだった。

七　時の流れ

1

水平線のむこうの世界から飛んで来た小石が、目の前の水面に落ちて波紋を拡げているが、そんなふうに小石が飛んで来たこと自体が信じられず、ぼんやりと水平線を眺めている。この時の僕の気分は、ちょうどそんな感じだった。

一年ほど前、確かにテレビではほぼ毎日のように天安門広場の様子が映し出され、新聞も雑誌も、あらゆるメディアがこぞってあの国の民主化の動きを注視していた。すぐ隣の国で自由を求めて立ち上がる人たちの様子が、否応《いや》でも目の中に、生活の中へと飛び込んできて、浪人生活をつづけていた僕もまた、思わず注意を払ったものだった。

だが、それはあくまでも隣の国の話であり、水平線のむこうの出来事だった。それがいきなり、何の前触れもなく、自分たちの暮らすこの世界と関わりを持ち始めるなど、誰が想像したりするだろう。ましてや、僕と颪太とは、そのリーダーを自分の兄だと称する玲玉たちと、ついさっきまでこの目と鼻の先の日本語学校の中で、やりとりを交わしていたばかりなのだ。

「なあ、ちょっと待ってくれよ、兄ぃ。どうも俺にゃよくわからないんだが、どうしてそんな男が新宿に、っていうか、この日本にいるんだ？　リーダーだかなんだか知らねえが、俺たちゃついさっきまで、その男を捜してるってやつらと一緒だったんだぜ」

風太がいった。

「一緒だったって？　あの日本語学校でか――？」

「ああ」

「どんな連中なんだ？」

僕と風太は嶌久さんに連中の特徴を話し、ついでに口々に、あの連中とどんな会話を交わしたのかを説明して聞かせた。

「やつら、まだ学校の中にいるぜ。出て来たら、あとを尾《つ》けてやろうと思ってな。それでこうして張り込んでるんだよ」

風太がそう胸を張ったが、嶌久さんは冷ややかに訊《き》いた。

「ここに張り込んで、どれぐらいになるんだ？」

そろそろ三十分だと答えると、「おまえらはここにいろ」といい置き、一人で日本語学校の入り口に姿を消し、四、五分ほどで戻って来た。近づく前から、苦笑しているのが見て取れた。

「おまえら、あのビルにゃ、裏口があるのを確かめなかったのか？　無愛想な女が受付に坐《すわ》るだけで、あとは誰もいなかったぜ」

嶌久さんは、駆け出そうとする風太の二の腕を摑《つか》んだ。

「おいおい、どこに行く気だよ」

「どこって決まってるだろ。連中のあとを追うんだよ。まだ、そこらにいるかもしれねえだろ」

「ほんとにそう思うか？」

と訊かれ、風太はしょぼんと肩を落とした。

落胆する僕たちに、嶌久さんはにやっと笑いかけた。

「まあ、この暑い中にいたってしょうがねえや。三十分も立ちっぱなしだったんじゃ、喉《のど》が渇いたろ。どこかで冷たいものでも奢《おご》ってやるから、もう一度最初からゆっくりと、順序だって話を聞かせろよ」

僕らは喫茶店で冷たいものを飲みながら、さっきの玲玉たちとのやりとりを改めて話して聞かせた。暑い中に陣取っていたので、注文したものはあっという間に飲んでしまい、その後お冷やをちびちびとやった。

ひと通り話を聞き終えると、嶌久さんは再びにやっとした。

「どうやら、おまえら、その玲玉って女に、すっかり手玉に取られたみたいだな」

風太がふくれっ面をした。「そんなこたあねえさ」

「そうかね。だが、俺にゃ、正直に知ってることをぶちまけたのはおまえらだけで、相手のほうは、ただおまえらを煙《けむ》に巻いただけのように思えるがな」

　僕らは黙り込むしかなかった。

　嶌久さんがつづけた。「たぶん、蔣が自分の兄だって話はでたらめだろうし、それにな、あの日本語学校ってのは、どうも食わせ物臭いぜ」

「食わせ物って、どういうことです？」僕が訊いた。

「外国人、特に中国人たちが、就学ビザを取るための隠れ蓑《みの》ってことさ。日本語学校ってやつはな、一定の設備基準さえ満たしてりゃ、学校法人を作る必要もなく、早え話が誰でもちょちょいと出来ちまうんだ。そこに入学する形にすりゃあ、最大一年の就学ビザを取ることが出来て、それを留学ビザに切り替えれば、さらに一年の延長が可能だ。これを利用して、就学斡旋《あっせん》のブローカーが蔓延《はびこ》り出してるし、授業料だけ前払いさせてとんずらしちまうような、就学生泣かせの悪質な日本語学校も出てきてる」

「そうすると、あの日本語学校も、中国人たちが日本に入り込むための手段にすぎないと――？」

「おまえら、教室まで上がってみて、どうだったんだ？　俺にゃ、この立地といい、どうでもいいようなビルの選び方といい、看板の掲げ方といい、そんな気がしてならないね」

「ああ、俺だってどうもそんな気がしてたのさ」

　風太が威勢を取り戻して、大きくひとつ手を打った。「あの玲玉って女も、その仲間の連中も、そして、今朝神田川で死体で見つかった二人だって、結局新宿や池袋なんかに潜り込んでこっそりと働いてやがる、不良外国人ってわけだろ。匂いでぴんと来たさ」

「それなら、連中を逃がさないで、ちゃんとあとを尾けて貰《もら》いたかったね」

嶌久さんの言葉に、ふくれっ面がぶり返した。

閃《ひらめ》くものがあった。玲玉たちが、河林の名前にあんなに反応したのは、やはりあの男がただ日本語学校の名ばかりの理事長といった存在ではなかったからなのだ。同じく、彼女たちが河林のことを訊かれて言葉を濁したのも、河林との間に、表沙汰《おもてざた》には出来ないような関係があることの証《あかし》だとはいえまいか。

「ま、とはいえ、連中がこっそりと裏口から姿を消したのは、おまえらが張り込んでるのが見え見えだったからだけでもないかもしれんな」

「どういうことだい？」

「今朝の公安の動きは、敏速すぎるぐらいだった。神田川の死体から蔦《つた》屋敷の調べに至るまで、さっとてめえたちのほうで攫《さら》っていっちまったんだ」

「つまり、前々から、今度の一件に目をつけていたというんですか？」

「まあ、どこからどこまでを指して今度の一件というのかはわからんが、蒋建国って野郎がこの国に入ったらしいって情報は、どこからか摑んでいたんじゃねえのかな。俺にゃどうも、あの日本語学校にも、公安の目が光ってるんじゃないかって気がしてならないね」

「蒋という天安門事件のリーダーを、こっそりと日本に入国させたのにも、あの日本語学校が絡んでるっていうんだな」

風太がいい、一人で合点するように頷《うなず》いた。

「ああ、俺はそう思うぜ」

「公安が見つけたら、蔣をどうするんでしょうか？」

僕は思いついて訊いてみた。

「さあね。それは、俺ら下っ端刑事にゃなんともわからん点だぜ。民主化を求める国際世論なんてやつもあるだろうしな。だが、この国の毎度毎度の弱腰外交を考えりゃ、おそらく中国政府へ引き渡すことになるんじゃねえのか。ま、それはそれとして、俺が興味を惹《ひ》かれるのは、むしろこの河林って野郎さ。今した話が間違ってなけりゃ、野郎は蔣って男が日本に入国するのに手を貸した側だといえるはずだ。もしかしたら、中国人たちを不法入国させてる蛇頭《スネーク・ヘッド》の連中とも、何か関係があるのかもしれん。だが、一方では、蔣の行方を捜してる玲玉って女たちが目をつけた、蔦屋敷の所有者でもあるわけだ。おまえら、これをどう思う？」

「つまり、とんでもねえ蝙蝠《こうもり》野郎ってことか。なあ、兄ぃよ。野郎が蔦屋敷の持ち主だって知った時の、玲玉って女たちの驚きは本物だったぜ。自分たちの味方だとばかり思ってた野郎に、裏切られたと思ったんじゃねえのかな」

嶌久さんはたばこを抜き出し、火をつけた。

「河林って男は、天安門事件のリーダーの一人だった男を、いったい何のために連れ去ったんだろうな。しかも、玲玉って女たちの推測が正しいとすると、しばらくは蔦屋敷に監禁してたことになる。なぜなのか。それに、今はその蒋って男はいったいどこにいるのか」

途中から独りごちるような感じになり、呟《つぶや》きとともに煙を吐き出した。

一人が喫《す》い出すと、つい釣られてしまう。僕と風太も、それぞれ自分のパックを出して喫い始めた。

「そういやあ、玲玉たちは、亀和田興業の男たちが蔦屋敷に出入りするのを見たといってたな」と、風太が煙を吐き上げた。「河林と亀和田興業とは、屋敷をこいつの祖父さんから騙《だま》し取っただけじゃなく、今度の一件でもグルになってるみたいだぜ。玲玉たちのグループに、蔦屋敷のことがバレそうになったんで、亀和田興業の連中がその蒋って野郎をどこかに移したんじゃねえだろうか」

嶌久さんも頷きながら煙を吐いた。

「それに、現在あの屋敷を管理してる、田代ホームズの田代って社長も、もう一度きちんと当たってみるべきだろうな。蒋って男があの蔦屋敷に監禁されていたのなら、屋敷を管理してた人間が何も気づかなかったわけがねえ。田代って社長も、一枚嚙《か》んでる可能性が高いぜ」

「だけど、蒋が蔦屋敷に閉じ込められてたのなら、見張りはいなかったんだろうか。こいつの祖父さんが勝手に屋敷に上がり込んで、ああいうことになっちまったってのは、なんだかおかしくねえか。しかも、祖父さんは、ああなる前に、二階で酒を飲んだりもしてたわけだろ。なんで蒋を閉じ込めてた連中は、祖父さんに気づかなかったんだろう」

「屋敷の裏手に、煉瓦《れんが》造りの小屋がありましたよね。蒋という男はあっちに閉じ込められていて、見張りもそこにいたので、母屋のほうには目が行き届かなかったんじゃないでしょうか」

あの日、僕は、屋敷の裏口から入ろうとした時に、どうも誰かに見られていたような気がしてならなかったのだ。時間が経過するにつれ、煉瓦造りの小屋から誰かが様子を窺《うかが》っていたのではないかという疑念は膨らむ一方だった。

「いや、俺もあの煉瓦小屋は気になっちゃいるが、いくらあっちに陣取っていたにしろ、母屋のほうに人が入り込んでいれば、それと気づくはずさ」

嶌久さんがいった。

——それは確かにそうかもしれない。

と、その時僕は、ふいに別の点に気がついた。先ほど、玲玉が話すのを聞きながら、なんとなく引っかかっていたのだが、彼女はあの二人組が蔦屋敷に忍び込んだのは、亀和田興業の連中が屋敷に出入りするのを目にしたためだといった。だが、ほんとにそれだけだろうか。あの時、二人組が屋敷に入ってから、僕と風太の二人が入るまでに、それほど大した時間はなかったのだ。もしも二人組が裏手の煉瓦小屋に隠れ、僕たちの様子を窺っていたのだとしたら、連中は真っ直ぐにあの小屋を目指したことになる。つまり、予《あらかじ》め屋敷にではなく裏手の小屋に目をつけていたとはいえまいか。そうだとすれば、何かそれなりの理由があるはずだ。

「でも、そうしたらどういうことになるんだい？　まさか、祖父さんは、屋敷で連中に出くわして殺されたとか？」

「それはないように思うぜ。もしも蒋を屋敷のどこかに監禁してた連中が殺したのだとしたら、死体をそのままにしておくわけがねえし、自殺に見せかけて湯舟に浸《つ》けておく意味があるとも思えねえ」

「なるほど、そりゃそうだな。こりゃ、なんとも難しいや」

嶌久さんはしきりと頭を働かせている様子《こす》だった。そのうちに、尖端《せんたん》の灰が長くなっていることに気がついて、たばこを灰皿に擦りつけた。

「ま、その点についちゃ、今ここで雁首《がんくび》を揃えて話してたって埒《らち》が明くもんじゃねえだろ。とにかく、ひと言釘《くぎ》を刺しておくが、おまえら、ちょろちょろと動き回って、あんまり俺の邪魔をするんじゃねえぞ」

「ちぇ、そんないい方はねえじゃねえか」

風太が口を尖《とが》らせ、グラスの氷をがりがりと齧《かじ》った。それから、ふっと相好を崩した。

「ってことは、兄ぃ。自分で調べてみるつもりでいるんだな」

「まあな」

「そうこなくっちゃ。公安だかなんだか知らねえが、そんな連中に手柄を譲ることなんかねえんだ」

「別に手柄なんか、いくらでも譲ってやるさ。公務員ってのはな、働きたい野郎が働けばそれでいいんだよ。ただな、ちょいと面白そうじゃねえか。亀和田興業や河林は俺が当たる。それに、なんなら田代ホームズもな。何か必要な時にゃ改めていうから、ちょろちょろと動き回って邪魔をするんじゃねえぜ。暴力団も絡んでるんだ。おまえらだけで動き回って、物騒なことにならないとも限らんしな」

風太が、いかにも面白くなさそうな顔をした。たぶん僕だって、同じような顔つきをしていたはずだ。

「そんな顔をするなよ」

「だけど、それじゃ俺たちのやることがねえじゃねえか」

「そうでもないぜ。その玲玉って娘が、どこで何をやってるかってことぐらいはわかったのか？」

「わかりません。ただ、連絡先は聞いておきましたが」

僕が答え、東池袋の中華料理屋の名刺を見せた。

「だけどさ、いい加減な名刺を渡しただけじゃねえだろうか」

風太がいうのに、嶌久さんは首を振って見せた。

「いいや、あいつらだって、おまえらが蒋って男の消息を摑んだら、報《しら》せて貰いたいと思ってるはずだ。いい加減な連絡先は教えないだろうぜ。ただ、この店から先へは、一筋縄じゃあたどれないってことだろうさ。おまえらは、その娘の線に探りを入れてみろよ。連中が、どんな理由で蒋って野郎を捜してるのかが知りてえし、そいつらならば、河林や亀和田興業の思惑についても、何かもっと詳しく知ってるかもしれん。案外と、この連中が、色んなことの突破口になるかもしれないぜ」

軽く間を置き、僕を見た。

「それからな、藤木幸綱が死ぬ時に持って歩いていた鞄《かばん》を返せることになったぜ。署に連絡を入れとくから、おまえ、行って貰って来い」

「僕がですか……」

「おまえの祖父さんじゃねえか」

「でも、受け取って、それからどうすればいいのか」

「それは俺にゃ決められないよ。上京して来る山之内って男たちと、相談してみたらどうなんだ。ただし、身につけてた手帳だけは、もうしばらく捜査に使うんで、こっちでそのまま保管しとくぜ。蔦屋敷が、どんな経緯で人手に渡ったのか、当たり直してやるから待ってろよ」

僕は「はい」と頷いた。

「あとな、曙《あけぼの》ハウスって簡易旅館に、藤木のスーツケースがひとつ残ってる。中身は衣服ぐらいで、大した物は入っちゃないが、そのままにしとくわけにもいかんからな。それもおまえが受け取って来い」

僕にそう命じたのち、嶌久さんは風太に顔をむけた。

「こいつ一人じゃ地理が不案内だ。どうせ暇にしてるんだろうから、一緒につきあってやれ」

2

藤木幸綱が持ち歩いていた旅行鞄を渡してくれたのは、一昨日《おととい》、僕と風太に協力させて、蔦屋敷に忍び込んだ二人組の似顔絵を作成した刑事だった。

僕は刑事の見ている前で鞄を開け、中身を確かめるようにと命じられた。

味気ないスチール製の大机で鞄を開けると、革鞄の持つ匂いとともに、微《かす》かなアルコール臭がした。ほとんど中身の残っていないウィスキーの瓶を抜き出し、僕は机に立てた。瓶のひんやりとした手触りが、そのまま掌《てのひら》にしばらく留《とど》まっていた。

新聞が一紙。週刊誌が一冊。薄汚れた手拭《てぬぐ》いが一本。吸いかけのたばこのパックと、百円ライター。かなり様々な鍵《かぎ》のついたキーホルダー。それから、箱入りの厚い本が一冊に、タオルで包まれた何か。――それを机に出して解くと、位牌《いはい》が何本かまとめられていた。保険証、生命保険の証書、他にちょっと見ただけでは何だかわからないような書類を収めたビニール製のケースがひとつ。それはあとでゆっくりと見直すことにして、箱入りの本かと思ったものを手に取り抜き出すと、中身は古いアルバムだった。開いてみて、これもあとで一人になってから、じっくりと見直すことにした。そこに写るのは、若い頃の母に間違いなかった。

僕が鞄の中身をひと通り調べ、戻すのを、風太と刑事とは黙って見ていた。

「手帳は、もうしばらくこちらで預かることになっています」

刑事が穏やかな声でいった。その件については嶌久さんから聞いていると答えた僕の前に書類を置き、こことここにサインをして欲しいと指し示し、印鑑がなければ拇印《ぼいん》で構わないとつけたした。

身内を亡くした人間に対して、それなりの同情を示しながら、一定以上の距離にまで近づいて来ようとはしない。どことなくそんな態度だった。たぶん、この刑事は、いや、この刑事に限らず、彼らは皆、身内を亡くした人間と会うことに慣れているのだ。そういう人間を相手にどんな態度を取るべきかを心得て、身につけている。つまり、この刑事にとっては僕は、身内を亡くした大勢の人間の一人にすぎないわけだった。

曙ハウスという簡易旅館の女主人のほうは、様々な意味でその刑事とは違っていた。

それは甲州街道と明治通りがぶつかる十字路から、ひょいと脇に入った辺りに建つ、モルタル塗りの今にも干涸《ひか》らびて壊れそうに見える二階屋だった。下駄箱の並ぶすぐむこう側に、黒光りする木張りの廊下に面して磨《す》り硝子《ガラス》を塡《は》めた窓が開いており、中の和室に、中年の女が一人坐《すわ》っていた。女の前の卓袱台《ちゃぶだい》には小型テレビが、脇には扇風機が置かれていた。

僕らが声をかけると、女はテレビから目を離し、かなり厚そうなレンズの奥からじろっと見つめてきた。痩《や》せた女で、肩が落ち首の筋がくっきりと浮き出ていて、どことなく鶏を連想させた。

「藤木幸綱という人が、こちらに泊まっていたと思うんですが」

僕がいうと、泊まっていたともいないとも答えぬまま、「あんたたちは？」と訊《き》いてきた。

「一応、家族のものです。警察から、こちらに荷物があると聞いて受け取りに来たんです」

何と名乗るべきか考え、頭に「一応」とつけたのが失敗で、彼女の気に障ってしまったらしかった。

「家族に一応も二応もあるかね。あんた、藤木さんの何なんだい？」

「――孫です」

ゆっくりと瞬《まばた》きしながら僕の顔をまじまじと見つめてきたので、鶏みたいだという印象が益々強まった。首がつけ根から極端に折れ、にゅっとこちらに迫《せ》り出している。胸にほとんど膨らみはなく、肩胛骨《けんこうこつ》が浮き出ていて、むしろ鶏ガラみたいだというべきだった。

「そっちは？」

嘴《くちばし》でつつくように風太を示した。

「俺は、こいつのダチさ」

風太が突慳貪《つっけんどん》にいうと、女は目を細め、気怠《けだる》そうに立ち上がった。

「ちょっと待っておいで。あの人の荷物なら、確かに預かってるよ」

無愛想にいい置き、奥の部屋に消えた。しばらく待つうちに、躰《からだ》を斜めに傾けて、大型のスーツケースをひとつ持って現れたが、途中で下に降ろして僕を手招きした。

「重たくてかなわないや。こっちに入って来て、あんた、自分でお持ちよ」

僕と風太とは部屋に上がり込み、僕がスーツケースに手を伸ばした。ジュラルミン製の、丈夫でそれなりの値段がしそうなものに見えた。

「中を調べなくていいのかい」

相変わらず突っかかってくるような雰囲気があり、親切でいっているとは思えなかった。

スーツケースを横にして開けようとしたが、しっかりと鍵がかかっていた。警察で返却された中にあったキーホルダーのキーのひとつが、このスーツケースのものだった。それを使って開けると、中には冬物の服が押し込まれていた。きちんと畳んではあったものの、ぎゅうぎゅう詰めの状態だった。

「まあ、ここじゃ大概そういうスーツケースは、衣装箱代わりだわね」

心持ち躰《の》を仰け反らせるようにして腕組みし、僕の前に立った女将《おかみ》が、とりたてて興味もなさそうな口調で告げた。

僕は上のほうの衣服のいくつかを抜き出し、下のものを調べかけていたが、思い直して元通りにケースを閉じた。一度出してしまうと元に戻すのが大変そうだったし、既に警察が調べたものを、機嫌の悪そうな女将の前で改めて調べる必要もないように思えたのだ。

「それから、こっちは、幸綱さんのベッドに残ってた本と下着だよ。洗って干してあった着替えも、畳んで一緒にしてあるからね」

もう一度奥の部屋へと消えて戻って来た女将がいい、紙の手提げ袋を差し出した。

礼をいって引き上げようと思ったが、やっぱり訊いておきたかった。

「あの、ここでは祖父は、どんなふうに？」

女将が、僕を真っ直ぐに見つめてきた。

「どんなふうにってのは、どういう意味だい？　うちでは、食事の世話はしてないからね。各自が、寝泊まりしてるだけだよ」

「ここには、いつから？」

「一ヶ月ぐらい前からだったね」

「女将さんとは、親しくしていたんですか？」

「別に親しくなんかはね。何人もの男が泊まって屯《たむろ》してるんだよ。一人一人のお客にまで、細かく目が行き届きはしないさ」

相変わらず突慳貪な口調だったが、そこまではまだマシだったのだ。

「どんな人だったんでしょうか？」

僕が訊くと、女は解せないといいたげな表情を過《よぎ》らせ、それからいきなり怒り始めた。

「どんな人、ってのは、どういう意味さ？　自分の祖父《じい》さんじゃないか。あんたたちが冷たくするから、幸綱さん一人で、あんなことになったんじゃないのかい。まったく、どういう時代なんだろうね。孫が他人に、自分の祖父さんがどんな人間だったか尋ねるなんて。わたしゃ、情けなくて涙も出ないよ」

彼女の突っかかってくるような態度の理由がわかった。僕は藤木幸綱を、孤独の中で自殺してしまうまでずっと放っておいた、冷たい家族の一人だと思われているのだ。

「なあ、おばさん、こいつのいい分だって聞いてやれよ。こいつは、長いことずっと藤木って祖父さんとは会ってなくて、自分の祖父さんだなんて知らなかったんだぜ」

風太が僕に代わって弁護を試み、あっけなく一蹴《いっしゅう》された。

「あんたにおばさん呼ばわりされる筋合いはないよ。長いこと放っておいて、よくもそれで孫だなんていえたもんだね」

「だから、そうじゃなくってさ――」

風太と女将がやり合うのを、僕はぼんやりと聞いていた。別に誤解をされたって構わないと、そんな捨て鉢な気分もしていたのかもしれない。つい二ヶ月ほど前まではあんなに大きな屋敷に暮らしていた男が、スーツケースひとつと旅行鞄ひとつを抱え、こんなところで寝泊まりし、そして、最後には自らの命を絶ってしまうなんて、いったい何があったのだろうか。

「――祖父は、どんな部屋にいたんでしょう？」

「ベッドは空けとくわけにもいかないんで、次の人が入ってるけどね。見たいのなら見せてやるから、ついておいで」

先に立って廊下に出た。

人の足の指でてかっているように見える廊下は、両側に同じ間隔で部屋が並んでいた。天井の蛍光灯は消えており、水で薄めたような闇が、南側の部屋の戸口から入ってくる外光と混じり合いながら、廊下の奥までずっと蔓延《はびこ》っていた。途中に階段があり、その階段の裏側を天井に晒《さら》したところが、共同の炊事場とトイレになっていた。流しも、ブリキを張ったガス台も、時間の経過を感じさせはするものの、女将の手によって清潔に洗い清められている様子だった。

案内された六畳ほどの広さの部屋には、左右の壁に寄せて二段ベッドが二つずつ、合計で八つのベッドが押し込められていた。奥の窓際にある僅《わず》かなスペースで、ランニング姿の男二人が花札に興じていた。膝《ひざ》先に缶ビールが置いてあり、よれた千円札が重ねてあった。

窓を背にしたほうの男が先に、つづけて背中をむけた男も躰を捻《ひね》って僕らを見た。

「また博打《ばくち》かい。昼間から、いい加減におしよ」

女将は二人を怒鳴りつけてから、手前右側の下段のベッドを無造作に指し示した。

「ここだよ、藤木さんが使ってたのはさ」

カーテンで仕切れはするが、今は開け放たれていて、無人のベッドが剝《む》き出しになっていた。薄手の毛布は一応きちんと畳んであり、上に枕が載せてある。現在の主のものらしい紙袋が二つほど壁際に並び、その上には何かの雑誌から切り抜いたらしいトップレスの女の写真が貼ってあった。洗濯紐《ひも》が行き渡らせてあって、下着が干されている。汗の匂いに、食べ物やアルコールなどの匂いが混じり合って煮詰められ、鼻先に強く迫ってきた。

「さあ、もういいかい」

促す女将に、僕は訊いた。

「ここに来る前はどうしていたのか、何か聞いてはいませんか?」

「なんでだい?」

「二ヶ月前に、祖父は、それまで住んでいた家を誰かに騙《だま》し取られてしまったみたいなんです」

「そういや、そんなことをいってたようだね」

「でも、僕には、つまり、よくわからないんです。いったい何があって、そんなことになってしまったのか。そして、どうしてこんなところで暮らさなければならなかったのか……」

「兄ちゃん、こんなところとは御挨拶《ごあいさつ》だな」

僕がいい終わらないうちに、窓を背にしたほうの男が吐き捨て、僕の顔を睨《にら》みつけた。

「こんなとこなんだから、こんなとこでいいじゃないのさ」

女将が幾分わざとらしい笑い声を上げた。

「女だよ、女。身を持ち崩す時ってのは、結局、女絡みさ」

今度は背中をむけたほうの男が、躰を捻って言った。頬肉が弛《ゆる》み、顎《あご》の骨を埋めていた。

「およしよ、ゲンちゃん。死人に砂をかけるようないい方はさ」

女将にいわれ、男はひとつ息を吐くと、小気味いい音をさせて札を返した。それきりもう、こちらを振り返ろうとはしなかった。

「ここは蒸すね。おいで、行くよ」

女将は僕たちを促して出口にむかった。

玄関脇の自分の部屋に戻った彼女は、さっきと同じ場所に坐《すわ》り、卓袱台《ちゃぶだい》に置いてあったたばこのパックから一本を抜き出して唇に運んだ。実につまらなそうな素振りで火をつけ、引き上げようかどうしようかと迷ってる僕らを見上げた。

「あんたらもお坐りよ」

風太は僕に、いいから行こうぜ、といいたげな視線をむけたが、僕が坐ると仕方なさそうに隣に坐った。

「ねえ、いいたかないけどさ。あんたら、身内がいるんなら、どうしてあの人を一人で放っておいたんだい。今は若いからまだわからないかもしれないけどね。歳を取って、独りぼっちになって、こんなところで過ごさなけりゃならない身になってごらん。それはもう、ほんとに応《こた》えるんだよ」

口調が微妙に変わっていた。遺族の一人である僕への怒りが抑えられ、その分、一月ほどをこのベッドハウスで過ごし、そして自らの命を絶ってしまった藤木幸綱という男への同情と哀しみとが色濃くなっていた。そのほうが、責められるよりも辛《つら》かった。

「私が知ってることを知りたいなら、話してやるけど、どうするね？」

「お願いします」と、僕は頭を下げた。

「詳しい話はわからないけどさ。やっぱり、女のことはいってたよね。女のせいで、こんなことになっちまったってさ」

「おいおい、あんたまでそんなことをいうのかい？」風太が目を丸くした。「なあ、おばさん。そりゃあ、何かの間違いじゃないのか。藤木って男は、元はお堅い地方公務員で、えらく品行方正な野郎だったんだぜ」

「だから、あんたにおばさん呼ばわりされる筋合いはないっていってるだろ。私は、こっちの兄ちゃんと話してるんだ。あんたはちょっと黙っておいでよ」

　女将は風太を怒鳴りつけ、改めて僕のほうを見た。

「ねえ、屋敷っていってたけど、そんなに大きな家だったのかい？」

「ええ。まあ――」

「知らねえかな。柏木《かしわぎ》の蔦屋敷っていやあ、ちょいと有名なんだぜ」

　風太がいうのに、女将は相変わらず煩《うるさ》そうに、「柏木なら、熊野さんのむこうだね」と応じただけだった。

「毎日、昼過ぎになると出て行って、夜になるまで戻らないのさ。どこに行ってるのかって訊いてもなかなか答えなかったんだけれど、ある日、酔っぱらった時にぽつりとさ、この間まで住んでた家を見に行ってるんだって、そう漏らしたことがあったよ。でも、その家がどこにあるのかも、どんな家なのかも、なんで見に行ったりしてるのかだって、何ひとついわなかったんだけどね。だけど、そんなに立派な家だったのかい……。で、あんたはさ、幸綱さんがどんなふうに自分の家屋を騙し取られたのか、詳しい話は知ってるのかね？」

「いいえ、詳しくは」

「ふうん、そうかね」

「屋敷について、ここでもっと他に何か話してませんでしたか？」

「いいや、具体的な話は、何も聞いてはいないんだよ。でも、結局はやっぱり、女だね。それだけは確かさ。悪い女に引っかかったんだ。まったく、許せない話だよ。そっちの子がいうように、クソ真面目そうな人だったよ。そういう男ほど、気をつけないと危ないのさ」

「その女の名前はわかりますか？」

「ええと、何とかといってたけどね……」しばらく思い出そうと努めてくれたが、結局、溜息《ためいき》を吐き落とした。「思い出せないよ。でも、どうせほんとの名前なんか名乗らないだろうさ。それに、警察に届けても相手にされないし、届けることも出来ないんだっていってたよ。まして、ああして本人が死んじまったら、もう、どうしようもないんじゃないのかい」

女将は一旦《いったん》口を閉じ、何か苦いものを奥歯で磨り潰《つぶ》すような顔をした。

「ところで、あんたの母親、つまり、藤木さんの娘は、どうしてるんだい？」

「——どうしてです？　母のことを、何かいってたんですか？」

「ああ、私があんたに話したいって思ったのは、実はそのことなんだよ。お母さんは、今、どちらなんだね？」

「金沢のほうに」僕は言葉を切りかけ、つけたした。「でも、母とも、長いこと会ってはいないんです。それに、祖父と母も、ずっと会っていなかったようです」

「どうやら何か事情がありそうだね。ま、それは聞いても仕方がないから、いいやね。でも、最近、亡くなる前に、幸綱さんはあんたのお袋さんと会ったのかい？」

「そうですが。どうしてですか？」

「あんたのお母さんを巻き込みたくないって、そういってたんだよ」

「おい、そりゃ、どういう意味なんだ？」

風太が膝を乗り出し、訊いた。

「そんなことは、私にだってわからないさ。ただ、どうして家や財産を騙し取られたことを警察に訴えないのかって訊いたらね、訴えたくても、詐欺の証拠がないんだっていって。それに、娘を巻き込みたくないからって、確かにそんなふうにいったんだよ」

なぜ詐欺の相手を訴えたら、長い間会ったこともなかった娘を巻き込むことになるのか、女将もその理由まで聞いてはいなかった。それに、いったいどんな事態に巻き込むことになるのだろうか。祖父が世話になったことに改めて礼をいい、僕は風太とともに曙ハウスをあとにした。風太に手伝って貰《もら》ってスーツケースを引き、紙袋と旅行鞄《かばん》を手にぶら下げて甲州街道を歩いた。ＪＲの駅を越えてしばらく行ったところで右に折れると、新宿中央公園沿いの道に出た。そこからはもう、角筈ホテルまで大した距離ではなかった。

「さてと、バイトの時間まではまだ間があるな。俺はこれから中央公園に戻ってサックスの練習をするが、よかったらあとで聴きに来ねえか」

　ホテルの前庭にたどり着くと、風太がちらと腕時計を見やり、僕を誘った。僕は曖昧《あいまい》な答え方をし、つきあって貰ったことに礼をいった。

「おい、あんまり考え込むなよな。嶌久の兄ぃだって動いてくれてるし、今にいろんなことがはっきりするさ」

　別れ際に、わざわざ僕を呼び止めていう風太に、僕は軽く手を上げ返した。

　角筈ホテルの玄関を入ると、ハルさんたちに挨拶だけして、重たい荷物を階段に押し上げた。二階の自分の部屋に入り、冷房のスイッチを入れるなり、流れる汗を拭《ぬぐ》う間さえ惜しまれてどっかと床に腰を下ろした。

　そして僕は藤木幸綱の旅行鞄を開け、母の若い頃の写真を納めたアルバムを取り出した。そっと最初のページを開けると、母がいた。

　おそらく母のはずだったが、最初は確信が持てなかった。しばらくして、自分の戸惑いを意識した。そこに貼ってあったのは、僕とほぼ同じ歳ぐらいの、美しい女性の写真ばかりだった。

3

山之内氏がいきなり角筈ホテルに現れたのは、翌日の午前中のことだった。とはいえ、通夜や葬儀の準備を考えると、週末になってから上京するわけがなく、こうして一日早めにやって来たのはむしろ当然だといえただろう。

その時、僕は教授を手伝い、例によって膨大な蔵書の束を、教授の部屋から隣の空き室へと運んでいるところだった。本を抱え、廊下を横切ろうとした時に、ハルさんに連れられた五人の男たちが玄関からこちらにむかって歩いてくるのを目にした。全員がスーツにネクタイ姿、暑い中を歩いて来たせいだろう、そのうちの四人はジャケットを脱いで手に持っていたが、いちばん年上に見える男だけはきちんと着ていた。

「山之内さん――」

たまたま部屋から顔を出した教授が呟《つぶや》くのを聞いてどきっとしつつ、その男たちを見やっていると、ジャケットを着た男だけが連れから離れて近づいて来た。

その男と教授とが挨拶をするのを、僕は両手で本を抱えたままで聞いていた。山之内氏のほうでも、僕がそうして傍で聞いているのをどこかで意識しつつ、教授と挨拶を交わしているように感じられた。がっしりとした体格の人だった。

僕は知らず知らずのうちに、山之内氏の容姿を観察していた。毛髪の量は多かったが、かなり白いものが混じっており、目と口の周辺には長年の表情の動きが生んだ皺《しわ》が無数に鏤《ちりば》められていた。僕の父よりもかなり年上で、おそらく五十代だろう。つまり、母とも、一回りぐらいは違うのかもしれない。理由もなく、そのことに、微《かす》かな嫌悪感を感じた。それは目の前の男に対するものなのか、それとも、写真でしか知らない母に対するものなのかわからなかった。

「厳さんですか――」

やりとりに一段落つくと、僕のほうに顔を移し、山之内氏から話しかけてきた。日向《ひなた》の一点を見つめるように、眩《まぶ》しそうな目をしていた。

「ええ――」と応じて口を閉じかけたものの、「師井厳です」と僕はフルネームを名乗った。

「山之内亭です」

山之内氏は、大人同士がするように、自分でもきちんと名乗って頭を下げた。電話でのやりとりがなかったら、いや、目の前の男が自分の母親の今の亭主だと知らずにいたら、それなりに好意を持てる態度だった。

僕は改めて玄関の方角に目をむけた。その視線が何を探し求めるものかに気づくのは、いとも容易《たやす》かったろう。

「忍は、あまり状態が思わしくなくて、一緒に来ることが出来ませんでした」

山之内氏が、低い声で告げた。

母の名前を、この男はこんなふうに呼んでいる。頭のどこかで、そんなことを、妙に冷めた気持ちで思う自分がいた。

——忍。

生まれて初めて僕は、母の名前をこうして口にする男に出逢《であ》ったのだ。父も、そして祖父たちも、決して僕の前で口にしようとしなかった名前を、僕の見知らぬ男が今、こんなふうに呼んでいる。

「あの人は、どこが悪いんですか？」

僕が訊《き》くと、「いや、それは……」と小声で応じて首を振りかけたが、山之内氏は思い直したように僕を見た。

「ここじゃあなんですから、むこうに坐《すわ》って話しませんか」

プレイングルームを指して告げ、僕が何か答えるのも待たずに、先に立って歩き出した。横合いからひょいと手が伸びて、教授が僕の手から本の束を取り上げた。無言で促すように微笑みかけ、自分で隣の空き室へ持って消えた。

山之内氏は、同じ場所にずっと立ったままでいた男たちの元へ戻ると、先に部屋に上がっているようにとの指示を出した。どうやら葬儀が終わるまでの間、彼らは皆この角筈ホテルに滞在するつもりらしかった。

ハルさんの後ろについて階段へとむかう男たちと別れ、山之内氏は改めて僕をプレイングルームに誘った。暖炉脇のソファで、僕たちは二人きりでむき合うことになった。

この男には、山ほども訊きたいことがある。そんな思いがいよいよ大きくなり、それにもかかわらず、いや、それ故にというべきか、こうして二人きりでむき合って坐ると、何からどう切り出せばいいのかわからなかった。

「——電話では、申し訳なかった。しかし……、私も、突然の電話に、どう受け答えをしていいものかわからなくてね。許してくれたまえ」

やがて山之内氏がいい、頭を下げた。

「僕のほうこそ、突然に電話をしてしまいまして、申し訳ありませんでした」

僕は頭を下げ返し、

「ハルさんから、自分の母が生きていると聞かされて、すっかり気持ちが動転してしまったものですから」

とつけたした。

「それじゃあ、お父さんや、お祖父《じい》さんたちからは——？」

「いいえ。母は、僕を産んでじきに亡くなった、と聞かされて育ってきたんです」

「そうでしたか」

「父や祖父のことを、御存じなんですか？」

「まあ、一応はね……」

どんな風に知っているのか、知りたかった。

「きみは、お母さんのことは——？」

山之内氏はそういいかけたが、目が合うと尻《しり》すぼみにやめてしまった。

——母のことは、何も憶《おぼ》えていないのか。

そう訊きたかったのだと、しばらくして気がついた。

「——あの人の加減が悪いというのは、いったい？」

僕はその問いには答えず、訊き返した。

山之内氏は少し前屈《まえかが》みになり、膝《ひざ》に載せて組み合わせた両手へと視線を伏せた。

「癌なんです」

そうして口にしたひと言が、やけに虚《うつ》ろに通り過ぎた。

僕は唾《つば》を呑《の》み下した。関節が節くれ立った、立派な手をした人だ。山之内氏の組み合わされた両手を見やり、頭の片隅でそんなことを思っていた。

「前に一度、切ってましてね。五年ほどの間、転移をしなければ、一応は大丈夫だろうといわれていたんですが……。今年で、手術からちょうどその五年目だったんです」

僕は目で問いかけた。

「医者は、保《も》っても、あと二、三ヶ月だろうといってます」

頭にぼんやりと霧がかかったようで、何をどう考えればいいのかわからなかった。

山之内氏の両手と自分の両手の間に、何度か視線を往復させた。そうするうちに、気がついた。頭の霧のむこうにあるのは、どうやら怒りらしい。ほんの数日前に、母が生きていると知ったばかりではないか。それなのに、今度は母が死にかけていると知るなんて……。

「ほんの三ヶ月前だよ。彼女と二人でここに泊まり、彼女の親父さんを訪ねたんです。それが今では、藤木さんは亡くなってしまい、彼女もまた、じきにこの世を去ろうとしている。そんなふうに思うと、なんだかやりきれなくってね」

「――あの人は、もう長いことずっと、自分の父親と会っていなかったんですね」

「ああ、ずっとね」

「なぜ？」

「色々あった」

「久しぶりに会いに来たのは、病気のためですか？」

「あれには、病気のことは話していないんだ」

山之内氏はすぐに否定したが、じきに思い直したように頷《うなず》いた。

「いや、だが……、そうだな。確かに、それも大きな理由のひとつだったのかもしれん。たぶん、あいつなりに、何か気づいていたんだろう。それで父親と会っておくことにしたんだろうと思う」

自身に確かめるかのような口吻《くちぶり》だった。

「あの人と父親の間に、いったい何があったんでしょうか？」

僕が問うと、睨《にら》みつけてきた。

「その、あの人というのをやめてくれないか」

初めて真正面から視線がぶつかり、どちらも長いこと逸《そ》らさなかった。

「でも……、他の呼び方は」

「思いつけないというのか」

遮るように吐きつけてきたが、僕が黙って見つめていると、山之内氏の中ですっと怒りが萎《しぼ》むのがわかった。

「すまない……。確かにそうかもしれないな」

僕は何も答えられなかった。

「きみは、大学生かな？」

「はい」と頷いた。

「昔、学生運動があったことは知っているか？　きみぐらいの若い人たちが、男も、女も、自分たちの手で懸命に世の中を変えようとしていたんだ」

僕は無言のまま、山之内氏の顔を見つめ返した。何を話したいのかわからなかった。

「一九七〇年代。きみのお母さんも、そんな中の一人だった」

「――――」

「彼女に、兄さんがいたことは？」

「先日、刑事の嶌さんから」

「それじゃあ、その兄さんが、学生運動で亡くなったことは？」

僕は首を振った。

「――どうして亡くなったんです？」

「殺されたんだよ。セクト間の争いに巻き込まれてね。といっても、きみたちの年齢の子にはわからないかもしれないが、そんな時代だったのさ。主義主張の違いによって、彼らはいくつものセクトに分かれ、そして、違うセクトの人間がいうことには、決して耳を傾けようとはしなかった。まあ、そんな話はどうでもいいが……。とにかく、藤木さんは一人息子を失い、学生運動には絶対に反対だったそうだ。しかし、妹である彼女のほうは逆に、亡くなった兄の志を継ぎたいという気持ちから、一層深く学生運動へとのめり込んでしまったんだ。父親はそれを許さず、彼女のことを勘当した」

「――それで？」と、僕は促した。呑み込んだ唾が、やけに鉄臭く感じられた。

「私が知っているのは、それだけだよ。お母さんは、あの頃のことは決して自分からは話したがらないからね。結局、学生運動という大きな化け物が、あれから二十年近い間ずっと、藤木さんときみのお母さんの間に、修復しようのない溝を残していたのさ」

　だが、僕には山之内氏が本当は何かもっと詳しい話を知っていて、それを告げまいとしているような気がしてならなかった。

「祖父が詐欺に遭って屋敷を取り上げられたという話は、御存じでしたか？」

「ええ、それは嶌という刑事さんから――」

「祖父が蔦屋敷を手放したのは、今から二ヶ月ほど前だったそうです。三ヶ月前に祖父と会われた時、そのことについて、何かお聞きになっていませんでしょうか？」

「うん、屋敷を手放すかもしれないという話は、その時なんとなく聞いたよ。それは、しかし、なんでもあの辺り一帯に、老人福祉施設を建設する計画があるといったような話だったんだ。いわゆる風光明媚《めいび》な片田舎に、大型の老人ホームを建設する風潮は段々と時代遅れになっているらしくて、二十一世紀には、都市型の小型な共同ホームが主流になるだろう、といった話もしてくれましてね。——それなのに、まさか、それが詐欺だったなんて」

「誰がその計画を祖父に持ちかけてきたのか、具体的には？」

「いや、そういったことは聞いていないんだ。ただ、間に立っているのはしっかりした人間だし、ただ立ち退くわけではなく、優先的にその共同ホームに入れるような話もあるみたいだった。自分の今後の人生を考えた時、いつまでも一人で広大な屋敷を守り通していたってしょうがない。それよりは、地域や社会のためにもなるのならば、手放したらどうかと思っていると、そんなふうに仰《おつしや》っていたのさ」

「祖父はその時、何か女の話をしていませんでしたか？」

訊き難い質問だったが、僕は思いきって切り出した。

「女が、その詐欺に関わっているのかね？」

「ええ、おそらく」

山之内氏は、何か考え込むような顔をした。

「——藤木さんは何も仰らなかったが、なんとなく、そんな気配はしていたよ。もっとも、気づいたのは私ではなく、妻のほうだがね。女の勘というんでしょうか、身につける物から、母親以外の女の存在を感じたらしい」

しかし、具体的にどんな女なのかは、何もわからないままだった。

「祖父が持っていた荷物は、警察から返して貰った物も含めて、二階の僕の部屋にあるんです。母のところに、持って行って戴《いただ》けますか？」

僕がいうのに、山之内氏は頷いた。

「わかった――。そうさせて貰いますよ。あとで弟子と一緒に、きみの部屋まで受け取りに行きます」

この男と母とはいつどこでどんなふうに出逢い、愛し合うようになったのだろうか。なぜ母はこの男との暮らしを選び、僕と父とを捨ててしまったのだろう。それを知りたくてたまらないにもかかわらず、知ってしまうのが恐ろしくもあり、尋ねることが出来なかった。

「そうすると、現在のあの屋敷の所有者は、いったいどうなっているんでしょう？　不明なままなのかね？」

山之内氏が訊《き》いた。

「いえ、間に田代ホームズという不動産屋が入り、河林という男が買い取った形になっているそうです」

山之内氏の表情が、はっきりとそれとわかるほどの変化を見せた。

「河林、何というんでしょう？　下の名前は？」

「寛です。河林寛。この男を知ってるんですか？」

答えは聞かずとも明らかだった。

「どうして河林という男を知っているんです？　いったい、この男は何者なんですか？」

だが、僕がそう問いかけても、山之内氏は忙しなく両目をしばたたきながら、「いや」と否定するばかりだった。「いや、私は何も知らない」

「山之内さん――」

「何も知らないといっているだろ」

頑《かたく》なな拒絶というしかなかった。

「それなら、どうしてそんなに驚くんです？　お願いです。御存じのことを教えて戴けませんか」

「頼むから、そっとしておいてくれないか」

「山之内さん。お願いですから、もう少しきちんと話してくれませんか。それとも、僕を子供扱いして、適当にあしらっていればいいぐらいに思っているんですか」

「そんなことはないが……」

「それならば、なぜちゃんと話してくれないんです。母と祖父とがずっと会わなかった理由についても、本当は何かもっと御存じで、隠しているんじゃないんですか」

僕たちは、どちらも視線を逸らさなかった。

やがて、山之内氏は、小さくひとつ息を吐いた。

「きみたち若い人は、何でもすぐに知りたいという。だがね、厳君。藤木さんは、こうしても亡くなってしまった。そして、僕の妻も、金沢の病院で、じきに人生の終わりを迎えようとしている。人それぞれに、何かを抱えて生きるように、何かを抱えて死んでいくとは思わないか」

「――――」

「それでも、もしもきみがどうしても知りたいのならば、きみの父親に訊きたまえ」

「――いったい、父と河林の間に、何が？」

「だから、それはお父さんに訊きなさいといっているだろ。厳君、きみにひとついっておきたいことがあるんだ。私は今度上京するに当たって、妻に藤木さんの死と、それから、きみに会うことを話してきた。きみがその気になってくれるなら、お母さんに会いに、一緒に金沢まで来て欲しいとも考えている。だが、もしもきみが妻にむかって、この話題を持ち出すつもりでいるのならば、たとえきみが望んだとしても、私の独断で、妻との面会はお断りするつもりだ」

僕は気圧《けお》されて目を伏せた。

「話はこれだけです。通夜と葬儀の手配は、すべて私に任せてください」

山之内氏はいい置くと、頭を下げて立ち上がった。

僕はプレイングルームを出て行くその背中を見送るしかなかった。結局、肝心の母のことは、何ひとつ聞くことは出来なかった。

だが、ひとつだけはっきりしていた。河林寛という男は、何か僕の父と母の両方に関係があるのだ。

4

藤木幸綱が残したものは、位牌《いはい》や鍵《かぎ》なども含めて、弟子を連れて僕の部屋を訪れた山之内氏に渡したが、唯一アルバムだけは手元に残した。後ほど機会を見つけて告げればいいと自分を納得させ、アルバムの存在すら教えずに済ませてしまった。

その後、ハルさんが作った昼食を、山之内氏とその四人の弟子たちと一緒に摂《と》った。弟子たちは皆、誰もが僕よりも五、六歳から十歳ぐらいは年上に見えた。山之内氏たちは、幾分声を潜めるようにして通夜と葬儀の段取りを話し、それに一段落つくと、今度は角筈ホテルやその周辺の印象などを話し始めた。相変わらず話に加わるきっかけは摑《つか》めなかった。教授は元々大勢の人間がいるところではあまり喋《しゃべ》らない人らしく、黙々と食事を摂るだけだった。山之内氏が僕に話しかけてくることはなかった。

昼食後、山之内氏たちは葬儀屋や葬儀場との打ち合わせに出かけて行った。教授のアルバイトも午前中で終わっていたので、僕は一人自室でまた母のアルバムを眺めて過ごした。そうしているうちに、なぜ自分がこのアルバムの存在を山之内氏に隠したのか、理由をはっきり自覚した。僕は、母を独り占めにしておきたかったのだ。

学生運動。――自分と同じ歳ぐらいに見える母の顔を見つめながら、僕はそう呟いてみた。しかし、それはただの言葉にしかすぎず、いかなる実感も伴いはしなかった。父親に勘当されながらも、母をのめり込ませた学生運動とは、いったいどんなものだったのだろう。僕がまだこの世に存在していなかった時に何かが起こり、それが母のある部分の生き方を決定づけたのかもしれない。兄を亡くし、両親とも別れて暮らす生活の中で、母は父と出逢《であ》って僕をこの世に生んだのか。だが、その後、父とは異なる人生を歩き出し、山之内氏という伴侶《はんりょ》を得て生きてきたというわけか。

自分がこうして想像するだけではない確かな話を、僕は知りたくてならなかった。だが、それを望んで母に会いに行くのは、決して山之内氏が許しはしないだろう。

一ページ目から最後のページまで、アルバムを何度も捲《めく》りつづけているうちに、ふと微《かす》かな違和感を覚えて手をとめた。何か引っかかるものを感じた気がしたのに、それは視界の端を走り抜けた光のように、目をむけた時にはもう存在がわからなくなってしまっていた。

改めて正体を考えてみようとした時、風太の素頓狂《すっとんきょう》な声が階下から響き渡った。けたたましく階段を駆け上がって来る足音がしたかと思うと、ノックもないままで部屋のドアが押し開けられた。

「おいおい、えれえことだぞ！　これを見たかよ？」

慌ててアルバムをベッドの下に隠した僕にむけて、風太は手に持った週刊誌を振って見せた。

「何のことだよ――？」

「おまえな。俺がこれだけ驚いてるんだから、もう少しなんとか反応しろよな」

風太はそういいながら、どっかと僕の前に腰を降ろした。

「あの天安門野郎、こんなところに載ってやがるぜ」

「蔣とかっていう中国人のことか？」

「決まってるだろ。天安門野郎っていったら、他に誰がいるんだよ。しかも、なんだか妙なことになってるんだ。天安門じゃえらそうにリーダーだなんだと騒がれてたのかもしれねえがな、この野郎、とんでもねえ不良外国人みてえだぞ」

「どういうことなんだ？」

問い返す僕の前に、風太は週刊誌の一ページを開いて置いた。

「これは今日発売の雑誌なんだがな。ほら、この記事を見てみろよ。女なんぞ侍《はべ》らせやがって、やりたい放題でいい御身分だぜ」

僕はその記事を見て驚いた。ソファに深々と身を沈め、前のテーブルに両脚を投げ出した男が、両側に侍らせた女の肩を抱いて写真に写っていた。テーブルには酒瓶が何本も並び、スナック菓子や宅配のピザなどが散乱している。女の一人はグラスを片手に持ち、もう一人と男のほうはたばこを指先に挟んでいた。

女は二人とも化粧が濃くて、いかにもホステス風だった。他にもう一人、テーブルの手前に、別の男の横顔が写っていたが、その男も女たちも目に黒い横棒が入っている。顔を完全に曝《さら》しているのは、女を侍らせた真ん中の男だけだった。

《天安門事件の学生指導者、マリファナと酒盛りで乱痴気パーティーの夜》

記事には、そんなタイトルが打たれていた。

見開きにでんと納まった大きな写真の他に、スナップ風の写真も挿入され、そこには銜《くわ》えたばこの横顔が写っていた。両目はとろんとして、いかにもアルコールや薬が体内で暴れ回っているように見えた。

僕は食い入るように本文を読んだ。関係者の談話として、蔣建国は母国を必死で抜け出したのち、支援者たちの助けを借りて日本国内を転々としているといった話が載せられていた。だが、どこに行っても周りから英雄視されるうちに色々と思い違いを起こし、好き勝手な振る舞いが目立つようになっていったらしい。掲載の写真は、そんな学生リーダーに幻滅した支援者の一人が撮影し、詳しい状況説明とともに編集部に持ち込んだものだということだった。

記事はこの支援者の身の安全を考慮し、名前を明かすことは出来ないとした上、蔣はその後、別の支援者の元へと身を隠し、現在の居所はわからないと記してあった。

それにしても、こんな横暴で独善的な指導者が混じっていたとは、一年前に全世界を騒がせたあの天安門事件とはいったい何だったのだろうと、週刊誌特有の皮肉で茶化した調子で記事はとめられていた。

「な、これがあの玲玉たちが捜してた、天安門のリーダーだぜ。あの女たちも、懸命になってこんな野郎を捜そうとしてるんだから、お笑い種《ぐさ》さ」

風太が吐き捨てるようにいうのを聞き、僕は顔を上げた。腑《ふ》に落ちなかった。

「なあ、これは、どこでいつ撮られた写真なんだろう?」

「さあてな。そこまでは書かれちゃいないだろ」

「これ、何だかおかしくないか?」

「何がだよ」

「はっきりとはわからないが、とにかくえらく一方的過ぎる気がするんだけれどな」

風太は僕の指摘に、そうかな、とでもいいたげな顔をしただけだった。

その夜アルバイト先の《CECIL》で出会った嵩久さんのほうは、僕とほぼ同じ意見だった。

「確かにおまえがいう通り、俺もこの記事は一方的過ぎる気がしてたんだ。それに、この一誌だけのスクープってとこも、いかにも胡散《うさん》臭い匂いがするぜ」

それは僕も確かめていた。七時からのアルバイトにむかう途中、昨日と同様に中央公園で練習をする風太のサックスを聴いたのち、コンビニに立ち寄って様々な週刊誌をざっと眺め渡してみたのだ。あの麻薬パーティーのことを伝える記事を載せたのは、風太が持って飛んで来たあれ一誌だけだった。

「どうして一誌のスクープだと胡散臭いんだ?」

風太が訊《き》いた。

「誰かスクープをでっち上げたい人間が、週刊誌を誑《たら》し込むか騙《だま》くらかすかしたかもしれないだろうが」

「それに、どこでいつ誰が撮影したのかといった肝心な情報については、情報提供者の安全を考えてとかいって、何も告げられていないのもおかしいですよ」

僕がいった。

「ああ、その通りだな」と、嶌久さんは水割りを啜《すす》った。

嶌久さんは勤務を終え、客として《ＣＥＣＩＬ》に現れたのだった。今夜は金曜日で、遅い時間になるとライブ演奏が始まる予定だったが、今はまだ店が混み出す前で、僕も風太もサボって嶌久さんの傍に坐《すわ》っていられた。

「だがな、実はそれについちゃ、ひとつ進展があったぜ。あの週刊誌にネタを提供したのと同じ野郎かどうかはわからないが、公安が、乱痴気騒ぎに加わってた男を一人押さえたって話だ。週刊誌の写真で、手前に横をむいて写ってたやつがいただろ。あの男らしい」

「容疑は何なんですか？」

「麻薬の不法所持さ。つまりだ、あの乱痴気騒ぎと、蒋って男の麻薬使用を裏付ける証人ってことになる。あの記事の影響で、ワイドショーも騒ぎ立て始めてるぜ。それに加えて、こうして関係者が麻薬の不法所持で捕まったとなりゃ、明日にはもう新聞やテレビニュースでも、大々的に取り上げられるようになる。これでいよいよ、蒋ってリーダーの評判は地に落ちるってわけだ」

「なあ、兄ぃよ。なんだか奥歯に物の挟まったようないい方をするじゃねえか」

「おまえだって、やけに手回しがよすぎると思わねえか。週刊誌が特ダネ写真を抜いたと思いきや、その発売日当日には関係者の一人がパクられ、ぺらぺらと事情をゲロし始めてるんだぜ。俺にゃ、まるで仕組まれたシナリオ通りに事が進んでるみたいに見えるがね」

風太がぽんと手を打った。

「なるほど、そうか。そういうわけか。誰かが麻薬パーティーを仕組んで蒋を引きずり込み、撮影した写真を週刊誌に流した。そうする一方で、関係者の一人をいいくるめて、警察に逮捕されるように仕向けた。これで蒋建国って男はもうおしまいだ」

だが、嶌久さんは、例の冷ややかな顔で首を振った。

「そういう見方もあるだろうがな、俺はもっと眉《まゆ》に唾《つば》をつけて見てるぜ。本当に麻薬パーティーがあったのかどうかだって怪しいもんさ」

そういうと、週刊誌の例のページを開き、僕と風太の前に置いた。

「見てみろよ。このでかいほうの写真じゃ、ソファに深々と坐ってる蒋建国は、ほとんど目を開けちゃいねえ。もしかしたら、女を両側に抱きかかえているんじゃなく、一服もられて意識をなくし、両側の女から支えられてるのかもしれん。ちっちゃいほうの写真にゃ、蒋がマリファナをふかしてるみたいなコメントがついてるが、ただのたばこを喫《す》ってただけかもしれねえぞ」

「それじゃあ、完全なでっち上げだっていうのか」

「そうも考えられるといってるんだ」

「だけどさ、いったい誰が何のためにそんな細工をするんだ？」

「さあてね、天安門事件のリーダーの一人を地に落として泥まみれにさせ、ヒーローの座から引きずり降ろしたい連中がいるんだろうよ」

　中国という国の民主化を阻もうとする連中、ということになるのだろうか。背筋に冷たいものが走るのを感じた。それは中国政府そのものか、何らかの形であの国の現在の政府と繋《つな》がりがある連中ということになるのか。河林という男や、河林が経営する怪しげな日本語学校、それに新宿を縄張りにした亀和田興業なども、そういった企てに一枚噛《か》んでいるのだろうか。

「なあ、そしたら、あの二人組のバラバラ死体も、中国かどっかの諜報部員《ちょうほう》や殺し屋が、拷問でもするか、見せしめにするかした結果ってことなのか？」

　風太が訊いた。不安に怯《おび》えた様子はなく、それよりもむしろ心なしか、期待に胸をときめかすような顔をしていた。

「あのひどい死体については、俺もまだ見当もつかねえよ」

「河林という男については、何かわかったんですか？」僕が訊いた。

「まだだ。今まで何をやってきた男なのか、どうもはっきりしねえのさ。本人とも、まだ会えないままだ」

僕はいくらか迷ったものの、どうも自分の両親や、祖父にあたる藤木幸綱まで含めて、河林とは何か因縁めいた関係があるらしいことを話して聞かせた。

嶌久さんは、いつもの冷ややかな態度の中に、それなりの興味を滲《にじ》ませて僕の話を聞いていた。つまり、この人としては、大変な興味を示したことになる。

「どうもこの河林って野郎が、いろんなことの結び目なのかもしれねえな」

何かを咀嚼《そしゃく》するような顔で呟いたのち、にやっと片唇を歪《ゆが》めた。

「ところで、俺のほうにもひとつ面白い話があるぜ。亀和田興業に、妙な動きが見えるのさ。手下どもをあちこち走り回らせたり、同じ系列の暴力団に協力を頼んだりしては、誰か人を捜してるらしい。で、情報屋を使って当たりをつけたら、どうやら連中が捜してるのは、天安門事件に絡んだ中国人らしいとわかったのさ」

「つまり、蔣建国を捜しているってことですか？」

「情報屋に引きつづき探らせてるところだから、近々もっとはっきりわかるだろうが、九分九厘そうだろう。俺が思うに、おそらくこういうことさ。週刊誌に写真を流し、その後すぐに麻薬パーティーの証人になる男を警察にパクらせたような連中だぜ。本来なら、蔣の身柄だって、頃合いを見計らって警察に突き出すつもりだったんじゃねえだろうか。だが、やつがどこかに行方を晦《くら》ましてしまい、どうしても見つけることが出来なくなった。それでやむを得ずに、そのまま計画をスタートさせたのさ。行方がわからないままで時間が経てば、日本からどこかに出国してしまわないとも限らない。それよりは、ああして週刊誌に顔を出し、蒋建国という男を日本のマスコミにも警察にも印象づけてしまえば、容易《たやす》く出国することが出来なくなる。そういった狙いもあるのかもしれん」

「それじゃあ、どこかに隠れている蒋って男を、亀和田興業よりも先に見つけることが出来れば、その連中の鼻を明かせるわけだな」

風太が簡単そうにいう。

「蒋建国を捜してるのは、亀和田興業だけじゃないだろうぜ。中国の公安当局も、それに日本の公安だってそうだろうさ」

――それに、玲玉たちもだ。

嶌久さんが僕のほうをむいた。

「それから、おまえがいってた蔦《つた》屋敷の裏庭の煉瓦《れんが》小屋だがな。あそこにゃ、地下室があるといったろ。あるいはおまえの勘が当たり、蒋って男はあの地下室に閉じ込められてたのかもしれねえな。もしかしたら、週刊誌に載ってた写真の撮影だって、あの煉瓦小屋で行われたのかもしれん」

だが、蒋は見張りの隙をついて、そこから逃げ出したというわけか。そうだとすれば、玲玉たちが蔦屋敷を怪しいと睨《にら》んだのも、間違ってはいなかったことになる。

その時、カウンターの中のテラさんが、僕たちに目配せした。お客さんが来たのだ。きちんとネクタイを締めた、サラリーマン風のグループだった。僕と風太は揃って腰を上げた。

と、そのグループに混じって一人、Tシャツとジーンズ姿で躰《からだ》の線をくっきりと浮き立たせた女性が入って来た。

　貴美子さんだった。

「あれれ、本当に来やがった」

　彼女を見て、風太が呟いた。

「今夜は俺がここで生演奏をやるって話したのさ。そしたら、聴きたいっていうんで場所を教えといたんだが。まさか、ほんとに来るとはな」

　顔を顰《しか》めて見せたものの、内心では満更でもなさそうだった。

「あ、風ちゃん。見に来たわよ」

　貴美子さんが風太に手を振った。だが、それから嶌久さんの存在に気づき、ほんの僅《わず》かながら表情を変えた。

「ねえねえ、あれが今夜のサックス奏者なのよ。若いのに、いい腕をしてるんだから。私の折り紙つき。一度聴いたらもう、絶対に好きになっちゃうわよ」

　貴美子さんはサラリーマン風の男たちを相手に、しきりと風太を褒めまくり始めた。彼らを促して壁際のテーブルにむかい、決して嶌久さんのほうに近づこうとはしなかった。

5

　ライブの時間が近づくと、店は徐々に混み始めた。それにもかかわらず風太のやつは、演奏仲間たちとの無駄話に興じることが多くなり、僕一人がテーブルの間を飛び回らなければならなかった。

しかし、考えようによってはそのほうがよかった。こうして忙しく躰を動かしてさえいれば、山之内氏から聞いた母の話を遠くに押しやっていられた。母は金沢の病院で死を待っている。少しでも手を休めると、そんな事実が重くのしかかってきて、身じろぎひとつ出来なくなりそうだった。

貴美子さんは一緒に店に入って来たサラリーマン風の男たちとしばらく騒いでいたと思ったら、いつの間にかそこを離れて今度はOL風のグループと親しくなっており、次に僕が気づいた時には、調理室の入り口付近に陣取って、ヤマさんとしきりに話し込んでいた。どうやら、サラリーマン風の男たちとも、たまたま近くで出くわしただけらしかった。誰とでもすぐに打ち解けてしまう人なのだ。僕のような、どちらかというと人見知りをする人間にとっては羨《うらや》ましい才能の持ち主だったが、ちょっと苦手な相手でもあった。

いよいよ演奏が始まる時刻になると、お客さんのオーダーは一時的にストップされた。僕はヤマさんに促されて、カウンターの一角に陣取った。演奏中は、ここが従業員の席になるらしい。貴美子さんはちゃっかりとそこに割り込んで来て、僕とヤマさんの間に坐り、三人で並ぶ形になった。

「ねえ、風ちゃんから聞いたんだけれど、あんた、色々と面倒臭いことになってるらしいじゃないの」

僕がたばこをふかしながら演奏が始まるのを待っていると、貴美子さんが声を潜めるようにして話しかけてきた。

「風太から何を聞いたんですか？」

「蔦屋敷の話とか、両親のこととか、もろもろよ」

お喋《しゃべ》りなやつめ、と、僕は胸の中で罵《ののし》った。

「ま、若いうちは、苦労は買ってでもしろっていうからね」

貴美子さんは、僕の気持ちなどにはお構いなしにそんなことをいった。

「だけどさ、京都で会った時にゃ、社長の息子だって聞いてたんで、ただのぼんぼんかと思ったんだけど、親父さんも色々大変みたいじゃないのさ。その後、あんたに何か連絡はあったのかい？」

僕は顰《しか》めっ面で短く「ありません」と応じながら、あとで風太を摑《つか》まえて、無関係な人にあれこれ話すのはやめろととっちめなければならないと思っていた。

貴美子さんのお喋りにつきあわされるのが嫌で、ひとつむこうの席に坐るヤマさんに話しかけた。

「訊《き》きたいことがあるんですが。ヤマさんは、七〇年代の学生運動の時代には何をしてたんですか？」

「なんだい、急に。どうしてそんなことを訊くんだ？」

ヤマさんは当然そう問い返してきた。

だが、別段僕に答えを求めたわけではなかったらしく、「テラさんと会ったのが、ちょうどその頃だったな」と呟《つぶや》き、感慨深そうな顔をした。

「そして、俺が生のセシルを見たのが、やはりあの頃さ」

カウンターの少し離れた場所でグラスを拭《ふ》いていたテラさんが、僕たちの会話が聞こえたらしくてそうつづけた。

「七三年に、セシル・テイラーは新宿の厚生年金でコンサートをやったんだ」

その影響によってテラさんがどんな演奏スタイルを採ることになったかについては、既に述べた通りだ。

「七〇年代か」

ヤマさんが呟き、

「学生運動ね――」

テラさんが応じた。

それから、二人で顔を見合わせて笑みを浮かべた。どことなく照れ臭そうでありながら、秘密を共有し合う者同士のような感じもする笑みだった。

テラさんは僕にむき直り、こんなふうに言葉を継いだ。

「結局、俺もヤマさんも、仲間たちと連帯して、シュプレヒコールを上げるってやつが苦手だったのさ。周りは平和だ反戦だと騒いでいたが、俺には新しいジャズミュージシャンたちの演奏を聴くことや、中古レコードを買い集めて回るほうがよっぽど大事だったしな。

やっと店を開けられたら、運動に関わってる学生たちもジャズを聴きに来るようになったが、俺は店の中じゃ政治的な話は勘弁してくれっていいつづけてたし、ヘルメットを持ってるような連中は最初からお断りだった。ヘルメットの色で、どこのセクトかわかっちまうのさ。そしたら、喧嘩《けんか》が起こるだろ」

テラさんとヤマさんの二人は、自分たちの青春時代を懐かしみながら雑談に花を咲かせ始め、僕は結局放って置かれる形になってしまった。

貴美子さんがたばこの煙を吐き上げた。

「ねえ、いいことを教えてあげようか」

煙のむこうから僕を見つめ、秘密めかすように微笑んだ。

「学生運動の闘士だといってた連中が、それから何年と経たないうちに大方は企業戦士になって、やがてはこのバブルを作り出したのよ。バブルが弾《はじ》けて、いかさまな人間たちの化けの皮が剝《は》がれ、きっとこの先いろんな膿《うみ》が出てくるんでしょうね。ねえ、そんなふうに考えると、なんだかいい気味だと思わない？」

大分飲みつづけているらしくて、貴美子さんは白目が充血していたが、なぜかそう囁《ささや》いた時だけはそれほど酔っているようには見えなかった。

「だけどさ、たとえあの時代とは縁を切りたいみたいにいってる人だって、やっぱり心のどこかではあの頃が懐かしいのよ」

貴美子さんはいい、また煙を吐き上げた。女は化けるというけれど、貴美子さんは本当は見かけよりもずっと年上で、嶌久さんなどよりもむしろ、僕の母やテラさんたちに近い世代らしかった。

風太の演奏が始まってしばらくすると、貴美子さんのさらに別の面も見ることになった。

それはピアノとベースとサクスフォンのトリオによるシンプルな演奏で、当時はジャズには詳しくなかった僕には曲目はわからなかったが、一曲目はノリのよさを狙ったアップ・テンポな曲で入り、次にはメロウでスロー・テンポな曲が用意されていた。

二曲目で、風太のソロパートが始まって、間もなくだった。

「いけないね……」

貴美子さんが呟いたような気がした。

ほんの小さな呟きだったし、演奏に掻《か》き消されて正確に聞き取ることは出来なかったが、確かにそう呟いたような気がしたのだ。

それが僕の空耳ではないとはっきりしたのは、風太たちの演奏が終わってしばらく経った頃だった。

風太の演奏はいわば前座にすぎず、十五分かそこらで次のミュージシャンたちへと引き継がれた。夜の演奏は2クルーの予定で、間の休憩が始まると店が再びざわめき出し、僕はしばらくお客さんの注文への応対に走り回らなければならなかった。

そんなふうにして走り回っている最中のことだった。怒鳴り声が聞こえて見やると、カウンターのスツールに坐った貴美子さんの傍らで、彼女を睨みつけた風太が仁王立ちになっていた。

店のざわめきが一瞬鎮まり、誰もが僕と同様に風太たち二人に目をむけた。頭から湯気を立ち上らせて肩を怒らせる風太を後目《しりめ》に、貴美子さんのほうは落ち着き払った様子でグラスを口に傾けていた。

慌てて飛び出て来たヤマさんが風太を押さえ、一緒に調理室へと引きずって戻った。テラさんは人見知りで目立つのが嫌いなため、ただレコードプレイヤーの前で立ち尽くすだけだった。

貴美子さんはすっとこちらをむいて僕の視線を捉《とら》えると、どんな意味があるのか薄い笑みを過《よぎ》らせて、新しいたばこに火をつけた。気怠《けだる》そうにカウンターに凭《もた》れ、のんびりと煙を燻《くゆ》らせ始めた。

風太はそうして姿を消したまま、いくら経っても店に出て来ようとはしなかった。忙しさに一段落がついた僕が覗《のぞ》きに行くと、調理室の奥のドアの外で、廊下に置かれたビールケースにしゃがみ込み、ふてくされ顔でたばこをふかしていた。

「どうしたんだよ」と、僕は訊いた。

風太はちらっと僕を見たきり、すぐに前にむき直った。ヤマさんの目を掠《かす》めてちゃっかり持ち出したらしい缶ビールを、ぐびっと喉《のど》に流し込んだ。

「まったく、腹立たしいったらありゃしないぜ」

吐き捨て、唇を手の甲で拭《ぬぐ》った。「あんな女に、ジャズの何がわかるっていうんだ」

「貴美子さんから、何をいわれたんだ？」

「どうもこうもないぜ。俺の演奏が、駄目だというのさ。倉敷のアイビースクエアで聴いた時よりも、ずっとひどいだとさ。ちくしょう！　何いってやがるんだい」

僕は何と応じていいかわからずに、その場にただ立っていた。

風太は僕を見上げて一瞬照れ臭そうに微笑み、缶ビールを差し出した。

「飲むか？」

「仕事中だぜ」

「堅いことをいうなよ。ライブの夜は、テラさんたちだって早くから飲み始めてるんだ」

僕は缶ビールを受け取って飲んだ。

喉が渇いていたために、躰《からだ》に染み込むように美味《うま》かった。

「ま、俺も素人相手に怒るなんぞ、大人げないとはわかってるんだがな」

僕が返したビールをまたぐびっとやり、風太は幾分自嘲《じちょう》気味にいった。

「だけど、あんまりわかったようなことをいうもんだからよ。ついつい、かっとしちまったのさ。倉敷じゃ、初めて一緒に演《や》る連中に加わって、リハーサルだってろくすっぽ出来ないままで本番だったんだぜ。それと比べりゃ、今夜のトリオは、テラさんが俺をもり立てるためにっていって、この店が親しくしてるミュージシャンに声をかけて作ってくれたものなんだ。それなのに、あの女は、わかったようなことをいいやがって。ここで吹いてる時の俺にゃ、おかしな遠慮が働いてるとかぬかしやがるのさ。自分が好きだったのは、アイビースクエアで聴いた、バンド仲間にもお客にもまるで喧嘩をしかけてくるようなサックスだったなんてな」

風太は一度口を閉じると、僕を見上げた。

「けっ、何をいってやがる。まったく笑わせるぜ。あの演奏で喜んで、夜はベッドの相手までしたくなったのは、あの女一人だけなんだぜ。俺のほうは、結局あの日はバンド・メンバーと喧嘩になり、それからは仕事を干されてるっていうのによ。それに、俺にゃテラさんに恩がある。あの人が決めてくれたトリオのほうが、ずっといいに決まってるんだ」

腹立たしげな口調にもかかわらず、風太はどことなく物寂しげに見えた。

八　暗い夜の底

1

土曜日の夜、紗《しゃ》を風に靡《なび》かせたような細かい雨が降る中で、藤木幸綱の通夜は行われた。寂しい通夜だった。読経が始まってもなお、弔問客はほとんどなかった。僕にはまったく面識のない親戚《しんせき》が何組か現れた他は、蔦《つた》屋敷の隣人たちがぽつぽつと連れ立って焼香に来てくれたのと、祖父が十年ほど前に定年で退職した都庁の関係者も何人か来てくれたようではあったが、決して数は多くなかった。駐車場の灯《あか》りに反応したらしい蟬が、雨の中、しかも夜だというのに、喧《やかま》しい声で鳴いていた。

喪服の手配をどうしていいかわからない僕に、教授が自分の喪服を貸してくれた。教授は痩《や》せており、背丈もほとんど僕と変わらなかったので、裾《すそ》がいくらか短いことさえ我慢すれば着ていられた。

当の教授は、お線香を上げたいというハルさんにつき添って、背広に黒ネクタイを締めて現れた。ハルさんは、角筈ホテルで見るよりもどことなく表情が乏しく、周りの出来事から均等に遠く離れてしまっているように感じられ、それが僕を不安にさせた。

つい今朝方、僕は角筈ホテルで、ハルさんの大活躍を目にしたばかりだった。長いことお客が教授一人だけだった角筈ホテルに僕が厄介になり始め、昨日からは山之内氏とその弟子四人に加えて、深夜に至っては貴美子さんが転がり込んでいた。貴美子さんは結局あのまま風太と喧嘩《けんか》別れになり、部屋を出てしまったのだ。こんな時間では泊まる場所も見つからないと駄々《だだ》をこねられた結果、仕方なく僕は彼女を角筈ホテルに連れ帰った。幸いなことに、教授が本の整理のために使っている隣室が空いており、遅い時間まで読書に耽《ふけ》っていた教授に相談して、とりあえずはその部屋を使わせて貰《もら》うことにしたのだった。

ハルさんには、朝起きたら話さなければならないと思っていたら、今朝僕が階下に下りた時にはもう、貴美子さんはとっくに起き出して、いつの間にかハルさんとすっかり打ち解け、彼女の手伝いをして朝食を作っていた。

ハルさんはいきなり泊まり客が増えたことが嬉《うれ》しくてならないらしく、始終にこにこと笑顔を絶やさず、朝食の味はまたいつにも増して絶品だった。そんなハルさんと比べると、こうして教授に連れられて通夜にやって来たハルさんは、なんだかいかにも頼りなげに見えてならなかった。

僕はといえば、会ったこともない自分の祖父の死に対して哀しみを覚えられず、そんな自分を持て余していた。祭壇に飾られた写真はどこかよそよそしく、蔦屋敷の浴槽で腐り果てていた遺体こそが、今なお鮮烈に思い出されてならなかった。あの時目にした姿も、嗅《か》いだ匂いも、決して記憶から消え去ることはなく、あれからずっと僕は夜の暗闇の中で理由もなく辺りに目を凝らす習慣をやめられずにいたのだ。

通夜の準備の間も、読経が始まり遺族席に坐《すわ》ってからも、僕は疎外感を感じてもいた。山之内氏も弟子たちも、そして親戚の誰一人として僕に話しかけてこようとはせず、誰かと挨拶《あいさつ》を交わしたとしても、そこから会話が始まることはなかった。

寂しい通夜のいちばんの賑《にぎ》やかし――というとおかしいが――になったのは、曙ハウスの女将《おかみ》とそこの住人たちが、十人ほど揃って焼香に来てくれたことだった。喪服はおろか背広一着持ち合わせてはいないのか、大方はポロシャツとかTシャツ姿だったが、女将だけは黒いシックなドレスを着て数珠《じゅず》を持っていた。

山之内氏は、彼らの登場に一瞬面食らったらしいが、僕が小声で祖父との関係を話すと弟子を呼び、必ず精進落としにも残って戴《いただ》くようにと命じた。食事にありつけるのが目当てで来たのではないかと、そんな陰口を叩《たた》いている弟子の一人をこっぴどく叱りつけているのを目にした時は、僕は少しだけ山之内氏が好きになった。

スーさんが姿を見せたのは、曙ハウスの面々が焼香を済ませた直後だった。ぼさぼさ髪を後ろで束ね、どう見ても丈が合っているとは思えない喪服の裾を折り曲げて着ていた。焼香を終え、ちらっと僕を見ると、礼儀正しく頭を下げて出て行った。

僕はそっと席を立ち、斎場の端を回ってスーさんを追った。小雨の中を傘も差さずに歩いて行くスーさんに、斎場を出てじきに追いついた。

「待ってください。別室に食事が用意してあるんです。食べていきませんか？」

呼びとめた僕を振り返り、スーさんは顔をくしゃっとさせた。

「青年か。いろいろあって、おぬしも何か大変だったそうじゃないか」

「僕の噂を誰から聞いたんです？」

「あちこちからさ。それに、儂《わし》にはあいつがいるんでな」

親指を立てて軽く振るスーさんに反応し、あの鳴き声が聞こえた。

斎場を取り囲む銀杏《いちょう》並木の枝の一本に、コクマルガラスがとまってこっちを見ていた。

「食事を食べていきませんか？」

と、僕はもう一度訊《き》いた。

「いいや、儂にゃ場違いだ。帰るよ」

「そういわずに」

「ところで、おぬし、殺された二人組が蔦屋敷に入るのを見たそうだが、あの二つの死体と蔦屋敷とを結びつけて考えておるのかな」

いきなりそう吐きつけられ、驚いた。

「ちょっと待ってください。僕が蔦屋敷であの二人組を見かけたことまで、どうしてスーさんが知ってるんですか？」

「新宿で起こった出来事は、大概のことなら儂の耳に入るのさ。だがな、もしかしたらあの二つの死体は、蔦屋敷の出来事とはまったく無関係かもしれんぞ」

「どういう意味です？　誰があの二人組を殺したのかわかってるんですか？」

「さすがにそれはわからんよ。ただ、儂らの仲間内で、最近妙な噂を口にするやつがおるんだ。神田川の主が、獲物を求めて暴れ回っておるとな。あの死体は、神田川の主の仕業なのかもしれんぞ」

「神田川の主とは、何のことです？」

「わからんよ。主というからには、巨大ナマズや蛇かもしれんが、ナマズが人間をあんなずたずたに食い荒らせるとは思えんし、蛇ならいっそ一呑《ひとの》みだろうしな」

子供の頃から祖父母と過ごすことが多かったせいか、僕は老人の話を聞くのが好きだった。だが、今は通夜の最中で、しかも霧雨の中の立ち話だ。はぐらかすようなやりとりにいささかうんざりし、適当に切り上げることを考え始めた。

僕が黙っていると、スーさんは「青年よ」と呼びかけてきた。

「なあ、青年よ。いずれにしろ、この街は、一見明るくて華やかな様相を呈してはおるが、夜の底にゃ、何か得体の知れないものが潜んでおるんだ」

「でも、それがあの二人を殺したとは思えませんが……」

僕がいうと、スーさんは「ふふん」と唇を歪《ゆが》めた。

「色々なことが、本当は一本の糸によって繋《つな》がってるもんさ。それがそうは見えないのは、おぬしがひとつひとつの事柄の表面を見るばかりで、その後ろにあるものに目をむけようとはしないためかもしれんぞ。心を静かに保ってすべてを眺め渡せば、自《おの》ずと真実は見えてくるものさ」

僕はどういう意味か問い返そうとしたが、その時、銀杏並木のむこうの駐車場に、黒いベンツが駐《と》まるのが見えた。

喪服姿の男が二人後部座席から降り、傘を差して小雨の中を歩いて来るのを目にしたスーさんは、「お」とでもいうように唇を丸くした。

「青年。おぬしはすぐに遺族席に戻っていたほうがいい。そして、もしもあの男たちが通夜の夜に妙なことをいい出すようならば、おぬしが立ちむかってやれ」

それだけ告げると、スーさんは何のことかわからない僕にむかって片手をひらひらと振って歩き出そうとした。

「待ってください。すべてが一本の糸で繋がっているというのは、いったいどういう意味なんですか？　本当にもっと何かを知っているのなら、勿体《もったい》ぶらずに教えてください。それとも、ただ意味のない仄《ほの》めかしをして、僕をからかってるだけなんですか？」

「別に勿体ぶっても、訳知り顔で仄めかしているわけでもないさ。儂に会いたくなったら、ホテルの庭にでも出てカースケを呼べ。青年よ、またじきに会おうじゃないか」

背中をむけ、夜に溶け込むように去って行くスーさんと入れ替わるようにして、男が二人、並んで斎場に近づいて来る。

僕は彼らに背中をむけて、元の遺族席へと小走りで戻った。そして呼吸を整えていると、二人が斎場に入って来るのが見えた。

二人とも同じ背丈ぐらいの男たちだった。片方は小太りで、もう一方は痩せていた。斎場に足を踏み入れると、小太りのほうが眉間《みけん》に皺《しわ》を寄せ、辺りを睥睨《へいげい》するかのように顔を巡らせた。櫛目《くしめ》も鮮やかに頭髪を真後ろに撫《な》でつけ、手入れの行き届いた髭《ひげ》が顔を覆っていた。額は狭く、鼻は顔の中心にでんと居坐っている。そんな容貌《ようぼう》と体型が合わさって、どことなく熊を連想させた。

痩せたほうは、下腹だけがぷくっと膨れ、そこだけ内側からワイシャツを押し上げていた。元々小さめの下顎《したあご》に、不摂生で弛《たる》んだ顔の肉が覆い被《かぶ》さって、痩せているにもかかわらず顎が肉へと埋没している。

近づいて来る間中、男たちはこちらがきまり悪く思うぐらいにじっと遺族席を見つめていた。

二人並んで焼香をし、それを終えると揃って遺族席にお辞儀をした。

頭を下げ返す僕らのほうへと小太りの男が近づき、山之内氏の耳に口を寄せた。

「ちょっとお話がありますので、式が終わられたらお時間を戴けますか」

それは囁《ささや》き声ではあったが、通夜の静寂の中なので、僕も含めて列席する全員に聞こえた。

男はそう告げるとともに、内ポケットから出した名刺を山之内氏に差し出した。

名刺を受け取った山之内氏が、大きくひとつ息を吐いた。横目でそっと窺《うかが》うと、膝《ひざ》に載せた両手は堅く握りしめられており、握り目が白くなっていた。男が差し出した名刺には、河林寛と刷り込まれてあった。

それから五分足らずで読経が終わった。

「いったいあの男が、ここに何の用なんでしょう?」僕は山之内氏に囁いた。

「わからないよ」と山之内氏は首を振った。

「山之内さんも、河林という男とお会いになるのは初めてなんですね」

念のために尋ねると、山之内氏は僕を見ようとはせずに頷《うなず》いた。

「ああ、忍から話は聞いていたがね」

河林が現れた目的は何なのかを、必死で考えているようだった。

「僕も一緒に行きます。一緒に、河林に会わせてください」

「きみも一緒に……?」

僕がいうと、山之内氏は意外そうに目を瞬いた。だが、大人同士の話だからと、父のようにはねつけるかと思ったが、案外と素直に申し出を受け入れてくれた。

「ならば、そうしたまえ。しかし、予《あらかじ》めひとつ頼んでおくが、あの男とのやりとりは私に任せてくれたまえよ」

山之内氏と二人で斎場を出、精進落としの部屋に移動した。

二人組は、壁際の席に陣取ってビールを酌み交わしていた。目つきのよくない男が一人、そのすぐむこうの壁を背にして立ち、ぴんと背筋を伸ばして正面をむいていた。それを目にして僕は嫌な気分がした。

部屋の違う隅では、曙ホテルの面々が酒を酌み交わしており、通夜というには賑やかすぎる状態へと雪崩《なだ》れ込もうとしている最中だった。そんな彼らと河林たちとの間で、部屋の空気はふたつに割れているように見えた。

「お取り込み中のところを、すみませんな」

僕と山之内氏が並んで坐ると、河林はいって頭を下げた。体型から想像するよりもずっと声の高い男だった。甲高いというべきだろう。

もう一人の痩せたほうも同じように頭を下げ、山之内氏と僕の両方に名刺を差し出した。そこには肩書きとともに、田代憲征《のりゆき》と記されていた。この男が、《田代ホームズ》の社長の田代なのだ。蔦屋敷が河林のものになる仲立ちをした男だ。

「恐れ入りますが、お名刺を戴けますかな」

河林が山之内氏にいった。

「それよりも、御用件をお聞かせ願えませんか。あなたたちが、いったい義父の通夜に、どんな御用なんでしょう」

「まあまあ、そう気色ばまないで戴けませんか、山之内さん」

河林は相変わらずの大仰な態度で呼びかけてから、「ところで、こちらは？」と僕をむいた。

先ほどから感じていた、この男と目が合うと落ち着きの悪い感じがするわけに気がついた。まるで物を眺めるような目なのだ。

「師井厳です」

僕が臆《おく》さずに名乗ると、河林は眉間に皺を寄せた。そんなふうにして相手を見やるのも、どうやらこの男のお気に入りの仕草らしい。唇が小さな生き物のように、にゅっと前に突き出てきた。

「ふうん、そうすると師井健輔のガキってわけか」

呟《つぶや》き、ニヤッとした。

「御用件は何なんです？」

山之内氏が再び促したが、河林は無視して僕に訊いた。

「で、おまえのお袋はどこなんだ？　どうして遺族席に一緒に坐ってないんだ」

妙な圧迫感が迫ってきて、何も答えることが出来なかった。

「私の妻に何の用だ。きみには関わりがないだろうが」

山之内氏の声には棘《とげ》があった。

「まあ、そういわんでくださいよ。聞いているかもしれんが、お宅の可愛い奥さんとは、私は昔からつきあいがありましてね。今日は、その親父さんが亡くなったと知り、こうしてわざわざ御焼香に来たんだ。そう邪険にせんでもいいでしょうが」

「妻は、東京には来ていませんよ」

「どうしてまた？　父親の通夜に出ないなんて、ひどい娘もあったもんだ。まさか、まだかつての親子間の断絶が、そのまま尾を引いているんじゃないでしょうな」

「きみには関係のないことだといっておろうが。取り立てて用がないのなら、これで失礼させて貰《もら》うよ。こちらも、取り込んでいるのでね」

「待ってくださいよ、御主人さん。話はまだ、これからでしてね」

河林の「御主人さん」という呼びかけには、気色悪いねとつきが感じられた。

だが、僕は気づいていた。相変わらず人を食ったような口調の奥には、僕の母の消息を本当に知りたがっているらしい雰囲気が潜んでいる。

「どんな話なのか、手早く済ませて貰えませんか」

「まあまあ、そんな顔をなさらずに。実はね、私どもは藤木幸綱さんの自殺によって、多大な痛手を被りましてね。それで、弁護士とも相談した結果、こんな時に何ですが、御遺族に賠償金を請求しようと思ってるんですわ」

「――いったい、何の話です？」

「それは、田代さんからお話し戴いたほうが早いかもしれませんな」

河林がいうのに応じ、隣の田代が代わって口を開いた。

「御存じかもしれませんが、不動産取引には、いくつかの取り決めがありましてな。その不動産で自殺や他殺などのいわゆる不審死があった場合には、次の売り主に対して報告せにゃならんのですよ」

一度間を空けたのは、僕たちの反応を窺うためらしかった。

「ですから、藤木幸綱さんが私どもの物件に勝手に入り込み、あんな不吉な死に方をされたのには、正直なところ、大変に迷惑をしているわけでしてね。ああいった事件の起こった屋敷となると、当然ながら次の取引に際しては、何割かの価格ダウンをしなければならない。そんなふうに、現在の所有者から苦情が出ましてな。それで、こうして一緒にお邪魔したわけなんですわ」

「現在の所有者というのは、他でもないこの私ですがね」

芝居がかったパートナーシップを発揮して、河林がそうつづけた。

山之内氏の顔から見る間に血の気が引き、その後火がついたように紅潮した。

「何を莫迦《ばか》なことをいってるんです！　河林さん、あんたって人は——。たった今、はっきりとわかったぞ。あんたは、忍への恨みを忘れず、それで藤木さんに今度のような仕打ちをしたんだな」

「おいおい、おかしなことをいわんでくださいよ。あの屋敷を購入したのはビジネスだ。そこで自殺事件を起こされたので、それ相応の賠償をして欲しいというのは、しごく当然の要求だと思うがね」

「滅茶苦茶だ。購入したなど、嘘っぱちだろ。きみは、あの屋敷を藤木さんから騙《だま》し取っただけではないか。出て行ってくれ！　即刻、帰ってくれたまえ！　今は、死者を見送っているところなんだ」

「あんたこそ、人聞きの悪いことをいわないで貰いたいな。ここにゃ、他の人間の耳だってあるんだぜ。俺が詐欺を働いたという証拠でもあるのかね。あまりおかしなことを捲《まく》し立てるなら、こっちにだって考えがあるよ」

　いつの間にか部屋の中は静まり返り、居合わせた人間は誰もが僕たちに注意を払ってい
た。

「帰ってくれ！　きみと話すことはない」

　山之内氏が一層声を荒らげたのに反応し、壁際にいた河林たちの手下らしき男が動きか
けた。

　河林はそれを手で制し、山之内氏を睨《ね》めつけた。

「名刺をくださいな。このままにされるようじゃ、敵いませんからな。改めて、弁護士を
通して連絡させて貰いますよ」

　山之内氏は名刺入れから抜き出した名刺を、河林の前に叩《たた》きつけるように置いた。

「私は逃げも隠れもしない。そちらがその気なら、こちらも弁護士を立てて応じるので、
そのつもりでいてくれたまえ」

「それは楽しみだぜ」

　名刺を摘《つま》み上げてポケットに納め、河林はにやつきながら立ち上がりかけた。

「ちょっと待ってください」

　僕がとめると、河林があの物を眺めるような目をむけてきた。

「訊《き》きたいことがあったんです」

「ほお、ジュニアがいったい何だね？」

小莫迦にしたようなにやけ笑いをやめようとはしなかった。

僕は目を逸《そ》らしたくなる衝動と闘いながら、相手の顔を見つめていた。どんなふうに切り出せば最も効果的か、最も相手の意表を突くことが出来るのかと頭を巡らせたものの、いい考えは浮かばなかった。結局、真っ直ぐに吐きつけてみるしかなかった。

「蔣建国という中国人は、どこにいるんですか？」

「誰のことだね？」

ふてぶてしい口調で問い返してきたが、ほんの一瞬だったとはいえ、河林ははっとしたようだった。その様子に勇気を得て、僕ははったりをかましてみることにした。

「蔣建国という天安門事件のリーダーですよ。あなたが彼を日本に入国させ、その後どこかに匿《かくま》っていたという話を聞いたんですが。それとも、閉じ込めていたんでしょうか？」

河林は目を細め、僕の顔をじっと見つめた。そうすると危険で禍々《まがまが》しい雰《ふん》囲気が剝き出しになった。

「それはいったい、何の話だ。親父がそんな戯言《ざれごと》をおまえに吹き込んだのか？」

「父は関係ない」

「そうかい。それなら、誰から聞いたんだ？」

「では、やはり蔣の話は本当なんですね。今もまだ、どこかに閉じ込めたままなんですか？」

「だから、そんな話は知らんといってるだろ」

「とぼけても無駄ですよ。マリファナを吸っている写真をでっち上げて週刊誌に売り、一方で関係者の一人を警察に差し出して、蒋という男の評判を地に落とそうというんでしょ。でも、あなたたちはあの蒋って男に逃げられてしまった。それで、一生懸命に行方を捜してるところなんだ」

「何をいってるかわからんが、おまえ、それを自分で考えたわけじゃねえだろ。ガキが思いつくような筋書きじゃねえ。やっぱり親父の入れ知恵なのか。どこかで親父と会ってるんだな」

「父は行方不明ですよ。居所は、俺にだってわからない」

僕はそういい返しながら、はたと気づいた。この男は、僕の父が行方を晦《くら》ましていることを知っているらしい。なぜなのだ。

「それじゃ、誰の入れ知恵なんだね？」

河林はにやにや笑いを絶やさぬまま、そう突きつけてきた。

腹立ちを覚えて声を荒らげかけ、挑発されているのを知った。僕は落ち着きを取り戻そうと努めながら、田代に顔をむけた。

「田代さん、あの蔦屋敷のどこかに、蒋という男が閉じ込められていたんでしょ。あなたもそれに一枚嚙《か》んでいて、あの屋敷に出入りしていたんじゃないんですか」

田代は僕を睨《にら》み返し、目を忙《せわ》しなく瞬いた。

「なんだね、きみは。失敬な。少しは大人に対する口の利き方に気をつけたらどうかね」

声は甲高く、怒りと戸惑いが綯《な》い交ぜになった心の内が、顔をすっかり強《こわ》ばらせていた。この男のほうがずっと御しやすそうだ。

河林が田代の手の甲にそっと触れ、話を自分に引き戻した。

「想像でものをいうのは勝手だがな。何か証拠があっていってるのかね」

証拠といわれて、差し出せるようなことがあるはずがない。この男が経営しているインチキな日本語学校の話を持ち出してみることにした。

「あなたの作った日本語学校にいる留学生たちが、蔣という男の行方を捜してますよ」

「何の話だね」

「玲玉という女の子たちです。心が痛まないんですか。あなたは本当は、蔣という中国人を匿うために動いていたんじゃないんですか。それなのに裏切って、あんなインチキな記事をでっち上げた。そうでしょ。どうしてなんです？」

河林の目つきがいよいよ鋭くなった。

「おめえ、何で俺の周りをあれこれ探り回ってるんだ？　ガキのくせに、とぼけた真似をつづけてると、今に痛い目を見るぜ」

僕は口を噤《つぐ》んだが、言葉に詰まったわけではなかった。ある種の手応《てごた》えを感じていた。子供の時分から、清水で祖父の元へ出入りする荒っぽい港湾労働者たちを見ていたので、こういう脅し文句にそれほど戸惑うことはなかった。

河林は僕を無視すると決めたらしく、山之内氏のほうに顔を戻した。

「それじゃあ、御主人さん。今度はきちんと弁護士を立てて話を持っていきますからね。奥さんにも宜《よろ》しく伝えてくださいや」

捨て台詞《ぜりふ》を残し、田代のことを促して立ち上がりかけた河林を、今度は山之内氏がとめた。

「待ちたまえ。あの屋敷を買って、きみは今後どうするつもりなんです？」

河林が、気色の悪い笑いを深くした。

「我々の仕事は、土地を正しく活用出来るように働きかけ、街の発展に寄与することでね。そのためにゃ、出来るだけ広範囲な土地を入手する必要があるし、発展を妨げるような時代遅れの建物は、ひとつ残らず取り壊さなけりゃならん。それだけのことさ。それから先は、銀行さんや建設会社、場合によっちゃ地域の自治体やお国が考えることでね。相応の報酬を受け取って、そういった連中へと土地を引き渡せば、俺たちの仕事は終わりだよ」

「老人福祉施設を建設するという話は、嘘なのか？」

「おいおい、そりゃあいったい何のことだね。誰かそんな話をしたのか？」

してやったり、ということか。河林は僕たちに最後に一瞥《いちべつ》をくれると、田代と手下を引き連れて部屋を出て行った。

2

山之内氏は河林が姿を消してもなおしばらくは、あの男がまだそこにいるかのようにじっと出口を睨みつけていたが、やがて疲れ果てた様子で目を伏せた。

僕はその横顔に、思い切って問いかけることにした。昨日は聞けなかった母の過去の出来事を、今度は何か聞き出せるかもしれない。

「山之内さん、母と河林の間には、いったい何があったんです？　先ほど、山之内さんは河林に、あの男が母を恨んでいるようなことをいっていましたが、あれはどういう意味なんですか？」

「それは、あくまでもあの男の逆恨みにすぎんのだ……」

「何があって、逆恨みをしているんです？」

僕はさらに問いかけたが、今度は黙り込んでしまい、何も答えようとはしなかった。

河林に対する激しい怒りなのか、それとも、生まれ育った屋敷を失ってしまった妻やその亡父への哀しみなのか、自らの感情の中に深く沈み込み、すぐ隣にいるにもかかわらずどこか遠くにいる人のように見えた。

時間をかけて、ゆっくりと僕の傍まで戻って来た。

「忍は……、きみの母親は、昔、あの男を刺したんだよ」

唾《つば》が固い大きな塊になり、喉《のど》から下に下りなくなった。

「母が、あの男を……」

呟《つぶや》いた瞬間、どうしたことか、恐ろしい目をした女が突然脳裏を過《よぎ》り、僕はその目の光に射竦《いすく》められて動けなくなった。鼓動が苦しくなってくる。あの目は何だろう。じっと僕を見つめている、あの目は……。鬼のような顔をした女の前で、幼い僕がじっと息を殺しているらしい。僕自身にさえ、こんな記憶がいったい自分のどこに染み込み、いつからじっと棲《す》み着いてきたのか見当がつかず、激しい戸惑いに襲われた。

「だが、刺したとはいっても、すべてあの男自身が播《ま》いた種なんだ。確かに妻のしたことは決して誉められたことじゃない。しかし、あの男は、忍や、彼女の兄さんに対して、もっとずっと酷《ひど》いことをしてきたんだ」

「というと……？」

「どこから話せばいいのかわからないんだが……、あの男も昔、きみのお母さんや、亡くなった兄の晴敏《はるとし》さんと一緒に、学生運動に加わっていたんだよ」

意外な言葉に、僕は驚いた。「仲間だったというんですか？」

「きみのお母さんは、あの男のことを、一度たりともそんなふうに呼んだことはないよ。ただ、同じグループのメンバーだったというだけだ」

僕が黙って見つめていると、山之内氏は一旦《いったん》目を上げたが、戸惑い顔ですぐに逸らし、部屋の出入り口に控えた係りの女性を呼んだ。

「すいませんが、一度テーブルを片づけて、ここにも新しいビールをお願いします」

そう頼み、彼女がテーブルを拭《ふ》いて一旦立ち去るのに合わせ、動こうとする僕を制して自分がテーブルのむこう側へと移動した。

「喉が渇いてしまってね。きみも、飲めるんだろ」

汗をかいた瓶ビールが運ばれて来たのを受け取ると、グラスを手に取るように僕を促してビールを注いだ。

僕が注ぎ返そうとするのを首を振って遮り、自ら注いだ。軽くグラスを掲げるようにして、僕たちはビールを飲んだ。

山之内氏は飲み干したグラスを手の中に納めて揺らしつづけながら、再びテーブルの一点をじっと見つめた。

「晴敏さんが、学生運動の内ゲバに巻き込まれて命を落とした話はしたね」

「はい」

「しかし、実際には、そんなに単純にいえる話ではなくてね。晴敏さんの命を奪ったのは、敵対する組織の誰かではなくて、同じグループの人間たちだったんだよ」

「仲間に殺されたんですか——?」

「そういうことだ。そして私が妻から聞いた話によれば、そのきっかけを作ったのが河林なんだ。河林が、晴敏さんを、組織の中枢部の人間たちに密告したらしい。それも、まったく根も葉もないような密告をね。それを真に受けた一部のメンバーたちによって、晴敏さんは対立するグループのスパイだとの疑いをかけられ、リンチに遭って殺されてしまったんだ」

エアコンディショナーの低い作動音が、小さな虫を無数に散らしたように壁を伝い、突然耳に貼りついてきた。いつの間にかまた曙ハウスの面々の席は陽気さを取り戻していたが、僕と山之内氏の周囲だけは、見えない壁に囲まれたみたいに静かだった。

僕は山之内氏がビールに伸ばす手をとめて、ふたつのグラスにビールを注いだ。

山之内氏は、泡立つグラスを、今度は半分ほど一息に飲み干した。

「でも、なぜ、仲間が仲間を……」

山之内氏が、僕の目を見つめてきた。

「なぜ仲間が仲間を殺せたのか、理解出来ないというのかね」

「そうです」

「私もだよ。私も初めて彼女からこの話を聞かされた時、到底理解出来なかった。どうして仲間が仲間をリンチし、殺してしまうようなことが出来たのか」

「――――」

「私は今年、五十三になる。きみのお母さんの忍とは、ちょうど一回り違うんだ」

山之内氏は唐突にいい、はにかむような笑みを漏らした。それはこの人が、僕に初めて見せた表情だった。

「私はね、厳君。加賀友禅を作る家に生まれ、父から技術を受け継ぎ、今に至るまでずっとこの道一筋に生きてきた。勿論《もちろん》、私にだって若い日はあったが、毎日ひたすら染めの技術を身につけることだけに夢中でね。それ以外のことは、何ひとつ目に入らなかった。だから、ほんとをいえば学生運動というものも、そこで革命を夢見ているとされた若者たちのことも、今現在にいたるまでずっとよくわからないままなんだ。きみのお母さんと出逢《であ》ってから、彼女のことを理解したくて、ある時期、そういう関係の本をたくさん読んだりもした。だが、そんなふうにいくら知識を仕入れたところで、彼女があの数年間に出くわし、抱えた苦しみを、理解することにはならなかった。まるで別の国にいるみたいな気がしてね。

だから、きみのお母さんや晴敏さんたち、実際に運動に関わっていたような人たちとは、自ずと違う話しか出来ないのかもしれない。だが、あの当時、彼らがやっていたことは、我々普通に働いている人間たちから見れば、革命うんぬんなどでは到底なく、頭でっかちのままごと遊びにしかすぎなかったように思えてならないのさ。うちの親父などは、テレビでデモや内ゲバなど、学生運動に関係したニュースが映し出される度に、勉強ばかりして大学になんぞ行くとろくなことにはならないと、眉間《みけん》に皺《しわ》を寄せていたものだよ」

「――でも、ままごと遊びじゃ人は死にませんよ」

僕がいうと、山之内氏はひっそりと笑った。

「その通りだね。お互いが自分たちの主張ばかりをがなり立て、意見が異なる人間たちの話には、決して耳を貸そうとはしない。共産主義だ反戦だ平等だといいながら、ちょっとした主義主張の違いを捉《とら》えて争うばかりで、決して協調し合うこともない。佐世保《させぼ》に空母エンタープライズが寄港したことがあってね。この船が原子力兵器を搭載しているのは常識とされていたから、その寄港は明らかに非核三原則に違反する。当然、猛烈なデモが起こったが、集会ひとつ開くのにも、主義や主張の違いが問題になって、足並みを揃えることは出来なかった。私などは金沢の片田舎で、テレビや新聞で見守るしかなかったけれど、それでも、いったいどうしてなんだろうと、首を捻《ひね》らざるを得なかったのを憶《おぼ》えているよ。同じ場所にいるのだから、一緒に反対すればいいじゃないかとね。学生たちの中にも、私と同じように疑問を感じる若者も混じっていたようで、晴敏さんもそういう一人だったんだ。つまり、他の組織との連帯を考えていたのさ。しかし、河林から晴敏さんたちの行動を耳打ちされたグループの中枢部の人間たちには、それはただの抜け駆けにしか見えなかった。リーダーの命令によって、総括の名の下に、何日にも亘《わた》ってひどいリンチが繰り返されたそうだ。そして、先頭に立って音頭を取っていた晴敏さんは、嬲《なぶ》り殺されてしまったんだ」

「――なぜ河林は、密告をしたりしたんでしょうか？」

「それについては、妻はあまりはっきりした話をしたことはなかった。あの男にはあの男なりに、組織やそのリーダーへの忠誠心があったのかもしれん。だが、それだけではないような気が、長い間ずっとしていた。それは、さっき、あの男と会って話すことで、確信に近づいた気がするよ。あの男は、同じグループにいた忍にずっと執着しつづけていたんだ」

山之内氏は「執着」という言葉を使った。それは僕には、口の端に上るか否かは別にして、長い間ずっと夫婦の中で、河林という男に対して使われてきた言葉に思えた。

「振られた腹いせに、密告をしたというんですか？」

「あの男ならやりかねない。どうだね、さっきあの男と話し、きみもそう思わなかったか。忍はしばらくは兄の汚名を雪《そそ》ぐつもりで運動に邁進《まいしん》したそうだが、そのうちに様々な疑問が彼女自身にさえ手に負えないぐらいにまで膨らみ出した。過激さを増し、暴力によって世の中を動かしていこうとする運動の流れにも嫌気がさし、最後には自分もまた組織から離れたんだ。きみのお父さんと二人で暮らし始めたのは、その頃のことだと聞いている」

祖父母からも、すれ違いがつづいていたとはいえ去年までは同じ屋根の下に暮らしていた父の口からも、何ひとつ聞いたことのない話だった。それを、第三者である山之内氏からこうして聞かされていることに、内心では複雑なものを感じずにはおれなかった。

「母とあなたのことを話してくれませんか？」僕はいった。「あなたと母は、いつ、どんなふうに出逢ったんです？」

その時、僕たちのグラスが空いていることを察した係りの女性が、気を利かせて新しいビールを持って来てくれた。

山之内氏は僕に、「日本酒をやっても構わんかね」と確かめ、その女性にお銚子《ちょうし》を頼んだ。

「いつもは、ビールはほとんど飲まないんだ」と、ほのかな笑みを浮かべて告げた。

じきに運ばれて来た銚子を自ら取り上げ、僕の猪口《ちょこ》に注いでから、自分にも手酌で注いで飲み出した。そして、静かに話し始めた。

「私ときみのお母さんが出逢ったのは、七三年の夏、丁度今ぐらいの季節だったよ。指折り数えてみると、十七年前になる。うちのような工房は、かなり大所帯でね。賄いをしてくれる人に来て貰《もら》っているんだが、長いこと頼んでいた人が、家の都合で辞めなければならなくなったところだった。それで人を探していた時に、近所の人が彼女を紹介してくれたのさ」

「その紹介した人というのは、母とはどういう——？」

「なんでも小学校の時に通っていた塾の先生だった女性らしい。塾とはいっても、自宅に子供たちを集めて教えていたそうで、子供同士もみんな兄弟姉妹のように仲良くつきあっていたそうだ。彼女はそこに、兄の晴敏さんと二人で通っていたらしい。夫の仕事の関係で、その先生が塾を閉めて引っ越さなければならなかった時は、みんなして泣いて寂しがったと聞いたことがあるよ。それからも、彼女はその先生との間で、手紙のやりとりだけはずっとつづけていたそうでね。河林を刺してしまったのち、家を出て、行く当てもなく彷徨《さまよ》っていた時に、ふとその先生のことを思い出したそうなんだ。彼女がその女性の紹介で私の家に現れたのは、金沢に来てから一月ぐらい経った頃だった」

僕は無言で山之内氏を見つめた。山之内氏は、僕の尋ねたいことを察したらしかった。

「彼女が家を出た時の事情について、私が知っているのは、きみのお母さんから間接的に聞いた話だけだ。きみがきみの御両親の間に何があったのかを知りたいのならば、一度お父さんとじっくり話してみるべきだと思う」

「わかりました」と、僕は素直に頷《うなず》いた。

「私が彼女から聞いた話はこうだが、お兄さんがリンチされ殺されてから三年が経った年の春頃だった。それ以来ずっと所在がわからなくなっていた河林を、偶然、彼女は見つけたんだ。あの男は、右翼の街宣車に乗っていたそうだよ」

「街宣車ですか――?」

「ああ、つまり、三年前とは正反対の立場に身を置いていたのさ。忍にとっては、なぜ兄のことを密告し、そして、いったい組織の中枢の人間たちにどんな話をして聞かせたのか、是が非でも問い質《ただ》したい相手だった。その場で声をかけ、話したいことがあるので時間を取ってくれと持ちかけ、日を改めて会ったそうだ。しかし、あの男には最初から、誠意のある応対をするつもりなどなかったんだ」

山之内氏はそこまで話すと、猪口を口に運び、一息に喉《のど》へと落とし込んだ。すぐに手酌で注ぐ素振りは、初めて酒の勢いを借りて何かを告げようとしているように見えた。

「あの当時、一部の右翼や暴力団は、警察の手先になって動いていたらしい。あの男もいつの間にかそんな役割を担うようになっており、それからはしたり顔で何度となく彼女の前に現れては、もう彼女が無関係だといっている学生運動の組織のことを根掘り葉掘り訊《き》き出そうとするようになったらしい。だが、あの男の狙いは、実は初めからそんなことにはなかった。あの男は、その時もまだ私の妻に執着しつづけていたんだ」

山之内氏は突然口を噤《つぐ》んだ。

山之内氏が何度か繰り返し口にした執着という言葉が、僕の中に気色の悪い響きを伴って居坐《いすわ》っていた。

「妻があの男を刺したのは、あくまでも自分の身を守ろうとしたためだし、だから、さっきいったように、あの男が私の妻を恨むのは完全な逆恨みなんだ」

やがて、そういった。

言葉足らずで、間を一跳びにしたようないい方だったが、母が河林を刺した時に、二人の間でどんなことが起ころうとしていたのかは察しがついた。だが、引き返してその谷底を覗《のぞ》き込もうとしたら、僕自身がそこに広がる深い闇に引きずり込まれてしまいそうな気がした。

「傷害事件が起こって、母は警察に捕まらなかったんですか？」

僕は訊いた。

「事件にはならなかった。幸い、河林の傷は浅かったし、河林自身が、臑《すね》に傷を持つ身だったからかもしれん。それに、きみのお父さんが、河林と会って話をつけたんだ」

「父が、どんなふうに？」

山之内氏は小さく首を振った。

「それはお父さんに訊いてくれ。私には、二人がどんな話をしたのかはわからないよ。いずれにしろ、きみのお父さんの説得で傷害事件にはならず、警察が動くことはなかったそうだ。しかし、他でもない忍自身の中で、人を刺したことの罪悪感が拭《ぬぐ》えなかった。そればかりか、時が経てば経つほどにそれが大きくなり、やがてはきみやきみのお父さんと一緒に暮らしつづけることに居たたまれなくなってしまったんだ。ふらふらと東京を離れ、何日かの間は、信州や山陰の温泉場などを当てもなく泊まり歩いていたらしい。だが、持って出たお金など僅《わず》かなもので、あっという間に尽きてしまった。頼れる親戚《しんせき》や友人も思い浮かばなかった彼女は、ふと昔勉強を習った塾の先生のことを思い出し、それで金沢にやって来たんだ。――私が出来る話はそれだけだよ」

僕は喉の渇きを覚え、ビールを注いで飲んだ。テーブルに置かれていた間にビールは温《ぬる》くなってしまっていて、口の中にまとわりつくような味がした。

「それだけって、しかし――」

低い声でいった。

河林を刺した罪の意識から、僕や僕の父と暮らしつづけることにいたたまれなくなり、僕たちを捨てたなどという話が、どうして受け入れられるだろうか。その挙げ句に、彼女は金沢で新しい男と巡り会い、愛し合うようになり、妻の座に納まって新しい家庭を築いたなんて――。残された僕と父とはどうなるのだ。

父や、それに祖父母たちが、母親は僕を産んでじきに亡くなったと欺きつづけてきた理由がわかった気がした。父も祖父たちも、そんな女を僕の母親と認める気はなかったのだ。

「きみの気持ちはわかるが、彼女のこともわかってやってくれないか。それに、実はそれだけじゃないんだ……」

山之内氏がいいかけるのを、僕は遮った。

「そんな話は、もうたくさんです。あなたにとっては、年齢が一回りも違う、可愛らしい奥さんなのかもしれない。でも、あの人は、僕を産んだ母親なんだ。人を傷つけた罪の意識だかなんだか知らないが、それが家族を捨てる理由になるとは到底思えない。僕にはただ無責任で自分勝手な女だと思えるだけです」

山之内氏は口を噤んだ。眉間に浅い皺を立て、忙《せわ》しなく何度か瞬《まばた》きした。いかにも困惑した様子であり、それが僕の怒りの炎に油を注いだ。

「そんな人が死にかけていたって、僕には何の関係もないことだ。会いに行くのなんて、僕のほうから願い下げです」

自分が決定的なことをいってしまったことに、僕はいってしまってから気がついた。

3

人気のないロビーの端にある喫煙コーナーの長椅子に坐り、たばこに火をつけた。エントランスの自動ドアの外では、相変わらず夏の細かい雨が降っていた。部屋の中のようにエアコンディショナーが効いてはおらず、あっという間に汗ばんできて、ワイシャツが躰《からだ》に貼りついた。

しきりと煙を吐き上げながら、自分の気持ちを見定めようとしたが、なかなか上手《うま》くいかなかった。母への怒りが消えなかった。確かに母なりの悩みがあったのかもしれない。当時の母は、僕といくつも変わらない歳だったのだ。僕と父とを残して東京から逃げ出し、当てもなく彷徨った挙げ句に金沢へとたどり着いたのは、苦しんだ末の行動だったのだろう。いくらそう思おうとしても、ひとつの事実が立ち塞《ふさ》がり、自分が彼女を理解し許そうとするのをとめていた。彼女は、僕の母なのだ。

人が近づいて来る足音がして顔を上げると、曙ハウスの女将《おかみ》が立っていた。部屋で騒いでいた数人の男たちの中の一人を一緒に連れていた。小柄で、女将とほとんど背丈が変わらない男だった。

「今、ちょっといいかい。引き上げる前に、あんたの耳に入れとこうと思ってね。むこうの部屋で声をかけようかとも思ったんだけど、何だか難しい顔をして話してたろ。それで、かけそびれちゃってさ。あんたたち、さっきの二人組のことで、何か厄介ごとにでも巻き込まれてたのかね?」

「そういうわけでもないんですが……」と、僕は言葉を濁した。「あの二人について、何か?」

「こっちの人は、三上《みかみ》さんっていうんだけどさ。三上さんからちょいと妙な話を聞き込んだんだよ」

「妙な話って、いったい?」

女将に促されて、今度は三上さんと呼ばれた男が口を開いた。

「俺は藤木の爺《じい》さんが生きてた時に、今の連中のうちの片方を見張ってたのを見かけたことがあるのさ」

訛《なまり》を隠して標準語を喋《しゃべ》っているからなのか、どことなく舌足らずな喋り方をする人で、注意して聞かないと発音も少しわかりづらかった。

「祖父が、あいつらの一人をですか？」

「ああ、そうさ。間違いないぜ」

「どこで見かけたんです？」

「どこでって、勿論《もちろん》、新宿さ。俺は、新宿の外にゃ滅多に出ねえからな。コマ劇場の裏のほうだが、路地が入り組んでるし、ちょいとわかり難《にく》いぜ。あんたが詳しい場所を知りてえなら、今度連れてってやっても構わんがな」

三上さんはそう答えてから、ちらっと女将を見た。

「もう少しその時のことを、この子に詳しく話してやっとくれよ。さっき、私に話したみたいにさ」

女将がいった。

「ああ、そうだな。任してくれよ。そこは、俺が時々飲みに行く辺りでさ。っていっても、藤木の爺さんを見かけたその通りにあるのは、大概がクラブや値の張りそうなバーばっかりだから、俺が飲むのはもっと路地の奥まったところにある店なんだけどな。とにかく、そこを時々通るわけだよ。そしたら、ある日、あの爺さんがビルの陰から顔だけ出して、むかいの様子を窺《うかが》ってるのが見えたのさ。で、こんなとこで何してるんだって声をかけたんだ」

その時は祖父は、ただ人を待っていると答えただけだったが、しかし、三上さんが自分の馴染《なじ》みの店で二時間余りも飲んで出て来ても、まだそこにそのまま立っていた。訝《いぶか》って再び声をかけたところ、きまりが悪そうな顔でぽつぽつと打ち明けた話によると、自分を騙《だま》した女の居所を知っていそうな男が、むかいのビルの中で飲んでいるので、出て来るのを待ち受けているとのことだった。

「なんでもその女を自分に取り持った男ってのが、そこのビルのオーナーで、夜はてめえの持ちビルの中にある店で、どんちゃん飲んでるらしいのさ。爺さん、すっかり必死でな。その野郎のあとを尾《つ》いて回ってりゃ、必ずもう一度あの女に会えるはずだからっていうんだよ。だけどよ、そんなことをしたってしょうがねえし、あとなんか尾け回して、下手をすりゃ、反対にとっ捕まってえらい目に遭わねえとも限らねえ。だからさ、おいら、こんなとこにいつまでも突っ立ってねえで、今夜は奢《おご》ってやるから、気分を変えて一緒に一杯引っかけようぜって誘ったんだ。なのに、爺さんのやつ、自分のことは放っておいてくれっていうばかりで、どうしてもそこを動こうとしねえ。そしたら、ちょうどその時さ。爺さんの顔つきが変わったと思ったら、そのビルから、そのお目当ての野郎が出て来たのさ」

「それが、さっきの二人組の片一方だっていうんだろ。そうだよね」

女将が話を引き取って、三上さんに確認した。

「どっちの方だったんですか?」という僕の問いに、「痩《や》せた方だよ」と三上さんは断言した。不動産屋の田代のほうだ。

女将は三上さんにむかい、その店の場所を僕に教えてやるようにと促した。

「どうだい、何かの手がかりになるかもしれないだろ」

僕は意気込んだ様子の女将にお礼をいい、その店まで連れていって欲しいと三上さんに頼んだ。

だが、内心では、その店に足を運んだところで、どれほどの進展が望めるのかわからなかった。はっきりいえば、不動産屋の田代の持ちビルのひとつを確認しても、それで何がどうなるとも思えなかったのだ。

嶌久さんも似たような意見だったらしく、その夜遅い時間になって線香を上げに来てくれた時に相談を持ちかけたところ、大して期待もしていない顔で、とりあえずは風太と二人で店の場所を確かめたらどうだといわれただけだった。

4

祖父の葬儀が終わった翌週の火曜日、テラさんの店のアルバイトを途中で上がらせて貰《もら》った僕らは、三上さんの案内でその店を目指した。

土曜日に通夜を、日曜日に葬儀を滞りなく済ませた山之内氏は、月曜日の午前中には角筈ホテルを発《た》って金沢に帰っていた。通夜の夜に母のことを話して以来、僕と山之内氏との間で、二度と同じ話題が持ち出されることはなかった。そればかりか、どちらも用心深く振る舞った結果として、二人きりになることとさえなかったのだ。

いや、それは明らかに僕のほうがそれを避けた結果であり、頑《かたく》なだったのは山之内氏よりもむしろ僕だったのだろう。結局のところ僕は、このまま母と会わずにいたら、一生後悔しかねないとの不安を抱きながらも、自分の頑なさから逃れることが出来ずにいた。

僕ら三人はさほど時間もかからずに、三上さんがいっていたビルの前までたどり着くことが出来た。色とりどりの看板が、ビルの側面から突き出して並んでいた。

三上さんは、僕と風太を細い路地の入り口へと誘うと、そこからむかい側のビルを指さした。

「藤木さんはここに立って、あのビルをじっと眺めてたんだよ」

ビルの高さは八階建てだった。看板の数からすると、各階に三つか四つほどの店が入っているようだ。他のビルも同様だったが、スナックやバーらしい看板や各種の風俗関係のものから、カラオケルームやゲームセンターまで、ありとあらゆる種類の店が同じ建物の中に混在しており、それは故郷の静岡でも大学のある京都でも考えられないことだった。

三上さんによると、田代が出て来たのは一階の《燦《さん》》というクラブで、エレヴェーターが何基か並んだ短い廊下の奥にある片方がそれだった。

「さて、それじゃ俺はこれで用済みかな」

三上さんはいった。

「わざわざ案内して貰って、ありがとうございました」

頭を下げた僕に「ああ」と頷《うなず》き返し、「気にするなよ」と、幾分きまりが悪そうな顔をした。

風太が礼をいいながら手の中に何か握らせると、嬉《うれ》しそうに微笑んで背中をむけた。

「この辺りなら、最初から俺が聞いていたら、自分たちだけで来られたさ。あのおっさん、案内料が欲しくてついて来たんだぜ」

三上さんが遠ざかると、風太が腹立たしそうにいった。

それから様々な方向を指さして、どっちが靖国通りでどっちが区役所通り、どっちにむかえば新宿駅、或《ある》いは新大久保駅の方角なのかと教えてくれたが、一度そうされたぐらいで頭に納めるのは難しかった。

「さてさて、それじゃあどうするかだな」

改めて辺りを眺め回し、思案顔をしていた風太は、やがてぽんと手を打ち僕に顔をむけた。

「よし、決めた。嶌久の兄ぃは、店の場所だけ確かめりゃいいとかいってたが、せっかくバイトを抜けて来たのに、それだけじゃ芸がねえや。俺はちょいと近所を訊《き》き回って来るから、おまえはしばらくここで様子を窺ってろよ」

「でも、訊き回るって、どこをどう訊き回るんだ？」

「なあに、任せておけって。こう見えたって俺は、もうこの街で三年も暮らしてるんだぜ。ポン引きやら辻占《つじうら》やら花売りやら、色々と街に顔の利く連中だって知ってるんだ。そういった連中に訊きゃ何かわかるだろうし、田代って野郎のことだって知ってるかもしれねえ。ま、しばらく待ってろって。何かわかったら、どっかで一杯やって帰ろうぜ」

風太はそういい置くと、人混みの中へと紛れてしまった。

一人残されるとともに、微《かす》かに不安が頭を擡《もた》げた。空を見上げた。星はひとつも見えず、雲は街の明かりを受けてどんよりと濁っていた。僕はふと、ここに立ちつづけていた祖父のことを思った。ここから店の様子など窺っていたところで、それでいったいどうするつもりだったのだろうか。田代のあとを尾け回し、それで何になったのだろう。祖父はただ途方に暮れ、どうする術《すべ》もなく、田代を尾け回していただけかもしれないという気がした。やがてはそうすることにも疲れ果て、かつては自分のものだった屋敷に潜り込み、あんなことになってしまったのではないだろうか……。

嫌な想像は次々と拡がるし、風のない通りは居たたまれないほどに蒸すし、一人でこんなところに残ってしまったことが悔やまれた。

見覚えのある男が路地を歩いて来て、《燦》のあるビルへと入って行くのが見えたのは、その時だった。

玲玉と一緒にテラさんの店に現れた二人のうちの小柄なほうで、日本語学校では玲玉のすぐ隣に立ち、威圧するように僕らを睨《にら》んでいた男だった。

興味を覚えて電柱の陰から出た僕は、《燦》の入り口がなるべく見渡せそうな場所へと移動した。

そのままそこでしばらく待っていると、五、六分ほどで《燦》のドアが開き、中からその男が出て来た。この間と同じようにTシャツにジーンズ姿で、クラブに出入りするのに適した恰好《かっこう》とは到底思えなかった。

それにもかかわらず、男は《燦》を出ると、その隣のクラブへと姿を消し、再び五、六分ほど中で何かをしていた。店から通りに出て来る相手に見咎《みとが》められないようにと思って僕は背中をむけたが、今度はそのままエレヴェーターで上へと上がってしまった。どうやら次は、上の階の店を回るつもりらしい。

いったい何をしているのだろうか。日本語学校での話とくっつけて考えると、蔣という男の行方を捜して訊き回っているという気もしないではなかったが、あんな恰好で乗り込めば、戸口で追い返されるのが関の山ではなかろうか。だが、あの男は易々と店に出入りし、追い返されたような様子はなかった。

訝りつつじっと待っていると、二十分ほどで男は表の通りに姿を見せた。すると今度は隣のビルやそのもうひとつ先のビル、さらには通りを渡った反対側のビルなどに入っては、中に連なる店を回り始めた。

僕は興味を惹《ひ》かれ、しばらくこっそりと男の動きを追っていたものの、あまり《燦》の前から離れてしまうのも躊躇《ためら》われて、途中で元の場所へと引き返した。男が何をしていたのかはわからずじまいだった。

だが、そうして正解だった。僕が元の場所に戻って間もなく、再び《燦》のドアが開き、店の女たちに見送られて田代憲征が姿を現したのだ。嶌久さんからは、店の場所だけ確かめたらそれで引き上げて来いと指示を受けていたし、僕自身もとりたてて期待することもなくここまで来たのだが、こうして田代と出くわしたのは何かの巡り合わせではないか。

田代には、小太りの小柄な男の連れがあった。初めて見る男だった。黒い高級車が店の表に横づけされ、あまり近づきたくはない雰囲気の男たちが二人、礼儀正しさと周囲への威圧感とを湛《たた》えた身のこなしで田代たちを出迎えた。

着飾った店の女たちの間から女が一人歩み出て来て、田代たちに寄り添った。

僕は唇を丸く開き、息の塊を吐き出した。

それは玲玉だったのだ。

彼女は今、テラさんの店に初めて現れた時や、神田の怪しげな日本語学校で僕と風太に詰め寄った時とは異なり、胸の膨らみが強調され、太股《ふともも》がほとんど露《あら》わになったような原色の薄いドレスを着て、男たちの傍らに綺麗《きれい》な添え物となって立っていた。

小太りの男が最初に車の後部シートに納まり、真ん中に玲玉を挟んで最後に田代が姿を消した。控えていた男たちが丁寧に後部ドアを閉めたのち、運転席と助手席に回る。車が動き出すと、店の女たちやマネージャーらしき男までが、一斉に揃って頭を下げた。

何がどうなっているのだろうか。僕の目からでも、玲玉があの《燦》という店のホステスであり、しかも田代とその連れに気に入られて、一緒に店を出たところらしいのは察しがついた。しかし、そうするとどういうことになるのか。すぐには頭の整理がつかなかった。田代と一緒にいた小太りの男は誰なのだろう。さっき店を一軒ずつ回っていた玲玉の仲間は、いったい何をしていたのだろうか。いずれにしろ、三上さんが祖父を見かけた時、祖父はいたずらに《燦》という店を見張っていたわけではなく、あの店には何かの意味があるのかもしれない。

風太は相変わらず戻っては来ないが、せっかくの機会を逸してしまうと、あとで悔やむことになる気がした。なあに難しいことじゃない。ただあとを尾けて、田代と一緒にいた男の正体や、田代や玲玉の活動範囲などを押さえておけばいい。貴重な機会を逃すことはないのだ。

僕は自分にそういい聞かせながら、人で溢《あふ》れた通りを我が物顔で進んで行く高級車を追った。途中でタクシーの空車を見つけて飛び乗った。

「前の黒い車を追ってください」

後部シートに躰を滑り込ませて告げると、運転手は胡散《うさん》臭そうに僕を振り返ったものの、すぐにいう通りにしてくれた。

5

いくらも走らないうちに車が停まり、田代が夜の舗道に降り立った。明かりの落ちた、それほど大きくないビルの正面だった。そのビルの二階の窓硝子には、《田代ホームズ》の名前が読み取れた。新宿の地上げを行っている田代の不動産屋だ。田代は車の窓硝子にむかって親しげに手を上げ、そのビルの入り口へと歩き出した。親しげではあっても顔は笑っておらず、どことなく張りつめたような、秘密めかした雰囲気があった。

「どうするんだい？　ここで降りるかい？」

少し離れた路上に車を停めていた運転手が、玲玉たちを乗せた車が再び動き出すのを見て尋ねてきた。

僕は一瞬迷ったのち、まだこのまま車を尾けて欲しいと告げ、それから今のビルがあった場所がどの辺りなのかを訊いた。大久保通りと山手通りがぶつかる宮下の交差点の近くで、山手通りを北上すればＪＲの東中野の駅前に出ると、運転手は無愛想な口調ではあるが丁寧に教えてくれた。

僕は運転手に気取られないようにこっそりと財布を抜き出して確かめた。全部で五千円ぐらいしか入っていなかった。高速にでも乗られて、どこか郊外まで走られたら、あっという間にこっちは足が出てしまう。

だが、幸い車はそれから十分と走らないうちに、あるマンションの駐車場へと吸い込まれて行った。周囲を圧するように建つ高層マンションで、駐車場は半地下への緩やかなスロープを下った先にあった。

料金を払ってタクシーを降りた。マンションの正面に立って辺りを見渡し、なんとなく前に目にしたような光景だと思ったら、そこは先日、僕があの中国人の二人組の死体を発見した神田川のすぐ傍だった。あの朝野次馬《やじうま》が群れていた高戸橋も、ここから大した距離ではないだろう。

何の打ち合わせもしていなかったので、風太と直接は連絡の取りようがなかった。だが、僕が《燦》の前からいなくなったことを知れば心配するはずだし、この先どうするべきかも相談したかった。公衆電話を見つけてテラさんの店に伝言を残すか、あるいは嶌久さんの携帯電話にかけてみるのはどうだろう。

しかし、電話を探して動き出すよりも早く、違うことに頭が回った。駐車場に潜り込んで確かめれば、あの小男や玲玉たちがこのマンションのどの部屋に入るのかわからないだろうか。もしもこのマンションの中に、あの男がオーナーとなった部屋があるのならば、駐車場にも部屋番号や名前が書いてあるかもしれない。

僕は左右を見渡してから、マンションの敷地に入り、駐車場へのスロープを下った。途中からは壁に身を寄せ、耳に神経を集めていた。地下の駐車場は一段と蒸していて、物音がコンクリートの壁に反響するため、自分も含めたすべてのものの気配が濃くなった。

悲鳴が聞こえた。くぐもった女の声だった。

どきっとして立ち止まった僕は、駐車場のあちこちに視線を飛ばした。今度は人の争う物音とともに、助けを求めるはっきりとした女の叫び声が聞こえてきた。

何がなんだかわからないまま、悲鳴のするほうを探して移動した僕は、駐車場の奥の壁付近で、男たちが寄ってたかって玲玉を押さえつけ、エレヴェーターへと連れ込もうとしているのを見つけた。咄嗟《とっさ》に車の陰へとしゃがみ込むとともに、口の中に唾《つば》が湧いてきた。

心臓がひとつどきんと鳴り、それからはことことと小刻みなリズムを刻み始めた。自分を落ち着けようと、何度か深く呼吸をした。

僕は躰を低く保ったままで、車の後ろを移動した。真ん中の通路を横切る時に、気づかれるかもしれないと恐れたが、大丈夫だった。車同士の隙間を抜け、一層慎重に近づいた。男たちの数は三人。だが、小柄な男はエレヴェーターのドアの前でふんぞり返っているだけで、玲玉を押さえつけているのは部下らしい二人だった。

二人のうちの、右側の小さなほうの男を狙い、僕は肩から突っ込んで行った。手加減はしなかった。不意打ちを食らった男は、完全に躰のバランスを崩して尻餅《しりもち》をついた。

「一緒に来い」

僕はそう呼びかけると、啞然《あぜん》とした顔をむける玲玉の手を取って引いた。踵《かかと》の高い靴を履いており、つんのめりそうになる彼女を、半ば引きずるようにして走り出した。

男たちの喚《わめ》き声が追って来る。それは日本語ではなかった。駐車場の出口を目指した。スロープを駆け上がって表の通りに出てしまえば、まだかなり車が通っているし、通行人だっている時間だ。連中も、そんなに無茶なことまでは出来ないだろう。

しかし、僕の目論見《もくろみ》はあっけなく崩れた。スロープの天辺《てっぺん》に姿を現した乗用車のヘッドライトが、僕と玲玉を射るように照らした。助けを求めようとするよりも早く、なぜか僕らの行手を遮るように停まり、中からばらばらと男たちが飛び出して来た。状況は把握し切れなかったものの、玲玉をエレヴェーターへと連れ込もうとしていた連中の仲間であることは間違いなかった。

最後にゆっくりとその車から降り立ったのは、一度見たら忘れられないような雰囲気の男だった。頰が瘦《こ》け、暗い目でこちらを睨《にら》んでくる男と目が合った瞬間、僕は動けなくなってしまった。

玲玉が僕を現実に引き戻した。

「こっち」と、僕の手を引き、車が並んだ右側の壁へとむかった。車同士の隙間を駆け抜けかけた時に、背後から肩を摑《つか》まれた。両手を無我夢中で振り回すと、偶然僕の拳《こぶし》が相手の顔を打ち、肩にかかった力が緩んだ。僕は躰《からだ》を捻《ひね》って男を突き放し、思い切って相手の腹を蹴《け》りつけた。人一人通るのがやっとの隙間につづいて駆け込んで来た後ろの男を巻き添えに、男たち二人がひっくり返った。

その時には僕はもう、駐車された車の背後へと回り込み、壁際の隙間を走り出していた。隣の車との隙間から回り込んで来た男が僕の前に立ちはだかり、組みつこうとする直前に、その男の背後から玲玉が男の膝《ひざ》の辺りを蹴りつけた。腰が砕けた男を、僕は両手で思い切り押しのけた。

「ここよ、ここ」

そんな単純な日本語を繰り返しながら、玲玉が鉄の扉に手をかけた。壁の太い柱のすぐ隣に、ひっそりと隠れるようにしてドアがあった。

それはマンションの側面に出るドアで、表は神田川に面していた。マンションの敷地の外周に延びる植え込みに沿って、僕たちは駆けた。建物の背後に回り込もうとすると、そこは一階の住居の庭になっているらしく、背の高い金網で行く手を遮られてしまった。僕は躊躇《ためら》うことなく方向を転じ、玲玉の手を引きながら植え込みの中へと踏み込んだ。そのむこうには、神田川の護岸のコンクリートに沿って、細い道が延びていた。走り出そうとした僕は、すぐ後ろに迫っていた男たちの一人に押されて前のめりに倒れた。コンクリートに鼻面をしたたかにぶつけ、目の奥でいくつか火花が弾《はじ》けた。躰を起こそうとしたら、背中にのしかかられてぺしゃんこに潰《つぶ》れた。

玲玉が僕を振りむいた。目が合った一瞬、その目の中を躊躇いがかすめた。そして、決意が固まるのが見えた。はっきりとわかった。彼女は僕を見捨てて逃げることにしたのだ。たぶん、今までもそんなふうにして、決断を瞬時に下してきたのではなかろうか。そうする必要があるような暮らしを、ずっとつづけてきたにちがいない。気のいい日本の大学生が、どうした気まぐれか自分を助けに飛び出して来たけれど、別段それを助け返す義理などない。

怒りを帯びた中国語が耳のすぐ近くで聞こえた。後頭部の髪を鷲摑《わしづか》みにされ、二度三度と顔を地面に叩《たた》きつけられた。鼻の奥で熱いものが湧き出し、鉄臭い味が口を占めた。

玲玉が、僕の上に馬乗りになった男に組みついた。逃げなかったのだ。だが、彼女の力では、男を押しのけることなど適《かな》わず、すぐに別の男たちによって逆に押さえつけられてしまった。

苦痛に顔を歪《ゆが》め、躰をくねらせてなんとか束縛から逃れようと抗う彼女の鳩尾《みぞおち》に、男の一人が無造作に拳を叩き込んだ。

僕はがむしゃらに右手を動かした。すると何かが指先に触れ、さらにもう少し手を伸ばすと、ちょうどよく掌《てのひら》に納まった。

右手に握ったそれを夢中で振り回すと、確かな手応《てごた》えがあって、すっと躰が軽くなった。僕は急いで立ち上がった。それまで馬乗りになっていた男が、両手で側頭部を押さえて地面に倒れていた。

自分がマンションの植え込みの足下から偶然に拾い上げたものの正体を知った。それはちょうどバットぐらいの太さと男の腕ぐらいの長さがある棒で、白いペンキが塗られてあった。地面に差し込み、柵《さく》を作るためのものらしかった。造園業者が、いずれ使用するつもりでそこに置いてあったのか、それとも近所の子供がいたずらでもして、柵の中の一本を抜いて捨てておいたのか、僕には天の恵みだった。

無意識に剣道の構えを取った。昔の試合の時のように、棒の先で小さな円を描いていた。玲玉を押さえつけていた男たちは、一瞬互いの顔を見合わせた。別段僕を恐れる様子はなかった。僕は一歩踏み込むとともに、むかって右側の男の肩を叩いた。手加減する余裕はなかった。生まれて初めて、防具も何もつけない丸腰の人間を思い切り叩いた感触は、その後しばらくの間、僕の両手から離れなかった。

男は肩を押さえ、苦痛に顔を歪めて躰を折った。もう一人の男が、この野郎と罵《ののし》りながら、僕に突っ込んで来ようとした。その鳩尾を狙って突きを入れると、口から奇妙なぐらいに大きな音を発し、こっちは完全に蹲《うずくま》った。

躰が自然に前に出たのは、背後の気配を感じ取ったためだった。何かが背中を掠《かす》めた気がしたが、それが何だかわからないまま、今度は振りむきざまに棒を真横に薙《な》いだ。偶然手応えがあり、僕がそうして薙いだ棒の先が背後の男の腕を叩いていた。男の手から何かが跳ね落ち、乾いた音を立てて地面に転がった。

視線を下ろすと、僕と男の間に、ナイフが一本転がっていた。一瞬、間の抜けたような沈黙が降りた。男は反射的にナイフに飛びつこうとしたらしかった。前屈《まえかが》みになった男の肩を、僕は思い切り打ち据えた。

さらに残った男たちは二人。戸惑った様子で、距離を詰めようとはせずにこっちを睨んでいた。

僕は男たちに対峙《たいじ》したままで、じり、じり、と後ろに下がった。

「逃げろ」

玲玉に小声で告げるとともに、自分も踵《きびす》を返して地面を蹴った。片手に棍棒《こんぼう》を、もう片方の手に玲玉の手を握りしめ、神田川沿いの小道を走った。

だが、小道はじきに石塀によって、行く手を遮られてしまっていた。玲玉にも僕にもよじ登ることは出来なかった。僕は玲玉を背中に庇《かば》い、棍棒を握り直し、近づいて来る男たちへとむき直った。いつの間にか、掌にびっしょりと汗をかいていた。

「こっちこっち」

　玲玉がいった。ちらっと振りむくと、その時にはもうミニスカートから太股を惜しげもなく覗《のぞ》かせて、川の堤防の金網を跨《また》ぎ越えようとしていた。

　柵から顔を乗り出して下を覗くと、コンクリートの側面にコの字形をした鉄棒が、一定間隔で埋め込まれてあった。それが梯子《はしご》の役割をして、水際まで降りられる。堤防の下には、二メートルほどの幅でコンクリートの側道が延びていた。

　僕は近づいて来る男たちに棍棒を投げつけ、金網に跨り、むこう側へ越えた。玲玉のあとを水際へと下り始めた。

　最後の一メートルほどを残して飛び降り、着地するなり玲玉を追って走り出した。夏の夜の神田川は、煮詰められでもしたように、すさまじい匂いを上げていた。

　少し上流で、川は二本に分かれており、むかって右側は暗渠《あんきょ》からの水が再び地上へと流れ出して来る出口だった。川幅が心持ち広くなっている。明るいうちと暗くなってからでは景色の感じが異なるが、僕ははっきりと思い出した。先週、ばらばら死体の一部が引っかかっていたのは、正にこの場所なのだ。

　走りながら、川面《かわも》に目をやった瞬間、何かが夜の闇の中で動いたような気がした。そう思った時にはそれはもう、もの凄《すご》い勢いでこっちの川岸へと接近し、僕の前を走る玲玉へと迫ろうとしていた。

　魚ではなかった。こんなに巨大な魚がいるわけがない。それとも、ただ僕の目の錯覚にすぎないのか。その証拠に、玲玉は何も気づかずに、必死で走りつづけるばかりだった。

祖父の通夜に、スーさんから聞かされた言葉が蘇《よみがえ》った。夜の底には、何か得体の知れないものが棲《す》んでいる。いや、得体の知れないものは、僕らの心の中にこそいるのだろうか。僕に見える化け物が、玲玉には見えないのはそのためだ。

改めて目を凝らすと、それはやはり僕の心が生んだ幻影らしく、もう影も形もなくなっていた。

だが、それから何秒としないうちに、僕たちを追って来る男たちの悲鳴が聞こえた。

背後を振り返った僕は、不気味な光景を目の当たりにした。水飛沫《みずしぶき》を飛び散らせながら、水面から巨大な何かが姿を見せ、大きな口を裂かんばかりに開き、男たちの一人の脚を捉《とら》えようとしていた。まるで時間が凍りつきでもしたかのように、一部始終がスローモーションで見えた。次の瞬間にはそれはしっかりと男の爪先を捉え、男を水の中へと引きずり込み出した。男が恐怖の叫びを上げた。

ふっと隣に顔をむけると、玲玉が僕のすぐ近くで事態を見つめており、僕の視線に気づいてこちらを見つめ返した。

僕はもう一度、今度はもっと正確に、スーさんの言葉を思い出した。

「この街は、一見明るくて華やかな様相を呈してはおるが、夜の底にゃ、何か得体の知れないものが潜んでおるんだ」

III部　風の街

九　金沢へ

1

慌てる男たちを神田川に残して再び堤防を登り、上の車道にたどり着いた僕たちは、運良くタクシーの空車を捕まえた。思いつく行き先はひとつしかなく、僕は角筈ホテルの場所を運転手に告げた。ジョギングでも三十分ほどの距離だった。車はあっという間に僕らを角筈ホテルまで運んでくれた。車中、僕も玲玉も、ひと言も口を利かなかった。

角筈ホテルのプレイングルームでは、不平顔をした風太が待っていた。

「おいおい、どうしたんだよ。いきなり姿を消しやがって、心配するじゃねえか」

僕に不満をぶつけかけたが、一歩遅れて戸口に姿を見せた玲玉を見て、その先の言葉を呑《の》み込んだ。

僕は玲玉を暖炉の傍のソファへと坐《すわ》らせた。

「おい、こりゃあいったい、どうなってるんだ?」

顔を寄せて問いかけてくる風太に、事情はすぐに話すと答え、玲玉に冷えた麦茶を運んでやった。礼をいうのもそこそこに、喉《のど》を鳴らし出す玲玉を見ながら、僕も自分のグラスを飲み干した。

喉がからからに渇いており、飲むそばから麦茶が全部汗になって蒸発していくような気がした。

風太は壁際の椅子をひとつ引きずってきて玲玉のすぐ傍に置き、そこに馬乗りに坐ると、好奇心でまん丸く巨大化した目で様子を窺《うかが》っていた。

「で、どういうことなんだよ？　なんでおまえが彼女と一緒にいるんだ？　人に心配をかけやがって。連絡も寄越さず、いったい一人でどこに行ってたんだよな」

幾分責めるように訊《き》いてくる風太に、あの《燦》という店の前で何を見、それからどうしたのかということをひと通り話して聞かせた。

玲玉もまた、風太と一緒になって僕の話を聞いていた。いよいよ話がマンションでの出来事に及ぶと、今度は自分が話さなければならない番だとわかったらしい。

「さて、そしたら、次はきみが話して聞かせてくれよ」

しかし、僕がそう促しても、何からどう話すか考え込んでいるのか、それとも話したくはないのか、黙り込んだままで口を開こうとはしなかった。

「きみは、あの店で働いてるのか？」

「——ううん、ちがう」

順に訊いていくことにして、質問をつづけた。

「じゃあ、あそこで何をしてたんだ？」

僕は問い返した。彼女の服装も、化粧も、そういう仕事のものにしか見えなかった。こうして部屋の灯《あか》りの下でむき合っていると、ゴムボールみたいな胸の膨らみと、それを覆ったブラジャーの線が、汗まみれになった薄い布地を通してはっきりと見えた。胸の割れ目が覗《のぞ》いており、視線がそこへと下りてしまうのをとめられなかった。

いつもの短気を起こして玲玉に喰《く》ってかかろうとする風太を押し留《とど》め、僕は辛抱強く話しつづけた。

「このあいだ神田の日本語学校で会った時、僕の祖父の話は聞かせただろ。その後、祖父が、不動産屋の田代のあとを尾《つ》けて、今日きみがいたあの《燦》という店を見張っていたことがわかったんだ。それで、あの店に興味が湧いて訪ねたら、きみが出て来たのさ。僕らの驚きがわかるだろ」

そういってから、祖父の通夜に田代と河林の二人が現れ、祖父の自殺によって蔦《つた》屋敷の不動産価値が落ちたので賠償しろというような、嫌がらせとしか思えない申し出をしていったことも告げた。

神田の日本語学校の時と同様に、こちらばかりが手の内を明かした結果、玲玉からは何も引き出せないといった結果になりかねないのかもしれないが、信用して貰《もら》い、互いが協力し合える可能性を感じて貰うことしか、彼女の重たい口を開かせる手だてを思いつかなかった。

玲玉は僕が話し終えてもなお、しばらくはじっと黙り込んでいた。

「──どうしてあなたのおじいさんは、《燦》にめをつけたの？」

「それはわからない。今夜あの店に行ってみるまでは、祖父は田代のあとを尾けて、それでたまたまあの店を見張っていただけだろうというぐらいに思っていたんだ。でも、どうやら違うらしい。きっと、何かもっとはっきりした理由があって、あの店を見張ってたのさ。だから、きみのほうで何か知っているなら教えてくれないか。きみはあそこで働いてるわけじゃないといったが、それならばどうしてあの店から出て来たんだい？」

玲玉が意を決したように口を開くまで、今度はそれほど待たなくても済んだ。

「あのみせで、はたらきたくていったの。あたし、あのみせで、しらべたいことがある」

「何を調べたいんだ？」

「あなた、蔣がでているマガジンのしゃしん、みましたか？」

「週刊誌の写真のことかい？　見たよ」

「でも、あれ、しんじてはだめ。あのしゃしん、インチキよ。蔣はドラッグなんかやらないし、あんなパーティーもやらない。あのしゃしん、田代や河林がつくったの」

玲玉がいうのを聞き、僕と風太は顔を見合わせた。

「驚いたな。俺たちもそう思ってたんだぜ」

風太がいうと、今度は玲玉が僕たち二人の顔を交互に見た。

風太が得意そうに胸を張った。

「あの写真と記事は、その蔣って野郎を中国の民主化のリーダーの座から引きずり下ろすために、でっち上げられたものなのさ。そうだろ」

「きみやきみの仲間が嗅《か》ぎつけた通りに、蔣という男があの蔦屋敷に閉じ込められていたのだとすれば、あそこで無理やりクスリを注射されたり、その挙げ句にああいった写真をでっち上げられて撮られたりしたんじゃないかと思うんだ」

僕はそうつけたした。

玲玉が頷《うなず》いた。

「あたしもそうおもう。あのおんなたち、あの《燦》というおみせのホステスだったの。あたし、それをつきとめた。だから、あのみせではたらいて、ふたりをさがしたかった」

「それは、雑誌の写真に写ってた女たちのことをいってるのか？」

「そうよ、あのふたり」

そうか、その手があったのだ。あの写真に蔣と一緒に写っていた男のほうは警察に捕まり、おそらくは何もかもが河林たちの考えたシナリオ通りのことを喋《しゃべ》っているにちがいない。そして、それが警察からマスコミへと発表され、蔣という男の評判を地に落としつづけることになる。だが、あの写真には、他にも女が二人写っていた。彼女たちを捜し出し、本当の話を聞き出せたなら、河林たちの悪巧みを明るみに出せる。

「でも、ふたりとも、おみせをかわり、どこにいったのかわからないの。チャイニーズのホステス、みんなわるいおとこがついてる。なんにもじぶんのおもいどおりにならない。あのふたりも、チャイニーズか、にほんのやくざか、だれかにどこかにやられてしまった」

「なるほどな。わかってきたぜ。で、あんたは、お店に潜り込み、同僚のホステスたちで二人の居場所を知ってるやつがいないかどうか、探り出そうとしてたってわけか」

風太が感心した様子で確認する。僕は質問をつづけた。

「きみと一緒に店から出て来た男は、いったい何者なんだ？　あの男が、きみを店に紹介したのか？」

「莫燕生《モーイエンスン》というチャイニーズ。あのおとこ、福建省からきたチャイニーズのボス。田代や河林とも、したしくしてる。それで、あたし、莫にたのんで、あのおみせにつれていってもらった。莫さんがくちをきけば、あのみせでやとってもらえる」

「その男の名前は、どう書くの？」

僕が紙とボールペンを差し出すと、玲玉は自分が口にした名前を書き下した。

「それがどうして、そのボスの莫という男から逃げなければならないことになったんだ？」

風太が訊いた。

「あたしが蒋をさがしてることとや、そのためにそのホステスたちをさがしてることが、わかってしまった。田代、莫にそれをはなした。それで、莫はおこりだして、どうしてあたしがそんなことをするのか、しゃべらそうとした」

「でも、お店を出て来た時には、親しそうに見えたけれど――」

「おみせをでるときは、なんでもなかった。でも、おみせのなかで、あたしがいないあいだに、田代が莫に、こっそりとみみうちしていたみたい。くるまのなかで、莫、いきなり、たいどをかえた。田代がおりて、それからは、もっとおこりだした」

店では怒りを表に出さず、車に乗せて玲玉が逃げられなくなってから、態度を変えて問いつめ始めたということらしい。

「莫と田代は、どういう関係なんだ？」風太が訊いた。

「どういうかんけいか、よくはしらない。河林があなたのおじいさんにしたことも、あなたたちにきくまでしらなかった」

「莫という男は、あんたたちが日本に来る時に、それを助けたのか？」

風太の問いに、今度は玲玉は躊躇《ためら》いを見せた。

その躊躇いが答えに思えた。神田のあの日本語学校は、やはり嶌久さんが指摘した通り、違法に日本に入って来る外国人たちと関係しているらしい。福建省出身の中国人の親玉である莫という男と、河林や田代の繋《つな》がりも、おそらくはそれ絡みのものではなかろうか。

しばらくしてから玲玉は、弱々しい口調でこう答えた。

「あたしたち、だれも莫にはさからえない……」

「あのマンションは、莫の持ち物なんだな」僕が訊いた。

「そう。莫さんのマンション」

「マンションの駐車場から表へ逃げ出そうとした時に、車が一台下りて来ただろ。あの車に乗っていた、目つきの悪い痩《や》せた男は誰なんだ？　やはり莫という中国人の仲間なのかい？」

「あのおとこは、チャイニーズじゃない。にほんのやくざで、なまえは榊原」

そういわれて思い出したが、あの車から飛び出して来た手下のほうは、確かに日本語で喚《わめ》いていたのだ。

「なあ、榊原って名前は、嶌久の兄ぃから聞いたことがあるぞ」

風太が横合いからいった。僕も憶《おぼ》えていた。確か河林が親しくしている、新宿を縄張りとした亀和田興業という組織の幹部だ。

「どうして亀和田興業の榊原が、莫という中国人を訪ねて来たんだ？」

風太が訊いた。

「それもあたしにはよくわからない。でも、莫と榊原、さいきんなかがいい。もしも榊原が蔣をみつけたら、莫にわたすやくそくしてる。莫は、それを、中国のせいふとつながるだれかにわたす」

「チャイニーズマフィアの莫が、政府とつるんでるっていうのか？」風太は首を捻《ひね》った。

「それでいったい、何の得があるんだ？」

「いまの新宿は、北京のチャイニーズと台湾のチャイニーズばかり。福建のチャイニーズ、ほんのちょっと。でも、莫、じぶんたちのちからをのばそうとしてる。そのために、中国のせいふとうまくやらなければならないし、日本のやくざとも、なかよくする」

玲玉自身がよくわかってはいないのか、それとも彼女の日本語が拙《つたな》いせいなのか、今ひとつはっきりしない気もしたが、莫燕生という中国人は、自分たちの勢力を強めるために、中国政府とも榊原たち日本の暴力団とも手を結ぼうとしているらしかった。

話を聞きながらしきりと下顎《したあご》を掻《か》いていた風太が、やがて僕を見て頷いた。

「河林と田代と榊原に、莫っていうチャイニーズの親玉か。細かいことはわからないけどよ、役者が揃ってきた感じだな」

僕は頷き返した。悪党たちの横の繋がりが、なんとなくはっきりしてきたのは確かだ。

さらには、もうひとつ。玲玉の仲間の中国人二人を、あんな姿にしたやつの正体もはっきりしたのだ。夜の神田川を我がもの顔で泳ぎ回り、僕と玲玉を追っていた男たちの一人に襲いかかり、巨大な口でその足を捉《とら》えて川の中へと引きずり込もうとしていたもの。

――容易には信じられない話であり、夢を見ているような気がしないでもなかったが、見間違えようがなかった。あれは、鰐《わに》だ。蔦屋敷で姿を消した中国人の二人組は、この東京を流れるヘドロだらけの川に巣くった鰐に襲われて、あんなむごい死体になったのだ。


「おいおい、鰐だって――」

僕が打ち明けると、しかし、風太は呆《あき》れ顔で首を振った。

「おまえ、夢でも見たんだろ」

僕が口を開くより早く、玲玉のほうが反論した。

「ゆめじゃない。あたしもみた。中国でも、みなみにいけば、まちのかわにもときどきワニがいる」

「なあ、ここは中国じゃなくて、東京なんだぜ。しかも、ヘドロとゴミだらけの神田川だぞ。そんなところに、そんなものがいるわけがないじゃないか」

「あなたたち、ともだちでしょ。あなた、どうして、ともだちのはなし、しんじない。あなた、ほんとのともだちじゃない」

風太はうっとつまったように口を閉じた。

「俺だって自分の目を疑ったが、だが、彼女の仲間の中国人二人を、あんなむごい殺し方をしたのが鰐の仕業だとすると、納得がいくと思わないか」

僕がいった。

「なるほど、それはそうだな。その後あの死体の他の部分が見つかったって話は聞かないが、鰐の腹ん中に収まっちまったのなら、それももっともってわけか」

風太が呟《つぶや》くのを聞き、玲玉はさすがに顔を顰《しか》めた。

「ところで、きみは、今夜はどうするんだ？」

思いついて僕は玲玉に訊いた。壁の時計を見ると、とっくに日付が変わってしまっていた。

「だいじょうぶ」

「大丈夫っていっても、もうこんな時間だぞ。それに、莫ってやつの手下が、あんたのことを捜してるんだろ？」

風太がいった。

「だいじょうぶ……」

玲玉はそう繰り返したが、じきに目を伏せたまま首を振った。

「でも、ほんとはとまるばしょがないの。どこにいっても、たぶん、莫のてしたにみつかっちゃう」

風太が笑い返した。

「そんなに困った顔をすることはないぜ。なにしろ、ここはホテルなんだからな。いくらでも泊まる場所はあるんだ」

同意を促すように僕をむき、「金沢から来てた連中はもう引き上げて、部屋は空いてるんだろ」と確かめた。

僕は頷いた。「ああ、僕と教授の他には、あとは貴美子さんが泊まってるだけさ」

「あれ、あの女、まだいるのか？」

「捜してる友人が見つかるまでは、新宿を離れるつもりはないみたいだし、今じゃハルさんの手伝いもしてすっかり重宝がられてるぞ」

実のところ、貴美子さんの人なつこさは正に驚愕《きょうがく》もので、ハルさんばかりではなく他人と話すのが苦手そうな教授までもが、今ではすっかり彼女と打ち解けている様子だった。

「まあ、いるんならいるで、ちょうどいいや。なあ、彼女に頼んで、この子の着替えを借りたらどうだ。躰《からだ》の大きさは同じぐらいだろうし、シャワーだって浴びたほうがいいだろ。

この恰好《かっこう》で寝かせるわけにはいかないぜ」

直接顔を合わせるのはきまりが悪いのか、僕を貴美子さんの部屋へ行かせたがっているようだったが、おまえが頼めと切り返すと、不承不承二階にむかった。

「ここに泊まってる女性に、きみの着替えを借りに行ったんだ。心配しないで、今夜はここで眠ったらいいさ。シャワーだって使えるぜ」

心配そうな様子で僕たちのやりとりを聞いていた玲玉に、僕は告げた。

「ありがとう。こんやは、たすけてもらってありがとう」

玲玉はいってから、「あなたのなまえは？」と訊いてきた。

「厳だよ。師井厳」

「イワオさん」

玲玉はそう繰り返し、手を差し出してきた。

「ありがとう、イワオさん。あたしは——」

名乗ろうとするのに、「玲玉だろ。もう聞いてるよ」といい、僕は彼女の手を握った。

小さな掌《てのひら》は、夏の夜の熱が溜《た》まったみたいに熱かった。玲玉は僕が名前を憶えていたのが意外そうに目を瞬いてから、微笑んだ。

じきに廊下が騒がしくなり、風太と一緒に貴美子さんがやって来た。

「よ、御曹司」

と、勝手な呼び名で僕に呼びかけ、

な人だった。


「あんたのガールフレンドなの？」

風太からどんな説明を聞いたのか、そんなふうにいい、「ま、困ってる時はお互いさまだからね。私がいっちょ、面倒を見てあげるわよ」

てきぱきと玲玉の手を引き、シャワールームへと消えた。相変わらず賑《にぎ》やかでせっかちな人だった。


部屋に残された僕と風太が顔を見合わせていると、しばらくして貴美子さんは一人で戻って来た。驚いているだけでなく、少し腹を立てているようにも見えた。

「ねえ、いったいあの子、どうしたのさ。熱があるみたいじゃないの。それに、躰に凄《すご》い痣《あざ》が出来てるわよ。誰があんなひどいことをしたのよ」

2

シャワーを浴びて出て来るのを待ち、体温計で熱を計ると、確かに八度近かった。ドライヤーでよく髪を乾かし、貴美子さんのTシャツと下着を借りて、玲玉はそのまま部屋に入った。貴美子さんが転がり込んで来た時と同じで、ハルさんにはまた朝になってから断ることにした。玲玉に使わせることにした部屋は貴美子さんの隣で、やはり二階だった。

貴美子さんがつき添って風邪薬を服《の》ませ、躰の痣には湿布薬を貼ってやった。僕と風太とはそのままプレイングルームに陣取って、カウンターの酒をあれこれ盗み飲みしながら、嶌久さんが来るのを待つことにした。風太と一緒にいるのは気詰まりなのか、貴美子さんは玲玉の面倒を見終わると、ほどなく自分の部屋に引っ込んでしまった。

風太が連絡を入れてから小一時間ほどして現れた嶌久さんは、暑くてたまらんといいながらすぐにネクタイをほどき、ワイシャツを脱ぎ、ランニング一枚になった。息苦しいほどの熱帯夜になっていた。

嶌久さんはキッチンの冷蔵庫からビールを持ち出して来て、冷房の吹き出し口の真下に陣取って喉《のど》を鳴らしながら、風太と僕がする話を聞いた。

「なるほどな、莫という福建人に、榊原に、河林と田代か。確かに、悪党どもの雁首《がんくび》が揃ってきた感じだな」

「兄ぃは、莫って中国人のことは知ってたのか？」風太が訊《き》いた。

「名前はな。新宿のデカなら、必ず知ってる名前のひとつだよ。確かにその玲玉って娘がいってたように、この街に入っているのは、今はまだ北京や台湾系の中国人が主だが、この先、やばい手合いの不法入国者や密航者の割合が益々増えるに従って、そういった南からの連中が幅を利かせ出すことになるだろうといわれてるんだ」

「あの蒋って野郎のインチキ写真に写ってた女ふたりは、《燦》って店のホステスだったらしいぜ。その二人を見つけりゃ、河林たちの仕組んだインチキを暴き出せるだろ」

風太は意気込んでいたが、嶌久さんは違った。

「それはおまえらが考えるほどには、簡単にゃいかねえかもしれんぜ」

「なあ、そんなことをいわず、ひとつ骨を折ってくれよ。ああして雑誌で顔がはっきりしてるんだから、見つけ出すのは簡単だろ」

「考えようによっちゃ、雑誌で顔が出ちまってるからむしろ厄介なんだ。連中とすりゃ、絶対に見つからないように隠してるにちがいない。それに、もしも見つけ出せたとしても、そのホステスたちが簡単に口を割るとも限らんしな」

風太は顔を曇らせた。「そういうものなのか……」

「ま、やるだけのことはやってみるさ。何も約束は出来んが、しばらく待っててみろよ」

「頼むぜ、兄ぃ」

「しかしな、むしろその玲玉って娘のほうが、まだ何か手がかりになるようなことを知ってるかもしれないぜ。俺も改めて話を聞いてみたいし、行く当てがないっていうんなら、ちょうど良いじゃねえか。しばらくここに引き留めとけよ。ハルさんにゃ、俺からも話しとくさ」

といってから、僕を見て首を捻った。

「それにしても、まあ、鰐とは思いつかなかったぜ。絶対に間違いはないんだろうな」

「僕だけじゃなく、玲玉だって、僕らを追って来た男たちだって見てます。間違いはないですよ」

「夢みたいな話だが、そういわれてみれば確かに思い当たらないこともないな。鑑識でも、あのふたつのばらばら死体についちゃ、何か大きな動物に喰《く》い殺された可能性を仄《ほの》めかしてたんだ。ジャングルや山ん中とは違うんで、半信半疑だったがな。それに、高戸橋の辺りは、すぐ上流に落合《おちあい》の下水処理場からの排水口があるはずだ。浄化熱とかで一年中水温が高く、プランクトンが豊富だって話を聞いたことがある。だから魚も増えてるらしいし、鰐が暮らすのにも最適の環境といえるかもしれん。だが、そんな物騒なものは、一刻も早く取り除かにゃならんな。この件はすぐに上に報告して、神田川や神田川につづく下水道を隈《くま》なく捜してみるさ」

嵩久さんは一旦《いったん》口を閉じると、ちらっと風太に流し目を送ってから改めて僕を見た。

「それからな、俺からもおまえにひとつ話があったんだが、おまえの親父に逮捕状が出たぜ」

「——どんな容疑なんですか?」

僕は冷静なつもりだったが、自分で思うほどではなかったようだ。口の中が渇いていた。

「横領だ」嵩久さんはそう告げたのち、僕の反応を測るような間を置いた。「今年の初め頃から親父が東北に造ってたゴルフ場については、おまえは何か聞いてるのか?」

「いえ、仕事の話は、何も聞いたことがないんです」

「そうかい。一言でいやあ、おまえの親父は、ゴルフ場の会員権は投資にもなるといって出資者を募り、資金を集めて建設を始めたわけさ。まあ、それ自体は違法でも何でもないし、ここ数年は多くの人間が同じようなことをやってるがな。ところが、途中でスタッフの一人に金を持ち逃げされちまった。親父は出資者たちに事情を説いて回り、早期に改めて資金繰りをするって約束で待って貰《もら》ってたらしいんだが、待ちきれなくなった何人かが、金を騙《だま》し取られたと騒ぎ出し、ついには訴えを起こしたんだ」

「父が逃げ回っているのも、そのゴルフ場の関係だったんですか？」

「勿論《もちろん》、俺も完全に把握してるわけじゃねえが、理由のひとつはそうだ。金を出してる中に、理屈が通らないやばい筋も入ってたようでな。そういった連中は、説明なんか聞く耳を持たねえさ。草の根を分けてもおまえの親父を捜し出し、どんなことをしても自分たちの分だけは穴埋めをさせようとしてる。そんなことをされたんじゃ、せっかくの資金繰りだってお釈迦《しゃか》になり、師井にとっちゃ命取りだ。だからとりあえずは身を隠し、身内に当たるおまえも避難させ、時間を稼いでるうちに打開策を練ろうとしてるんだろうぜ」

「打開策って？」

「それは、親父じゃなけりゃわからねえよ。ただ、自信がありげだったし、何か企みがあるんだろうさ」

「軽業師は、落ちそうに見えても落ちない」

「なんだ、そりゃ？」

「父の口癖なんです」

「なるほど、確かにそうだ。師井のことだから、切り札になるものはきちんと確保してるにちがいねえ。ただ、こうして横領で刑事告訴をされちまったのは、計算外だったのかもしれないぜ。時間が経てば経つほど身動きが取れなくなるだろうし、この先の駆け引きも変わってくるはずだ。告訴したのは、いわゆる素人の出資者たちさ。プロ同士なら、あとでいくらでも辻褄《つじつま》合わせが利くし、告訴なんかしても一文の得にもならねえことがわかってるはずだが、素人だとそうはいかなかったんだろうぜ」

そこまでいうと、嶌久さんはふっと口を閉じ、僕の顔を覗《のぞ》き込んできた。

「もう少しビールをやろうぜ。こう暑くちゃかなわねえや」

席を立とうとする風太を押し留めて自らキッチンに歩き、バドワイザーの小瓶を三本持って来てくれた。

僕と風太に分配し、自分のビールに喉を鳴らすと、嶌久さんは再び話し始めた。

「それに、この件にはもう一枚裏があるみたいで、なかなか単純な話じゃねえんだ。親父は、今度の件じゃあおそらくはめられたんだぜ」

「はめられたって、誰に――?」

「さっき、スタッフが金を持ち逃げしたっていったろ。そいつを捜し出すのに、俺もちょいと師井から手助けを頼まれて、こづかい銭と引き替えにある筋を探ってみたのさ。そしたら、その野郎の後ろには、亀和田興業の影がちらついてるのがわかった。その野郎自身が構成員ってわけじゃないが、経歴を洗ってみたら亀和田興業と関係したヤマで利ざやを稼いでいた男なんだ」

「兄ぃよ、そりゃいったいどういうことなんだよ」

ビールを口から離した風太が声を上げた。

嶌久さんの調べた通りだとすれば、偶然であるわけがなかった。指示を出したのが榊原であるにしろ、そこには河林の意思が働いているのではないのか。

「そのことは、父には？」

「いや、まだ連絡がないんでな」

「嶌久さんも、こっちからは本当に連絡が取れないんですか？」

「おまえに嘘はいってねえよ。それでな、問題はおまえの親父が、亀和田興業や河林って野郎が陰で動いてるらしいことを、知ってるのかどうかってことなのさ。軽業師だって、予期せぬところから弾が飛んで来りゃ、足場を踏み外さねえとも限らねえだろ。俺んとこに師井から電話があったら、勿論俺は今おまえにしたのと同じ話をするが、もしもおまえに直接連絡が来るようならば、おまえからもそういってやれ」

「わかりました——」

「いずれにしろ、軽業師としての腕が、いよいよ試されるってわけさ。もしも捕まりゃ、芋蔓《いもづる》式に別の容疑も持ち出されるだろうから、ちょいと長く喰らい込むことになるかもしれん」

3

翌朝、僕はハルさんがお盆に並べてくれた朝食を持ち、スープやコーヒーをこぼさないように気をつけながらゆっくりと階段を上った。

眠っているのかもしれないと思ってそっとノックしたら、小さな声で返事があった。ドアを開けると、玲玉はベッドに躰を起こして、窓の外の中庭を見下ろしていた。庭のむこうには、植え込みを間に置いて神社の裏庭が見えた。

「調子はどう？」僕は訊いた。

「だいじょうぶ。ちょっとのどがいたいだけ。ただのかぜよ、きっと。ありがとう」

「殴られたところは？　もう痛くないのか？」

「だいじょうぶ」

僕はお盆を手に持ったまま、思わずクスッと笑ってしまった。

玲玉が訝《いぶか》る目をむけた。「どうしたの？」

「口癖なんだな、それ。大丈夫っていうの」

指摘すると、考え込むように首を捻《ひね》った。

「あたし、そんなにそういってますか？」

「ああ、昨夜も、今も、何度もね」

「きっと、それ、あなたがしんぱいしてきくからよ」

僕はお盆を出窓に置いた。ベッドの端に腰を下ろせば、そこがちょうどテーブル代わりになる。

「食欲はあるのか？」

「だいじょうぶ」

いってから、玲玉は両目を瞬き、破顔した。

僕は一緒に持って来た新しい水枕と古い水枕を替えた。そうしながら、ふと思いついて訊いた。

「そういえば、《燦》を見張っていた時に、きみの仲間があの店に出入りしてたんだ。あの店だけじゃなく、同じビルの他の店や、近くの他のビルの中の店にも同じように出入りしてたんだけれど、何をしてたんだ？」

「あたしの、なかま？」

玲玉は訊き返したのち、すぐに何事かを思いついたように頷いた。

「ああ、それは六合彩《リウフーツァイ》。マーク・シックスよ」

「何なんだい、それは？　お祭りか何かなのか？」

僕が訊くと、さもおかしそうに笑いを漏らした。

悪い気分ではなかった。その笑いが、彼女のくつろいだ状態を伝えているように思えたのだ。

「六合彩、おまつりじゃないよ。にほんでいう、たからくじ」

「宝籤？」

「そう、1から49までのかずのうち、すきなかずをえらぶ。ぜんぶあたったら、おおがねもち。香港じゃ6つのかずをえらぶけれど、ここじゃもっとたくさんのかずをえらぶの。そのほうが、あたると、おかね、おっきいよ。まいしゅう2かい、六合彩ある。なかにはこのひ、やすんで六合彩をかうホステスもいるけれど、やすめないホステス、かれにたのむの」

どうやらあの男は、そんなホステスの元を回り、その六合彩という宝籤を買うお金を集金して回っていたらしかった。何か今度の一件に関係した行動なのかと期待していた僕は、少し拍子抜けした感じがした。

食べ終わった頃に食器を下げに来ると告げて部屋をあとにしようとすると、今度は玲玉のほうから話しかけてきた。

「ごめんなさい、あたし、ひとつあやまらなければならない。うそをついてた。蒋はあたしのおにいさんじゃない」

「本当はどういう間柄なんだい？」

僕は反応の仕方を一瞬考え、結局は余計なことは何もいわずにそう訊いた。

「おさななじみ。このにほんご、さいきんしったの。蒋、あたしよりふたつ、としうえ。あたしたち、おなじ江西省しゅっしん」

「福建省の出じゃなかったのか？」

「ちがう。あたし、江西省のちいさなむらでうまれたの。江西省は、福建省のとなり。まずしくて、しごとない。のうぎょうばかり。だから、みんなはたらきにでる」

玲玉はいうと、思いついたように机から紙とボールペンを取り上げ、何かを書きつけて僕に見せた。

『老俵《ラオビャオ》』と、そこには書かれていた。

「みんな、江西省ののうみんを、そうよぶ。そして、ばかにする。おかねなくて、むずかしいこと、なにもわからない。そこにいても、くらし、よくならない。だから、あたしたち、福建省や雲南省や広東省や、いろんなところにはたらきにいくの。あたしもがっこうでたら、福建省の泉州にはたらきにでた」

今度は『泉州』と紙に書き、そうしながら、その泉州の機械工場では、蔣も自分と一緒に働いていたのだと告げた。しかし、一年ほどでそこを辞め、新しい仕事を求めて仲間たち数人と一緒に北京にむかったのだという。それが七年前のことだったと聞き、僕は軽い驚きを感じた。

「それじゃあ、七年もの間、蔣とは会ってなかったのかい？」

「そう。天安門のリーダーの一人が日本ににげてきて、それが蔣としって、あたし、とてもおどろいた」

彼女が本当のことをいっているのだとすれば、七年も会っていなかったのに、ただ幼馴《おさなな》染《じ》みというだけで、どうして蔣という男のためにこんなに一生懸命になれるのか。

「天安門でみんなによびかけることばをかいたのが、蔣なの」

僕のそんな気持ちを察したのか、玲玉がいった。どこか誇らしげな口調だった。

「蔣がかいて、リーダーのおんなのひとがよみあげた。せいふにこうぎするために、ごはんをたべないで、みんなですわりこもうってよびかけた。それが、だんけつのきっかけになった」

「ハンストのことか？」

僕がそう確かめると、玲玉はますます目を輝かせて頷《うなず》いた。

「そう、ハンガーストライキ！　みんな、蔣のことばをきいて、こころがひとつになったの。みんなでたたかうきもちになったの。だから、蔣はたいせつなリーダーよ。あたしだけじゃない。だから、ここでもみんな、蔣とはあったことがないひとだって、いっしょうけんめいに蔣をさがしてる」

玲玉の話し方を聞いていると、まるで自分もまた一年前に天安門に居合わせ、一緒になってハンストに加わっていたかのようだった。そんな彼女に、僕は自分でも理由のわからない反発を感じた。

去年、テレビや新聞で盛んに伝えられたあの事件で、自由を叫びながら戦車の前に立ちふさがった若者の姿を、僕は忘れてはいなかった。しかし、それはただそれだけのことにすぎなかった。そういえば、あの青年はあのあとどうなったのか。今ふとこうして思い出すまで、そんなことさえ考えてみたこともなかったのだ。

海を隔てた隣の国の出来事に思いを馳《は》せるよりも、僕にはいつでも身近に切実な問題があった。浪人をして必死で受験勉強に励み、春には京都の大学に通うために、生まれ故郷の静岡を出なければならなかった。そして、新しい環境の中で、勉強する学科を選択し、サークル活動に参加し、新しい友人を作ろうと努力した。夏休みになるまでの間、息を吐く暇もなく突っ走ってきたのだ。

——だが、そういったことが、本当に大事なことだったのだろうか。

僕は食事が冷めてしまうといって部屋を出た。どことなく物足りない気分で階段を下りた。玲玉のほうでも、何か物足りなそうな顔をしていた。わかり合えない何かが、自分と彼女の間には横たわっている気がしてならなかった。

頃合いを見計らって再び部屋を訪ねると、ノックをしても返事がなかった。そっとドアを開けて隙間から覗くと、玲玉はベッドで寝息を立てていた。僕はいけないものを見てしまったような気がして、そっと窓辺の食器を取り、風邪薬と水の入ったグラスを置いて部屋を出た。

その日、食事の時間を除いて、玲玉はこんこんと眠りつづけた。嶌久さんは昨夜自分でいったように、神田川に現れた鰐の探索や、蔣という男と一緒に写真に写っていた女たちの行方捜しなど、やらなければならないことに追いまくられているらしく、昼過ぎに電話を寄越しただけで、姿を現しそうにはなかった。父の居所は相変わらずわからず、僕にも嶌久さんにもどうすることも出来なかった。

僕は午前中の涼しいうちはハルさんを手伝って庭の草取りをし、昼食後はまた教授の本を運ぶアルバイトに精を出した。夢中で庭の雑草を抜き、木陰でひと息入れながら冷たい麦茶を飲むと、草いきれに包まれた。膨大な本の中へと分け入り、教授が披露してくれる雑学に耳を傾けながら、本を移動させつづける僕は、時にはそういった本のいくつかに興味を覚え、作業の手を休めて拾い読みをしたりもした。

そうしながら、僕は時折ふと頭の片隅で、この角筈ホテルの二階で眠りつづける玲玉のことを思っていた。彼女はこの新宿という街で今までどんなふうに過ごしてきたのかと思い、そしてこんこんと眠りつづける彼女の疲労を想像した。僕自身は、ここでハルさんや教授と過ごしていると、いつからか思いもしなかったようなゆったりとした気分になり、疲れが癒《いや》されていくのを感じていたのだ。

4

金沢から電話が入ったのは、翌日の午後のことだった。プレイングルームの電話が鳴った時、教授がその傍にいた。二言三言応対するなり僕を呼び、「山之内さんからですよ」と受話器を差し出した。

教授の顔つきから、既に嫌な予感があった。電話のむこうの山之内氏は低い声で喋《しゃべ》り、丁寧に先日の通夜と葬儀の礼を述べたあとで、こう告げた。

「忍の……、きみのお母さんの容態が、突然変わった……」

それから感情を抑えた口調で、母が入院する病院の住所と電話番号をゆっくりと繰り返した。自分はずっと病院に詰めているといってから、一応金沢の自宅の番号も教えておくとつけたし、もうひとつの電話番号も口にした。

電話を終えた僕は教授に断って自分の部屋に上がると、しばらくぼんやりと坐《すわ》っていた。そのうちにクロゼットからデイパックを持ち出し、パッキングを始めた。京都の下宿からこの角筈ホテルにやって来た時に持って来た荷物をそのまま詰め込みかけて、今度はそんなに持って行くことはないだろうと思い直したり、いややっぱり必要なはずだと考えたり、堂々巡りを繰り返した。

結局、考えることが億劫《おっくう》になり、黙々と手を動かした。そうしている間に、本当に自分はこれから金沢にむかうつもりなのかと、何度か他人事《ひとごと》のような気持ちで問いかけた。やがてアルバムを取り出した僕は、母の写真を一枚ずつ順番に見つめた。若く美しい母がそこにいた。しかし、一緒に過ごした母の記憶がほとんどないのは改めて考えるまでもなかった。今思い出せるのは、この角筈ホテルで僕と父を捨てて行った時の母の姿と、それから先日頭を過《よぎ》った、恐ろしい顔で僕を見つめる母ぐらいのものだった。

このアルバムを金沢に持って行こう。そして、山之内氏に渡すか、母に直接渡すかして、もう手元から放してしまうのだ。そう思うとやっと、金沢に行く理由がひとつ見つかったような気がした。

教授が旅費を貸してくれた。玲玉の部屋をノックすると幸い起きていて返事があったので、僕は母親が危篤で留守にすると告げた。ハルさんも貴美子さんもきちんと面倒を見てくれるから、心配はいらないと話してから、事件のことで気になることがあったら風太に相談し、一人で焦って出て行くような真似は決してしないで欲しいと念を押した。

深夜バスの時間まではまだ間があったが、僕は夕方早い時間には角筈ホテルを出た。この時間ならば風太が新宿中央公園でサックスの練習をしている。今夜のバイトに行けなくなった旨を、テラさんに伝えて貰《もら》わなければならないし、玲玉のことも頼まなければならないだろう。

風太はいつもの木陰でだらだらと汗をかきながらサックスを吹き鳴らしており、デイパックを背負った僕に気がついた。

僕は風太に、山之内氏からの電話のことを話した。

「飛行機で行くのか？」

風太はしばらく何かを考えているようだったが、結局ただそう訊《き》いただけだった。

深夜バスで行くと答えると、それならまだ時間があるなといって、夕食に誘った。

僕は木陰に腰を下ろし、まだしばらくは練習をつづける風太のサクスフォンを聴いた。

急な通り雨を木陰に逃げ、二人で雨を眺めていた時から、まだ二週間ぐらいしか経っていなかった。それなのに、何もかもがとても昔の出来事に思えた。

風太はしばらくは何かを模索するように様々なフレーズを吹き鳴らしていた。それは、ここで風太がサックスの練習をする時のいつものやり方だった。ずっと後年になってわかったが、風太はそんなふうにしながら、自分の目指す音楽の一番核にある何かを探していたのだ。

だが、チラッと僕を見ると、最後に耳に馴染《なじ》んだ甘いメロディーを吹き始めた。これもあとで知ったことだが、それは『煙が目にしみる』だった。

僕らはその後、西口のバス・ターミナルに立ち寄ってチケットを買ってから、小便横丁の一軒で生ビールを飲みながらカレーライスを食べた。

　僕も風太も口数が少なく、大した会話は交わさなかった。風太のアルバイトの時間が近づくと店を出て、「それじゃあな」と片手を上げ合って別れた。


　バスの出る時間は深夜の十一時過ぎだった。風太と別れてしまってからも、僕は随分時間を潰《つぶ》さなければならなかった。夕方前に角筈ホテルを出る必要などなかったのかもしれないと思ってみた。チケットだけ入手したら、その後はテラさんの店で働かせて貰い、適当な時間を見計らってバスの発着所にむかってもよかったのではなかろうか。

　しかし、本当は独りでいることが必要だとはわかっていた。僕はデイパックを背負ってしばらく街を彷徨《うろつ》き回ったあと、冷房の利いた映画館に入った。かかっていたのは古い外国映画の三本立てで、観客は皆無に近かった。映画の内容など、ほとんど頭に入ってこなかった。早目にバス・ターミナルに戻ると、いかにも夏休み中らしく、僕と同年代の人間たちでざわついていた。誰もが仲間たちと一緒に騒いでいて、一人なのは僕だけのように思われた。ターミナルの待合所では僕は空いている席を見つけて躰《からだ》を割り込ませ、数日前に教授に借りてそのまま持って来たル・コルビュジエの評伝を読み出した。映画と同様に、ほとんど頭には入らなかった。

　高速バスは覚悟した通りにほぼ満席に近く、かなり遅い時間まであちこちで陽気な会話や笑い声が聞こえていた。僕はウォークマンで耳を塞《ふさ》ぎ、缶ビールを飲みながら、読書ランプをつけて本を読みつづけた。目が疲れると、窓の外を流れる景色を眺めて過ごした。そのうちに窓を眺めているほうが長くなった。乗客たちの大半が寝静まる時間になっても、僕はなかなか寝つかれず、音楽を聴きながら深夜の高速道路を眺めつづけた。

翌朝、僕は金沢の街に着いた。眠ったような、眠らないようなぼんやりとした頭で金沢の駅前に降り立つと、ファーストフードでモーニングセットを食べたのち、交番で病院への行き方を尋ねてバスに乗った。病院に着いたのは九時頃だった。診療が始まる間際らしく、ロビーは人でごった返していた。そこを抜け、病室へと階段を上った。ナースセンターでなんとなく見慣れた後ろ姿を見つけて近づくと、ちょうどむこうも用件を終えたところらしくて振り返った。

山之内氏だった。

僕たちは頭を下げ合い、朝の挨拶《あいさつ》をした。山之内氏は母の容態を説明しながら、僕を廊下の奥へといざなった。癌それ自体はもう全身に転移しており、手の施しようがないことは既に聞いていた。痛み止めを含めた末期医療を施してきたが、心臓が予想以上に弱っていて危篤状態に陥ってしまい、あとは本人の生命力次第で、医者としてもう経過を見守る以外には何も出来ないらしかった。

——このドアのむこうに母がいる。

病室の前に立った時、胸の中で突然そんな声がした。

ドアに手をかけた山之内氏が僕を振り返り、訝《いぶか》しげな表情を浮かべた。

僕には、自分が今どんな顔をしているのかわからなかった。

5

その日の午後、僕は山之内氏の仕事場と住居を兼ねた古い日本家屋にいた。それは病院からは車で十五分ほどの場所にある大きな屋敷で、すぐ裏手には川が流れていた。僕に電話を入れた時点が最悪で、山之内氏も覚悟を決めていたらしかったが、その後母はいくらか持ち直し、所謂《いわゆる》小康状態になっていた。

山之内氏はしばらく滞在することを勧め、自分の運転で僕を屋敷へと連れ帰ってくれた。先日、新宿に一緒に現れた弟子のうちの一人が、山之内氏と一緒に行動していた。

病院から車で移動する間も、四畳半ほどの広さの小綺麗《こぎれい》な部屋を与えられ、そこでしばらく休むようにといわれて一人になってからも、病室で見た母の姿が脳裏を離れなかった。そして、母に会う前に僕を襲っていた恐怖が、ベッドに横たわる母を目にしてからは、後悔の念へと変わっていくのを感じないわけにはいかなかった。

それは僕の勝手で愚かな思いこみにすぎなかったが、この夏休みの初めに母が生きていることを角筈ホテルでハルさんから知らされた時も、山之内氏の口からかつて母の身に起こった出来事を聞いた時だって、僕はいつでもずっと母のことを、僕とほとんど年齢の変わらない、若くて美しい女《ひと》として想像していたのだ。

だが、ベッドに横たわり、たくさんのチューブやコードで器械と繋《つな》がれた女性はそうではなかった。病気に加え、抗癌剤の影響などもあったのだろうが、すっかり痩《や》せこけ、肌は古い和紙みたいに皺《しわ》くちゃで艶《つや》がなく、髪もまた老婆のように薄かった。その薄い頭髪の隙間から覗《のぞ》く地肌や、落ち窪《くぼ》んだ両眼や、瘦《こ》けた両頰が痛々しかった。僕は知らず知らずのうちに、母の歳を指折り数えていた。僕を産んだ時に二十二歳だったということは、今年で四十一歳。しかし、もっとずっと上の年齢にしか見えなかった。醜いとは思わなかった。醜さを感じ、それをショックに思ったわけでは決してなかった。だが、どうしようもなく時が流れた。そんな気がしてならなかった。若くて美しい母など、もうこの世の中のどこにもいない。

休むようにいわれた屋敷の部屋には、気を利かせて布団が敷かれていて、僕はすることもなくそこに躰を横たえた。深夜バスの疲れはあっただろうが、少しも眠くはならなかった。それでも二、三時間は眠ったようだ。神経のどこかが張りつめていて、目覚めるとともに頭がすっきりし、僕は誰かにでも呼ばれたようにすっと躰を起こした。

外は午後の暑い盛りになっているらしく、部屋の障子が外光で銀紙みたいに光っていた。表で揺れる木立の影が、そこにちりちりと焼きついていた。

尿意を覚えて部屋を出た。日本家屋独特のひんやりとした廊下の左右を見渡しても、どこがどうなっているのかわからなかった。

人の声がするほうにむかうと、軒つづきの屋外廊下に出て、そこからは広い中庭に面して回り込む形になった。中庭には池が掘ってあり、丸まると太った鯉が泳いでいた。その中庭を隔てたむかいに大きな部屋があって、人声はその部屋からしていた。

部屋の入り口にたどり着いて覗いたら、二、三十畳はありそうな広い和室に規則正しく小さな机が並び、そのすべてに人が坐《すわ》っていた。全部で二十人ぐらいはおり、中には先日、山之内氏について、祖父の通夜と葬儀の手伝いに来た弟子たちの顔も混じっていた。

すべての机が部屋の奥をむいていたが、その一番奥にはただひとつだけこちらをむいた机があり、そこに山之内氏がいた。それぞれが手元の作業に没頭していて、誰一人僕に気づく者はなかった。ぴんと張りつめた部屋の空気には、染料のものらしい甘い匂いが漂っていた。

「起きたんやね」

声をかけられて振り返ると、小さな老婆が僕を見上げてにこにこしていた。

「お腹が空《す》いたやろ。御飯を用意してありますからな」

といい、手振りでついて来るように示し、先に立って歩き出した。部屋の中の作業を邪魔しないためらしく、彼女は小さな声で喋《しゃべ》っていた。

案内された板張りの大きな部屋には、木製の細長い大きなテーブルが、でんとふたつ並んでいた。どこにでも坐れという彼女に、僕はトイレの場所を訊いた。用を足して戻って来ると、素麺《そうめん》が用意されていた。

この大きなテーブルも、たぶん弟子たちが一遍に坐って食事を摂《と》るためのものなのだろう。そこに一人で坐り、僕は素麵を啜《すす》った。腹が減っていたようで、冷えた素麵をあっという間に平らげてしまった。

ごちそうさまを告げた僕に、老婆は先生からいわれているので、よかったら工房を見てみるかといってくれた。僕はまた彼女に連れられてさっきの部屋に戻り、入り口を入ったすぐ脇の壁際にそっと胡座《あぐら》をかいて坐った。

改めてその工房を見渡すと、壁に寄せて頑丈そうな棚が並び、本や辞書やファイルの類《たぐい》がびっしりと立っていた。それぞれの人が坐る小机には、真ん中に硝子《ガラス》の塡《はま》った四角い穴が空いており、その下には電熱器らしいものが置いてあった。各種の刷毛《はけ》が立つ横に、染料とそれを溶く平皿があった。

僕はただ放っておかれたままだったが、少しも退屈はしなかった。誰もが夢中で働いていた。それぞれが自分の作業にある程度の目安がつくと、山之内氏のところへそれを持って行って意見を求め、指示を受け、また黙々と作業に戻る。皆真剣そのもので、活《い》き活《い》きと自分の作業に打ち込む様は、なんだか僕をわくわくさせた。

やがて山之内氏が立ち、僕が坐る出入り口のほうに近づいて来た。何か部屋の外に用が出来たのだろうと思い、無言で会釈をしてやり過ごそうとすると、すっと僕の隣に腰を下ろした。

「どうです、厭《あ》きませんか？」

唐突に尋ねられ、僕は首を振った。

しまった。

今までのこの人との関係を思うと、ちょっと恥ずかしくなるぐらいに素直な返事をして

「いえ、面白いです」

山之内氏は目を細めて頷き、指さした。

「青花で下絵を描き、あの先の尖《とが》った口金で糊《のり》を置き、それから、中埋めといって模様の内側を塗りつぶします。そうして色が模様に入り込まないようにしてから、地染めをし、その後今度は模様の中を丹念に塗っていくんです。机に布地を置いて作業をしている連中は、原稿から下絵を写しているところでね。伸子《しんし》でぴんと張った布地を片手に持って作業をしているほうは、糸目糊を入れているんですよ」

そんなふうにざっと説明をしてから、さらに細かいことまでひとつずつ教えてくれていたが、やがてすっと腰を上げた。

僕がついて行くのが当然と思っているようで、後ろも振りむかずに部屋を出てしまい、慌ててあとを追う必要があった。もしかしたら、普段の山之内氏は弟子たちに対して、いつでもこんなふうに振る舞っているのかもしれなかった。決して嫌な感じはしなかった。

廊下をたどり、山之内氏はひとつの部屋の襖《ふすま》を開けた。部屋の真ん中に、色鮮やかな着物が一枚掛かっていた。

「京都の大沢池《おおさわのいけ》を描いたものです。もう十七年も前になる。お母さんと出逢《であ》ったのは、この作品を仕上げている時のことだった」

僕のほうを見ようとはしないままで、そう告げた。

山之内氏は部屋を横切って窓辺に歩き、障子とそのむこうの窓を順番に開けた。

川の水音とともに、表から夏の強い陽が射し込んで来て、畳に斜めに降り注いだ。その照り返しによって、ふっと浮き上がって見えた着物の図柄に、僕は思わず目を引き寄せられた。

池の青い水面に散った無数の桜の花びらが、どれもこれも淡い陰影を伴いながら揺れていた。

「地染めの作業が済んだら、空蒸しを行って布地に染料を定着させる。その後、糊を引いてあったために染め残った部分に、順々に色を入れていく。そして、最後には水で糊や余分な染料を洗い流し、湯のしで整える。手描き友禅というのは、そういう作業の繰り返しなんです」

先ほどまで工房でしてくれていたのと同じように、淡々と説明をつづける山之内氏は、躰のむきを変えて窓の外を指さした。

「これは浅野川《あさの》といいまして、うちではこの川で水洗いをしてるんです。いわゆる、友禅流しというやつです。私にとっては、この大沢池という作品は、ずっと父が私につきつけていた課題を乗り越えられそうになった、最初の作品でね。思い入れも、一際強いものだった。だから、どんな表情が出てくるのか、祈るような気持ちで自ら川に下り、流れに布地を浸したんです。でも、途中でふと誰かに呼ばれたような気がして目を上げると、きみのお母さんが立っていた」

僕は山之内氏の横顔を覗き見た。山之内氏は窓の外の川面《かわも》に目を注ぎつづけたまま、顔を動かそうとはしなかった。

「この間話したみたいに、口を利いてくれる人がいて、その紹介で彼女がうちに手伝いに来たというのは本当です。だけど、一番初めに出逢ったのは、この布地を洗っていた日のことなんだ」

山之内氏はふっと口を閉じると、胸のポケットからたばこを抜き出してくわえ、胡座をかいて坐った。

「彼女は最初、賄いとして働きながら、少しずつ空いた時間に練習を始めた。普通、友禅の職人としてなんとかやっていけるようになるには、最低でも七年から十年はかかるといわれています。その前に、堪《こら》えきれなくなったり、嫌気が差してしまってやめていく人間も随分いる。でも、彼女は実に熱心だったよ。まるで、一心不乱に見える時さえあった」

「どうして、この着物をここに？」

「妻が入院してから、ずっと出してある。プロポーズした時、彼女からひとつだけねだられたんだ。あの日の着物が欲しいとね」

「――――」

「ここにこうして飾ってあると、ずっと妻がこの家にいるような気がしてね」

山之内氏は、突然言葉を途切らせた。川からの風が、指先でたばこの先端を赤く燃やしていた。

「渡したい物があるんです。東京から持って来ました。ちょっと待っててください」

顔を背けるようにして窓の外へと視線を戻した山之内氏を見ていたら、そんな言葉が自然に出た。

僕はさっき休んでいた部屋に戻ってデイパックを開け、中からアルバムを取り出して山之内氏の元へと戻った。

「祖父の旅行鞄に入っていた、母のアルバムです」

山之内氏は黙って僕を見つめ返した。

「この間、これだけは僕がこっそりと抜き取ってたんです。母の子供の頃からの写真が綺《き》麗《れい》に整理されてます。受け取ってください」

まだ躊躇《ためら》っている山之内氏の手に、僕はアルバムを押しつけた。それでいくらか心が晴れるような気がしたのに、実際にはアルバムが自分の手を離れてしまった瞬間、微《かす》かな後悔と、それから妙な頼りなさを感じてならなかった。

山之内氏はアルバムを開けた。そっと、というより、恐々と表現したくなるような手つきだった。

唇を引き結んでしばらく黙々とページを捲《めく》っていたが、やがてアルバムに目を落としたままで、いった。

「この間、いおうかどうしようか迷ったまま、結局話せなかったことがあるんだ。きみは、い出したんです」

角筈ホテルできみが私と忍と一緒に食事をした時のことを、憶《おぼ》えているといったね」

「ええ。父も一緒でしたね。憶えているというより、この夏、あの角筈ホテルに行って思い出したんです」

「ただ、きみの記憶は少し間違っている。あの時、お母さんは、決してきみを捨てたわけじゃない。私たちはきみのことを金沢に引き取りたくて、きみのお父さんと話し合いに行ったのさ。だが、きみから拒まれてしまったのは、私ときみのお母さんのほうなんだよ」

「そんな……」

「忍がここに来て、三年が経っていた。私の父は反対だったが、私の気持ちはもう彼女と所帯を持つことに決まっていた。きみは幼稚園を終えて、小学校に上がろうとしているところだった。きみのことは、私は随分早い時期から、お母さんの口から聞いていたんだ。子供には本当の母親が必要だ。血の繋《つな》がりのある母親と一緒に暮らすのが、何よりその子のためになるはずだ。色々話し合った結果、私たちはそういう結論に達した。そして、師井さんに連絡を取り、一度ゆっくりと話し合ってみるつもりで、角筈ホテルで会う約束をしたんだよ。しかし、師井さんは、最初からその場にきみを連れて現れたのさ。本人が何を望むか決めさせようじゃないかということだった」

いかにも父らしいような気がした。息子としては、呆《あき》れはしたが、その強引なやり方に不思議と腹は立たなかった。僕はあの日、角筈ホテルの食堂で、落ち着かなげに食事をする父と、その傍に寄り添っていた自分の姿を思い出した。そして、その後どこかの居酒屋か何かに入り、親子で改めて食事をしたことを。

「きみは忍と一緒に過ごすのが嬉《うれ》しそうだった。だが、食事が終わり、忍がきみの手を引いて、私と一緒に部屋を出ようとすると、師井さんの傍を離れるのを嫌がって、突然激しく泣き出したんだ」

僕は何もいえなかった。

「嘘じゃない。何の隠し事もない、本当の話だよ。先日、きみがいったように、確かに忍は母親として、許せないことをしたのかもしれない。しかし、まだ、きみの知らないことだってたくさんあるんだよ」

「――それは、どういう意味です」

「つまり、忍本人にしかわからないような事情や、痛みが、という意味だがね」

慌てていい添えたような山之内氏の口調に、僕はふと引っかかりを覚えた。

だが、この時の僕は、それについては深く考えることが出来なかった。目の前の何かが、思考を中断するほどに強く注意を惹いたのだ。

「このアルバムは、一応預かっておきます。というか、しばらく借りておくよ。私も、若い頃の彼女の姿を、もう一度改めて目に焼きつけておきたいからね」

山之内氏が話を切り上げるようにいい、アルバムに手を伸ばそうとした。

「すみません、ちょっとだけ待ってください」

僕は山之内氏をとめた。怪訝《けげん》そうに見つめてくる視線を知りながら、その一枚の写真を凝視することをやめられなかった。

初めてこのアルバムを見た時に、何かが頭の隅に引っかかるように感じたことを思い出した。たった今、その正体に気づいたのだ。

だが、問題は、これが何を意味するのかということだった。——古いアルバムの中に、若い日の母と並んで写っているのは、やはり今よりもずっと若かった貴美子さんに間違いなかった。

6

一応は写真の貴美子さんを指さし、誰だか知らないかと尋ねてみたが、山之内氏は何も知らなかった。母ならば当然知っているだろうが、訊《き》ける状態ではなかった。このまま何も会話を交わせないままで、息を引き取ってしまう可能性だってある。

しかし、頭を捻《ひね》りつづけているうちに、朧《おぼろげ》気ながら何かが見え始めた。ふっと見方を変えることで、ひとつの事柄が全然違ったものに見えるようになり、それからはまるでドミノが倒れるようにして様々な事柄が順に違う貌《かお》を呈し始め、最後にはまったく違った景色が現れた。

貴美子さんは本当に倉敷のアイビースクエアで、たまたま風太の演奏を聴いたのだろうか。それで風太と知り合い、僕を迎えに京都に立ち寄る風太と一緒に、僕のアパートを訪ねたのだろうか。

貴美子さんはあの日、東京駅で僕たちと別れたのに、その日のうちにまた風太に連絡を取って、そのままアパートに転がり込んでいた。僕がテラさんの店で働き始めた数日後には、店に風太の演奏を聴きに来て、そこで風太と喧嘩《けんか》になってしまい、風太のところを出て角筈ホテルに潜り込んだ。そして、それ以降はずっと、今なお角筈ホテルにいる。

東京で毎日友人の行方を捜しているというけれど、それが本当かどうかは誰も知らない。そもそもが倉敷から東京に出て来たのは、その友人と一緒に店を開けるためだというのだって、貴美子さん自身がそう話しているだけで誰も確かめたわけではないのだ。

行きの新幹線の中で、僕はほとんど眠ってしまっていたし、なんとなく貴美子さんを苦手に感じて避けてもいた。それでいくつか手順を踏まなければならなかったが、最後には同じ角筈ホテルに泊まり、僕の傍で目を光らせることに成功した。違うだろうか。

以上のような話を、電話でしたところ、嶌久さんは珍しく興味を示してくれた。

少し調べてみるので待てといわれて一旦《いったん》電話を切ると、夜遅くに折り返し連絡が来た。

「驚いたな。おまえ、親父譲りのいい勘をしてるぜ。貴美子って女は、名うての女詐欺師だった。ムショにも二度ほど喰らい込んでる」

いつものシラッとした口調だったが、それでも嶌久さんがいくらか興奮しているのは明らかだった。それは電話のむこうでも、僕と同じ想像をしているためにちがいなかった。

祖父の藤木幸綱を騙《だま》し、屋敷も財産も取り上げて丸裸にしたのは、貴美子さんではないだろうか。

そう考えると、ひとつ思い当たることがあった。警察に届けることで、娘を巻き込みたくない。――遺品を取りに風太と二人で曙ハウスを訪ねた時、女将《おかみ》は亡くなる前の祖父がそういっていたと話してくれた。その意味は女将にも僕たちにもわからなかったが、貴美子さんと母とが昔からの古い知り合いだということとあの発言とは、何か関係があるのではないだろうか。

いずれにしろ、貴美子さんもまた母の過去と関係する一人だったのだ。もしも一緒に学生運動を闘った仲間だとすれば、河林と顔見知りだったとも考えられる。いや、貴美子さんが祖父を騙した張本人ならば、当然河林とつるんでいると見るべきだろう。祖父が騙し取られた蔦《つた》屋敷は、不動産屋の田代の手を経て河林のものになっているのだ。

「まずは河林と貴美子って女の関係を、過去に遡《さかのぼ》って洗ってみるさ。それから、あの女の写真を関係者に見せて、誰か藤木幸綱と一緒にいたのを見てる人間がいないかどうかも探ってみよう」

嶌久さんはそういってくれた。

「まだ本人にゃ何も探りは入れず、このまま泳がせておくのがいいだろうぜ。おまえを見張る目的で角筈ホテルに潜り込んだのなら、おまえが戻るまでは動かねえだろうしな。風太のやつに話すとすぐに顔に出るだろうから、やつにはこのまま黙っておくことにする。おまえも電話で話すんじゃねえぞ」

一度言葉を切り、少ししてから「くそ」と吐き捨てた。

「貴美子って女が河林とつるんでるんだとしたら、おまえがそっちに行っていることも河林に知られてる。おまえの親父がどこかでお袋の容態を知って、そこに会いに行くと危ねえぞ。飛んで火に入る夏の虫にもなりかねねえ」

嶌久さんは、身の回りには充分気をつけるようにと念を押して電話を切った。

それから三日ほど、僕にとっては奇妙な日がつづいた。毎日午前中のうちには山之内氏と一緒に病院へむかい、そこで母の容態を確かめた。弟子の一人が順番でお供について来た。母は昏睡《こんすい》をつづけ、僕が傍にいることに気づく様子はなく、笑いかけても話しかけてもくれなかった。

山之内氏は病室を見舞う度に、ベッドのすぐ隣に陣取ると、母の手を握り締めてぼそぼそと小さな声で話しかけた。仕事の細かい進行具合を告げる話が多かった。夫婦の間で普段から交わされていたのは、そんな会話が主だったのかもしれない。山之内氏は初めに必ず僕が一緒に訪ねて来たことを母に告げたが、僕のほうはその斜め後ろに黙って坐《すわ》るだけで、何も話しかけることは出来なかった。母親と二人だけにしようという提案も辞退した。昏睡状態にある痩《や》せこけた女性と二人になったところで、ただ途方に暮れるだけであり、自分が生まれてから十九年の間の出来事を、山之内氏のように静かに語りかけられるとは思えなかった。

山之内氏と一緒に母を見舞う以外は、僕には何もやることがなかった。夕食の時間までに戻るといいおいて屋敷を出、僕は毎日金沢の街をあちこちと歩き回って過ごした。河林の手下が目を光らせているのかもしれないという危惧《きぐ》は消えず、山之内氏にも簡単な説明をして注意をして貰《もら》うことにし、それを受けて山之内氏は弟子たちにも屋敷の周りで怪しい人影に気づいたら、すぐに教えるようにと念を押していた。だが、かといって僕自身が山之内氏の屋敷に籠《こ》もっている気にはなれなかった。連中の目的が父にある以上、僕には手出しをしてくることはないはずだ。もしも手を出すつもりならば、新宿でとっくに出しているはずではないか。普段の自分からすると不思議なぐらい、そんな開き直った考え方が出来た。

僕は浅野川沿いに上流や下流にむかってあてどなく歩き、兼六園《けんろくえん》や金沢城趾《じょうし》に足を運んだ。浅野川周辺の家々には瓦屋根《かわらやね》が多く、一度卯辰《うだつ》山に登って眺めたら、強い夏の陽射しを浴びて巨大な魚の鱗《うろこ》を並べたみたいにきらきらしていた。母がもう死ぬかもしれないという思いがいつでも頭の片隅にあるというのに、あるいはあるからこそなのか、夏の緑が美しく見えた。

用水路のせせらぎが涼しげな武家屋敷の家並みを歩き回った直後に、香林坊《こうりんぼう》のショッピングエリアでアイスコーヒーを飲みながら、僕はル・コルビュジエがギリシャのパルテノンについて綴《つづ》ったこんな条《くだ》りを思い出した。《その形は自然の姿を拭《ぬぐ》い去っているが、光と材質を配慮することによって、まるで自然に空につながり、地につながるかと思われる。》

《このようなところではわれわれは過去の現実と、その向こう側に不変の海を見る。》

そして、思った。もしかしたらあらゆる街、あらゆる都市というのは、人の手によって創られてはいても、その先の一点でぴたりと自然と繋がっているものなのかもしれない。少なくとも、この金沢という街はそうだった。大学に入学してから数ヶ月を過ごした京都では、なぜこういったことを感じなかったのかが不思議だった。自分が目を閉ざしつづけていたとしか思えなかった。

——建築。

その二文字がはっきりと脳裏に刻まれたのは、おそらくこの時だったと思う。

しかし、こうして毎日出歩く僕を、山之内氏はどんなふうに感じていたのだろう。自分の母親に対して無関心に見えただろうか。正直なところ、僕自身にもよくわからなかった。二日が経っても、三日が経っても、自分の母が自分の知らない街で長い歳月を過ごし、そして、現在死にかけているという事実が、どこかよそよそしくて奇妙で、収まりの悪いものに思えてならなかった。

食堂の巨大なテーブルは昼食を賑《にぎ》やかに食べるためのもので、朝夕は一部の住み込みの弟子が、数人一緒にいるだけだった。その弟子たちの中には先日の藤木幸綱の通夜と葬儀を手伝いに来た人たちが混じっており、お互いに顔は知っていたが、かといって食事中に話が弾むことはなかった。山之内氏を含めた誰もが、微妙に僕に気を遣っている様子であり、僕もまた彼らに気を遣っていた。

山之内氏に対し、最初の頃のような生理的ともいえる反発を持つことはなくなっていた。

だが、そうかといって積極的に親しくなりたいとも、実際になれるとも思えなかった。僕たちは礼儀正しい関係をつづけ、毎朝食事のあとには必ず一緒に母の病室を訪ねた。

そんな四日目のことだった。

病室のドアを開けると、そこに父がいた。

十　夏祭り

1

父は幾分照れ臭そうに目を伏せたまま、「よ」と僕に手を上げた。「元気だったか？」元気だったかもないものだ。僕には色々いってやりたいことも問い質《ただ》したいこともあったが、父は僕が何かをいう前に、山之内氏と挨拶《あいさつ》を交わし始めた。御無沙汰《ごぶさた》をして、といった挨拶を口にする二人は、どちらもやりにくそうな雰囲気を、大人の分別というやつで押し込めているように見えた。

「病室に勝手に入り込んでしまいまして、申し訳ありません」

父はそういいながら深々と頭を下げた。「夜行でこちらに着いたものですから、とりあえずはここへと思いまして」

ポロシャツに折り目のほとんど消えてしまったズボンを穿《は》き、大して物も入っていないように見える小振りのボストンバッグを足下に置いていた。バッグは別だが、恰好《かっこう》のほうは、特に逃走中といった事情を思わせるものではなく、普段から僕はこんな姿の父しか知らなかった。

山之内氏は改めて父に丸椅子を勧めると、いかにも病室と思わせる抑えた声で、母の容態についてあれこれと話して聞かせた。父はそれを静かに聞いた。

やりとりを交わす二人を、僕は病室の入り口脇の壁に寄りかかって眺めていた。気のない素振りを装ってはいたが、意識がなく横たわる母の傍らで、その母とそれぞれに関わりのある男二人が話す様を見ているのは、なんだか妙な気分だった。

話に一段落がつくと、父は立ち上がって僕のほうをむいた。

「朝飯は済ませたのか？」

もう済ませたと僕は答えた。

「なら、コーヒーでもつきあえよ。たばこも喫《す》いてえんだ」

父はいい、僕の答えも待たずに病室を出た。後ろについて歩きながら、こういうところは父も山之内氏も案外と似ているのかもしれないという気がした。

自動販売機を見つけて缶コーヒーを買った。「おまえも同じ物でいいか？」と確認した父は、一本を僕に渡し、「上でも行ってみるか」と天井を指さした。

病院の屋上に出るのはそれが初めてだった。最上階までエレヴェーターで上がってから階段を上った。陽射しがそろそろ強くなり始めており、手摺《てす》りや給水タンクなどの影を、屋上のコンクリートに焼きつけていた。朝一番に干されたらしいシーツが風に靡《なび》き、躰中《からだ》に絶え間なくしかし大らかな小波《さざなみ》を走らせている。入道雲が大きかった。四方の景色のあちこちから滲《し》み出すようにして、蟬の声が上がってきていた。

昇降口の脇がちょうど日陰になっているのを見つけ、僕らは壁を背に並んで腰を下ろした。コンクリートが熱を帯びていて、ズボンを通しても尻《しり》が熱かった。

それぞれ缶コーヒーを開けて口に傾けた。

「ここのことがどうしてわかったの？」

何とぶつけてやろうかとあれこれ考えていたにもかかわらず、結局初めに僕の口をついて出たのはそんな問いかけだった。

「蛇の道は蛇ってことさ」

父はすまして答えたが、そんな答えで納得出来るわけがなかった。

「嶌久さんから聞いたの？」

「いや、違う。まあ、細かい話はいいじゃねえか」

「よかあないよ。ちゃんと話してくれないか。父さんのために、どれだけ迷惑してると思ってるんだ」

父は驚いたらしく、僕の顔を見つめ返した。

だが、すぐに顔を正面に戻し、黙ってまた缶コーヒーに口をつけた。長いつきあいの間にわかっていた。こういう時、父は戸惑いを押し隠しているのだ。しかし、表面的にはいかにもふてぶてしい態度に見える。

「今までどこにいたのさ？」

詰問すると、きまりが悪そうに鼻の頭を掻《か》いた。

「まあ、あちこちとな」

「どうして父さんはいつも、そうやってのらりくらりとした答えしかしないんだ」

「子供は知らなくてもいいことだってある」

またそれだ。いったいいつまで子供扱いをするつもりなのだ。僕は黙り込み、缶コーヒーを飲んだ。ジーンズのポケットからたばこを抜き出し、火をつけた。

「いつから喫うようになったんだ？」

「浪人中からさ」

「たばこなんか喫うと、必要な暗記物が出来なくなるぞ」

「大学には受かったろ」

「で、どうなんだ？」

「何がさ？」

「大学だ」

「まあまあだよ」

それで会話が途切れてしまった。

父もたばこを抜き出して喫い始めた。ジッポーのオイルの匂いが風の中にふわっと拡がり、それをハイライトの微《かす》かな甘みを伴う匂いが追いかけた。僕の周りでは誰も喫うもののないたばこだったが、父は昔からずっとこれだった。

「それじゃあ、嶌久さんとは全然話していないの？」

　僕は重要なことを思い出し、訊《き》いた。

「ああ、ここんとこはな。ああ見えたって、野郎は刑事だぜ。あんまり手の内を明かせないだろうが」

「嶌久さんがいってたんだけど、ここには河林の手下の目が光ってるかもしれないんだ」

　父は目を瞬いた。「河林の野郎の手下だと……。どういうことだ？」

「天野貴美子さんって人を知らないか？」

「いや、知らんな。誰だ、それは？」

　首を振る父に、僕は若い日の貴美子さんが写る写真のコピーを見せた。必要になることがあるかと思い、山之内氏に頼んであの写真を複写させて貰《もら》って持ち歩いていたのだ。仕事で使うらしく、山之内氏の家には写真複写の機能がついた立派なコピーの機械があった。

　父は僕が差し出したコピーを見つめ、眉間《みけん》に皺《しわ》を寄せた。

「昔、母さんの友達だった人みたいなんだけど、この人が藤木幸綱をペテンにかけて、屋敷や財産を取り上げたんじゃないかと思うんだ。それに僕が京都から新宿にやって来ることまで知っていて、ちゃっかり近くに潜り込んでるのさ」

「ちょっと待てよ。どうも説明が要領を得ねえや。落ち着いて、順を追って話せよ」

　父が相手でなければ、もっと手際よく話せるのにという気がして、それが残念だった。

　ふと気がつくと僕は父を前にして、いつの間にか母のことを「母さん」と躊躇《ため》らいなく呼んでしまっていた。

父が短い質問をしてくるのに答える形で、改めて貴美子さんのことを話して聞かせた。父は僕が話し終わると二本目のたばこに火をつけ、それをゆっくりとくゆらせながら、しばらくはじっと考え込んでいた。

「思い出したぜ。確かにこの女は忍の友達だった。一緒に学生運動をしてたんだ。だが、貴美子ってのは偽名じゃねえのか。思い出せねえが、何か違う名前だったはずだ」

たぶんそうなのだろうが、僕も本名はわからなかった。

「河林とも知り合いだったのかな？」

僕が訊くと、父は怖い顔で見つめ返した。

「河林について、おまえは何を聞いたんだ？」

「昔の母さんとの間のことさ」

「それの何を聞いた？」

僕は山之内氏から聞いた話を掻《か》い摘《つま》んで聞かせた。

やがて父は、不敵に見える笑みを浮かべた。

「確かにおまえがいう通り、河林のやつが、その貴美子って名乗る女を使って蔦《つた》屋敷を分捕ったり、おまえの行動に目を光らせたりしてたのは間違いなさそうだな。あの野郎、案外と細かい芸当をするようになったじゃねえか。――だがな、さっきおまえがいった、野郎の手下がここにも目を光らせてるって件ならもう大丈夫だろうぜ」

「どうしてさ？」

「やっとのことには、とりあえず片をつけたからだ」

「片をつけたって？　どんなふうに？」

「手打ちすることにしたんだよ。近々、東京で野郎の仲間と会う」

「そんな説明じゃわからないよ。僕だって、知ってることを話して聞かせたんだ。父さんもきちんと話してくれないか」

僕が声を荒らげると、父は唇を引き結んだ。また僕を子供扱いして終わりかと思ったが、今度はぼそぼそと話し始めた。

途中までは金沢に来る前に嶌久さんから聞いていた話と同じで、父が立ち上げたゴルフ場の建設費を、河林の息のかかった男が持ち逃げしたということだった。

「だが、少し時間がかかっちまったが、その野郎をやっと取っ捕まえた。数日前から、俺んとこの社員が、あるところに身柄を確保してるよ」

「その男には、やっぱり亀和田興業の息がかかってたの？」

「それも嶌久から聞いたのか？」

「まあね」

「しょうがねえな。ぺらぺら喋《しゃべ》りやがって。その通りさ。俺としたことが、一年以上も騙《だま》されてた。もっとも、生き馬の目を抜くような世界だからな。一年や二年仲間の振りをしてて、いざという時になったら掌《てのひら》を返すなんてのは、ざらにあるケースなんだ。俺がうっかりしたのが敗因さ」

「横領罪で逮捕状が出た話は知ってるの？」

「ああ、知ってるさ。情報が命だぜ」

父はこともなげにいってのけた。

「でも、その亀和田興業の息がかかった男を警察に突き出せば、逮捕状は引っ込められるの？」

今度はあっさり首を振った。「それはそうはいかんさ。出資者の何人かが、ゴルフ場の会員費として出した金を横領されたといって、オーナーである俺のことを訴えちまったんだ。その訴えを取り下げさせねえことには、手が後ろに回る。だが、出資者たちを納得させて訴えを取り下げさせるにゃ、金を返すか、最低でも見せ金ぐらいは作って説得せにゃならねえが、今の俺はオケラと来てる。その野郎は、てめえが持ち逃げした金は持っちゃいなかったんだ。もっとも、こっちだって予《あらかじ》めそれぐらいは覚悟してたがな」

「お金は亀和田興業の懐に入ってしまったってことなの？」

「御名答だ」

余裕ぶっているのは、本当に余裕があるからなのか。それともただ強がっているだけなのかわからなかった。

「俺はこの商売を始めてからずっと、一度もヤクザとはつるまずにやってきた。連中とつるむと、楽に稼げる額は増えるかもしれんが、雁字《がんじ》搦《がら》めにされるリスクもある。あいつらの常識を押しつけられたんじゃ、面白くねえからな。だが、そういう商売のやり方をしてる人間にとっちゃ、ヤクザってのは鬼門なんだ。連中のところに入っちまった金は、俺たち堅気にゃ絶対に取り戻せやしないと諦《あきら》めるしかないのさ」

「でも、じゃあ――」

「そんな顔をするなよ。別に手段は講じてある。むこうの一番攻められたくねえところを攻めるんだ。おまえの親父はな、切り札は常に手元に用意しておくタイプなんだよ」

幾分得意になっているらしく、そんなふうに前置きしてから父はさらにつづけた。

「実をいやあ、今度のいがみ合いの発端は、三年ほど前に六本木《ろっぽんぎ》のある土地を巡り、俺が河林の野郎をへこましちまったことにあるんだ。地上げの情報を摑《つか》んだ俺は、逸早《いち》くこっそりと裏から手を回して、ポイントになる土地の一部を自分の思い通りに出来るようにしておいた。もっとも、相手が河林だったのはまったくの偶然で、途中までは何も知らずにいたんだがな。連中としちゃあ、その土地を俺の息がかかった筋から吐き出させねえことにゃ、どうにも地上げが完了しねえ。最後は、こっちのいい値で引き取ったよ。せこい商売だが、案外とこういうのがいい稼ぎになるのさ。この時にむこうサイドで表に立ってたのが、田代っていう不動産屋なんだ」

「その男なら、知ってるよ」

僕がいうと、父は不思議そうな顔をした。

「なんでおまえが知ってるんだ？」

「河林が蔦屋敷を自分のものにするのに、間を繋《つな》いだのがその田代なんだ」

「なるほどな。河林に亀和田興業に田代と、オールスター揃い踏みってわけか。ま、それでだ、俺はその時に田代の周りを徹底的に調べた。金の出所や、その先に誰がいるのかってことも、警察なんかよりはよほど詳しくわかったぜ。詳しい話は端折《はしょ》るが、その地上げで浮いた儲《もう》けの一部は、ある政治家のポケットに入ってることまでわかったんだ。で、俺はその証拠をこの手に押さえた。それを銀行の貸金庫に入れ、保険をかけたってわけさ。今取っ捕まえてる野郎だけじゃ蜥蜴《とかげ》の尻尾《しっぽ》だが、その証拠とセットなら、連中だって俺と商談をしなけりゃならなくなる」

「商談って……、それじゃあ、河林や田代と交渉して、持ち逃げされた金を取り戻すつもりなの？」

「手が後ろに回らねえようにするにゃ、早々にそうするしかねえだろ。交渉相手は、田代にするつもりだ。堅気に一番近いところにいる人間が、最も攻めやすいのさ」

「でも、田代を攻めれば、亀和田興業が出て来る危険はないの？」

「そこはこっちのやり方次第だよ。連中は金で結びついてるんだぜ。何も完全な一枚岩ってわけじゃない。亀和田興業のほうは、てめえの懐が痛まない限りは、基本的には汚れ仕事はやらんさ」

僕はしばらく口を閉じ、父の話を反芻《はんすう》した。まだわからないことも残っているような気がしたが、父が断言する以上、おそらくこのやり方で今の危機を脱せられるのだろう。

「そういうわけだから、心配するな。おまえも、もうしばらく新宿で辛抱すりゃ、京都に帰って構わねえぞ」

父は缶コーヒーを飲み干し、空き缶にたばこの吸い殻を入れた。

「さて、それじゃあ俺はそろそろ行くぜ」

僕は驚いて目を上げた。「行くって……、もうなの？」

「河林んところの連中の目より、警察の目が心配なのさ。まあ、よほど昔までひっくり返さなけりゃ、俺と忍との関係は割れんだろうから大丈夫だとは思うがな」

「なら、もう少しついていてやればいいじゃないか。意識が戻るかもしれないだろ」

「俺がついていたってしょうがねえだろ」

「どうしてしょうがないのさ」

「あいつの意識が戻った時に、俺が傍にいたってしょうがないといってるんだ」

僕は口にする言葉が思いつかなかった。

「俺はただ、もう一度だけあいつの顔を見たかっただけだ。この時間なら、誰も見舞いにゃ来ないだろうと思ってたんだよ。山之内と顔を合わせちまったのは、予定外だった」

僕は目を逸《そ》らした。父の口調は、いつになく弱々しかった。

「——昔、角筈ホテルで、僕は母さんと山之内さんの二人に会っていたんだね」

「それも山之内から聞いたのか？」

「最初は、自分でなんとなく思い出したんだ。角筈ホテルへむかう途中で、以前に来たことがあるような気がして」

「ガキの記憶ってのは、案外と確かなものなんだな」

「母さんは僕を産んでじきに亡くなったなんて騙してたのは、どうしてなの？　ちゃんと話してくれてもよかったはずだろ」

父は僕に横顔をむけたまま、まるで僕の言葉など聞こえなかったかのように、悠然と景色に目を行き渡らせた。わかっていた。内心では、戸惑いで右往左往している。わかってはいても、父のそうしたふてぶてしい態度が、苛立《いらだ》ちを増してしまうのがとめられなかった。父との間で繰り返してきたことだった。

「そういう話は、今度ゆっくり飯でも食いながらにしないか」

父にしては珍しく、どこか遠慮したようにいった。

「いったいいつゆっくりと飯を食うのさ。静岡の家にも滅多に帰らないし、今じゃ僕だって京都で暮らしてる。だいいち、ゆっくり一緒に飯を食ったことなんか全然ないじゃないか」

「厳……」と、父は僕の名前を呼んだ。

「母親は死んだなんて、どうしてそんな嘘をつき通して僕を騙す必要があったのかわからないよ。どうして父さんもお祖父さんもお祖母さんも、みんなして僕を騙したんだ」

「それが、おまえにとって一番いいと思ったからだ……」

「本当は生きてる母親を、死んでるなんて騙し通すのが一番いい判断だと思ったなんて、おかしいよ」

「おまえにはわからん」

「わかるように話してくれなけりゃわからないさ。話してくれよ、父さん。山之内さんは何かを隠していて、決して話してくれようとはしないんだ。父さんに直接訊《き》けというばかりだった」

「昔の話はしたくないのがわからんのか」

父が声を荒らげた。

「僕には知る権利があるだろ」

その時、階段を駆け上がってくる足音がした。口を閉じてやり過ごそうとすると、姿を現したのは山之内氏について一緒に来ていた弟子だった。

「よかった。ここにいたんですね」

僕と父を交互に見やりながらいい、「一緒に来てください」と促した。

母の容態が変わったと、息を切らしながらつけたした。

2

今までいくつかの場面に於《お》いて、自分が透明人間になったように感じる時があった。すぐ目の前で、自分にとっても周囲の人々にとっても大変なことが進んでいるのに、僕一人だけがその流れから取り残されてしまっている。誰も彼もが、そして時の流れさえもが僕を素通りしてしまう。僕自身はといえば、感情をうまく表現出来ないばかりか、自分自身でさえきちんと摑めないままで、ただぼんやりと立ちつくしているだけだ。

父が現れたのと同じ日の夕刻に、母は静かに息を引き取った。癌という病気の末期であったことを思えば、それはせめてもの幸運だったといえるかもしれない。山之内氏だけではなく、報《しら》せを受けた多くの弟子たちや、それに母の友人らしき人たちが駆けつけた。母は、その多くの人たちに見守られて、四十一年の人生を終えた。

正にこの時、僕は自分が透明人間になってしまったような気がしてならなかった。死んでいこうとしているのは僕の母親だった。それにもかかわらず、同じ部屋の中で僕だけが母のことを何も知らなかった。最も母から遠い存在であり、部屋の中で自分一人だけがこの場に相応《ふさわ》しくない異邦人のように思われた。誰もが母のために駆けつけ、母のために悲嘆に暮れているというのに、血の繫《つな》がりのある僕だけが、悲しみの感情を宙ぶらりんにさせたまま、どうしていいかわからずに戸惑っていたのだ。

時間ばかりが過ぎていった。しかし、ほんの一瞬だけ、逆に時が立ち止まらんばかりに歩みを緩めたことがあった。たった一度、それもほんの短い間だけだったが、母は意識を取り戻したのだ。

それは屋上に呼びに来た弟子に連れられた僕たちが病室へと駆けつけた直後のことで、まだ他の弟子たちも友人知人も集まってはおらず、部屋にいたのは僕と父と山之内氏だけだった。

目を開けた母は、山之内氏の顔をじっと見つめたあと、おもむろに周囲を見回した。僕のことを捜している。僕と父を捜しているのだ。なぜか僕にはそうわかった。

母はずっと意識がなかったにもかかわらず、耳だけは聞こえていて、僕が何度か見舞いに訪れていたことも、父がやって来たことも、もうわかっていたのだろうか。僕と目が合うと、すぐに何の躊躇《ためら》いもなく、「厳——」と呼びかけてきた。

かすれた小さな声だった。

山之内氏が、動こうとしない僕を手招きした。

「厳君。こっちに……、彼女の傍に来てくれないか」

父が無言で背中を押し、それでやっと足が前に出た。

母が近づく僕を見つめていた。

そうして正面から見つめられると、意識がなく横たわっていた時よりも母は一層年老いて見えた。だが、窶《やつ》れて命の火が燃え尽きようとしている顔には、記憶の中の母親と確かに重なる面影がいくつも見出《みいだ》されもした。そのことに強く打ちのめされた。

「厳なのね……」

母はそういったきり、痛みを堪《こら》えるような顔で口を閉じた。視線は決して僕から逸らそうとはしなかった。ベッドサイドに取りつけられた点滴のチューブが揺れ、布団が少し持ち上がった。筋と細い血管の浮き出た腕が何をしたがっているのかに気づき、僕は自分から母の手を握った。肉の少ない、冷たい手だった。

母はそれで安心したように、目の表情をいくらか和ませた。握り返してきたが、僅《わず》かな力しかなかった。

「父さんもいるよ……」

母は僕の言葉に反応し、目だけ動かして病室を見渡した。父が僕の隣に並び、「よ」と低い声で告げた。

「たまたま近くまで来たもんだからな」

と、ちょっと用足しに寄ったようなことをいった。

母が目を細めたのは、どうやら微笑んだらしい。父はきまりが悪そうに顔を背けた。

母がまた僕を見た。

「ごめんね……、厳」

息が辛うじて音を伴ったぐらいのかすれ声でいい、しばらくしてからもう一度「ごめんね……」と繰り返した。

僕は何も応《こた》えることが出来なかった。謝る必要なんかないとでもいうべきだったのか。それとも、なぜそんなふうに謝るのかと、思いやりに満ちた態度で訊き返したほうがよかったのか。あとになってみれば、十数年ぶりで会う母親にむかって、何かもっと違う接しようがあったのではないかという気がしてならなかった。しかも、母はじきに亡くなろうとしていたのだ。

だが、僕には何も出来なかった。十九歳の僕は、思いやりに満ちた言葉を見つけて口にするにはまだ幼すぎたし、母親への思慕の情をひたすらにさらけ出すにはもう大人になりすぎていた。

母がそうして意識を取り戻したのは、ほんの僅かな間だけで、それに意識がどこまではっきりしていたのかもわからない。深い眠りの淵《ふち》からほんの一瞬だけ僕たちの傍へと戻って来た母は、じきにまた眠りの中へと沈んで行った。

僕や父に代わって山之内氏が母のすぐ傍につき添い、母の意識をもう一度呼び戻そうとしたが、無駄だった。途中からは、今度は医者と看護婦とがその場を占めた。

その後、母がもう二度と目覚めることはなかった。

自分にとって祖父と母に当たる人を、僕はこの夏、つづけて見送ったことになる。母の通夜と葬儀は、祖父の時よりもずっと暑かった。かんかん照りに晴れ上がり、陽射しが金沢の街を押し潰《つぶ》しにかかっているような二日間だった。山之内氏が手配をしてくれた喪服の中は、いつも汗でびっしょりになった。父はすぐに姿を消すといったくせに、結局通夜には出席し、僕の横でむっつりと黙り込んでいた。だが、やはり警察や河林の手下たちの目を警戒したらしく、途中でどこへともなく姿を消した。

通夜の間も、葬儀の間も、山之内氏はどっしりと落ち着きを保ちつつ、的確な指示を弟子たちに出しつづけた。火葬場で母が煙になって空へと上っていくのを待つ間もなお、ひたすら目の前の仕事をこなしつづける職人のような顔で、じっと唇を引き結んでいた。

母のお棺には、着物が一枚添えられた。それは僕が金沢に来た日に山之内氏が見せてくれた、大沢池を描いたあの着物だった。

一人でいる山之内氏を見かけたのは、その日の夜のことだった。翌日東京に戻るつもりで荷物をデイパックに戻し終えた僕が、台所に飲み物を貰《もら》いに行くつもりで部屋を出ると、工房に明かりがついていた。ふと中を覗《のぞ》くと、部屋の片隅に一人、入り口のほうに背中をむけて山之内氏が坐《すわ》っていたのだ。

声をかけるべきか、かけずに通り過ぎてしまうべきか、僕は微《かす》かな迷いを感じた。決めかねているうちに、人の気配に気づいたらしい山之内氏がこちらを振り返った。

目が合い、僕は何歩か部屋の中に足を踏み入れた。工房は大変に広かったので、そうして足を踏み入れてもなお、僕たちの間にはかなりの距離があった。

「お世話になりました。泊めて戴《いただ》いて、ありがとうございました」

僕は頭を下げて礼をいい、「明日、東京へ帰ります」と告げた。

「そうか、帰るかね——」

山之内氏はそう応じたが、どこか上の空に感じられた。両目が赤らんでいることに気づき、僕は自分がまずいところに行き合わせたらしいと知った。胡座《あぐら》をかいた山之内氏の躰《からだ》の脇には一升瓶が立ち、その横に湯飲み茶碗《ぢゃわん》がぽつりとひとつ置いてあった。

「ここが妻の机だったんだよ。慌ただしくて、じっくりと悲しむ暇もなかったせいかね……。こうして彼女の道具を片づけていたら、急にあれこれと思い出してしまって」

何と応じたらいいのか考えていると、「少し飲むかね？」と訊いてきた。

僕は「戴きます」と答え、部屋を横切って山之内氏に近づいた。

「ここに坐っていたまえ」と山之内氏はいい、一旦《いったん》立ち上がって部屋の奥にむかった。棚から湯飲み茶碗を取り上げ、「これで構わんかな」といいながら戻って来た。

それを母の作業机の端に置き、日本酒を注いでくれた。

僕たちはほんの小さく湯飲みを掲げ合い、口をつけた。

「それは、どうするんですか？」

机の横に置いてある段ボール箱を指して、僕は訊いた。

「彼女の道具のことかね？」

「ええ」

「私と妻の部屋に移すよ」

「――――」

「大沢池の着物は、もうなくなってしまったがね。これも大切な思い出の品だ」

それで会話が途切れてしまった。

「そうだ、すぐに戻る。ちょっと待っててくれ」

やがて山之内氏はそういいおき、部屋を出て行った。

一人になると、急に辺りの虫の音が大きく聞こえた。母の物だったという机には、今は何も残ってはおらず、日本酒を入れた湯飲みがあるだけだった。山之内氏が片づけていた段ボール箱の蓋《ふた》をそっと指で引き開け、僕は中を覗いてみた。様々な絵筆や刷毛《はけ》が納まっていた。絵の具皿や染料などとともに、何冊かの大学ノートやスケッチ帳、それにファイルブックなどもあり、適当に抜き出して開いてみると、様々なデザインや模様のアイデアが細かくメモされて整理されていた。几帳面《きちょうめん》な女文字だった。

母はここに居場所を見つけたのだろう。いや、ここにしか見つけられなかったというべきなのか。道具類に触れ、母の手で認《したた》められたノートの類《たぐい》を眺めていると、ふとそんな気がした。僕を産んだ時、母は二十二歳だったことになる。今の僕よりも、ほんの三歳ほど年上だっただけなのだ。きっとその歳では抱えきれないほどに様々なことが、母の周りで起こったのではないか。どうしていいかわからなくなって、父や僕の前から姿を消してしまうしかなかったのだろう。

それは何度か僕の脳裏を過《よぎ》った思いであり、その度に強く否定されてきたものだったが、今夜は少しずつとはいえ、素直に自分の中に浸透していきそうな気がした。

「ごめんね……、厳」という母のか細い声が耳に残っていた。

あんなふうにただ詫《わ》びるだけで逝ってしまうなんて、何か中途半端に荷物を渡されたように思えてならなかった。

いったい母は、あのあと何といいたかったのだろうか。それとも、ただ一言謝りたかっただけなのか。ただそのためだけに深い昏睡《こんすい》の闇を掻《か》き分け、ほんの一瞬だけ僕らの元へと帰って来たのだろうか。

廊下に山之内氏の戻って来る足音が聞こえ、僕は母の道具やノートなどを元のように戻して段ボールを閉じた。山之内氏は、最初の日に僕が渡した母のアルバムを持っていた。

「これはやはり、きみが持っていたほうがいいと思うんだ」

元の場所に胡座をかいて坐ると、僕にアルバムを差し出した。

「でも……」

「ここ数日、何度か繰り返し眺めさせて貰ったよ。自分の知らない彼女がいて、知らないくせに懐かしくもあり、嬉《うれ》しかった。だが、私はもう充分だ。これはきみが持っていたまえ」

山之内氏は口を閉じかけたが、思い直したようにさらにつけたした。

「そのほうが、妻もきっと喜ぶと思うんだ」

僕は曖昧《あいまい》に返事をし、そのアルバムを受け取った。

「お願いがあるんですが」

「何だね？」

「母がここに来てからの写真を、もしよかったら見せて戴けませんか」

山之内氏は湯飲みを顔の前でとめたまま、戸惑ったように目をしばたたいた。

「もしも構わなければで結構なんです」

僕が慌てていい添えると、同じように慌てた素振りで首を振った。

「一向に構わないさ。今すぐに持って来るから、ちょっと待っていてくれたまえ。いや、それよりも、一緒に私たちの部屋に来ないかね。むこうのほうが涼しいし、それに、彼女の作品も見せてあげられるし」

一息にいったあと、躊躇《ためら》いがちにあとをつづけた。

「ただ、きみが見たがるとは、その……、少し意外だったものだからね……」

僕自身も意外だった。

3

帰りは鈍行列車で帰ることにした。夜まで待って深夜バスを使うのと、料金的にはそれほど違わなそうだと知ったこともあるが、再び深夜バスを使うとなると、母が危篤だとの報《しら》せを受けて新宿から金沢へとむかった往路の気分を思い出してしまいそうで嫌だった。

翌日、山之内氏は自分で車を運転して、僕をJRの金沢駅まで送ってくれた。駅のターミナルビルの中までついて来てくれようとするのを、僕は強く辞退して、車を降りたところで別れることにした。いくつもの仕事の締め切りを抱えた山之内氏が、今朝も早くから仕事を片づけている姿に気づいていた。自ら僕を送ってくれたのは、随分無理をしてのことにちがいなかった。

機会があればまた金沢に遊びに来るようにと、山之内氏は僕を誘ってくれた。

「きみの大学がある京都からなら、特急で二時間ちょっとだよ」

僕は礼をいい、いつか是非そうさせて貰いたいと答えた。

車を降りる直前に、僕は一度訊《き》こうと思っていて、結局訊けずにいた質問を口にした。

「あの、子供を作ろうとしたことはなかったんですか？」

山之内氏はちらっと僕に視線を流したのち、フロントグラスのほうに顔を戻してから答えた。

「作ったよ。一度。しかし、流産でね。それ以降は、結局出来なかった」

車を降りた僕に、新宿でハルさんや教授と一緒に食べるようにといい、菓子折を差し出してくれた。長生殿《ちょうせいでん》という名の、金沢の名菓だとのことだった。

僕は礼をいって受け取った。頭を下げ、駅の入り口を目指し、少し歩いてから後ろを振り返った。山之内氏はまだ車の中から僕のほうを見つめていた。僕がもう一度頭を下げると、少し照れたような笑みを浮かべた。軽く手を上げて車を出し、夏の陽射しに焼けたアスファルトの彼方《かなた》へと走り去った。

表が明るすぎたので、駅の中は洞窟《どうくつ》みたいに薄暗く感じられた。新潟辺りを回って鈍行で帰ろうかと、漠然とそんなふうに決めていた僕は、みどりの窓口を探して切符を買う列に並んだ。

父から声をかけられたのは、その時だった。

「鈍行なんて、しみったれたことをいうなよな」と告げた父は、長岡まで特急で行き、そこから新幹線に乗り換えることを主張した。僕の答えも聞かぬまま、待ってろといって自分が列に並び直し、さっさと切符を買ってしまった。列車の旅には備えが必要だと、それから大きめの売店に行くと、欲しいものは何でも買えといいながら、自分でも弁当や酒類、スナックや冷凍ミカンなどを買い込んだ。

内心では、本当はなんとなく気まずいものを感じており、それを快活に振る舞うことで紛らわせていたのかもしれない。父と旅行をしたことなど、本当に幼かった頃に何度かあるぐらいで、それだって祖父や祖母も一緒だった。二人きりで列車に乗って長い時間を過ごした記憶など、一度もなかった。

日本海を行く特急電車は空《す》いており、僕らは四人掛けの席を二人で占領した。列車がホームを離れるなり、昼前からビールを飲み始めた。駅の周辺部のビルが消え去ると、そこから先は窓の外が広くなった。

父は自分が姿を消したあとの葬式の様子や、僕の京都での大学生活などについて、それなりに多くの質問をした。僕は僕で、それに答えて思いつく限りの話をした。どう身を処していいかわからないのは、何も父一人ではなく、僕もまたいつもと比べればずっと雄弁だった。

僕は早々に酔ってしまった。新幹線に乗り換えたのち、いつしかうとうとしてしまった。目覚めると、父が僕を見つめていた。目が合い、たまたま目が合っただけだというような仕草で顔を逸《そ》らした。

「おまえ、案外と酒が弱いんだな」

莫迦《ばか》にしたようにいいながら、自分はまたビールを口に傾けた。

僕は尻《しり》の位置をずらして坐《すわ》り直した。車内は冷房が利いていたが、窓からの陽射しのせいで全身に汗をかいていた。

「京都ってのは、今でもまだ学生運動らしきことをやってるみてえじゃねえか」

父がいった。僕は何かの話のつづきかと思い、うとうとする前にしていた会話を思い出そうとしたが、どうもはっきりしなかった。

「そういう連中もいるみたいだけれど、僕には興味がないから」

「なら、おまえは何に興味があるんだ？」

建築、といった言葉が喉元《のどもと》まで出かかった。鞄《かばん》には金沢の書店で見つけた建築関係の本が入ってもいたが、結局、そう口にすることは出来なかった。

「どうなんだい？　勉強か？　それとも、女か」

ニヤニヤ笑いを浮かべて訊いてくる父に、僕は「どうでもいいじゃないか」と無愛想に答えた。

父は売り子がカートを押してやって来るのを見つけ、「もう少し飲むか？」と訊いた。

もうアルコールはいらないと答えたにもかかわらず、

「まあそういうなよ。列車の旅にはビールがつきものだぜ」

と、缶ビールを僕に押しつけた。

自分のビールのタブを開け、大きく喉に傾けると、手の甲で唇の周りを拭《ぬぐ》った。そんなふうにしながら、本当は喋《しゃべ》り出すきっかけを探していたのかもしれない。僕がそう気づいたのは、しばらくしてからのことだった。

父は唐突に喋り始めた。

「忍と出逢《であ》った時、俺は新宿で飲み屋をやってたんだ。父親に反発してたからな。静岡を飛び出して、自分の力で生きていくつもりだった。かといって、ろくすっぽ学校にも行っちゃいねえし、何をしたらいいのかなんてわからねえ。飲食店なら、適当な元手があれば始められるだろ。それに、働けば働くだけ金になる。親父の下で沖仲仕の連中とつきあってた頃、港の近辺で一緒に飲み歩いた店を思い出して、そんなふうに考えたわけさ。だが、それは大きな間違いだった。店を開けた場所が悪かったのか、俺の店はすぐに学生どものたまり場になっちまったのさ。新宿なら、もう少しサラリーマンが来るかと思ったんだが、学生どもは安い酒ばかりかっくらいやがって、つまみも安くて腹にたまりそうなものしか頼まねえ」

「母さんは、その店にお客で来たの？」

僕が訊くと、父は擽《くすぐ》ったそうに顔を歪《ゆが》めた。

「ああ、客だった」

「どんな？」

「どんな、か……。そうだな、生真面目そうというか、大人しそうというか。とにかく、野郎どもが屯《たむろ》して安酒をかっくらいつづける店にゃ不釣り合いな客だったよ。あいつは、ほとんど酒も飲めなかった。サイダーとか、コーラとか、そんなものを飲みながら、男どもが声高に交わす議論を黙って聞いてるのさ。門限も厳しくてな、九時過ぎにはもうそわそわし出して、十時ぐらいになると必ず帰っちまう。家があすこの蔦屋敷だからな、店から歩いて二十分前後だった。必ず誰か男の学生が、あいつを家まで送りたがってたよ。残った連中は、つまらなそうな顔をして、しばらくは議論も中断さ。俺にゃどうしてこんな娘が、ゲバ棒を振り上げてる連中とつきあってるんだろうって、それが不思議でならなかった。

だいいちあの頃の俺にゃ、学生運動にうつつを抜かしてるような連中の考えてることが、本当はほとんどわからなかったんだ。大概は気のいい連中で、一緒に飲んで騒ぐにゃ楽しかったさ。だけど、一旦《いったん》何か小難しいことを話し始めると、こっちはもうついていけねえや。連中は何か御大層なことをいってるつもりだったのかもしれねえが、俺には地に足がついてねえようなうわっついたことを並べ立ててるとしか思えなかった」

「この間、山之内さんも似たようなことをいってたよ」

「そうかい。あの男にとってもそうだったんだろうな。だがな、どこかで共感してみたいと思えるところだってあったんだぜ。厳、おまえは、自分の力で世界が変えられると思ったことがあるか？」

「世界が……」

僕は呟《つぶや》き返した。いきなり訊かれて答えられるような問いではなかった。ましてや父からこんなふうに何かを真っ直ぐに訊かれたことなどなかったのだ。

「連合赤軍事件や浅間山荘事件を知ってるか？」

「知っているというほどには知らないと思う」

僕は正直に答えた。

「連中は、世界の果てまで行ったんだ。それがよかったのかどうかはわからないぜ。それに、俺たちに何か関係あるかないかといわれりゃ、何の関係もねえや。行きたいやつらが勝手に行っただけの話だ。それに、行きかけてもちゃんと引き返して来た人間たちだっている。おまえの母親も、そんな一人だった。あいつはあいつで苦しんで、そして自分でいくつかの結論を出したんだ。それを許すかどうかはおまえ次第だが、あいつなりに苦しんだってことだけはわかってやれ」

結局、これがいいたかったのか。そのためにわざわざこんな回りくどい話をしたのか。僕はどこかシラけた気分で、父がいうのを聞いた。

父は喋りつづけた。

「忍がぱったりと店に来なくなっちまったのは、忘れもしねえ、六九年の夏のことだった。顔見知りの客にそれとなく訊いたりしても、誰一人として彼女の消息についちゃ何も知らなかった。ただ、非合法な活動をしてる連中とつきあい始めてるといった話は、その少し前からなんとなく耳に入っていたんで、俺は心配でならなかった。結局、一年近くもの間、あいつは行方がわからなかった。そして、俺がもう一度会った時には、腹が大きくなりかけてたんだ」

「――――」

一瞬、何をいわれたのかわからなかった。

自分が穴の開くほどに父の顔を見つめていることに、しばらくしてから気がついた。

「あの頃、学生運動をしてる連中は、警察の目を誤魔化《ごまか》すために、よく偽装結婚という手を使ったんだ」

僕の驚きをよそに、父は淡々と話しつづけた。

「警察はローラー作戦ってやつで、アパートや賃貸マンションなんかを虱潰《しらみつぶ》しにしてた。ちょっとでも怪しい人間が部屋を借りているとわかると目をつけ、あとを尾《つ》け回すのさ。学生風の男同士が三人や四人で出入りしてると、それだけでもう白い目で見られかねないような風潮があったんだ。だが、夫婦者なら話は別だろ。無論、本当に夫婦になるわけじゃねえから、借りた部屋には女の仲間がもう一人一緒に暮らしたり、あれこれ工夫はしていたらしい。だが、若い男と女がひとつ屋根の下にいるんだ。強姦《ごうかん》みたいなケースも含めて、なるようになっちまうことが多かったのさ」

――途中から、父の言葉が耳に入らなくなった。

いや、そもそもこの人を父と呼ぶのは間違いなのか……僕の頭は、いつしかたったひとつの問いかけのみを繰り返していた。

「僕の父親は誰なの……」

　低い声で訊いた。

「俺さ、決まってるだろ。莫迦なことを訊くんじゃねえ」

「あの人を妊娠させたのは誰だと訊いているんだよ」

　父が僕を睨《にら》みつけた。

　突然、恐ろしい顔をした女が目の前に蘇《よみがえ》った。母はなぜあんなに怖い顔で、僕を睨みつけていたのだろうか……。

　恐怖が僕を押し包んだ。なぜ父や祖父母までが母を死んだものと偽り、そんな嘘を僕に信じさせてきたのだろう。なぜ母は僕と父の元を去り、金沢にたどり着くまで当てどなくあちこちを彷徨《さまよ》ったのだろう。二十四、五歳だった母をそこまで追いつめ、苦しめたものは何だったのだ。そして、母はなぜ河林を刺したのか……。

　答えは目の前にぶら下がっている。いくつもの問いが指し示す先には、ひとつの答えが転がっている。

「河林なの？」

　自分の声ではないように思えた。

　視線が合い、今度は逸らしたのは僕ではなかった。

「そうだ」

「そのことを、河林は――？」

そう尋ねるのがやっとだった。

父が首を振った。──この人を、父と呼んでいいのだろうか。

「いや、知らん。やつは、忍が妊娠したことにさえ気づいてはいなかったらしい」

「──」

「俺と暮らし出して三ヶ月ほどで、おまえが生まれた」

「──待ってよ。それだけなの」

「それだけって、何だ？」

「暮らし出して三ヶ月目にって……、だって、他の男の子供がお腹にいたんでしょ……」

「別にいようがいまいが、忍であることには変わりがない」

「嘘だよ。ほんとにそれでよかったの……？　僕は他の男の子供だったんでしょ」

父はむっとした顔で黙り込み、ビールを喉に流し込んだ。

「それなら、何といって欲しいんだ。他人のガキなんか、愛する自信はなかったといえばいいのか。そんなものを背負い込まされてどうしようと、右往左往してたとでも聞けば満足か。厳、いいことを教えてやろうか。俺だって昔からずっと今の歳だったわけじゃねえんだ。おまえのお袋に若い日があったように、俺だってあの頃は若かった。自分の父親に反抗して故郷を飛び出し、何をどうしたらいいかわからないまま、小銭を掻《か》き集めてなんとか小っちゃな店を始めて間もないただの若造だったんだ。自信も確信も持てるわけなんかねえだろ。右往左往もすれば、苦しみもしたさ。だがな、それでも俺はあの女に惚《ほ》れて

座席の背もたれについたTシャツの背中が、汗をかいているくせに冷たかった。僕は今小さく震えていた。

「列車の旅にゃ、酒が欠かせねえっていうだろ。飲めよ」

父は怒ったような顔のまま、それでも努めて陽気そうにビールを勧めた。

「俺は新幹線で東京に入るのはちょいとまずいんでな。次の大宮《おおみや》で降りるぜ」

――話はこれだけで終わりなのか。

――これで終わってしまっていいのだろうか。

そんな声が、胸の中でした。しかし、それではもっと何を話して欲しいのかといえば、わからなかった。結局のところ、僕はただ黙ってもうしばらくの間、自分がずっと父と呼んできたこの人の傍に坐っていたいだけなのかもしれなかった。

「なあに、大宮まで入れば、こっちもあとは適当に各駅を乗り継いで新宿に入るさ。新宿って街は、人混みに紛れて姿を隠してるにゃ恰好《かっこう》の場所なんだ。二、三日はやり過ごせる。今日明日のうちにゃ、田代の野郎との商談は済ませちまうつもりだ。おまえは安心して、もうしばらくハルさんのところで過ごしてろよ。必要な時は、俺のほうから連絡を入れるが、ただし貴美子と名乗ってる女の件についちゃ、打ち合わせ通りにやれよな」

「わかったよ」

「ま、話は以上さ。そういうことだから、これからも宜《よろ》しくやっていこうぜ」

父は窓の外の景色を眺め回したりしながら、「そろそろのはずだがな」と、車内アナウンスが流れもしないうちからいい始めた。いつもの剛胆な素振りをなんとか保ってはいたが、どことなくそわそわとした感じを隠しきれてはいなかった。

大宮の駅で、手荷物ひとつを持って、新幹線から降りて行った。

しかし、席を立つ前に、ひと言だけいい置いた。

「そうだ、もうひとつだけ話があったんだ。おまえは俺が家を空けてばっかりで、父親らしいことをしてこなかったと恨んでるのかもしれんが、あれはただ俺がそういう男だってだけの話だぜ。だから、勘違いするんじゃねえぞ。これからも、おまえの父親はずっと俺なんだ。おまえがどう足掻《あが》こうが、その事実は変わらねえ」

「勝手なことをいうよな」

僕が小声で呟いたのは、父が列車を降りてしまってからのことだった。

走り出した新幹線の窓からホームをじっと見つめていたが、父の姿はあっという間に後方に流れ去って消えた。

4

街を埋め尽くしたコンクリートのせいで、新宿は金沢よりもずっと暑かった。人混みの中を歩いていると、自分がどこにも結びついてはおらず、ちょいと誰かに肩を押されたり、風がひと吹きしただけで、ひらひらとどこかに飛んでいってしまいそうな気がした。

ほんの一週間かそこら新宿を離れていただけだというのに、ビルとコンクリートだらけの街はやけによそよそしく見えた。風太がちょうどサックスの練習をしている頃かと思い、中央公園を通って姿を探してみたがいなかった。

角筈ホテルへとつづく狭い路地に足を踏み入れるとともに、僕はどこかでほっとした。角筈ホテルの玄関を入ると、懐かしさに包まれた。京都からいきなり連れて来られ、たまたま二週間ほどを過ごしただけの場所だったのに、確かな愛着が湧いていた。

「ハルさん」と、僕は呼びかけた。「帰って来ましたよ。部屋の鍵《かぎ》をお願いします」

ハルさん本人ではなくても、教授か貴美子さんか玲玉か、誰かが出て来そうに思うのに、なぜか何の返事もなかった。不安になりかけた頃、やっと教授が奥の部屋から姿を現した。

「す、すいませんね。ちょっと考えごとをしていたものだから、きみの声が聞こえなくて」

教授はいい、自分がレセプションデスクに入って鍵を探してくれた。

「ハルさんはどうかしたんですか？」

「そ、そんなことはないんですが、今、昼寝をしています。二、三日、暑い日がつづきましたから、ちょっとバテてしまったようです」

「貴美子さんと玲玉は？」

「貴美子さんは、今日もまた、こ、故郷のお友達を捜しに出て行きました。玲玉さんは、この間からテラさんの店でアルバイトを始めましてね。つ、つ、ついさっき、風太君が呼びに来て、一緒に出かけたところですよ。仕事の前に、どこかで御飯を食べるとかいってましたね」

教授はそう説明し、「はい、これが鍵です」と渡してくれた。

母や山之内氏のことを聞きたがったので、僕は金沢の話を掻《か》い摘《つま》んでして聞かせた。

そうして話しているうちに、どうも教授に元気がないことに気がついた。

「――どうかしたんですか？」

尋ねると、ちらっとだけ僕を見た。

「先日、シカゴから連絡がありましてね。ハ、ハ、ハルさんの家族が、土曜日にやって来るんです」

土曜といえば明後日《あさって》で、あと二日しかなかった。

「――少し長めの夏休みを取ったそうでして。こ、こ、この屋敷を売る算段を、具体的にするそうですよ」

「――――」

「ハ、ハルさんは、久しぶりに電話で息子や孫の声が聞けたので、もうそれだけで大喜びです。夏バテをしてしまったのは、先週その電話を受けてから、毎日、すっかりはしゃいでしまいましてね。そのせいもあると思うんです。今日だって、昼過ぎから寝たままなんですよ」

幾分腹立たしげな口調になっていた。教授はもっと色々と喋《しゃべ》りたそうな様子で、荷物を置いたら冷たい麦茶でも飲まないかと僕を自分の部屋に誘った。

いわれた通りに部屋を訪ねると、本の山の中に埋もれるように坐《すわ》った教授が、伸び上がって僕を手招きした。僕は教授に近づき、お尻《しり》を割り込ませるのがやっとの狭いスペースに腰を下ろした。

「ハルさんは、息子がここを売り払うために帰って来るということが、何もわからないんですよ」

僕に麦茶を勧めながら、教授はそんなふうに先ほどの話をつづけた。

「ハルさんは、これからどうするんでしょう？」

「そ、そんなことは、わからないよ」

「教授は、どうするつもりなんですか？」

「わ、私かね。さて、どうしたものかね……」

と、教授は遠い目をした。

「──訊《き》いてもいいですか？」

「なんだね？」

「教授は、家族は？」

「いないと、話さなかったかな」

「なんとなく不思議だったんですが、教授は仕事は何をしているんですか？」

出来るだけさり気なく尋ねたつもりだった。尋ねても決して答えやしない。風太からも嶌久さんからも、そう聞いていた。

教授は薄く微笑んだ。

「そ、それは、こうして本を読み、思考することさ。それが、私の仕事だよ。霞《かすみ》を食っては生きてはいけない、と思っとるんだろ。それが、幸か不幸か、私の場合は出来ちまったんだ」

「親の遺産でもあったんですか？」

「まさか」

「それじゃあ――？」

「まあ、いいじゃないか」

僕は教授がもう少し何か話してくれるのを待ったが、結局それ以上は何もいおうとはしなかった。

じきに玄関のほうが騒がしくなったと思ったら、ハルさんを呼ぶ風太の声が聞こえた。教授の部屋から顔を出して覗《のぞ》くと、風太が廊下を歩き回っていた。むこうでもすぐに僕を見つけ、顔を前に突き出すような仕草をした。

「おう、帰って来たな。久しぶりじゃねえか」

大声を出して近づいて来た。その声に反応したらしい玲玉の姿が、廊下のさらに先に見えた。

「元気だったかよ。久しぶりだな」

風太は笑いかけ、「で、お袋はどうだったんだ？」と訊いた。

亡くなったことを告げると、笑いかけてしまったことを悔やむように深刻ぶった顔になり、「おまえも色々と大変だったみたいだな」と呟《つぶや》いた。

取り繕ったようなしんみりした口調が、いかにもこの男らしかった。気まずい雰囲気になるのを先回りしてもり立てようとするのは、さらに風太の風太らしいところで、すぐに口調を変えてこういった。

「なあ、ところで今日は花園《はなぞの》神社のお祭りなんだぜ。ついうっかりしてたんだが、飯を食いに行く途中でポスターを見て思い出して、戻って来たのさ。お祭りの夜は、ハルさんが自分の昔の浴衣《ゆかた》を玲玉に着せてやる約束になってるんだ。ちょうどよかった。おまえも一緒に行こうぜ。バイトのほうは、もうテラさんに電話を入れて、一、二時間遅れるっていってある。どうせ混んでくるのは、遅くなってからだからな。だからさ、ゆっくり遊んでられるぜ。なんなら、それからおまえも一緒にバイトに行ったらどうだ。ここで一人で、しんみりと塞《ふさ》ぎこんでたってしょうがないだろ」

「ああ……」

僕は歯切れのいい返事をすることが出来なかった。確かに風太たちと一緒に賑《にぎ》やかな夏祭りに足を運び、そのままテラさんの店までバイトに繰り出してしまったほうが、部屋でうだうだと思い悩んでいるよりもずっとマシかもしれない。

だが、今日は貴美子さんを上手《うま》く丸め込み、テラさんの店へと連れて行かなければならなかった。そこで貴美子さんを問い詰めることを、父と示し合わせていたのだ。父が連絡を取り、嶌久さんも呼ぶ手筈《てはず》になっていた。

風太に打ち明けてもいいのかもしれないが、躊躇《ためら》われる気持ちがあった。風太が知れば顔色に出るというより、二人で秘密を共有すれば、僕と風太の二人の応対にぎこちないものが出てしまい、貴美子さんに不審を起こさせないともかぎらない。

「いや、俺は少しやることもあるし」

いいかけた僕に、今度は玲玉が笑いかけてきて、「おかえりなさい。イワオさん」と僕の名前を呼んだ。

「いっしょにおまつり、いこうよ。そして、かなざわのはなしも、あたしたちにきかせて」

「ほら、玲《リン》ちゃんだってこういってるんだから、いいだろ」

事情を知らない風太は乗り気で、「ハルさん、玲玉の浴衣を頼むよ」とまた声を高くした。

いつから玲玉が「玲ちゃん」になったのだと、風太と彼女の接近を危ぶむとともに、一緒に出かけたい気持ちが大きくなった。

「風太君、ハルさんは疲れて眠ってるんだから、大声はやめてくれよ」

教授が慌ててとめたちょうどその時、ハルさんの部屋のドアが開き、人好きのするあの丸顔が現れた。

「聞こえてますよ、もう、うるさいわね。今夜はお祭りだと思って、おばあちゃんはちゃんと躰《からだ》を休めてましたよ。準備万端。さあ、おいでなさい、玉《たま》ちゃん。ちゃんともう何日も前から、浴衣の用意はしてあるんだから、私が着せてあげますからね」

ハルさんは丸眼鏡の奥の目をにこにこさせて玲玉を手招きした。今度は「玉ちゃん」になっていた。

「よし、決まった。教授、ついでにあんたもどうだい」

「い、いや、私は、ハルさんについていないと」

「だから、あなたも来てくださいよ。私は、玉ちゃんと一緒に浴衣を着て行くんですからね。教授、あなたの分だってありますのよ。主人のお古で悪いんですけど」

教授はいよいよ戸惑いを露《あら》わにした。

「ただ、厳君と風太君は我慢してちょうだい。男の子用のはないのでね」

ハルさんがいうのに、風太がぽんと手を叩《たた》いた。

「よし、じゃあ決まりだな。今夜はみんなで繰り出そうぜ。なあに、俺たちゃどうせそのあとバイトだから、浴衣なんかいらねえよ」

風太にいわれ、ますます気持ちが大きく傾きかけた時、貴美子さんが玄関に姿を現した。

「ただいまあ。聞こえちゃったんだけれど、みんなで行くってことは、もちろん私も一緒で構わないのよね」

5

靖国通りと明治通りがぶつかる十字路の辺りから、既に出店の屋台が並び始めた。風が出てきて、日中の暑さを少しずつ彼方《かなた》へ押しやり出していたが、アスファルトに溜《た》まった熱気がそれを拒んでいた。夏の夕暮れだ。通りは相変わらず車で埋まっていた。排気ガスで金沢と比べると何もかもがくすんで見え、遠景はものの輪郭が曖昧《あいまい》になっていた。京都から新宿に来た時も同じようなことを感じたくせに、あっという間にそんな感覚など忘れ果てていたことを僕は思い出した。きっとまたあっという間に、この街のくすんだ景色に慣れてしまうにちがいなかった。

浴衣姿の教授とハルさんは、なんだか夫婦のようだった。気がついた時にはもう二人で手を繋《つな》いでいた。ハルさんが人混みに紛れてしまわないようにと、教授が心配して手を取ったのかと思ったが、その照れ具合からすると、ハルさんのほうから積極的に握ったのかもしれなかった。

玲玉は初めての浴衣が見るからに嬉《うれ》しそうだった。貴美子さんまでがハルさんにねだり、ハルさんの探し出してくれた浴衣を着てはしゃいでいた。途中の屋台で僕たちを引き留め、玉蜀黍《とうもろこし》でもタコ焼きでもアメリカンドッグでも好きなものを買えといって、ちょっとだけ太っ腹なところを見せたりもして、一緒に買ってくれたビールを僕と風太と貴美子さんの三人は歩きながら飲み始めた。

花園神社は明るい照明に包まれて、周りの宵闇をやんわりと蒲公英《たんぽぽ》の綿帽子のように押しのけていた。その光の中で大勢の人間たちが、肩と肩をくっつけ合い、擦り合い、ぶつけ合いながら、少しずつ光の真ん中を目指して進んでいた。

参道にもたくさんの露店が並び、その露店の横や後ろの大きなテントの下では、すっかり宴会気分の人たちが、アルコールとつまみを両手に騒いでいた。むかって右側の広場には櫓《やぐら》が組まれ、踊りの輪が出来ていた。浴衣姿ですました姿勢のいい婦人たちは、この辺りの町内会や踊りの会の人たちなのだろう。

僕らは踊りを眺め、夜店を冷やかし、適当に買ったものを腹に入れてはビールを飲んだ。そして、金魚掬《すく》いや射的や輪投げなどに興じた。率先してみんなを連れ回したのは風太だったが、代金を払うのはちゃっかりと教授やハルさんや貴美子さんなど、他の人間に押しつけていた。

ハルさんは昼寝をたっぷりとしたせいで調子がいいらしく、今夜は教授と二人で寄り添って、すっかり僕たちの保護者の雰囲気だった。玲玉は金魚掬いがすっかり気に入り、最後にはビニール袋に三匹も入れて貰《もら》っていた。それを片手に、もう片方の手にはヨーヨー釣りの水が入ったゴム風船を下げて歩く姿は、あの日本語教室で僕と風太を問いつめてきた時とも、綺麗《きれい》なドレスを着てクラブから出て来た彼女ともまたまったくの別人に見えた。

彼女には、いくつの顔があるのだろう。——そんなふうに思いかけ、それは自分が異性に惹《ひ》かれ始める時に決まって抱く感慨であることに気づいて戸惑った。

そのうちにハルさんに引きずられるようにして、全員が盆踊りの輪の中に入った。外から見るのと自分で躰を動かすのでは大違いだった。単純ないくつかの動作の繰り返しに思える踊りなのに、最初はぎごちなく手足を動かすのが精一杯で、とてもじゃないが音楽に乗ることなど出来なかった。

だが、段々とコツがわかってくると、それにつれて楽しさも増した。教授が、風太が、貴美子さんが、僕の周りで踊っていた。踊りを心得たハルさんは得意げに躰を動かし、誰よりもはしゃいでいるように見える玲玉が、そんなハルさんのすぐ傍について夢中で真似をしていた。

やがて汗でびっしょりになった頃、貴美子さんが真っ先に悲鳴を上げた。「もう駄目、ビールビール」と叫んで踊りの輪から抜けて行く彼女につづき、僕と風太も逃げ出したが、玲玉は「もう少し」と粘る姿を見せた。何か僕らの知らないコツがあるのか、ハルさんはあまり汗も流していなかった。可哀想なのは教授で、本当は輪から抜けたいのだろうが、ハルさんからは決して離れないという決意があるらしく、ふらつく足取りで踊りつづけていた。

僕と風太と貴美子さんの三人は、神社の本殿に上る横広の階段に並んで腰を下ろした。露店のテントよりもこの階段のほうが夏の夜風が躰の真正面から当たり、盆踊りや参道の様子も見下ろしていられて心地よかった。

僕らは新しいビールを開けた。夜店の氷で冷やしたビールは、温度にいくらか難があったが、汗をかいた躰に気持ちよく染み通っていった。

「気持ちがいいわ」貴美子さんがいい、「いよいよ本格的な夏ね」と、両手を大きく夜空に伸ばした。

それにつれて白い腕がつけ根付近まで露わになり、陽に焼けていない腋《わき》の下が見えた。浴衣の胸の膨らみも強調され、僕はドキッとして目を逸らした。

「捜している友達は見つかりましたか？」

そうして目を逸《そ》らしたままで訊《き》いた。

「見つかったなら、いつまでもここにいないわよ」

貴美子さんはそういっていなすように笑い、また一口ビールを飲んだ。

僕は意地悪な気持ちもあって、存在するはずのない友人についてあれこれと質問を繰り出したが、貴美子さんはビールをちびちびと飲《や》りながら、僕の質問に見事に答えていった。そんなふうに口から出任せでぽんぽんと答えが出てくる貴美子さんという人が、途中から段々そら恐ろしくなった。

「だけどさ、見つかったらいつまでもここにいないとはいったけれどさ」

少しすると、自分のほうからそうつづけた。

「でも、そうでもないかな。何だかハルさんたちと過ごしてると、ほっとするもの。テラさんのところででもバイトで使って貰ってさ、あのままあそこで暮らしつづけるってのも、悪くないかもしれないわね。いっそのこと、私がハルさんを手伝って、角筈ホテルをまた元通りに営業してもいいかしら」

「まだ聞いてないんですか。じきにハルさんの息子が日本に帰って来て、角筈ホテルを売る相談をするらしいですよ」

そんなふうにいう僕をチラッと見て、貴美子さんは噴き出した。

「もう、ジュニアは相変わらず生真面目なんだから。知ってるわよ、私だって、ここんとこあすこで暮らしてんだもの。金沢にいたあんたより、ずっと先に聞いてるわ。今のは冗談よ、冗談。そういうのだって悪くないかなって、ただ思いついていっただけ」

「なあ、こんなに広い東京で、当てもなく友達を捜し回ってたって、見つかるわけがないぜ。何も力になれなくて悪かったけどよ、そろそろ故郷に帰ったらどうなんだ」

貴美子さんのむこうでビールを飲んでいた風太がいった。

「何もしてくれなかったわけじゃないよ。何日も泊めてくれたしさ。感謝してるぜ」

貴美子さんは男のような口を利いた。

「で、どうなのさ、ジュニア、あんたのほうは。金沢に行った甲斐《かい》があったの？」

僕に顔を戻して訊いてきた。

「ええ、まあ。それなりには」と僕は言葉を濁した。「それよりも、どうですか、貴美子さん。今夜はこのあとまた、テラさんの店に行ってみませんか？」

「フフン、それも悪くないわね。浴衣姿で行ったりしたら、人気者になっちゃうかしら」

「おお、そうしろよ」と、都合よく風太が同調した。「この間、俺の演奏をぼろくそにいったたろ。今夜はとびきりのやつを聴かせてやるぜ」

「いったでしょ。あんたは、あの店で吹いてる限りは駄目よ。倉敷で私がクラッときたような輝きは、あんたがタコ踊りをしてピアノを弾いてるようなテラさんに気を遣ってる限りは、絶対に出ないって」

「け、そんなこと、まだ決まったわけじゃねえや。吃驚《びっくり》させてやるから、一緒に来いよな」

「それじゃあ、しょうがない。もう一度聴いてやるかな」貴美子さんはそういってから、僕のほうを見てにやっと笑った。「それに、どうやらこっちのジュニアのほうも、首に縄をつけてでも私をテラさんの店まで連れて行きたそうだしね」

「そんなこともないですが……」

「でも、店にゃ、あんたの父親が私を待ち受けてるんじゃないのかい。嶌久とかいう刑事も、一緒なのかしら」

僕は息を呑《の》んだ。何かいい訳を考えろ。その前に、とぼけろ。頭の中でそんな声がしたが、既に遅いのだと知るしかなかった。

「もう、あんたってほんとに正直。父親とは大違いだね」

プライドが傷ついたことを押し隠し、僕は平静を装って問いかけた。

「どうしてテラさんの店に親父たちが網を張ってて、僕が貴美子さんをそこに連れて行こうとしてるってわかったんです?」

「それははっきりとわかったわけじゃなくて、はったりだけどさ。でも、ちょっと考えればわかるわよ。出逢《であ》ってからただの一度だって、ジュニアが自分のほうから私に何かを持ちかけたことなんかないじゃない。それなのに今夜、私をテラさんのところに連れて行こうとしてる。なぜだろうってさ」

「僕をジュニアと呼ぶのはやめてください」

「気に障ったなら謝るわ。でも、相手を誑《たぶら》かしたいと思うのなら、もっと自然にやらなくっちゃ。あなた、さっき、私の友達がどうしたこうしたって、ずいぶんしつっこく訊いたでしょ。あれでぴんときたのよ。だって、やっぱり京都で出逢ってからの間で、あんたのほうから私にあれこれ質問をしてきたことだって一度もなかったもの」

さらにプライドを傷つけられた僕は、それを押し隠すためにビールを飲んだ。

「私のことに気づいたのは、あんたの父親かな？」

貴美子さんが訊いた。

「僕が気づきました」

「嘘おっしゃい。どうしてあんたが？」

「母のアルバムを、死ぬ前の祖父が持ち歩いてました。祖父の旅行鞄に入っていたんです。そして、そのアルバムの写真に、若い頃のあなたが、母や河林たちと一緒に写っていました」

貴美子さんは僕がいうのを聞いて目を細めた。そんな表情のままで、階段の下に拡がるお祭りの風景を見渡した。

「へえ、そんなアルバムが残ってたのか」祭りの感想でも述べるような口調だった。「だけど、そうすると私と河林の繫《つな》がりも、私があんたの祖父《じい》さんにやったこともわかってしまったみたいね」

「おいおい、いったい何の話をしてるんだよ。俺にもわかるように話せよな。どうして倉敷から東京へ出て来た貴美子さんが、おまえのお袋の古いアルバムに写ってるんだ。そんな偶然、聞いたことがねえぞ。それに、テラさんの店でおまえの親父や嶌久の兄ぃが待ってるってのは、いったい何の話なんだよ？」

風太が話に割り込んできた。貴美子さんの鋭さと同じぐらいかそれ以上に、ここまでやりとりを聞いてもなお事情が飲み込めない風太もまた驚愕《きょうがく》に値した。

「つまりさ、私はずっとあんたたちを騙《だま》してて、それをジュニアが見抜いたって話よ」

貴美子さんがいうと、風太は口をあんぐりと開けた。やがて見る見る顔が赤くなった。風太の怒りが収まるまで、しばらく待たなければならなかった。貴美子さんは、風太があれこれと吐きつける罵声《ばせい》を、黙って平然と聞いていた。

「教えてくれよ。で、どうしてあんたは、こいつの祖父さんを騙したりしたんだ？」

いい加減に怒りの言葉が尽きたのだろう、やがて風太は問いかけた。その口調には、今までとは打って変わり、怒りよりもむしろそれ以外の感情——おそらくは哀しみのほうが色濃く感じられた。

ずっと平然としていた貴美子さんの顔に、初めて微《かす》かな綻《ほころ》びが見えた。

6

「仕事だからね」

貴美子さんが答えた。

「莫迦《ばか》いえ。仕事って、人を騙すことがかよ？」

風太が訊いた。

「たぶん、嵩久って刑事にでもいって、私のことは調べたんでしょ」

僕のほうに顔をむけていうのに頷《うなず》き、僕は風太へと目を移した。

「この人は、詐欺師なんだ」

風太はスニーカーの靴底でじりじりと階段を擦った。

「つまり、プロのってことか――」

「だけど、信じないかもしれないけれどね。私には、あんたの祖父さんの藤木幸綱って男を丸裸にする気なんかなかったんだよ」

「いい訳は聞きたかねえぜ」

風太が吐き捨てたが、僕のほうは違った。

「聞かせてください。それはどういう意味なんです？」

「弁解は何もしないよ。私は確かに藤木って爺《じい》さんを騙したのさ。河林に頼まれてね。だけど、河林のやつが私に持ちかけた話は、どうしても屋敷を手放さない爺さんがいるので、巧く話を持っていって、郊外の相応の土地に立ち退かせてくれってことだったんだ」

「それで蔦《つた》屋敷の場所に老人福祉施設を建てるとか、そんな話をでっち上げて祖父に近づいたんですか？」

「あの爺さんは、っていうか忍の父親はさ、真面目一本槍《いっぽんやり》でずっと公務員をつづけてきたような男なんだよ。それで学生運動に走った息子や娘との間も断絶しちまった頑固親父だった。そういう男につけ込むには、どんな話が一番かってことなのさ。だけど、私がやったのは、福祉施設を建てるためと信じさせて、あそこを立ち退かせることだけさ。ただ、少しは色仕掛けもしたけれど、でもその先、代わりに用立てた土地があの爺さんの物にはならないように細工をしやがったのは、地上げ屋の田代たちなんだよ。勿論《もちろん》、最初から全部、河林の差し金だったんだろうけどね。だいいち、カモを丸裸にするっていうのは私の流儀じゃないんだ。いい思いをして貰った上で、適当な額を騙し取るっていうのがスマートだし、それならば上手くすると警察沙汰《ざた》にならなかったりもするからね。丸裸にして自殺までさせちまうなんて。今度のことは、まったく流儀に反するんだよ」

「だけど、あなたはそのあともそのまま河林たちと組んで、今度は父の居所を知るために僕に近づいて来たわけですよね」

「皮肉ないい方はやめておくれよ。だから、仕事だっていったろ」

貴美子さんはさっきと同じ言葉を繰り返し、「ジュニア、あんたって、案外嫌ないい方をする人なんだね」と、小動物が身を守るような目で僕を見た。媚《こ》びるようで嫌な感じだった。

「母と貴美子さんの関係を話してくれませんか。母とは、友達だったんですよね」

「友達って言葉がどういうものなのかはわからないけどさ。きっと人それぞれで色んな意味があるんだろうし、あんたたちの歳の子が考えるのと私たちとじゃ違うだろうし」

「そんな前置きはいいんです」

貴美子さんはぎょっとしたようだった。僕の口調は、自分で思うよりもずっときつくなっていたらしい。

「前置きじゃないよ。つまりさ、あんたたちにこういういい方が伝わるかどうかわからないけど、私たちは同志ってやつだったといいたかったのさ。あんたのお母さんだけじゃなく、お母さんの兄貴も、それに河林たちだってね。あんたのお袋が持ってた写真っていうのは、お互いが信じ合っていられるなんて思っていた頃のものだよ。あんたの親父さんがやってた店で、毎晩のように遅くまで飲み明かしたりしてね。女は数が少なかったから、私なんかはモテモテで大喜びさ。だけど、忍は箱入り娘だったから、色々と面食らってたみたいだけどね」

思い出話なども聞きたくはなかった。僕はまた貴美子さんを遮るように吐きつけた。

「河林が、母のお兄さんを陥れた話を聞きました」

貴美子さんは口に運びかけた缶ビールをとめ、チラッと僕のほうを見た。

「誰から聞いたんだい？」

「父からも、母が結婚した相手からもです」

缶ビールを階段に置くと、鞄《かばん》に手を伸ばしかけたが途中でとめ、風太にたばこをねだった。仏頂面の風太が渡してやると、「火ぐらいはつけてよ」とさらにねだり、風太が差し出す百円ライターにたばこの尖端《せんたん》を近づけた。

貴美子さんは気怠《けだる》そうな仕草で風の中に煙を吐き上げ、「ふうん、そう。陥れた……、か」と呟《つぶや》いた。

僕のほうに戻してきた目には、挑むような光が見え隠れしていた。

「陥れて、それで、忍の兄さんは仲間からリンチに遭って殺された。そんなふうに聞いたのかい」

「そうです」

「だけど、それはちょっと違うね。その話はみんな、忍が仲間から聞かされた話が元になっているんだろうさ。あんたの親父も、忍の亭主も、忍からそう聞いたんだろうと思うよ。でもね、河林のほうは違うことをいってる」

「あんな男のいうことなんか信用出来るわけがない」

「いいから、少し黙ってお聞きよ。一方の話だけを聞いたって、それでほんとのことがわかるのかい」

一喝され、僕は思わず口を閉じた。貴美子さんは言葉を選ぶような間を置き、それからこう尋ねてきた。

「忍の兄貴がどんな理想を持ってどんな画策をしてたかは、あんたもなんとなく聞いたのかい？」

「ええ」と僕は頷いた。「いくつものグループをひとつにまとめようとしてたと」

「ああ、そうだよ。党派を超えた共闘ってやつさ。河林も忍の兄貴と一緒になって、それを目指してた。二人は当時、私たちのグループの中でも一番仲のよかった親友同士だったんだ」

「親友同士……」

「だけどさ、ちょっとした主張の違いがあるだけでもいがみ合い、手を取り合って協力することなど出来ないのは、昔も今も同じさ。忍の兄貴と河林は悩んだ末に、二人でまずは自分たちの党派のリーダーに掛け合いに行った。でも、待っていたのは裏切り者のレッテルと、いい出しっぺはどっちなのかという主犯捜し、そして、他の党派と具体的に何か意を通じているんじゃないかということへの厳しい追及だったのさ。総括って言葉を知ってるかい？　あの頃、その言葉の下で何人もがリンチに遭い、一生消えない傷を受けたり、中には殺されたりした人間だっていたんだよ。躰《からだ》の傷は、忍の兄貴のほうがずっと深かった。なにしろ、それで死んでしまったんだからね。だけど、傷ってのは躰に残るだけじゃないだろ。河林は、親友の前で転んだんだ。リンチに耐えきれずに親友を裏切り、責任を忍の兄貴に押しつけた。二人をリンチした連中は、忍の兄貴を河林の前に連れて来て、自分の身の潔白を証明したいのならば一緒にこいつを殴り、こいつの総括に手を貸せと迫ったそうさ。河林は、泣きながら忍の兄貴を殴った。あの時、自分の中で世界がひっくり返ったと、そんなふうに話したことがあったよ。

あんたらがこの話を信じようと信じまいと勝手さ。さっきのあんたの話しぶりじゃ、忍もあんたの親父も二人とも、二十年近くもの間ずっと河林が裏切って忍の兄貴を罠《わな》にはめ、リンチで殺させたと思ってきたみたいだしね。確かに結果からいえば同じことかもしれないし、それにそんなに長い間そう思ってきたのなら、それはもうひとつの真実さ。だけどね、真実なんてやつは、無数にあると思わないかい」

「け、そんなのは詐欺師のいい種《ぐさ》だぜ。河林とこいつのお袋の兄貴が親友同士だったなんてのも、今あんたがでっち上げた話なんだろ」

風太が吐き捨てるのを聞き、貴美子さんはふっと苦笑を過《よぎ》らせた。

「だからさ、そう思うのは勝手だっていってるじゃないか。それに、私は何も河林の野郎を弁護してるわけじゃないんだよ。今のあの男はとんでもないイカサマ師で、悪党さ。その上、女みたいに執念深くて、嫉妬《しっと》深いときてる。ようするに、どうしようもない男なんだよ。最初から性根が曲がってたのか、それとも理不尽なリンチに遭った時に、あの男の中で何かがねじ曲がっちまったのか、それは誰にもわからない。だけどさ、人間ってのは、みんな一筋縄じゃいかないんだよ。同じ人間が、時と場合によっちゃ善人みたいに振る舞いもすれば、悪人に成り下がることだってある。そう思わないかい。あんたのお袋の二十年だって、河林の二十年だって、二十年は二十年なんだよ」

「なあ、あんたは人を騙すのが仕事だっていったが、どうしてそんな仕事をしてるんだよ。もっとまともな仕事がいくらでもあるだろ」

「まともな仕事って、何さ？　スーパーのレジにでも立って、お客が買い物した金額をひとつずつ打ち込んで毎日終われっていうの。それとも、毎朝同じ会社に通う人たちのほうが偉いのかしら。もっとも、前科のある四十過ぎの女じゃ、どこも雇ってはくれないけどね」

貴美子さんはたばこを消し、吸い殻をビールの空き缶に落とした。

「だけど、風太のいう通りかもしれないね。私もちょっと疲れたよ。一度、全部をチャラにしてみてもいいのかもしれないわね。藤木幸綱が死んでしまったのには、正直いって私もショックを受けたんだ。責任だって感じてる。それに、河林にはもうすっかり愛想が尽きたところもあってね。ほんとにうんざりなのさ。だけど、こうしていたら、結局はいつまで経ったってあいつから逃れられない。私が好きこのんでスパイになって、あんたたちに近づいたと思うのかい。今の私は、あいつの命令には逆らえないんだよ。少なくとも、このまま娑婆《しゃば》にいる限りはね」

僕は貴美子さんの横顔を見つめてから、風太のほうに視線を移した。

「——つまり、どういうことなんだよ？」風太が問いかけた。

「自首をするよ。嶌久ってデカもあんたの親父と一緒にいるのならちょうどいい。もう少ししたら、一緒にテラさんの店に行こうじゃないか」

僕ら二人が見つめる前で、貴美子さんは微笑んだ。

「祭りだったのよ。使い古されたいい方かもしれないけれどさ、今になって振り返ってみても、あの頃はお祭りだったんだなって思うわ。忍だって、それにあんたの親父や河林だって、みんなそんなふうに思ってるんじゃないかしら。あんたらには想像出来ないかもしれないけどね、誰にだって若い日はあったんだよ」

僕は何もいえなかった。今日、新幹線の中で父が同じようなことを口にしたのを思い出していた。

夏祭りの喧噪《けんそう》の中を駆け抜けてきた風が、階段を転がるみたいにして僕らの足下から頬へと駆け上って来た。

「いい風ね」

貴美子さんは目を細めて呟いた。

「若いってのは、いいね。あんたら、色んなことを忘れていくんだろうね。今夜、こうして、ここで三人でお祭りの人混みを眺めながらビールを飲んでることも、すぐに忘れてしまうんだろうね」

一度言葉を切ってから、照れ臭そうに微笑んだ。

「なんてね。ああ、私、もう一本ビールが飲みたくなっちゃったな。あんたたちだって空いちゃってるんじゃないの。私が買ってきてあげるから、お別れの乾杯といきましょうよ。奢《おご》るわよ」

そういって貴美子さんは立ち上がったが、僕と風太の顔を順番に見て、眉《まゆ》をへの字形にした。困惑した表情が現れた。

「嫌ね。疑ってるの？　浴衣姿でどこへ逃げるっていうのよ」

隣の風太をチラッと見てから、僕のほうが口を開いた。

「みんなで買いに行きましょう。別に疑ってるわけじゃないけど、坐《すわ》りっぱなしでお尻《しり》が痛くなってしまったし」

「なんだ、やっぱり疑ってるんじゃないの。嫌なジュニアね」

もうジュニアと呼ばれるのを一々否定する気はなくなっていた。それになぜだか貴美子さんからそう呼ばれても、最初の頃のようにそれほど嫌な気分はしなくなっていた。

「なあ、待てよ。ビールはもうちょっとあとでいいや。ちょっと坐ってくれねえか」

風太は貴美子さんを引き留めてそういった。

「実はな、さっきからあんたに訊《き》きたいと思ってたことがあるんだ。俺の演奏について、この間《CECIL》でいったのは、あれは本心だったのか？　それとも、俺を怒らせて部屋を出て、角筈ホテルに移るためにああいったのかよ？」

貴美子さんは微笑んだ。髪を掻《か》き上げ、もう一度僕らの間に坐り直した。

「女ってのはね、本心も嘘も、両方一遍にいうものなのさ」

「はぐらかすなよ。ほんとにあの店での俺の演奏にゃ、あんたが倉敷のアイビースクエアで聴いたような魅力はなかったのか？」

「それはあんたが自分で考えて判断することだろ。あるいは、あんた自身がもう自分でわかってるんじゃないのかい。だからあの夜、あんなに私に怒ったんだろ」

風太はきっとして貴美子さんを睨《にら》みかけたが、途中で自分の足下に目を伏せた。

「ライブハウスで知り合ったバンドで、演奏しながら日本中を回ってる連中がいるんだがな。そのバンドが、ちょうどサックスが抜けちまって、一緒に回れる人間を探してるんだ」

僕にともなく貴美子さんにともなく、口の中で呟くようにいった。

「一緒に行くかどうか、迷ってるのかい？」貴美子さんが訊いた。

「いや」と、風太は首を振った。「一緒に行くと、もういっちまったんだ。ちょうど前の仕事から干されてて、今は演奏する先がテラさんの店しかなくなっちまってるところだったしな」

貴美子さんがニヤッとした。

「面白そうじゃないか。日本中を回るなんて、私もついて行きたいぐらいだよ。で、いつからなのさ？」

「次のライブが東北であるんで、明日の朝には、一度一緒に発《た》ってくれといわれてるんだ」

貴美子さんは喝采《かっさい》を送った。僕は風太の決断力の早さに驚いていた。だが、風太は暗い顔で俯《うつむ》いた。

「だけど、テラさんにどう話せばいいのかわからない」

「でも、もう決めちまったんだろ」

「とりあえず一週間ほど一緒に東北を回ってみて、それで息が合うとお互いにわかったら、一年ぐらいはずっとあちこちで演《や》ることになると思う。もっとも新宿にまったく帰って来ないわけじゃなくて、演奏の合間には戻って来るがな」

「あんたらしくないね。決めたんなら、何を迷うことがあるんだい」

「テラさんにはずっと世話になってきた。三年前に新宿へ出て来てどうする当てもなかった俺を、テラさんが雇ってくれたからこそ暮らしてこられたんだ」

「だけど、それとこれとは話が別だろ」

風太は何も答えなかった。

「ああ、やっぱりビールが飲みたくなっちまった。ちょっと待ってろよ。俺がひとっ走り行って三本買って来てやる」

やがて顔を上げるとそういい、立ち上がりかけた。それを貴美子さんが押し留《とど》めた。

「いいよ、私が奢ってやるっていったろ。そんな話を聞いたからにゃ、今夜はあんたの旅立ちのお祝いじゃないか。ますます奢りたくなっちゃったよ。鞄《かばん》はここに置いとくから心配はないでしょ。ちょっと待ってなよ。冷えたやつを買ってきてあげるからさ」

そういうと、財布だけを手に持って、参道の人混みの中へと消えていった。

「おまえのもめ事があれこれ片づかないのは俺も気になってるんだが、勘弁してくれよ」

二人きりになるとすぐ、風太はいって頭を下げた。

「おまえを新宿に呼んで来たのはこの俺じゃねえか。もっとも、今から思えば、最初から貴美子さんの紐《ひも》つきだったわけだがな。とにかくよ、そんなおまえのもめ事が片づかないうちに、俺が新宿を離れちまっていいものかってのも気になってたのさ」

「そんなことは気にするなよ」

「ほんとにそういってくれるか？」

「決まってるだろ」

風太はチラッとだけ僕を見て、照れ臭そうに微笑んだ。

「だけど、今夜会えてよかったぜ。ま、一週間ぐらいしたら一度は帰って来るがな。その先は、今度はいつ帰れるのかわからねえ。おまえが金沢から戻った時に俺がいなかったら、気を悪くするだろうと思ってたんだ」

僕は苦笑をしながら首を振った。もうすっかりこの先一年間ぐらいの演奏旅行に同行するつもりになっているらしかった。

「なあ、おまえはどうしてそうやって、いつでも音楽だけに打ち込んでいられるんだ」

僕の問いに、風太はいくらか戸惑ったらしかった。

「なんだい、いきなり聞かれてもな。俺にゃこれ以外は何も出来ないだけの話さ」

僕はもっと何かを訊きたかったが、何をどう問えばいいのかわからなかった。

風太がたばこのパックの尻を叩《たた》き、吸い口を表に押し出した。それを僕に示し、僕が一本を抜き取ると、自分も一本を銜《くわ》えて順に火をつけた。

「おまえも親父やお袋のことじゃ色々あって心配だろうがな」

夜空に煙を吐き上げ、僕のほうに横顔をむけたままでいった。

「ほんというと、俺の家族も色々あったのさ。それで、俺は故郷にゃ帰れねえんだ。どこにも帰る場所がないのさ。つまり、この新宿でこのまま底辺を彷徨《さまよ》うみたいに生きてるか、何かに賭《か》けて成り上がるかしか道はねえんだ」

「何で帰れないんだ?」

「俺の兄貴は、犯罪者なんだよ」風太はいったのち、すぐにつけたした。「だけど俺は今でも兄貴が好きだぜ」

僕はしばらく躊躇《ためら》ってから、「何をやったんだ?」と訊いた。

「人を殺したんだ」

「――」

「だが、勿論《もちろん》それなりの理由があったんだぜ。それに、何も殺すつもりがあったわけでもない。あれは不可抗力で、運が悪かったのは兄貴のほうなんだ。親父を借金の保証人にして逃げちまった野郎がいてな。そのために、俺たちは家を取り上げられ、お袋は人が好いだけの親父に愛想を尽かして出て行っちまった。親父はその後じきに死んじまって、俺と兄貴の二人だけになっちまったんだ。兄貴が働いて俺を中学に行かせてくれたが、俺が中三の夏だった。兄貴は、親父を保証人にさせて逃げやがった男とばったり出くわしたのさ。驚いたことに、そいつはいい身なりをして、高い車に乗っていた。なんでも自分の財産はすべてカミさん名義に替えていたそうなんだ。いい争いになって、気がつくとそいつが頭から血を流して倒れていた。兄貴はまだ刑務所さ。俺はしばらく親戚《しんせき》の家に預かって貰《もら》って学校に通わせて貰ったが、段々とそれも居辛《いづら》くなっちまって、高校を中退してこっちに出て来たのさ」

風太は一度口を閉じると、きまりが悪そうに微笑んだ。

「ま、つまりだ。おまえも色々苦しんでるみたいだが、人それぞれ、家族にゃ色んな事情があるってことだよ」

小さく頷《うなず》きながら言葉を探す僕を前に、風太は空のビール缶を手に取って振った。

二人がほぼ同時に気がついた。

「なあ、貴美子さん、遅くないか」

風太がいい、僕らは顔を見合わせた。

十一　地底探検

1

「で、それであの女を信用して、祭りの会場から逃がしちまったってわけか。おまえら、まったく呆《あき》れた人の好《よ》さだよ」

テラさんの店で僕らの話を聞いた父と嶌久さんの二人は、競うように大げさに溜息《ためいき》を吐き落とし、口を揃えてそんなふうにいった。

店はまだ混んでくる前で、いるのは僕たちだけだった。テラさんは素面《しらふ》の時の常でカウンターの中で俯《うつむ》いて何かをしており、ヤマさんは調理場で仕込み中だった。父たちは揃ってビールを飲んでいた。

風太が口を尖《とが》らせた。「そんなことをいうけどよ。だいたいな、兄ぃや厳たちがあの女の正体をずっと俺に秘密にしてたから悪いんだぞ。俺があの女と一番親しくしてたんだ。もっと前もって話してくれるのが筋ってもんだろが」

「つまり、おまえが一番騙《だま》され易かったってことじゃねえか。俺としちゃ、もしも前もっておまえにあの女の正体をバラしていたなら、女はもっととっくに姿を消していたと思うね」

　嶌久さんにいわれ、風太は一層激しく頭から湯気を立てた。

「ちょっと女のバッグを見せてみろ」

　嶌久さんがいって、貴美子さんが花園神社の階段に残していったバッグを手に取った。

貴美子さんが帰って来ないのを訝《いぶか》った僕たちも、既にむこうで中を開けて確かめていたが、
安物のコンパクトや化粧品、それに街頭で配っていたティッシュなどが入っているぐらいで、居所を知る手がかりになりそうなものは何もなかった。慌ててあちこちを捜し回ったがそれこそ後の祭りで、踊っている途中だったハルさんたちにも声をかけて貴美子さんを見なかったかと訊《き》いてみても無駄だった。ハルさんと教授の二人と別れ、一緒に来るという玲玉と三人でこうしてテラさんの店にやって来たのだ。

「駄目だな、こりゃ。予《あらかじ》め残しておいても構わないようなものしか入れてねえや」

　しばらく中を探っていた嶌久さんはそう吐き捨て、バッグをテーブルに投げ出した。

「角筈ホテルに荷物が残ってるはずだぜ」

　風太がいうのに、「いや」と首を振った。

「おそらくそれも駄目だろう。用心深い女だから、そっちにだって足がつくようなものは何も残してはいないにちがいない。ま、あとで一応は確かめてみるがな」

　父が笑い出した。

「ま、逃げられたんじゃしょうがねえさ。俺としちゃ、どんな女になってるのか、久々に

話してはみたかったんだがな。ただし、田代との話し合いは上手くいったから心配するな。野郎たちは、こっちの切り札を買うことを受け入れたぜ。金を用意するのに二、三日だけ待てといわれたが、無事に取引が済んだら何もかもうまくいく。軽業師ってやつは、細い綱から落ちるように見せて渡りきるのさ」

久々にそんな得意の台詞《せりふ》を口にし、「おい、厳」と呼びかけてきた。まるで今日の新幹線の中でのやりとりなどなかったかのように、ごく普通の口調だった。

「こうなったら無事に取引が済むまでは、おまえは角筈ホテルにゃ戻らねえほうがいいかもしれんな。取引をしたほうが得だってことは、連中も充分認識したようだし、小細工をしたら切り札をすぐ公表する用意があるとも脅しておいたんで、下手な手出しはしてこないとは思うが、万が一ってことがある」

「それなら、俺のアパートに来たらどうだ」と風太がいった。「俺はちょうど明日から一週間ぐらい留守にしちまうから、自由に使って構わないぜ」

しかし、それからしまったという顔でテラさんのほうを見た。バンドに誘われてついて行くという話は、まだテラさんにはしていないのだ。テラさんは聞こえているのかいないのか、店に流れるジャズに耳を傾け、自分だけの世界に浸っているように見えた。

「そうだな」嶌久さんがいった。「風太のとこなら、ちょうどいいかもしれん。ただし、今夜ここを出る時は、厳は俺たちと一緒に出て、尾行がないかをしばらく確かめたほうがいい」

父が頷《うなず》いた。「ああ、俺もそう思うぜ。妙な中国人たちも気になるし、警戒してかかったほうがいい」

「それって、何の話なのさ?」

僕が驚いて訊くと、父はチラッと玲玉に視線をむけてからいった。

「この店に来る途中で、おかしな中国人の三人組に襲われたのさ。もう嵩久の旦那《だんな》と一緒だったんで、難を逃れたんだけどな。タイミングからすると、田代と会ったところから尾《つ》けられたと考えるのが最も可能性が高いはずだが、そうすると、連中が誰で、何のために田代を見張り、そして俺を尾けたのかってことさ」

そこまでいうと、父はもう一度玲玉を見た。

「なあ、確かこっちのお嬢さんは、莫燕生とかっていう福建マフィアの親玉と知り合いらしいな」

風太が目を剝《む》いた。

「なあ、おかしなことをいうと、厳の親父だからっていって許さねえぞ。玲ちゃんは幼馴《おさな》染《じ》みの蔣って野郎の行方を捜してるために、その莫って野郎の怒りを買って、今は行き場もなくなってるぐらいなんだ」

「まあ、そう怒るな。俺は何もこのお嬢さんがどうこうといってるんじゃないんだ。ただ、厳から聞いた話じゃ、田代の野郎とその莫って野郎とは、田代の持ちビルに入った《燦》とかって店で、この間一緒に飲んでたそうじゃないか」

「でも、田代と莫とが繋《つな》がってるとしても、今夜、その莫の手下が父さんを襲ってくる理由は何なのさ？」

僕がいうと、父は「ふふん」と鼻を鳴らして唇を歪《ゆが》めた。

「そこさ。田代と取引の話をして、まとまった。それにもかかわらずあとを尾けて襲ってきたのだとしたら、それはどういうことなのか。田代は知らんが、河林って野郎は莫迦《ばか》じゃない。襲って片がつくもんじゃないことぐらいはわかってる男だ。しかし、そうなるとその莫って男が勝手にやってることなのか。襲ってきたのが中国人だってだけで、まだ莫の手先だと決まったわけじゃないが、今のところ俺を襲う可能性がある中国人ってのは、その莫って野郎だけなんだ。少し事情を探ってみなけりゃならねえだろうな」

「おまえはほんとに何も知らないのか？」

嶌久さんが玲玉に聞いたが、彼女は恐ろしげに顎《あご》を引いて首を振るばかりだった。

その時、テラさんがカウンターの中から僕を手招きした。

「電話だぜ」

と、手に持った受話器を振って見せた。

「貴美子さんからだ」

「僕にですか？」

父たち全員の視線を感じながら、僕は訊いた。

「ああ、おまえにっていってるぞ」

もう一度受話器を振るテラさんに促され、カウンターに近づいた。

「やっぱりそこにいたね。風ちゃんも一緒かしら」

テラさんが差し出してくれた受話器のむこうから、貴美子さんはあっけらかんとした明るい声でいった。

「どうして逃げたんです。僕らを騙したんですね」

莫迦にされたような気がして、僕は心持ち声を荒らげた。

「だって、あのままあんたたちといたら、捕まっちゃうじゃないの。私、刑務所は嫌だもの。そんなにカリカリしないでよ。一応お礼とお別れをいおうと思って電話をしたんだからさ」

貴美子さんの口調は変わらなかった。

「何のお礼です？」

「角筈ホテルで、素敵ないい時間を過ごさせて貰《もら》ったことへのお礼よ」

「人を喰《く》ったようなことばかりいわないでください」

いつの間にか風太が真横に来ていた。それに父たち三人も、幾らか距離を置いて僕を遠巻きにしていた。嶌久さんがテラさんにむかい、レコードのボリュームを下げて欲しいと頼んでいた。普段はそういう申し出には絶対に応じないテラさんだったが、いったい何事かと興味を動かされたのだろう、珍しく素直に従った。

電話を代われという風太に、僕は手振りでもう少しだけ話させてくれという意思を伝えた。

「祖父を騙したことを気に病んでるみたいにいったのは、嘘だったんですね」

「嘘じゃないわ。それに、河林たちと手を切るっていうのもほんとよ。うんざりしたからね。東京を離れて、しばらく誰にも見つからないようにふらふらしてくるつもり。でも、その前にと思って、こうして電話をしたんじゃないの。土産代わりにひとつ話しておくよ。蔣建国って男のことだけどね、もしも私があんただったら、もう一度あの蔦《つた》屋敷を当たってみるわね」

「どうしてです？」

「あのインチキ撮影が、蔦屋敷の裏庭にある煉瓦《れんが》小屋の中で行われたのは、あんたたちもなんとなく察してるんでしょ。河林たちは、そのまま蔣をあの小屋の地下室に閉じ込めてたのよ。そして、毎日クスリを打ちつづけて、やつを本当のヤク中にするつもりだったのさ。だけど、ある夜見張りがちょっと目を離した隙に、いなくなっちまったらしい。ところが、いいかい、ここが面白いとこでね。見張りの男は、自分は絶対に目を離してもいないし、居眠りだってしなかったといい張ってるんだよ。その見張りは小屋の一階に寝泊まりしていたのに、蔣は煙みたいに消えちまった。それで私は、以前に藤木の爺《じい》さんから聞いた話を思い出したんだよ。あの屋敷には昔、地下に巨大な防空壕《ごう》があったって話をね」

「防空壕――」

「戦後になって勿論《もちろん》埋めたってことだし、その防空壕があの敷地のどこにあったのかも聞かなかったんだけど、もしあの煉瓦小屋の地下とその防空壕が繋がってたとしたらどうかしら。これは私の思いつきで、何の保証も出来ないわよ。でも、前にあんたと風太が屋敷に入った時に、その前に入った中国人の二人組が、屋敷の中で煙みたいに消えちゃったっていったでしょ。もしかしたら、それもこの防空壕と関係してるんじゃないかと思ってさ。だからね、蔣の行方について、あんたたちにも何の手がかりもないままなら、もう一度蔦屋敷に戻ってみたらどうなのさ」

2

その夜は風太の部屋に泊めて貰った。玲玉も一緒だった。父を襲ってきた中国人たちが莫の部下だったならば、玲玉にも危険が及ぶだろうと判断したのだ。

十二社通りを角筈ホテルの辺りよりももっと北にむかうと、熊野神社前という十字路がある。その先の細い路地に建つ木造アパートの二階に風太は住んでいた。四畳半の小さな部屋で、キッチンとトイレはついていたが風呂《ふろ》はなかった。僕らはテラさんの店からの帰路で焼酎《しょうちゅう》とつまみを買って帰り、飲んだり食べたりしながら明け方近くまで語り明かした。三人で語り合っていると、時間はあっという間に過ぎていき、気がつくと窓の外が明るくなっていたのだ。僕は玲玉と風太のそれぞれの故郷の様子をなんとなく知り、二人の新宿でのこれまでの暮らしぶりを知った。

風太によると、テラさんは昨夜、諸手《もろて》を上げて風太の旅立ちを喜んでくれたそうだった。

たぶんそういうことが辛《つら》いのだろうと想像がついた。

風太はほとんど一睡もしないままで旅支度を調えた。小さな鞄《かばん》ひとつに楽器だけを持った風太と一緒に僕と玲玉もアパートを出、中央公園や高層ビル街を抜けて駅へと歩いた。ラッシュアワーが始まる前の、だだ広くてよそよそしい顔をした新宿駅へと消えていく風太を見送った。

部屋に戻った時には蟬がじんじんと鳴き出しており、冷房のない部屋は既に猛烈に蒸し始めていた。窓を開け、躰《からだ》に直接風が当たらないように天井をむけて扇風機をつけ、僕と玲玉の二人は少し離れて身を横たえた。風太の薄い布団とタオルケットは玲玉に貸してやり、僕は一枚だけあった座布団を枕代わりにした後、お腹を冷やさないほうがいいだろうと思いついて腹に載せた。まだアルコールは残っているし躰は疲れているはずなのに眠気は訪れず、狭い部屋の中で聞こえる玲玉の息遣いばかりが気になった。目を閉じると外の風の音や時折遠くを通る車の音、それに学校へむかう子供たちの話し声などが聞こえてきて、ぼんやりと眺める天井は、子供の頃のように節目模様が人の顔や動物に見えた。

それでもそうして天井を眺めているうちに、いつしかうとうとしたのだろうか。ふと気がつくとすぐ間近から玲玉が顔を覗《のぞ》き込んでおり、僕は思わずぎょっとした。

「ねむってた?」

そう訊《き》かれ、何がなんだかわからないままで首を振った。

顔を覗き込まれているのが気詰まりで、それに何か悪いことのようにも思われて慌てて躰を起こした。

「どうしたんだ。眠れないのかい？」

「うん、ねむれないの」と答え、それから玲玉は「ねえ、イワオさん」と僕の名を呼んだ。

「おねがいがあるの」

「何だい」と問い返した僕は、女の子と二人きりの部屋にいる時に起こる微《かす》かな期待で舌の渇きを覚えていた。

「あたし、つたやしきにいってみたいの」

戸惑う僕をよそに、玲玉は熱心な口調でつづけた。

「キミコさんいったでしょ。蔣のてがかり、なにかあるかもしれない」

僕は何というべきか考えながら玲玉の顔を見つめ返した。それはもう昨夜の時点で一度、父や嶌久さんも交えて検討し、そして退けられたことだった。嶌久さんによると、蔦屋敷の裏庭にある煉瓦造りの小屋の地下室は、僕と風太が藤木幸綱の死体を屋敷の浴室で見つけた時に一度と、僕があの中国人二人の死体を神田川で見つけた時にも一度、警察がきちんと調べていた。しかし、どこにも貴美子さんが電話でいったような防空壕への入り口など見つからなかった。貴美子さんが口から出任せをいっただけかもしれないし、貴美子さんだって、ただ藤木幸綱から屋敷に防空壕があったと聞いただけで、その存在を確かめたわけでもないのだ。そういったことは玲玉も、傍で僕たちのやりとりを聞いていて知っているはずだった。

「でも、やっぱりきになってならないの。もしかしたら、なにかがわかるかもしれない」

だが、重ねてそんなふうに頼まれると、僕には無下にはねつけることは出来なかった。

「さっきからずっとそのことを考えていたのか?」

「それでねむれない。イワオさん、ねむい?」

玲玉の哀しげな目に見つめられて困ってしまった。それに眠いかと訊かれれば、二人きりの部屋にいることで頭はすっかり冴《さ》え、眠気を催すどころではなかった。

「もしも防空壕があるのなら、懐中電灯とかも必要だし」

僕が呟《つぶや》くと、玲玉は嬉《うれ》しそうに笑みをこぼした。

「ライト、ある。さっき、みつけたよ」

そういいながら押入にむかい、下の段から懐中電灯を取り出した。僕の前で、スイッチをつけたり消したりした。

「ねえ、おねがい。イワオさん」

自分の目で確かめて何もなければ、玲玉だって納得するにちがいない。それに彼女と二人でもう一度蔦屋敷を探ってみることは、何か同じ秘密を共有するような感じもして、僕を少しわくわくさせた。

表は真夏日で、全然寝ていない躰に陽射しが容赦なく降り注いだ。風太のアパートから蔦屋敷は案外と近く、十分もしないでたどり着いた。

表の門には今日もやはり鎖が掛かっていた。僕は彼女を連れて屋敷の裏側へとむかった。前に風太と来た時に、屋敷を囲んだ塀に一ヶ所、乗り越えられるかもしれないと思えた場所があったのだ。すぐ傍に柿の木があり、その木を足がかりにすれば塀の上に登れそうだった。

僕が先に登って見せた。地上げのせいで周囲が空き地になっていて、人目につき難いのも都合がよかった。塀の上に跨《また》るとかなり高く感じられたが、思い切って屋敷の庭に飛び降りた。この高さでは、屋敷の中から逆に登ることは不可能だ。どうしたらここから出られるのか少し心配になったが、どこかに梯子《はしご》ぐらいはあるだろう。

ここは屋敷の裏庭に当たり、コンクリートを敷いて作った半面だけのバスケットコートと煉瓦小屋が目の前にあった。改めて屋敷を見渡すと、窓はどれも陽射しを反射させてぎらついていた。誰かが窓の中から僕を見ているような気がして落ち着きが悪く、じっと見つめ返していると段々と薄気味が悪くなってきた。

玲玉が案外身軽に塀から飛び降りた。僕の顔を見上げて頷き、「あれね」と指さした。僕たちはバスケットコートを横切って煉瓦小屋にむかった。木の重そうなドアに手をかけて引くと、鍵《かぎ》はかかっていなかった。ドアを開けるに従って、埃《ほこり》と黴《かび》が入り交じったような臭いがしたが、床は案外と綺麗《きれい》に掃き清められていた。部屋には何もなかった。

奥にドアがふたつ並んでいた。片方はトイレのものだったが中は長いこと使われていないらしくて干涸《ひか》らびており、もうひとつを開けると、下にむかって階段が真っ直ぐに延びていた。薄暗い階段の降り口にスイッチが見つかったが、押し上げてみても明かりはつかなかった。僕はデイパックから懐中電灯を出してつけた。玲玉が僕の腕に腕を絡ませ、二人揃ってゆっくりと階段に足を踏み出した。空気が澱《よど》み、埃と黴の臭いが強くなった。

みしみしと足下で木のしなる音を聞きながら、一歩一歩階段を下って行くと、表の蟬の声が遠くなり、段々と空気が涼しくなった。階段は僕ら二人がやっと並べるぐらいの幅しかなく、隣にぴたっと寄り添った玲玉の体温が感じられた。

階段を下りきり、僕と玲玉の二人はどちらからともなく後ろを振りむいた。瞳孔《どうこう》が拡がったせいだろう、一階から射し込む仄《ほの》明るい光が眩《まぶ》しかった。地下室は真っ暗だった。

「蒋はここにいたのね」

玲玉がいい、僕は「ああ」と応じた。屋敷に入ってから口を利くのは初めてだった。舌が口蓋《こうがい》にくっつく感じがあり、もっとずっと長いこと黙り込んでいたような気がした。

玲玉が奥にむかいかけた。何かに躓《つまず》きそうになって、僕の腕を強く握った。足下を照らすと椅子が転がっていた。懐中電灯の光を一周させた。物置として使われていたのか、家具やがらくたが無造作に置かれていたが、所狭しといった数ではなかった。僕は階段下の壁にまたスイッチを見つけ、一応押し上げてみたが無駄だった。

やがて玲玉が懐中電灯をねだり、今度は彼女がそれであちこちを照らし始めた。何も状況は変わらなかった。それでも僕らは壁を一々調べて回ったが、それもほどなく諦《あきら》めるしかなかった。奥の壁はがらくたで埋め尽くされていてたどり着くことが無理だったし、手前の壁には明らかに穴など見当たらず、念のために壁を叩《たた》いて回ってみたところで中が空洞になっている気配もなかった。最後に残った壁に置かれた大きな棚の前で顔を見合わせた僕たちは、やがてどちらからともなく階段へと引き返した。

やはり嶌久さんのいうことは間違ってはいなかったのだ。警察がきちんと調べた以上、間違いがあるわけがない。探検はあっけなく終わってしまったが、これで玲玉も納得してくれるだろう。

人の気配を感じたのはそんなふうに思いながら階段を上りかけた時だった。はっとして見上げる階段の先に、男がにゅっと顔を出した。

「この野郎、おまえらそこで何をしてる。勝手に他人の屋敷に入ってどういうつもりなんだ」

怒鳴りつけられて声の出ない僕の後ろで、玲玉の漏らす小さな悲鳴が聞こえた。階段の上に現れた男は、僕たちよりもずっと大きな懐中電灯を持っており、目を刺すような光をむけてきた。

「おまえ、玲玉じゃねえか」

男は玲玉を見て声を上げ、すぐにつづけた。

「それにおまえは、この間の野郎だな」

僕は逆光で顔が見えないこの男が、僕が玲玉を助けた時にあのマンションに居合わせた連中の一人らしいと知った。

「何しに来たのか知らねえがな。こりゃあ飛んで火に入る何とかだぜ」

そういうが早いか、男はすっと身を引き、一階の降り口の戸を勢いよく閉めてしまった。鍵を下ろす音が聞こえ、つづけて何か重たい物をずらしてドアのむこうに置く音がした。

僕は為《な》す術《すべ》もなく階段を上りきり、無駄と知りつつノブに手をかけ捻ってみたが、びくともしなかった。

「大人しくしてな。じきに戻って来るからな」

ドア越しに男の声が聞こえた。地に足がつかないようなふわふわした気分で耳を澄ませていると、男が煉瓦小屋を出て行ったらしいのがわかった。

僕はゆっくりと呼吸を繰り返した。心臓は早鐘のように打っていた。それなりに自分を落ち着けてから玲玉を振りむきたかったが、無理だった。玲玉は表情が抜け落ちたような顔で僕を見ていた。僕自身も同じような顔をしているらしかった。

「どうしよう、イワオさん。あのおとこ、たぶん莫たちをよんでくる」

訴えかけるような目で僕を見上げ、激しく首を左右に振りつつ顔を歪めた。

「ごめんなさい。あたしのせいよ。あたしがここにきたいなんていったから、イワオさんをあぶないめにあわせてしまった」

僕は黙って首を振り返した。相変わらずふわふわした気分がつづいており、自分の置かれた状況に今ひとつはっきりとした実感が持てなかった。

肩からドアにぶつかった。何度繰り返したところで、ドアはびくともしなかった。背後から玲玉に抱き締められ、自分が肩で息を吐いているのを知った。背中に玲玉の息遣いを感じているうちに、少しずつ呼吸は収まり出したが、そのすぐむこうには恐怖が待ち構えていた。

僕たちは階段に並んで腰を下ろした。ドアの下の隙間から僅《わず》かに入り込んで来る光が、腰の辺りへと這《は》っていた。

「ごめんなさい、イワオさん。あたしのせい」

そう繰り返す玲玉に、僕は辛うじていった。

「きみのせいじゃないさ。そんなふうに謝るのはよせよ」

あとは二人とも黙り込んだ。どうしてあの男がここにいたのだろう。こんな早朝にわざわざやって来るとも思えないので、屋敷に寝泊まりをしていたと考えるしかなかった。さっき塀から飛び降りた時に、あの男に見られたのかもしれない。

あとどれぐらいで戻って来るのだろうか。玲玉のいう通りに莫というチャイニーズマフィアのボスや、それにあの日一緒にいた榊原たちも連れて来るのだろうか。なんとか表に連絡を取る方法はないだろうかと思い、あれこれと頭を巡らせてみたが、諦《あきら》めるしかなかった。外部と連絡を取ることも、逃げ出すことも出来やしない。そんな場所だからこそ、連中はここに蔣を閉じ込めたのだ。

「もういちどちかしつにおりましょう」

玲玉がいった。

「下りてどうするんだ？」

「もういちどさがすのよ。蒋はここからにげだした。あたしたちだってきっとにげられるはずよ」

僕は首を振った。

「地下室に逃げ道なんかありゃしないさ。もう、さっき二人で確かめたじゃないか。それに、きみだって、昨日嶌久さんが話すのを聞いただろ。警察が捜したのに、防空壕につづく穴なんか見つからなかったって。あれは貴美子さんの思い違いなんだよ」

貴美子さんの名前を出した瞬間、僕はまったく違うことに思い至り、頬を殴りつけられたような衝撃を感じた。貴美子さんは電話であんなふうにいい、うまく僕や風太が引っかかることを狙っていたのではないだろうか。さっきの男が屋敷で寝泊まりしていたのは、そのためではないのか。一旦《いったん》そう思うと、それはすぐに確信へと変わった。貴美子さんは最後の最後まで僕らを裏切っていたのだ。

「イワオさんがやらないなら、あたしひとりでさがす」

玲玉がいって立ち上がった。僕の手から懐中電灯を取り、一人で階段を下り始めた。

「待ってくれよ」

僕は玲玉に声をかけてあとを追った。

貴美子さんに対する怒りが、少しずつでも判断力を回復させてくれてはいた。莫が手下を引き連れてやって来たら、破滅が待っているのは考えるまでもなかった。それなのに何もせずに手をこまねいているのは、愚か者のすることだ。

「きみは穴がないかを探してくれ。僕は何か使えそうなものを探して、それで上のドアを壊してみる」

僕はいい、入り口に転がっていた椅子を起こして懐中電灯をそこに置き、部屋全体を照らせるようにした。がらくたの山に近づいてしばらく漁《あさ》っていると、適当な木材が見つかった。握って軽く振り回してみた。それなりの持ち重りがした。斧《おの》か釘《くぎ》抜きでもあれば絶好だと思ってもう少し粘ってみたが、結局この木材が一番適当だと認めるしかなかった。

引きつづき地下室の壁や床を探る玲玉に懐中電灯を返し、僕は手探りで階段を上った。そして、木材をドアに振り下ろした。二、三度そうしているうちに、闇雲に叩いても無駄だと思いつき、ノブを狙って上から叩き出した。手応《てごた》えは実に頼りなく、こんなことをつづけたところで壊すことなど不可能だという思いがこみ上げたが、他にいい方法を思いつかなかった。

叩くうちにノブはがたついてきた。だが、壊れはしなかった。どれだけ時間が経ったろう。僕はふと手をとめた。ドアのむこうに物音が聞こえた気がしたのだ。耳を澄ますと今度は話し声がした。さっきの男が仲間を連れて戻って来たのだ。

凍りつく僕の前で、ドアがむこう側から激しく蹴《け》りつけられた。

「静かにしやがれ。こっちにゃ飛び道具があるんだ。大人しくしてねえと、手足を吹っ飛ばすからな」

さっきの男の声だった。それに重なり、嘲笑《ちょうしょう》と別の声がした。

「おい、おまえ師井のガキだそうだな。何を考えてこんなところへ来やがった。どうやらガキのほうは、親父と違ってとんだ阿呆《あほう》らしいな」

河林だった。僕の本当の父親だ。息を吸い込み、吐いた。こんなシチュエイションで会いたい相手ではなかった。いや、どんなシチュエイションであろうと会いたくなかった。僕の父は師井健輔だけだ。母に対する恨みを忘れられず、何十年も経ったあとでその父親を罠《わな》にはめて家屋敷を取り上げるような男が、自分の父であるわけがない。

僕はじりじりと背後に下がった。ドアに背中をむけて、手探りで階段を下り始めた。たとえ地下室に下りたところで、捕まるのは時間の問題だ。それはわかっていても、他にどうすることも出来なかった。

「イワオさん――」

闇の中に身を隠した玲玉が小声で僕を呼び、手に持った懐中電灯で照らした。僕は玲玉に近づいた。

「ごめんなさい、イワオさん。あたしのためにごめんなさい」

謝りつづける玲玉の隣にしゃがみ込み、安心させたくて肩に触れた。懐中電灯を消させ、闇の中で息を殺していると、ドアの開く音がして階段の足下の辺りが明るくなった。

「隠れたって無駄だぜ」

いたぶるような声が聞こえ、階段がぎしぎしと軋《きし》み出した。

懐中電灯のものと思われる明かりが途中で灯《とも》り、揺れながら近づいて来る。玲玉が躰《からだ》を擦り寄せてきて、僕らはぴたっと寄り添った。

頰に風を感じたのはその時だった。

3

それは初め錯覚に思えた。僕らがしゃがみ込んでいるすぐ横には、壁に寄せて古い大きな食器棚が置かれていた。風はそのほうから流れて来るように思われた。中腰になって食器棚に手をかけてみたが、重たくてとてもじゃないが動かなかった。しかし、思いついて下部の引き戸を引き開けると、心なしか風の流れが大きくなったような気がした。

「イワオさん」

玲玉が小声で僕の名を呼んだ。僕はそれを「シッ」と窘《たしな》め、戸棚の中に頭を突っ込んだ。棚の背板が割れていて、隙間からむこうの壁が見える。頭を近づけると、そこから冷たい風が流れていた。僕は玲玉の手から懐中電灯を受け取り、スイッチを入れて照らしてみた。煉瓦《れんが》を積み重ねた壁が見えた。手で触るとひんやりとして、微《かす》かにざらついていた。やはりどこかに隙間がある。そこから風が漏れて来るのだ。

階段の軋みが大きくなり、食器棚から顔を出して見やると、連中の懐中電灯の光がすぐ傍まで来ていた。

僕は躰のむきを変えた。両手と左足を踏ん張り、背板とそのむこうの煉瓦壁を狙って右足を思い切り蹴り出した。割れ目の走っていた背板はそれでひしゃげたものの、煉瓦のほうはびくともしなかった。

二度三度と蹴るうちに、懐中電灯に照らされた。

「何をやってやがる」

河林がいった。数は四、五人はいそうだった。それに、さっきいっていたのが本当だとすれば、拳銃《けんじゆう》を持っているのかもしれない。

もう一度、今度は渾身《こんしん》の力を込めて蹴ると、今までとは違う手応えがあって、壁がむこうに崩れるのがわかった。汗ばんでいた躰が、ひんやりとした風に包まれた。貴美子さんのいっていたのは嘘ではなく、彼女の勘は当たっていた。やはりこの地下室には、逃げ道となる穴があったのだ。

僕の合図に気づいた玲玉が、一足先に食器棚へと潜り込んだ。

「莫迦《ばか》野郎、手間をかけさせねえでこっちへ来いよ」

河林が呆《あき》れたという調子でいった。

しかし、僕がつづけて中に潜り込もうとした時には、さすがに何かおかしなことが起こっていると気づいたらしい。

「どういうことだ。待ちやがれ、この野郎！」声を荒立て、「その野郎を摑《つか》まえろ」と手下をけしかけた。

食器棚の奥の穴に肩を突っ込んだところで、僕は下半身を押さえつけられてしまった。

足掻《あが》こうとするが、相手は二人掛かりらしく、両足とも押さえられて引きずられた。

「おい、どういうことだ。この穴はなんだ。なんでこんなところに穴があるんだ」

河林の声が、さっきよりもずっと近くで聞こえた。

穴に先に入り込んでいる玲玉は、四つん這いで這い進んでいるらしく、手に持った懐中電灯の光が忙《せわ》しなく揺れていた。「イワオさん」僕がつづかないことを訝《いぶか》ったらしく、動きをとめて呼びかけてきた。

「行け。構わずに進め」

男たちに引き戻されながら僕は叫んだ。

「逃げるんだ。玲玉」

叫びつづけていると、意を決したように懐中電灯の光がまた動き出した。

だが、すぐに悲鳴が響き渡り、同時に懐中電灯も消えてしまった。

「玲玉――」僕は呼びかけた。「どうした。何があったんだ」

背後の男たちも僕と同じく息を呑《の》んだらしかった。巨大な真っ黒い怪物の姿が、脳裏を占めてしまっていた。この屋敷で姿を消した玲玉の仲間の中国人を無惨に食い殺したのは、本当に鰐《わに》だったのだろうか。ずたずたにされた二人の死体が転がっていた神田川で、鰐を目撃したことに間違いはなかったが、かといって鰐があの二人を食い殺した確証はないのだ。やはりこの屋敷には何か得体の知れないものが隠れていて、それが彼らを襲ったのではなかろうか。この穴はそいつの通り道になっており、それを蹴り破ってしまったばかりに、玲玉はそいつの餌食《えじき》になってしまったのではないのか。

「玲玉――!」

僕はもう一度呼びかけた。応えはなく、漆黒《しっこく》の闇は一層深さを増したように見えた。

ふと手を動かすと何かが指先に触れた。先ほど上のドアを殴りつけるのに使った棍棒《こんぼう》だった。握り締め、僕は懸命に躰のむきを変えた。足を押さえていた男たちも、突然の玲玉の悲鳴に注意がむいていたのだろう、幸いなことに隙をつくことが出来た。仰向《あおむ》けになった僕は腹筋に力を込めて上半身を起こすと、棍棒で男たちの頭を殴りつけた。夢中だったので、どの程度の衝撃を与えたのかわからなかった。鈍い音がし、呻《うめ》き声が漏れ、足から男たちの手が離れた。

僕は素早く躰のむきを戻し、棍棒を片手に四つん這いで這い進んだ。食器棚の奥の穴を越えると、そこから先は湿った土の地面になっていた。両手も両膝《ひざ》も泥まみれになった。かといって深い泥濘《ぬかる》みというわけではなく、少し下には硬い地面があった。手探りで進むしかなく、正確な穴の大きさはわからなかった。

「玲玉――」

もう一度呼びかけてみたが、応えはなかった。

「玲玉――」

さらに呼びかけようとした時、玲玉の姿も持っていた懐中電灯も突然に消え失《う》せた訳を知った。懸命に這い進んだ先には地面はなく、あっという間に躰のバランスを崩した僕は、泥濘んだ斜面を転がり落ちた。

一瞬気を失ったのかもしれない。我に返り、少し前まで見ていた嫌な夢を忘れようとした。そろそろ起きて風太を新宿駅まで送らなければならないと思いかけたのち、これが夢ではないことを思い出した。「イワオさんイワオさん」と、玲玉が躰を揺り動かしていた。躰を起こしかけた僕は、腰骨に痛みを感じて低い呻き声を漏らした。

「大丈夫か？」

僕が先に訊いた。

「だいじょうぶ。イワオさんは？」

玲玉が問い返してきた。

「大丈夫さ」と低い声で答えた時、頭の上に懐中電灯の光が見えた。

「奥はどうなってるんだ」

という河林の声に応じて、

「崖《がけ》になってますぜ。あの二人、こっから落ちたんでさあ」

という手下の声が聞こえた。

懐中電灯の先が、僕らの横たわる穴の天井を照らしていた。僕らがいるところからそこまで四、五メートルはありそうで、普通の日本家屋の天井などよりもずっと高かった。その天井付近に横穴が空いており、光はそこから射している。斜面はいくらか斜めになっていて、下の地面も泥濘んでいるために、落下の衝撃が和らげられたのだろう。

段々と様子がはっきりするにつれ、僕らのいる穴が奥にむかって真っ黒い大きな口を開けていることに気がついた。懐中電灯の光の動きにともなって、岩肌が時々浮かび上がるが、光が届く範囲には行き止まりの壁は見えなかった。こちらのほうがメインの穴で、上の穴はあの地下室とこの洞窟《どうくつ》とを結ぶ役割を果たしているにすぎないらしかった。

光が近づいて来て、僕らは上から見つからないようにと崖の下に身を寄せた。

「どうなってるんだ？　連中はいたか」

声が聞こえた。

「どうします？　降りてみますか？」

別の声がいい、それから間もなく、

「あ、あれを見てください。梯子《はしご》がありますよ」

というのが聞こえた。

辺りを見回した僕は、崖に立てかけられた梯子を見つけた。やはりこの穴と蔦《つた》屋敷の地下室とは、行き来出来るようになっていたのだ。中腰になって崖の下を走ると、梯子に手をかけ押しやった。梯子は音を立てて地面に倒れた。これで連中もここに降りるには、僕たちと同じように滑り落ちるしかなくなったのだ。

罵声《ばせい》が聞こえ、僕は懐中電灯に照らし出された。再び崖の下に寄り、「玲玉」と彼女を手招きした。玲玉は今なおちゃんと懐中電灯を手に持っていた。

彼女の手を引いて走り出そうとした瞬間、もの凄《すご》い音が穴の中に響き渡った。少し先の地面で何かが跳ねた。何が起こったのかわからないままで足をとめた僕らに、上から河林が呼びかけてきた。

「動くと今度は外さねえぞ。いいか、そこでじっとしてるんだ」

連中の持った懐中電灯の光に照らされて目が眩《くら》んだ。連中が発砲したのだ。

それ以上その場に立ちすくんでいたならば、そのまま動けなくなったにちがいない。だが、この時の僕はいつもよりもずっと無鉄砲で勇敢だった。

玲玉の手を引き、僕は洞窟の奥にむかって走り出した。なるべく壁際に寄ってはいたが、天井付近の横穴にいる河林たちからどれだけ陰になっているのかわからない。二度三度とつづけ様に轟音《ごうおん》が響き渡り、躰の傍を銃弾が掠《かす》めて行った。地面はあちこち水が溜《た》まっていて、かなりの大きさの石や岩が転がっており、決して走りやすい状態ではなかった。

ふと気がつくと、辺りを照らすのは、玲玉が手にした懐中電灯の灯《あか》りだけになっていた。心持ち走る速度を落とし、そのうちに歩いて進むようになった。河林たちはどうするだろう。まさか滑り下りはしまい。よほど無謀でない限りは、ロープでも探してきてぶら下げ、それを伝って降りようとするのではないか。それならばいくらか時間を稼げる。あの地下室に閉じ込められていた蔣という男は、やはりこの穴を通って表に逃げ出したにちがいない。つまり、僕たちもこの洞窟を歩いて行けば、必ず表に出られるということだ。

僕はこの時、ある疑問に思い至った。蔣も、その行方を捜しに蔦屋敷へと入った玲玉の仲間の中国人二人も、揃ってあの煉瓦小屋の地下室からこの地下の洞窟へと抜けたのだとすれば、どうしてあの地下室の食器棚の奥にあった穴の入り口が、煉瓦の壁で塞《ふさ》がれたままだったのだろう。嶌久さんの話を思い出し、いよいよ頭を捻《ひね》るしかなかった。警察はあの地下室を探索している。そして、地下の穴への入り口などなかったことを確認したといっていたのだ。いったいどういうことなのか。本当はまだ風太の部屋で躰《からだ》を横たえ、夢を見ているのかもしれない。

だが、現実は否応《いやおう》もない残酷さで僕らの前に立ち塞がっていた。まだそれほど長い距離を歩いたとは思えないうちに、僕らは歩みをとめるしかなかった。穴が目の前で三つに分かれていた。

三本のどれもが表につづいているという保証はなかった。行き止まりの道を選んでしまったら、引き返して河林たちとここで出くわしてしまう危険がある。そう考えるのもぞっとしないが、もしも先が迷路のように入り組んでいたら、間違った道を選べば延々と堂々巡りを繰り返すことになる可能性もあるだろう。

「イワオさん」

玲玉がまた僕の名前を呼んだ。手を強く握ってくるのに、僕は握り返してやった。

何の確信もないままで、真ん中の道を行くことにした。ここが防空壕《ごう》として人工的に作られたものならば、真ん中の穴がメインの通路だと考えられないだろうか。不安そうに見つめる玲玉に、頷《うなず》いて見せるのが精一杯だった。

それから大して時間が経たないうちに、懐中電灯に異常が起こった。心持ち光源が弱くなったように感じつつ、それを錯覚だと思い込もうとしながら進んでいると、じきに光が点滅を始めた。風太の部屋に転がっていたのを、電池を新品に交換することもなく持って来てしまったことが悔やまれた。そのうちに、ぷつんと明かりが消えてしまった。

小さな悲鳴を漏らす玲玉の手を再び強く握り返してやったが、本当は僕のほうも悲鳴を上げたい気分だった。僕は玲玉から懐中電灯を受け取った。スイッチを点《つ》けたり消したりしてみると時折つくことがあったが、やがて完全に役に立たなくなった。

闇が訪れた。自分の手足や躰はおろか、鼻の先さえ見えなかった。それは初めての経験で、想像を越す恐怖となって僕に襲いかかってきた。しばらく必死で目を凝らしていたが、やがて諦《あきら》めた。光が何もない状態では何ひとつ見えないことを、僕は初めて身をもって知った。

「イワオさん」

玲玉の声がした。彼女の存在が強く感じられた。それが堪《たま》らなく嬉しかった。もしも一人でこんなところに迷い込んだなら、いくらも経たないうちに気が狂ってしまうのではないか。

「イワオさん。だいじょうぶ？　いくよ。だいじょうぶね、イワオさん」

「ああ、大丈夫さ」

彼女の口癖である「だいじょうぶ」がユーモラスにも心強くも感じられ、僅《わず》かながらもそれに励まされて答えた。

「きみは大丈夫か?」

「あたしはだいじょうぶ」

玲玉はそう答えたあと、「あたしはいつでもだいじょうぶでしょ」とつけたして笑った。

僕は暗闇に手を伸ばした。

「壁づたいに行こう」

玲玉の手を引いて洞窟の壁へと寄った。

壁は冷たくてざらざらしていた。隅のほうは水が溜まっている場所が多いらしく、スニーカーが水に浸《つ》かった。

「滑らないように注意するんだぞ」

僕は玲玉に告げた。

「蔣はここを通って逃げ出したんだ。僕らもじきに表に出られるさ」

思いついてそうつけたすと、玲玉が「うん」と応じた。

4

闇の中では、自分が真っ直ぐに進んでいるのかどうかさえ判断がつかなかった。もしもこの壁が曲がりくねっていたとしても、少しも気づきはしないだろう。そればかりか、いつの間にか元の場所へと戻ってしまっていたとしても気づけずに、堂々巡りを繰り返すだけではないだろうか。

だが、袋小路の場合はこれに当たらない。時間の感覚はわからなかったし、どれだけ進んだのかもわからなかったが、それまで伝ってきた壁が折れ曲がり、顔の正面へとむかうのを知って僕らは歩みをとめた。正面の壁を伝ってみると、何歩か進んだところで再び折れ曲がっていた。

「行き止まりなのかな」

僕は独り言に近い口調で呟《つぶや》いた。

「あたし、もどって河林たちにつかまるの、いや」

玲玉が低い声でいった。

「つかまると、莫のところにつれもどされる。あたし、いや」

落ち着かせようとして、壁に置いていたほうの手を離して肩に当てたら、玲玉が素早い動きで胸の中に飛び込んできた。

「イワオさん、あたし、こわいよ」

玲玉はいい、少ししてから今度はやや躊躇《ためら》いがちに、「さむいよ」といった。

僕は自分の手を背中に回して抱き締めた。背中をゆっくりと擦《こす》ってやると、背骨の小さな凸凹が掌《てのひら》に触れた。彼女の吐息が僕の胸に当たり、首筋の皮膚に触れる鼻先や頬がひんやりしていた。火があれば……。そう思うとともに、百円ライターのことを思い出した。

慌ててジーンズのポケットを探ると、よれたたばこのパックとライターが入っていた。どうして今まで思いつかなかったのだろう。自分の愚かさを嘆きながら、僕はライターを出して火をつけた。炎は驚くほど明るく、そして暖かかった。闇の中に玲玉の顔が浮かび上がった。玲玉は両目を見開いて炎を見ていた。やがて微笑み、視線を炎から僕へと移した。彼女の目の中にライターの明かりが揺れており、僕はそれを美しいと思った。

ライターを動かして、自分たちの周囲を照らしてみた。僕の手の動きに添って炎が揺らめき、それが洞窟の岩肌に細かい表情を描き出した。思った通り、僕たちがいる場所は袋小路になってしまっていた。天井の岩肌のあちこちから水が滴り落ちており、地面は全体的に湿り気を帯びていた。やって来たほうを振り返ると、ライターの小さな炎ではほんの数メートルまでしか光が届かず、その先は暗闇がぽっかりと口を開けていた。

ライターを持った指先にちりっとした痛みを感じ、思わず取り落としそうになった。熱で周囲がすっかり熱くなってしまっていた。しばらく冷めるのを待って再び炎を擦っても、せいぜいが十秒から二十秒ぐらいつけているのがやっとだった。

「あたしつかれた。ちょっとやすみたい」

玲玉がいった。

僕はもう一度ライターを擦り、なるべく濡《ぬ》れていない地面を探してやった。転がった岩の上がいくらか乾いていた。比較的坐《すわ》りやすそうなものを選び、出来るだけ近くに並んで腰を下ろした。僕の膝《ひざ》に伸びてきた玲玉の手を握り締めた。

「蒋はしんでるかもしれない」

いきなりいわれて戸惑った。

「どうして急にそんなことをいうんだ?」

「だって、蒋がいなくなってから、じかんがたくさんたった。いろいろさがしたけれど、みつからなかった。それ、なぜ。蒋は、このあなのどこかでしんでいる。だからみつからない。イワオさん、そうおもわない?」

何とも答えようがなく、僕は玲玉の手を握りつづけていた。

「きみらしくないじゃないか。どうしてそんなふうに考えるんだ」

「あたしらしくない? どういうこと?」

「なんでも大丈夫なんだろ。またそういってくれよ」

わざと明るく告げてみたが、玲玉は何も答えようとはしなかった。

やがて低い啜《すす》り泣きが聞こえてきた。その横で僕は、ただ坐っているしかなかった。確かに玲玉のいう通りなのかもしれない。おそらく蒋という男は明かりも持っていなかったはずだ。あの地下室からこの穴への抜け道を見つけて潜り込んだとしても、この暗闇の中をどう逃げ、どこに抜け出せたのだろう。闇の中で迷い、監禁されてクスリを打たれていた躰ではじきに力尽き、そのままになってしまったのではないだろうか。玲玉とその仲間だけじゃなく、河林や榊原の部下たちが手分けして捜してもずっと行方が知れないのは、そのためではないのか。

不吉な考えに囚《とら》われた僕は、ふと妙な気配に気がついた。

——何かがいる。

暗闇の中にあまり長くいたために、頭がおかしくなってしまったのだろうか。だが、それほど離れていないところで、何かが蠢《うごめ》いている気がしてならなかった。天井から落ちる水音が聞こえている。それに混じり、何か命あるものが自らの意思で動く低いざわめきが鼓膜に伝わっていた。

「イワオさん」

玲玉が僕の名前を呼んだ。低い啜り泣きは収まっており、囁《ささや》くようなかすれ声だった。神田川で見た死体が鮮明に思い出された。あの二人の躰を食い荒らした巨大な口が、生臭い息を吐きながら、すぐ目と鼻の先で僕らに襲いかかろうと狙っている。そんな想像がふくらんだ。

僕はポケットの中でライターを握り締めていたが、取り出すことが出来なかった。刻一刻と迫りつつあるものの正体が何なのか、火をつけて確かめたいという気持ちと、指先一本動かさぬまま、ただじっと息を殺してやり過ごしたい気持ちとが闘っていた。

だが、いつまで経ってもそれは僕たちの前から動こうとしなかった。気味の悪い物音を立てながら、僕と玲玉の正面に陣取り、蠢いていた。はたしてこれが本当に動物の息遣いだろうか。落ち葉が擦れ合うような低い音は、呼吸の音にしてはあまりにも薄気味悪かった。ライターを擦ったのは、相手の正体を見定めようという気持ちからではなかった。漆《しっ》黒《こく》の闇に囲まれているのは、これ以上はもう一秒たりとも堪えられなかった。

青白い炎が、刷毛《はけ》で一撫《ひとな》でしたように闇を追い払った。瞳孔《どうこう》が開いていた僕の両眼は、岩肌の模様までくっきりと見て取ったような気がした。

僕らの前には何もいなかった。だが、洞窟《どうくつ》の地面に、ライターの炎が生み出す以上の影が揺れているように見えた。

視線を下げ、僕は見た。無数のゴキブリが、躰を擦り合わせながら、洞窟の湿った地面をびっしりと覆い尽くしている。奇妙な息遣いに聞こえたものは、この数千とも数万ともつかない虫がひしめき合い、蠢きながら、黒光りする互いの躰を擦り合わせる音だったのだ。

僕らは悲鳴を上げた。反射的に中腰になりつつ自分たちの足下に目を落とすと、好奇心が強い何匹かがスニーカーの周りを彷徨《うろつ》いていた。

気がついた。前ばかりじゃなく、足下だけじゃない。後ろにも、そして、天井にもいる。天井に張りついた親指大の黒い点々が、ライターの炎に照らされて、刻一刻と変化をつづける独特な模様を描き出していた。そのうちの一匹が項《うなじ》に落ちて来て、僕は恥も外聞も忘れて悲鳴を上げた。最悪なことに、それに反応した昆虫たちが一斉に飛び立ち、辺りを所狭しと飛び回り出した。僕と玲玉は互いの躰にしがみついて抱き合い、目と口を堅く閉じているしかなかった。もの凄《すご》い数の虫が、顔といわず腕といわずぶつかってくる。耳のすぐ傍をかすめて飛ぶゴキブリの羽音が、タチの悪い耳鳴りみたいに頭の奥まで響いてきた。

静寂が戻った時、僕らは真っ暗闇の中で抱き合っており、手にあったはずのライターがなくなっていた。虫が一斉に飛び立ったパニックの中で、手から滑り落ちてしまったのだ。

「イワオさん――」

玲玉が僕の名前を呼んだ。

「ライターを落としてしまった」

僕の声はかさついていた。

「きみはじっとしてろ。俺が拾うから」

前屈《まえかが》みになり、何も見えない地面に恐る恐る手を伸ばし、ライターが落ちたと思われる辺りを探った。

「キャ」と玲玉が短く悲鳴を上げた。石を踏み違えるか、蹴躓《けつまず》くかしたらしかった。

「大丈夫か、玲玉」

躰のむきを変えようとした瞬間、指先に何かすべすべしたものが触れた。僕が取り落とした百円ライターだった。しかし、水に浸《つ》かってしまっていた。

「玲玉」ともう一度呼びかけながら、僕はライターを擦った。二度三度と石を擦っても、小さなか細い火花が出るだけで、どうしてもついてくれなかった。

「どうしたんだ。何かあったのか？」

僕は声を高くした。いくら擦ってもつかないライターに、胸の中で舌打ちをつづけた。

「イワオさん。なにかあるよ。ここになにかある」

「何かって、何だ？」

「はこみたい。はこがおいてある」

「待ってろよ。ライターを見つけたんだ。濡れてるんですぐにつかないけれど、もう少し待っててくれ。そうしたら、また明るくなるからな」

僕はいい、ライターを擦りつづけた。そうしながらも爪先で地面を探り、少しずつ玲玉の声がするほうに近づいた。

「けっこうおおきなはこよ。なかに、なにかはいってるみたい」

玲玉がいったが、まだ信じられなかった。たぶん何年も何十年もずっと人の入ったことのないこんな洞窟の中に、いったい何のために箱が置いてあるのだろう。大昔に誰かが置いたものなら、今では虫の巣になっているかもしれない。

乾いた感じの音がし、玲玉が箱を開けたらしかった。中を漁《あさ》る音が聞こえた。

そして、突然、彼女の顔がぽっと浮かび上がった。

玲玉は、左手に蠟燭《ろうそく》を持っていた。右手にはライターがあり、それを使ってたった今火を灯《とも》したところだった。蠟燭は、かなりの太さと長さがあって頼もしかった。

玲玉が頷《うなず》いた。炎に浮かんだ笑顔が可愛かった。

自分の手元に目を下ろした僕は、あっと小さな声を出した。蠟燭の炎に照らされて初めて知ったのだが、僕の手にある百円ライターは、さっき落としたライターとは別物だった。色も形も全然違う。

長い間ここに誰も入ったことがないなど、僕の思い違いらしかった。誰かがここにやって来たのは、そんなに昔のことではないのだ。

5

玲玉が見つけたのは蜜柑《みかん》箱ぐらいの大きさの木箱だったが、中には蠟燭以外には何も入っていなかった。だが、蠟燭の炎で改めて辺りを照らしてみると、水を吸ってぼろぼろになった週刊誌が一冊転がっていた。ビールやジュースの空き缶や、それに目を凝らすとたばこの吸い殻や丸めて捨てられたパックなども見つかった。

蠟燭の炎はライターよりはずっと明るく、いちいちつけたり消したりしなくても済むため、落ち着いて辺りを眺め回せた。天井は思ったよりもずっと高かった。やはりここは袋小路で、元来たほうへ引き返す以外に手はなかった。

だが、僕は希望の光を見出《みいだ》してもいた。ここには誰か人が来たことがある。しかもビールやジュースや週刊誌などが転がっているということは、道順さえわかれば、案外と手軽に入って来られる場所なのではないだろうか。

「とにかくここを離れよう」

僕は箱の中に残っていた蠟燭三本をすべて取り出し、一本をジーンズの腰のところに挟み込んで、あとの二本は背中のデイパックに入れた。

僕と玲玉は、どちらからともなく互いの手を取り合い、元来たほうへと引き返し始めた。

蠟燭は僕が持っていた。とりあえずは先ほど洞窟が三つに分かれていたところまで戻ってみるつもりだった。

しかし、じきにまた立ち止まった。男たちの声が、洞窟の先から聞こえていた。河林たちにちがいなかった。

このままでは鉢合わせをしてしまう。

「どうしよう……」

玲玉が小声で囁くのを、僕は人差し指を唇の前で立ててとめた。

連中の持った懐中電灯の光が、洞窟の壁を軽く撫でるように走っていった。僕たちから見て左側の壁だ。穴は少しずつ曲がっているようだった。鉢合わせしてしまうのは時間の問題だ。かといって、引き返したところで袋小路が待つだけなのだ。

僕はいつでも蠟燭を吹き消せるように身構えた。溶けた蠟が手のほうに垂れて来る。

緩やかに曲がった洞窟の先に、今度ははっきりと連中のものとわかる懐中電灯の明かりが見え、出来るだけ壁際に寄って頭を低くした時だった。

「イワオさん」

玲玉が息だけの声で呼びかけながら僕の脇腹をつつき、そうして躰を寄せている少し先の壁を指さした。

一瞬岩肌のただの凹《くぼ》みかと思ったが、そうではなかった。そろりそろりと移動すると、そこには横穴が口を開けていた。僕らがいる洞窟よりはかなり狭いが、それでも大人二、三人が並んで屈まずに通れるぐらいの大きさはあった。

僕は玲玉を促して穴の中へと踏み出した。

「こんなところに横穴がありますぜ」

それからほどなく、男たちの一人がいうのが聞こえた。

僕らは歩みをとめた。素早く蠟燭を吹き消すと、懐中電灯の光に捉《とら》えられないように壁際へ躰を押しつけた。

「おおい」と、どこか小莫迦《こばか》にしたように呼びかけるのに、一層躰を硬くした。するると、驚いたことに、僕らが進もうとしていた先からもまた、「おおい」と応じる声がした。

「見つかったか？」と尋ねるのに「まだだ」と応じた。何も面白半分に声をかけ合っているわけではなく、自分たちの存在を誇示することで、居所のわからない僕らを威嚇しているつもりらしかった。

「案外とこういうところに隠れてるかもしれねえぞ。真っ直ぐ行く前に中を探ってみろよ」

すぐにそんな声が聞こえた。

「どうしよう。榊原よ」

その声を聞き、玲玉が僕の耳元で囁いた。

命じられたのを受けて、誰かが小さな穴へと入って来るのがわかった。

すぐに懐中電灯が僕たちの躰を照らし出し、男が素頓狂な声を上げた。

「あ、おまえら――。いましたぜ。こんなところに隠れていやがった」

僕と玲玉の二人は、横穴の反対方向の出口を目指した。移動しながらではなかなか思うようにいかず、やっと蠟燭に火をつけた。

「横穴に隠れてやがったぞ。戻って来い」

河林が大声を張り上げた。もう一本の縦穴を進んでいた連中にいったのだ。

僕らは進むスピードを上げた。むこうの出口を押さえられてしまったら袋の鼠だ。

「これって――」

幸いなことに、僕らが穴を抜け出るほうが早かったが、そうすると同時に玲玉が呟《つぶや》いた。

僕らの前には、何本もの穴が、縦横に折り重なっていた。

後ろを振りむくと、河林たちの懐中電灯の光が見え、もう一本の穴の先にも光があった。

僕は玲玉の手を引いて、別の穴へと身を隠した。

音を立てないように注意しつつ、そろりそろりと奥にむかう。こっちは蠟燭だが、河林たちは懐中電灯を持っている。位置を悟られて追われれば、逃げ切ることは難しいだろう。

「いたぞ。この穴だ」

だが、すぐにそんな声がし、懐中電灯の光に照らされた。玲玉の手を引いて走ると蠟燭の炎が揺れ、岩肌に無数の陰影を描き出し、すぐ近くに見えた岩の影があっという間に遠のいたり、逆に近づいて来たりした。足音もまた、後ろから追って来る連中のものと僕ら自身のものが入り乱れ、幾重にも重なり合って反響し、数え切れないほどの人間がてんでな方向を目指して走り回っているような錯覚を生んだ。

もう追いつかれる。もう背中に手がかかる。そう思いながら進むうちに、いくつか穴を抜け、右や左にも曲がった気がする。後ろの連中を撒《ま》きたい一心でそうしたのだが、ふと気づいて立ち止まった時にはもう、自分たちがどっちから来たのかわからなくなっていた。

蠟燭で腕時計を照らすと、既に正午を回っていた。風太を駅まで送ったあとで蔦《つた》屋敷に忍び込んだのが朝の八時頃だったから、もう四時間以上もの間ずっと、この暗闇の中で過ごしていることになる。最初の蠟燭は手で持てないぐらいに短くなってしまい、今は二本目を使っていた。

河林たちの声も気配も、今はどこにもなかった。しかし、考えようによっては連中に捕まるほうが、こうして闇の中で迷いつづけているよりもましなのかもしれないと、そんな気さえしてならなかった。僕も玲玉も、少し前から一言も口を利かなくなっていた。

「みず……」

玲玉がそう呟くのを聞いても、最初は何のことだかわからなかった。

玲玉は「みず……」と繰り返した。「みずのおとがしてるよ、イワオさん」

耳を澄ませてみたが、しばらくは何も聞こえなかった。だが、そのうちに、段々とそれがはっきりした存在として意識の中に流れ込んで来た。確かに水の流れる音がしている。

「みずは神田川につうじてる。そうでしょ、イワオさん」

玲玉はいった。ただの不安の現れかもしれないが、一々僕の名前を最後につけたされるのは悪い気分じゃなかった。いいたい意味はすぐにわかった。蔦屋敷で姿を消した玲玉の仲間たち二人は、鰐に襲われた死体になってだが、神田川に現れた。この穴と神田川とは、どこかで繋《つな》がっているにちがいない。水の流れを見つけて進んで行けば、表に出られるのではないか。

僕らは耳に神経を集め、水音がするほうへと進んで行った。時間の感覚が麻痺《まひ》し始めていて、水流に出くわすまでにどれほど歩いたのかわからなかった。洞窟の天井の一隅から、水が滝のように流れ落ち、それが洞窟の先へと流れ込んでいた。

だが、喜びには繋がらなかった。水が流れ込む穴は、屈《かが》んでもなお通れないぐらいの大きさしかなかった。腹這《はらば》いでならば入ることは可能かもしれないが、洞窟のこの気温の中を全身ずぶ濡《ぬ》れで進めば、ものの五分としないうちに躰《からだ》の感覚がなくなってしまうだろう。それに、穴の中の水位がどうなっているかもわからなかった。もしも天井まで水が来ていたら一巻の終わりだ。

玲玉が地面にしゃがみ込んだ。

「あたし、つかれた。すこしやすみましょう、イワオさん」

失望を隠しきれていなかった。

僕は玲玉に頷いて見せたが、目は違うほうを見ていた。水が流れ込んでいる穴の横に、人が抜けられそうな別の穴がある。手に持った蠟燭を玲玉に渡し、デイパックから蠟燭《ろうそく》を抜き出して火をつけると、少し待っていてくれるようにと告げてその穴を目指した。玲玉が弱音を吐いたことが内心ショックだった。例の「だいじょうぶ」という口癖が、僕の大きな支えになっていたのだ。——あたしはいつでもだいじょうぶでしょ。

だが、精神的にも肉体的にも、そろそろ疲れがピークに達しているのは間違いなかった。それでも玲玉は僕の意図に気づくと、「あたしもいくよ」と、自分もまた腰を上げた。少し休んでいるようにともう一度告げたが聞かず、僕らは幾分下り斜面になった地面で滑らないように注意しながら進んだ。

うまくすると、水の流れに沿って進めるかもしれないと思ったのだが、しかし、そんな期待もあっさりと裏切られてしまった。天井が崩れ落ちたらしく、その穴はちょっと先ですぐ行き止まりになってしまっていた。僕らはその場にしゃがみ込んだ。

一旦《いったん》そうして腰を下ろすと、僕自身が疲れ果てていることを認めるしかなかった。躰は完全に冷え切っていて、腹の底に堅く痼《しこ》るような感覚があった。歩きにくい地面を、蠟燭の明かりだけを頼りに歩いて来たために、脹脛《ふくらはぎ》が突っ張ってしまっていた。

膝《ひざ》を抱えて蹲《うずくま》った。途方に暮れかけていた。玲玉が僕の隣に並んだ。

「蠟燭を無駄にしないほうがいいから、一本にしよう」

それだけいうのがやっとだった。僕はそう告げ、自分の蠟燭を吹き消してジーンズの腰に挟んだ。

「なにかはなして」

玲玉がいった。

「きみが話してくれよ。また、きみの故郷の話が聞きたいな」

玲玉はただ力なく、「イワオさんがなにかはなして」と繰り返すばかりだった。

「玲玉は、どうして日本に来たんだ?」

僕はそう訊《き》いてみた。

「おとうさんとおかあさんにおかねおくりたいし、べんきょうだってしたい。日本語はなせるガイドさん、中国にかえってからも、おかねたくさんもらえるよ。イワオさん、中国きたら、あたしがあんないしてあげる」

微笑んでお礼をいった。

「イワオさんはしょうらい、なにになる?」

「まだわからないよ」と、僕は答えた。

「イワオさん、だいがくせいでしょ。だいがくでたら、おおきなかいしゃにはいるでしょ」

「大きな会社なら、何でもかんでもいいってわけじゃないさ」

「でも、おおきなかいしゃ、おかねをたくさんくれる。日本人のかいしゃいん、みんなおかねもち」

「お金持ちならいいわけじゃないだろ」

「おかねあるほうが、ないよりいいよ。きまってる」

玲玉の瞳《ひとみ》に蠟燭の炎が映っていた。こんなふうにいい切れる彼女が頼もしくも、何か遠い人のようにも感じられた。

「建築家になれたらいいなと思ってるんだ」思い切って、僕はいった。「でも、不動産を転がして金を懐に入れて、日本中の風景を壊して回ってもなんとも思わないような自分の親父を見ていると、なんだかそういう夢にも嫌気がさしてしまいそうになるんだ」

玲玉は首を捻《ひね》って僕を見た。

しばらくしてから、「どうして？」と訊いた。

「おとうさんはおとうさん、イワオさんはイワオさん。べつのひとでしょ」

「それはそうだけどさ――」

玲玉は、結局それ以上は何もいおうとはしなかった。ただ「さむいね」と囁《ささや》き、僕に躰を寄せてきた。細い肩に手を回すと、すっかり冷えてしまっている躰の奥で、玲玉の心臓が小さく規則的な鼓動をつづけていた。

僕は薄く目を閉じた。蠟燭の炎の仄《ほの》かな明かりで、瞼《まぶた》の裏がゆらゆらしていた。この寒さにもかかわらず、そんなふうに蠟燭の炎を感じていると段々いい気持ちになり、なんとなく眠気さえ催しそうだった。歩きづめで、躰が疲れ果てているのだ。そう思うか思わないうちにふっと意識が途絶え、はっとした時には今度は逆に妙な覚醒《かくせい》感があった。だが、躰が動かなかった。

目を開けた。蠟燭の炎が小さくなり、正に消えようとしているのが見えた。透明な手で周囲から押しつけられたような妙な燃え方をした炎は、僕が見ている前でか細く小さくなっていった。躰には何か巨大なものにのしかかられるような圧迫感があった。何がなんだかわからないままで、いつになったら自分が半覚醒のようなこの状態から抜け出すのだろうと考えた。腕を動かそうとしても動かない。足も駄目だし、指先さえ駄目だった。

隣の玲玉の様子を窺《うかが》うために首を動かそうとした途端、脳天にハンマーを振り下ろされたような猛烈な頭痛に襲われた。息が出来ない。見えない誰かが自分にのしかかっていて、冷たい手で首を絞めにかかっている。

やっとのことで首を回すと、玲玉もまた僕と同様にまったく身動きが出来ない様子で、しかも地面にだらっと倒れてしまっていた。

「玲玉」

名前を呼んだが、何も答えてはくれなかった。瞼を辛うじて持ち上げ、じっと僕の顔を見つめている。わかった。助けを求めているのだ。

その直後に、辺りが真っ暗になった。か細い炎を揺らしていた蠟燭が、ついに完全に消えたのだ。僕は漆黒《しっこく》の闇を睨《にら》みつけた。何が起こっているのかわからなかったが、屈服するなどまっぴらだった。だが、息苦しさは益々増し、顔がむくんでくるのがわかる。鼻孔を開き、口をぱくぱくさせても、なぜか呼吸が出来なかった。

首が僅かに動いたので、後頭部を後ろの壁にぶつけた。じんと痛みが拡がり、意識がいくらかはっきりした。腰を持ち上げようとした僕は、足に力が入らず前のめりに倒れた。

肺は空気を求め、今や煮えたぎった鍋《なべ》のように熱かった。肘《ひじ》でずって進んだ。爪で湿った地面を引っ掻《か》いた。

死。――どこか頭の片隅で、ふっとそんな意識が頭を擡《もた》げた。

この自分が、死ぬ。それは冷たくて寂しい感覚だった。渾身《こんしん》の力で地面を這いつづけた。肘が膝が泥まみれになり、破れた皮膚に血が滲《にじ》んだ。

突然、何の前触れもなく、ふっと躰が軽くなった。肺の中に新鮮な空気が入ってきて、僕は激しく噎《む》せた。涙目になりながら、深呼吸を繰り返した。辺りを見回しても漆黒の闇だ。自分がどっちから這って来て、どっちに戻れば玲玉を助け出せるのかわからなかった。

咄嗟《とっさ》にジーンズの腰に挟んでいた蠟燭を抜き出して火をつけた。炎を辺りにかざして見回し、自分が水の流れを見下ろせる位置まで戻っていることを知った。

蠟燭を手に引き返そうとして気がついた。二酸化炭素中毒だ。地形の関係で、あの場所は酸素が薄くなっていたにちがいない。

蠟燭を足下の泥濘《ぬかるみ》に立てた。急いでさらに二、三度深呼吸を繰り返し、玲玉の横たわる場所へと小走りでむかった。自分のどこにそんな力が残っていたのかわからない。玲玉が小柄な女の子だったことも幸いしたはずだ。それでも彼女を抱えて蠟燭を立てた場所へと戻った時にはもうくたくたで、躰にまったく力が入らなかった。

僕は玲玉の横に俯《うつぶ》せに横たわり、肩で呼吸を繰り返した。玲玉は何が起こったのかをまだ理解しかねているらしく、呆然《ぼうぜん》とした目を天井にむけて、胸を上下に動かしていた。

どれだけそうしていただろう、誰か人が近づいて来る気配がした。それで躰を動かすよりも早く、懐中電灯の光に照らされた。

最悪だ。こんなところでこんな時に、河林たちに見つかってしまうなんて。歯嚙《はが》みしたい気持ちで顔を上げた僕は、それから惚《ほう》けたように口を開けた。

「スーさん」

最初は口の中で呟いたのち、今度は思わず「スーさん」と声を上げた。

懐中電灯の光を持った人影は、顔が薄い影になってしまっていてはっきりとは見えなかったが、白髪を後ろでポニーテールのように束ね、飄々《ひょうひょう》と笑うスーさんの独特な風貌《ふうぼう》は見間違えようがなかった。

「やれやれ、またもや蔦屋敷の穴を破ってしまったそうだな」

僕と玲玉を見下ろしたスーさんは、あののんびりとした、この場の状況にはおよそ似つかわしくないように思われる口調でいった。

「こりゃまた、石屋の手を借りて、穴を塞《ふさ》いでおかなくてはならんわい。あそこの通り道がわかってしまうと、こういう手合いがひょこひょこと入って来ちまうだろうからな」

こういう手合いとは誰のことか、スーさんがひょいと顔を捻ったのではっきりした。

スーさんは一人ではなく、仲間らしい男たちが何人か一緒だった。その男たちによって、両手を背中に縛られた榊原ともう一人の男が引っ立てられていた。

「こいつらは別の場所でへたっておるところを捕まえたが、彷徨《うろつ》き回ってるのはこれで全部なのか？」

スーさんは僕に訊いた。

「いえ、他に河林が、手下を何人か連れて入っていると思います」

その答えを聞いて顎《あご》の下を撫《な》でた。

「蔦屋敷を騙《だま》し取った例の張本人か。ふむ、まあ当分は放っておくことにしようかの」

「あの、そうすると蔦屋敷の地下室の壁は、スーさんたちが直してたんですか？」

半信半疑で尋ねると、頷《うなず》いた。

「そういっただろ。仲間に石屋がおるのでな」

「蔣という男が逃げた時も、それを捜しに来た中国人たちの時も？」

「ああ、そうだよ」

「——あの、ここはいったい何なんですか？」

しばらくして僕が訊くと、「穴さ」と答えただけで、「あんたが玲玉さんかの」と玲玉に微笑みかけた。

「まあ、ここまで来てしまったのでは、今さらとぼけても仕方あるまいて。蔣という男は、儂《わし》らの仲間で匿《かくま》っておるよ。まだ表には出られない事情があるという話だったのでな。二人とも、一緒について来るがいいわ」

6

それから先の出来事は、なんだか夢の中で起こったことのようだった。スーさんとその仲間の男たちは、真っ暗な洞窟《どうくつ》の中を勝手知ったる自分の庭のようにすたすたと歩いて行った。するとほんの十分もしないうちに、穴の先が明るくなった。表に出たのかと思って近づいたらそうではなく、ちょっとした寺の本堂ぐらいはありそうな広い穴の天井に木材の梁《はり》が行き渡らせてあって蛍光灯が並び、白い清潔な明かりを振りまいていた。

穴のあちこちには、長椅子やソファやテーブルが配されていた。形も色もばらばらだったが、いかにも過ごしやすそうな雰囲気で、現にてんでの場所に陣取った人たちが、将棋や碁に興じたり、スポーツ新聞や週刊誌に目を通したり、数人でお喋《しゃべ》りに花を咲かせたりしていた。

「遠慮はいらんぞ。適当に坐《すわ》ってくつろぐがいいわ」

スーさんは言葉をなくして立っている僕と玲玉に告げたのち、一緒にいた仲間たちのほうに顔をむけた。

「そいつらも、逃げようとはせんじゃろ。自分たちだけで逃げても、また道に迷うだけだと懲りておるだろうしな。手は縛ったまま、そこらに坐らせておいてやれ」

玲玉と並んでソファのひとつに坐り、改めて辺りを見渡すと、その穴の一角には段ボールと青いシートを使って作られたいわゆる段ボールハウスがいくつか並んでいた。また別の隅には、いったいどこから持ってきたのか、業務用と思われる巨大な冷蔵庫が置いてあった。いい匂いがすると思ったら、その冷蔵庫のすぐ脇では石川五右衛門《ごえもん》の釜茹《かまゆ》でに使ったような鉄釜がぐずぐずと煮え滾《たぎ》っていた。当番らしい男が横に陣取り、ゆっくりと中身を掻き回している。

僕の視線に気づいたらしく、スーさんがいった。

「今日はこれから宴会があってな。あれはそのための鍋さ。これからもっと集まって来るぞ。あとでおぬしらも参加するといいわい」

「いったい電気はどうしてるんですか？」

僕が訊《き》くと、スーさんは鼻孔を微《かす》かにひくつかせて、幾分得意そうな顔をした。

「地下の導線に細工してな、無断で電力会社から貰《もら》っておるよ」

「蒋はどこですか？　あわせてください」

玲玉が、待ちかねたようにいった。

「おう、そうだったな。今、呼んでやるわ」

スーさんは白髪を平手で撫で、穴の片隅に並んだ段ボールハウスのほうに呼びかけた。

驚いたことに、それは流暢《りゅうちょう》な中国語だった。

スーさんの呼びかけに応じて、段ボールハウスのひとつのシートが捲《まく》り上げられ、中から男が現れた。髭面《ひげづら》で一瞬わかりにくかったが、写真週刊誌で見た蒋建国という若者だった。蒋はスーさんと何事かやりとりをしたあと、幾分近視なのか目を細めて僕らに目をむけた。

玲玉が中国語で何かいい、一目散に蔣に駆け寄った。背伸びをするようにして首に抱きつくのを見て、僕はちょっと妬《や》けてしまった。蔣のほうは、人目が多い中でそんなふうにされるのがきまりが悪いのか、戸惑いを顔に浮かべてぼうっと立つだけだった。

その顔を眺めるうちに気がついた。あの週刊誌の写真と別人のように見えるのは、何も髭のためだけではないのだ。写真とは違うきりっとした雰囲気が、目の前にいる男からは漂っていた。それはしかし、どこか近づきにくそうな感じにも通じていた。

「あの男が洞窟で倒れているのを見つけてここに運んだのは、もう二週間ぐらい前になる。天安門の話から始まって、蔦《つた》屋敷に連れ込まれて何をされたのかということまで、全部本人から聞かせて貰ったわい。そこの連中に、無理やり注射されたクスリが抜けきらないうちは、人前に出るとあの週刊誌の記事を肯定することになりかねないというので、それもあってずっとここに匿っておったのさ」

スーさんがする説明に、僕は驚いた。

「じゃあ、ずっとスーさんのところにいたんですか！　それならばそうと、どうして教えてくれなかったんですか」

「まあ、そういうな、青年よ。色々事情があったんだ」

僕の不満は収まらなかった。

「玲玉たちだって必死に捜してたんですよ。せめて彼の仲間には、耳打ちしてやってもよかったんじゃないですか。玲玉の仲間二人はそれで蔦屋敷からあの地下道へと捜しに入って、鰐に襲われてしまったんですよ」

その話を持ち出すと、さすがのスーさんも顔を曇らせた。

「そのことには、儂らも責任を感じてはおるよ。だが、仲間に報《しら》せることも本人が望まなかったのさ」

そこまでいうと口を閉じ、榊原たちのほうに素早く油断のない視線を走らせた。何か連中には聞かせたくない事情があるらしい。

玲玉との会話を中断した蒋が、僕らのほうに近づいて来た。ちらっと榊原を見下ろしたものの、軽蔑《けいべつ》したような冷ややかな笑みを過《よぎ》らせる以上の反応は見せず、あとはもうそんな人間などそこにいないかのように無視して僕に話しかけてきた。

「蒋さん、イワオさんにおれいをいってる」

玲玉が蒋の隣でそう説明してくれた。

「調子に乗るなよ。おまえら」

蒋の態度が気に障ったらしく、榊原が大声でがなり立てた。

「おい、玲玉。おめえ、こんなことをしてて、莫が知ったらどうなるかわかってるんだろうな」

玲玉が青い顔で僕の背中に身を隠した。

蒋は榊原にむき直り、ゆっくりと移動して目の前に立った。

「なんだ、おめえ。何か文句があるのか」

榊原はそう喚《わめ》き立てたが、蒋がじっと見下ろしていると、目を伏せ黙り込んだ。

だが、その時だった。穴の入り口のほうが騒がしくなったと思ったら、近くにいた人たちが長椅子やソファから腰を上げて後じさった。何事かと目をやると、拳銃《けんじゅう》を構えた河林とその手下らしき男二人が、僕たちのいる穴の中へと入って来ようとしていた。

「よし、おまえら全員、むこうの壁際に並べよ」

芝居がかった笑みを浮かべた河林が、僕たち一人一人の顔を眺め渡し、勿体《もったい》ぶった調子でいい放った。

手下の男たちが忙《せわ》しなくあちこちを走り回り、鶏を追い立てるかのようにして居合わせた人たちを一角に集め出した。ひとりが榊原たちの縄を解く。

「ホームレスのくせに、御大層な遊び場を持ってるじゃねえか」

河林は僕たちに近づいて来ると、満足げな笑みを深くして、いった。睨《にら》み返している僕のことは歯牙《しが》にもかけず、「手間を取らせやがってこの野郎が」と蒋に吐きつけたのち、大仰な動作でスーさんの前に立った。

「何でもわかってるような顔をしてやがるがな。所詮《しょせん》ホームレスはホームレスよ。まさか、後を尾《つ》けられてるとは知らなかったろうが」

だが、拳銃を突きつけられているというのになぜかスーさんだけは、落ち着いて余裕たっぷりに見えた。

「随分いい匂いもさせてるじゃねえか。いったいここは何なんだ？」

「紳士のための社交場だよ。つまり、おぬしらには相応《ふさわ》しくない場所というわけさ。今日はこれから宴会があるんだ。早々に引き上げてくれんかの」

河林はまたにやにや笑いを浮かべた。目には挑むような光があった。

「そうはいかねえやな。蔣の野郎をこんなところに匿いやがって。おまえらが余計なことをしたために、どれだけ手間がかかったと思ってるんだ。野郎を連れて行く前に、たっぷりと礼をさせて貰うからな」

「その中国青年は、儂らが保護しとるんだ。帰るなら、ぬしらだけで帰れ」

「とぼけたことをぬかしてるんじゃねえぞ。おまえにゃ選択権はねえんだ」

河林は声を荒らげて、これ見よがしに拳銃をスーさんに突きつけた。

だが、相変わらずスーさんは表情ひとつ変えようとはしなかった。

「礼といったようだが、そんなものはいらん。それに、案内がなけりゃ、ここから出られないんじゃないのかの」

「力ずくでも案内させるぜ」

河林は凄《すご》んで見せたものの、調子が狂うらしく、どことなくやり難そうだった。

「なあ、ところでおぬしに会ったなら、ひとつ訊きたいと思っておったんだが、あの偽造写真の目的は、何なんだ？　どうしてあんなものを撮影した？　いったい、ぬしにどんな得があるんだ？」

「なんでそんなことを知りてえんだ？」

「別に理由はないが、ぬしとも古いつきあいだからの。ちょいと興味が動いただけだよ」

「けっ、別に爺《じい》さんとつきあってた覚えなんかねえや」

河林は吐き捨てたが、思い直したようにつづけた。

「損得もあるさ。ああやってこの蒋の野郎の評判を地に落とせば、喜ぶ節があるんだよ。だがな、俺はそもそも、学生運動だ民主化だなんて吐《ぬ》かしてる連中が大嫌いなんだ。そういう甘ちゃん連中を見ると、汚して痛めつけてやりたくなるのさ」

「自分だって昔はそうだったくせに」

僕がいい返すと、河林は凄い顔で睨みつけてきた。

「おめえ、その話を誰から聞いたんだ」

「貴美子さんや僕の父さんからさ」

河林は一度深く目を閉じ、顳顬《こめかみ》に青い筋を浮き立たせた。僕の顎《あご》の下に指を差し入れ、間近から顔をまじまじと見つめた。

「この野郎、確かに忍の面影があるな」

そう吐きつける河林から、僕は目を背けなかった。

「俺について、いったい何を聞いたんだ？」

低く抑えつけた声で訊いてきた。その目の色が、僕の中で、何に対するものかわからない怒りを呼び覚ました。

「あんたが母さんの兄貴を見捨てて、自分だけリンチから助かったという話だよ」

吐きつけた瞬間、河林の顔色が変わった。血の気が引き、誰かに首を絞めつけられでもしたように苦しそうな顔をした。撃たれる。僕は思わずそう思った。

「俺はあいつを見捨てたりなんかしてねえ。そんなことは、絶対にしちゃいねえ。おまえの親父たちが何をいったか知らねえがな。そんなことは全部でたらめだ」

「なあ、もういいじゃねえか。そんなガキのいうことを相手にしてねえで。そろそろ蒋の野郎を連れて行こうぜ」

うんざりした口調でいう榊原を、河林は睨みつけた。

「よくはねえ。俺はいつでもずっとそういわれてきたんだ。そして、このガキの親父もお袋も、何十年もの間ずっと俺を責めつづけてきた。他の連中だって、心のどこかじゃ俺を蔑《さげす》みつづけてきたんだ。だが、俺と同じような状況に身を置いた人間でなけりゃ、俺の気持ちは絶対にわかりゃしねえ。俺は、仲間たちから殴られた。入れ替わり立ち替わりこの俺を殴ったのは、俺たちが闘ってた国家権力でも、他のセクトの人間たちでさえなかった。ずっと理想を語り合ってきた仲間たちだったんだ。その挙げ句に、俺にもまた連中と同じようにして、仲間を殴れと強要した。このガキの母親の兄貴をだ。俺に黙って殴られていた、あいつの目が忘れられねえ。何十年も経った今でさえ、あいつのあの哀しそうな目が脳裏を離れねえ」

河林は僕に指を突きつけてきた。

「何もわからねえくせに、偉そうに俺を批判するんじゃねえぞ。おまえみたいな若造にゃ、絶対に何もわかるはずがねえんだ。あの時、俺の人生はひっくり返った。おまえと大して変わらねえ歳で、人生がひっくり返ったんだぞ。おまえなんかにわかるわけがねえ」

わからなかった。わかりたいとも思えなかったが、それを口にすれば本当に撃たれるのではないかという恐れを感じた。

「つまり、おぬしは馬の糞《くそ》だな」

スーさんがいった。

河林が目を剝《む》いた。

「なんだと、爺い。おまえ今、何といった。もう一遍いってみろ」

「おぬしは馬の糞じゃといったんだよ。ぽたぽたとケツから後ろに垂れるばかりで、一向に前には目がむこうとせん。もう十年ちょっとで二十一世紀になるというのに、未《いま》だに二十年も前の学生運動の傷など引きずりおって。この莫迦者《ばかもの》が。そうして傷を舐《な》めておれば楽しいのか」

「爺い、俺が引き金を引かないと思うなよ」

「引けばおぬしは人殺しだ。こんな爺い一人を殺して、長い間刑務所に入る覚悟があるのかの。これだけの数の目撃者を、ぬしらで全員黙らせられるのか。こんなに目撃者がいちゃあ、そっちのやくざ者だって、ぬしを庇《かば》ってはくれんだろうて」

「口の減らねえ爺いだな。殺さずに、痛い目に遭わせることだって出来るんだぜ」

相変わらずの勿体ぶった仕草で視線を巡らせた河林は、そこで初めて不安そうな様子を見せた。僕も気づいてはっとした。穴の出入り口の先の暗闇から、何やら人の話し声と足音が聞こえ出していた。それも一人や二人のものではなく、もの凄い数に思われた。刻一刻と近づいて来る。

「まずいぜ。仲間が来るみたいだ。そろそろ引き上げようじゃねえか」

榊原が河林の脇腹をつつき、小声で告げた。

「おい、蒋の野郎を引っ立てろ」

河林は手下の一人に命じ、スーさんへと顔を戻した。

「痛い目を見たくなかったら、出口にすぐに案内しろ」

スーさんは薄ら笑いを浮かべて首を振った。

「嫌だね。ぬしらは儂《わし》らに捕まって警察へ突き出される以外にゃ、ここからは出られんよ。ほら、もう手遅れだわい。先頭が到着し始めたようだ」

スーさんが出入り口のほうを顎で指し示した。

たくさんの男たちが、そこに次々に姿を現そうとしていた。誰もが陽気な笑顔を浮かべ、大声でてんでなことを喋《しゃべ》り合っていた。

あっという間の出来事だった。すっと前に出たスーさんは、河林が拳銃を構えた右腕へと手を伸ばした。まるで旧友との再会を喜び、握手するために手を差し出したかのように、何の攻撃的なところもない動きだった。手首を捻《ひね》るのに合わせ、もう一方の手を河林の右肩にかけた。大して力を入れているようにも見えないのに、河林はあっけなく躰《からだ》のむきを変えて前屈《まえかが》みになった。そればかりか、低い呻《うめ》きを漏らし、苦痛で顔をくしゃくしゃにした。

手品を見ているようだった。河林の手にあったはずの拳銃が、スーさんの手に移っていた。

「てめえ……」

すっかり虚を突かれた様子の榊原が、慌てて飛びかかろうとしたが、スーさんが右足の爪先を繰り出すほうがずっと速かった。側頭部を蹴られ、榊原は白目を剝いて頽れた。

スーさんは、拳銃を残りの二人の男たちにむけた。

「ぬしらも拳銃を捨てろ。素直に従わないと、あとで袋叩《だた》きに遭うことになるぞ。この数だ。中には何をしでかすかわからんような気の荒い人間も混じっておるのでな。そうなってからでは、儂だっておそらくとめられまいて」

河林たちを縛り上げてしまうとすぐに、スーさんのいっていた宴会が始まった。誰もがてんでなお椀《わん》を出し、大鍋《おおなべ》の前に列を作り、先ほど鍋を搔《か》き回していた男が給仕を始めた。冷蔵庫から一升瓶を取り出した別の男の前にも、今度はプラスチックのコップやマグカップなどを手にした男たちが並ぶ。一升瓶には、白いどろっとした液体が入っていた。

男の一人が、僕らのところにもお椀とコップを運んでくれた。

「腹が減っておるんじゃないか。昔給食センターで働いていた男が作った鍋だ。きっと美《う》味《ま》いはずだぞ。遠慮なく、何杯でも食って帰るといいわい」

スーさんはそういって僕らに食事を勧め、自分も早速箸《はし》をつけ始めた。

朝から何も食べていなかった僕も玲玉も、あっという間にお椀の中身を平らげてしまった。お世辞ではなく美味い鍋だった。白い液体のほうは手作りのドブロクらしく、これまた口当たりが絶妙だった。アルコール度数がどれぐらいなのかを考える間もないうちに、すっと腹の中に消えて燃え始めた。

蔣という中国人の若者は変わり者なのか、それともまだ躰が本調子ではないのか、僕らと一緒になって鍋をつついたり酒を飲んだりすることはなく、河林たちが捕まって一件落着すると、元の段ボールハウスに姿を消してしまっていた。僕やスーさんたちはまだしも、幼馴染《おさななじ》みでありかつては同じ工場で働いたこともある玲玉がやっとのことで居所を捜し当てたというのに、再会を一応は喜び合ったぐらいで、その後大した話も交わそうとはしなかった。

「若いうちは、食べっぷりがよくなくちゃいかんわい」

スーさんは満足げに笑い、僕と玲玉に鍋や飲み物のお代わりを運んでくれた。

「これでおぬしらも、亡くなった中国人の敵討ちに一役買ったことになるな」

二杯目に箸をつけて間もなく、スーさんがいった。

最初は意味がわからなかった僕は、やがて玲玉と顔を見合わせて呟《つぶや》いた。

「じゃあ、これは……」

「ああ、鰐じゃよ。どうやら元々はペットだったものを誰かが捨てたらしい。どうも何かいるようだと思っていたんだが、まさかこんなに大きくなっているとはの。おぬしがさっきいった通り、そのお嬢さんの仲間がこいつに食われてしまったことには、儂らにも責任の一端があると思ってな。だから、取っ捕まえてやったんだ。もっとも警察や新宿の街の有志たちが、こいつを捕まえようと躍起になり出したので、儂らしか知らない秘密の通路やらこの洞窟《どうくつ》やらが見つかってはつまらんと思って、先手を打ったということもあるがな」

そこまで話すとスーさんは、冷蔵庫の前に陣取ってドブロクを飲んでいる男に合図を送った。

男が心得顔で冷蔵庫から取り出したものを目にして、僕はぎょっとした。鰐の頭部だった。

「あれを神田川に流しておく。そうすりゃ一件落着となって、もう誰もここら一帯を捜そうとはせんだろ」

スーさんはいたずらっぽい笑みを浮かべ、僕らの顔を覗《のぞ》き込んできた。

「ところで、味はどうだな。まさか鰐と聞いて、食欲が減退するようなことはないだろうな。鍋には、今日の宴会のために手分けして集めた残飯もすべてぶち込んである。二度と出合えん味だぞ」

うへっと内心思ったものの、確かに味は絶品だった。ドブロクの酔いがすっかり回ってきたらしく、玲玉が大きな声を上げて愉快そうに笑った。

7

その先は、ところどころ記憶が曖昧《あいまい》だった。鍋とドブロクですっかりいい気分になってしまった僕と玲玉は、初めのうちの警戒心もすっかり消え失《う》せ、スーさんが次々に紹介してくれるホームレスの男たちと飲んで騒いだ。誰もが陽気な酒飲みで、よく飲みよく喋りよく歌う男たちだった。こんなに楽しそうに笑う玲玉を見るのは初めてだった。

表に出た時にはもう日暮れになっていた。蔦《つた》屋敷の地下室に繋《つな》がるのとは別の穴があったようで、大した時間はかからなかった。途中、怪物が低い咆哮《ほうこう》を籠《こ》もらせたような音がし、地面が揺れる時があったので驚いて訊いたら、地下鉄だとのことだった。

僕らが地上に出た場所は神田川のすぐ近くで、早朝のジョギングコースにも近く、見覚えのある辺りだった。ただし、あとで何度かあの穴の入り口を捜そうと歩いてみたのだが、どうしても見つけることは出来なかった。

スーさんは肩に下げてきた頭陀《ずだ》袋から鰐の頭を取り出すと、夕暮れの神田川にむかって放り投げた。

「これで、すぐに誰かが見つけるだろ」

カースケのあの独特な鳴き声が、すぐ近くで聞こえた。

「しばらく放っておいたんで、相棒め、すっかりむくれておるわい」

そんなふうにいうスーさんを目がけて下降してきたカースケは、最初頭にとまってスーさんをからかい、それから肩に落ち着いた。

「ところで、ひとつ頼みがあるのだが、あの穴の存在は儂らだけの秘密でな。特に警察には知られたくないのさ。だから、あそこで見たことは、決して誰にもいってはならんぞ。おぬしらが飲み食いしている間に、蔦屋敷の地下室の壁は、今度は手抜きをせずにがちがちに塗り固めてしまったし、鰐がちゃっかり出入りしておった神田川に通じる抜け穴も、人目につかないように塞《ふさ》いでしまった。だから、おぬしらが黙っていれば、また誰にも見つからないままで暢気《のんき》にやれると思うんだ」

「僕らは誰にもいいませんけど、でも、そうしたら河林たちをどこで捕まえたことにして警察に突き出すんですか？　それに、河林や榊原たちは、警察に捕まったらあの地下の穴での話をするんじゃないでしょうか？」

「なあに、その辺は抜かりはないわい。まあ、おぬしたちはしばらく成り行きを見守っておったらいいわ。それに、あの連中が警察で何をいったところで、誰が信用するものか。この街の地下に穴があって、浮浪者たちが集まって宴会をしておるなど、莫迦莫迦《ばかばか》しいにもほどがある。誰も相手にせんて。さて、それじゃあ儂はそろそろ行くぞ。仲間たちともう一度合流して、河林たちを警察へ突き出すよ。じゃあな、若者たちよ」

スーさんはそういうと、見送る僕と玲玉に背中をむけて消えていった。

　僕も玲玉も、もうアルバイトの時間だった。僕はまだ酔いの残る彼女の手を引いて、テラさんの店に急いだ。二人とも泥まみれなのにあきれたテラさんにいわれ、近くの店で安いTシャツを買って来て着替えた。店が込んでくるまでの間、玲玉はヤマさんが働く厨房《ちゅうぼう》の片隅に蹲《うずくま》って寝息を立てていた。

　テラさんは風太のことは何も口にせず、今夜もまたカウンターの中で黙々とレコードをかけるだけだったが、ヤマさんがそっと耳打ちしてくれたところによると、ヤマさんと二人きりの時には、風太がいない寂しさと大きく旅立って欲しいという感情を、テラさんらしい屈折した表現で口にしているそうだった。

　いつも通りの時間にアルバイトを終えた僕たちは、いつも風太と一緒に足を運んでいた韓国料理屋で軽く腹ごしらえをしてから角筈ホテルへと戻ることにした。昨日は風太が一緒だったからよかったが、玲玉と二人きりでは風太の部屋に泊まるわけにはいかないと思ったのだ。それに河林と榊原が警察に逮捕された今、そこまでの警戒も不要に思われた。それでも付近に怪しいやつがいないか慎重に目を光らせてから角筈ホテルの玄関を入ると、教授とハルさんを起こさないように注意して先に玲玉が、そのあとで僕がシャワーを浴びた。熱いお湯で躰の汚れを洗い落としながら、なんとなく長い旅を終えたような気がしていた。

髪を乾かして出て来ると、プレイングルームとキッチンに面した中庭のテラスに、玲玉が月の光を浴びて坐《すわ》っていた。僕はキッチンの冷蔵庫から缶ビールを二本抜き出して、テラスにつづくドアを開けた。

玲玉は、僕を振り返って仄《ほの》かな笑みを浮かべた。

「一本どうだい」

ビールを掲げて見せ、小声で囁《ささや》くようにいった僕に、笑顔を大きくして頷《うなず》いた。

僕たちは椅子に並んで坐り、缶ビールを開けて飲み始めた。

僕は気になっていたことを尋ねたものかどうか躊躇《ためら》った。他でもなくそれは、蒋と玲玉のことだった。幼馴染みであり、さらにはかつて職場の同僚だったというにしては、あの穴で見せた蒋の態度はよそよそしすぎるように思えてならなかった。首に抱きついた玲玉に対しても、あまり大した反応を見せなかったような気がした。

「なあ、訊《き》いてもいいか。蒋ときみのことなんだけれど、きみたちが幼馴染みだというのは本当なのかい？」

玲玉は僕に顔をむけ、何度か無言で両目を瞬かせた。

「どうして？」と訊き返した。「イワオさん、どうしてそんなことときく？」

その目には何か頑《かたく》なな光が見え、気圧《けお》されるものを感じた。

「なんとなくさ。幼馴染みにしちゃ、蒋の態度がつれないように見えたから」

「つれないって、なに？」

「あまり親しくないように見えたということさ」

「蔣は、みんしゅかのリーダーよ。あたしたちとはちがう。したしくなけりゃ、蔣をたすけちゃおかしい？　したしくなけりゃ、たすけられないの？」

逆にそう尋ねられても、何と答えればいいのかわからなかった。

「蔣、あたしをおぼえてなかった」

「――」

「はじめ、あそこでスーさんによばれてでてきたとき、あたしをみてもだれだかわからなかった。でも、しょうがない。七ねんもあってなかったし、あたし、日本にきてかわったし。それに、蔣はきっととてもいそがしくいきてきたし」

僕は無言でビールを飲んだ。どうして大して親しくもない男を助けるために莫や河林たちに楯突《たてつ》き、自分の身を危険に晒《さら》す必要があったのかわからなかった。それが苛立《いらだ》ちとなり、やがては胸の中の冷たい痼《しこ》りになりそうだった。

「いつでもそうだった。こうじょうであったときも、こどものころだって、いつも蔣はあたしにきづかない。あたし、蔣をそっとみてるだけ」

「――あの男が好きなんだな」

玲玉は首を振った。

「そうじゃない。むかしはすきだった。でも、それはこどものころのこと」

「でも――」

「ずっとあってないおとこ、すきではいられない。そんなことできないよ。でも、蒋はきぼうなの。天安門のリーダー、蒋だとしって、あたし、とてもうれしかった」

「――――」

「イワオさん、鼓《グー》がたからくじのおかね、あつめてまわってたのをおぼえてる？」

「それは《燦》って店の辺りを出たり入ったりしてた、あの男のことかい？」

「そう。六合彩、みんなむちゅうのたからくじ。みんな、どうしたらいいかわからない。日本にきて、いっしょうけんめいにはたらいてるけれど、まいにちつらい。おかねをかせいだら、かぞくとくらせる。そうおもっているよ。でも、あたしのうちもきょうだいたくさん。もどっても、ほんとはあたし、いるところない。あたしだけじゃない。みんないっしょ。どうしたらいいかわからない。だから、たからくじをかうの。それがみんなのゆめ」

何とも応《こた》えようがないまま、そっと玲玉の横顔を窺《うかが》った。

「イワオさん。新宿御苑、しってるね」

僕は話の流れが見えないままで頷いた。

「あそこに、盤古《パングー》がたってるというひとがいるの」

「――それって、何だい？」

玲玉は辺りを見回したのち、テラスの木の床に少しビールを零《こぼ》し、それを指先に付けては字を書いて見せた。

「中国のでんせつ、むかしばなしのおおきなひと」

「巨人のことか？」

「そう、きょじん。そのきょじん、せかいをつくったひと。そらとじめんをわけて、そらをかたにのせてささえてる。そのきょじん、新宿御苑にたってるのがみえる」

懸命に話す玲玉の説明を聞いていると、どうやら新宿駅を間に置いて東の空に拡がる高層ビル街の明かりや、或《ある》いは他のビルの明かりによって生じるビル同士の影が、天候の具合で新宿御苑の上空の空に映ることがあるらしかった。御苑の上空は、新宿の中で唯一といっていいほどに広々として何もないため、雲にそういうものが映えることがあるのだろう。それが見ようによっては、盤古という伝説の巨人に見えるらしいのだ。それにしても、玲玉が何をいいたいのか、どうして盤古なんて巨人の話が出てきたのか、僕にはよくわからなかった。

「蔣は、あたしたちのきぼうよ」と玲玉は繰り返した。「きぼうはなくしたくない。だから、蔣をみんなでまもるの。だって、きぼうはたいせつでしょ。だから、あたしだけのきもちでもかまわない。蔣があたしをわすれていたってかまわない。あたしは蔣をたすけるの」

「――――」

「イワオさん、ありがとう。あなたには、にかいもたすけられた。莫のところからにげたときと、きょうあのあなのなかで、くるしくてしにそうになったとき」

の」

「でも、ありがとう。河林がつかまって、きっと日本語がっこうにも、けいさつがやってくる。あたし、たぶんもう、ここにはいられない。だから、おれいをいっておきたかった

「たまたまさ」

僕は戸惑いを隠しきれずに玲玉を見つめ返した。

この夏の終わりには自分は京都へ帰る。いや、河林と榊原が逮捕された以上、あとは父が田代とうまく取引を済ませさえしたら、僕はもういつでも京都に戻ることが出来るのだ。この角筈ホテルだって、ハルさんの息子が売り払い、いつ人手に渡って取り壊されるかわからないし、玲玉がここにずっといられるわけがないのもはっきりしていた。じきに別れはやって来る。そうわかっていたはずなのに、僕はそのことをまるっきり考えていなかった。また二人でスーさんたちを訪ねて一緒に騒ぎ、テラさんの店でアルバイトをし、帰り道で一緒に何かを食べ、そして、角筈ホテルのテラスでこんなふうに月を眺めながら過ごす。そんな日々が、ずっとつづくと思いたかった。

「きみもその目で見たのか?」

僕は訊いた。

「きみもその目で、新宿御苑に立つ巨人を見たのかい?」

玲玉は僕を見つめ返し、頷いた。

「みたよ。ともだちもおおぜいみてる。ビルのかげだというひともいるけど、それはうそ

よ。あたしたち中国人、たくさん新宿にきた。だから、盤古もあたしたちといっしょにこの新宿にきた。そして、あたしたちをまもってくれてるの」

目の前に玲玉の瞳《ひとみ》があった。

その目に僕が映っていた。

瞼《まぶた》が閉じられ、僕の姿が消えた。唇と唇が触れた時には、僕も目を閉じていた。

十二　別れの時

1

嶌久さんがやって来たのは、ハルさんが朝食の準備を始めた頃だった。教授はいつものロッキングチェアに坐《すわ》り、新聞を広げていた。僕と玲玉は、なんとなく傍にいるのがきまりが悪く、それに僕らの間で起こったことをハルさんと教授に悟られてしまいそうな気もして、出来るだけ離れていた。もっとも、僕のほうは朝っぱらからピンボールに興じていたので、充分にわざとらしかったかもしれないが、玲玉は貴美子さんがいた頃と同じようにハルさんを手伝い、食器をテーブルに並べたりコーヒーを沸かしたりと甲斐甲斐《かいがい》しく立ち働き、僕よりはずっと自然だった。

「おまえ、よっぽどそのハンプティ・ダンプティが気に入ったらしいな」

嶌久さんはそうあきれて見せてから、一ゲーム終わったらちょっとこっちへ来いといって、プレイングルームのソファに陣取った。

僕は相変らずすぐゲームオーバーになってしまった。マシンを離れて嶌久さんに近づくと、むかいのソファに坐るように手振りで示された。嶌久さんは、同じく玲玉のことも呼び寄せ、こう話し始めた。

「実は、おまえらを少し安心させてやろうと思ってな。昨夜、河林と榊原の二人が、手下と一緒に捕まったぜ。通報があって駆けつけると、新大久保の廃ビルの中で、ホームレスたちによって取り押さえられていたんだ。手下ともども、拳銃《けんじゅう》を持ってホームレスたちを脅しに現れたらしいんだが、逆に取っ捕まっちまったらしいぜ。間抜けな話さ」

「どうして拳銃を持って脅しになんか行ったんです？」

僕は内心でにんまりしながら、訊《き》いた。

「スーさんもたまたま居合わせたんで話を聞いたら、そのビルを河林たちが購入して、近々取り壊す予定だったんだが、ホームレスたちが居座っちまってどこうとしないんで脅しに行ったらしい。だが、購入っていうのは真っ赤な嘘でな。実際には蔦《つた》屋敷と同じで、詐欺紛《さぎまが》いの手口で持ち主を誑《たぶら》かし、ただ同然の値段で手に入れたものだったみたいさ。だからホームレスたちに居座られてもおおっぴらに騒ぎ立てるわけにはいかず、自分たちで脅しに行ったんだろうぜ。これで少しは蔦屋敷を騙《だま》し取られたおまえの祖父《じい》さんも浮かばれるかもしれん。叩《たた》けば埃《ほこり》の出る躰《からだ》だ。この際余罪もたっぷり追及して、思い切り長いお勤めにしてやるぜ」

普段はクールな嶌久さんにしては、すっかり鼻息が荒かった。

僕と玲玉の二人は、こっそりと目を見交わして微笑み合った。さすがスーさんだ。昨日の自信に満ちた口吻《くちぶり》は、こういう段取りを既に頭に描いた上でのことだったのだ。

「田代のやつはどうなるんでしょう？　河林と榊原が白状すれば、あの不動産屋だって詐欺の片棒を担いだことがはっきりするんじゃないですか？」

僕はそう訊きながらさらに思いつき、勢い込んであとをつづけた。

「そうなれば、蔦屋敷が取り戻せないでしょうか？」

だが、嶌久さんは元のクールな顔に戻って首を振った。

「そう簡単にはいかねえだろうな。貴美子や河林が藤木幸綱を騙したことは証明されるかもしれんが、田代はあくまでも不動産取引を取り持った第三者って形になってるんだ。それに、おそらく河林と榊原の二人も、田代を警察に引き渡しはしないだろう」

「なぜですか？」

「損得勘定だよ。野郎の後ろにゃ大物政治家がいる。河林たちにすりゃ、自分たちが何年か喰《く》らいこんだところで、その牙城《がじょう》を守っていれば、出て来た時にまた甘い汁が吸えるってわけさ」

ぴんときた。おそらく父が切り札として田代に買わせようとしているネタというのも、その政治家絡みのものにちがいない。嶌久さんもまた父の切り札についてそこまで知っていて今は触れずにいるのか、それとも何も知らないのか見当がつかなかったので、僕のほうから口にするのはやめにした。

「貴美子さんは見つからないんですか？」

「駄目だな。ああいう一人働きの女詐欺師ってのは、捕まえるのが一番厄介なんだよ。次にはどこでどんな人間になりすまして犯行を重ねるのか、誰も予想が出来やしねえ。いつか御用になるのを、気長に待つしかねえだろうさ」

「――――」

「それよりもおまえがいってた鰐《わに》のことだが、目の錯覚じゃなかったことがはっきりしたぜ。つい小一時間前さ。神田川で浮いてるのが見つかった。もっとも、見つかったのは頭の部分だけで、躰はなくなっちまってたがな。どういうことなのか、俺にゃさっぱりわからん。マスコミがまた、面白おかしく書き立てそうな話だぜ」

僕は再び玲玉と目配せし合った。いつもの嶌久さんとの関係が逆転し、今度ばかりは自分のほうが事情に通じていると思うと愉快だった。

「なんでえ、揃っておかしな顔をしやがって。気持ちの悪い連中だな」

嶌久さんは、怪訝《けげん》そうな顔で僕らを見やっていた。

「ところで、こっから先は教授にも聞いて貰《もら》いたい話があるんだ」

すぐ傍のロッキングチェアで新聞を眺めながら、その実はずっとやりとりを聞いていたらしい教授をむき、心持ち口調を改めて呼びかけた。

「実は、この角筈ホテルのことなのさ――」

嶌久さんがそう切り出しかけた時だった。ハルさんがキッチンから顔を出した。

「さあさ、食事の時間ですよ。悪いけれど、玉ちゃんはまた手伝ってちょうだいね」

玲玉に呼びかける途中で、僕らと一緒にいる嶌久さんに気づいて、笑顔を深くした。

「あらまあ、久夫ちゃんじゃないの。あなた、来てたのね。それじゃあ一緒に食べていきなさいな」

「いや、俺はいいからさ」

嶌久さんは遠慮したが、

「何をいってるの。警察の仕事は大変なんだから、きちんと朝御飯は食べなければ駄目ですよ」

と伯母《おば》ぶった口吻で窘《たしな》め、玲玉を手招きしてキッチンに姿を消した。

「そ、そ、それで、この角筈ホテルのことというのは、何なんです？」

待ちかねたように教授が首を突き出し、潜めた声で訊いた。

「それなんだがな、ハルさんの息子の一夫から、さっき俺んところへ電話があったんだ。時差の関係とかなんとかぬかしやがって、朝っぱらから叩き起こされちまった。それはまだいいにしても、野郎、どうしても仕事が忙しいとかいって、少し帰国を延ばさなければならなくなったとぬかすのさ」

「そんな……、ハルさんはあんなに楽しみにしてるのに」

思わず声を高めてしまった僕は、嶌久さんと教授に目で窘められて首をすくめた。

「話にゃまだつづきがあるんだ」嶌久さんは再び声を潜めた。「あの野郎、この角筈ホテルの売却については、親しい不動産屋に頼んで話を進めてるので、この夏の終わり頃には買い手が見つかるだろうなんていうのさ。そして、そのことを俺の口からハルさんに伝えて欲しいなんてぬかしやがって。ちきしょう、野郎がこんなに不人情な男だとは思わなかったぜ」

僕は何もいえず、唇を引き結ぶしかなかった。ハルさんはもうすぐ家族が帰って来ると思い、あんなに喜んでいるというのに、そこまで仕事が大事なのだろうか。仕事で帰国は出来ないくせに、自分の母親が暮らすこの角筈ホテルの売却話だけは進めるというのは、いったいどういうつもりなのだろう。

嶌久さんが、青い顔で黙り込む教授を見た。

「なあ、どうなんだい、教授？　最近のハルさんの調子は？」

「そ、そ、それは、悪くありませんよ。でも、それは家族を連れて帰って来る息子と会えると思ってるからじゃないでしょうか」

確かに今のハルさんは、僕が金沢に行く前よりも調子がいいようにも思われた。もの忘れが減り、おかしなことを口走ることもなくなった気がする。だが、教授が危惧《きぐ》するように、この知らせを耳にすれば、また加減が悪くなりはしないだろうか。

「――そうだよな」嶌久さんが呟《つぶや》いた。

キッチンからは、ハルさんの鼻歌が聞こえていた。

「さあさ、殿方たち。こっちのテーブルに移ってくださいよ」

玲玉と一緒に料理を並べ終え、僕たちを手招きした。

「なあ、俺からはいえねえよ。俺は、朝飯を御馳走《ごちそう》になったら帰るからさ。教授の口から、あとでそれとなく伝えてくれねえか」

嶌久さんは教授に顔を寄せ、一層声を潜めるようにしていった。この人らしからぬ、気弱で困り果てた表情をしていた。

教授は目を白黒させ、「な、な、なんで私が……」と吃音《きつおん》をひどくした。

「ほらほら、みんな子供みたいに、何度もいわせないでくださいよ」

ハルさんにもう一度急《せ》かされて、僕らはテーブルへと移動した。今朝もまた美味《うま》そうな朝食がテーブルに並んでいた。ハルさんの作る朝御飯を一度でも食べてしまえば、それを恋しがらない人はいないはずだ。僕も金沢にいる間、和食オンリーの食事も決して悪くはなかったが、何か物足りない気がしてならなかったのだ。

玲玉が淹《い》れてくれたコーヒーで口を潤し、僕たちは朝食を摂《と》り始めた。正確にいえば、摂り始めようとした。

最初に皿に口をつけ、妙な顔をしたのは教授だった。

僕がフォークとナイフを使い出すと、教授は何かをいいかけたようだがわからない。口に運び、僕は動きをとめた。

いつでも持って歩いているスポーツ新聞を広げながらコーヒーを啜《すす》っていた嶌久さんも、食事に口をつけるなり動きをとめると、新聞から目を上げ、最初に教授を、次に僕のほうを見た。僕たち三人は、互いに顔を見つめ合うしかなかった。

玲玉が、そんな僕らを怪訝そうに見渡しながら自分の席に坐った。

「あ――」

一口食事に口をつけ、短く声を漏らした。

懸命に口の中のものを呑《の》み込んだのがわかった。答えを求めるように僕を見つめた。

「どうしたの、みんな。食事は楽しく賑《にぎ》やかに食べなければ駄目よ。さあさ、私も一緒にいただきましょうね」

シンと静まり返ったダイニングルームに、ハルさんがそういいながら入って来た。

「テーブルでは新聞はやめてちょうだいよ」と、嶌久さんを窘め、「一夫ちゃん」と、一人息子の名前を呼んだ。

2

ハルさんは朝食の味つけを間違ったことを悔やむよりも、理解の出来ない事態に出くわして戸惑い切っている様子だった。何かが終わる。――それはどんなことなのか。その後、この日のハルさんを思い出す度に、僕はそう思わないわけにはいかなかった。

自分の作った食事をひとくち口にした時のハルさんの顔が、決して脳裏を離れなかった。

何が起こったのかを尋ねるように、ハルさんは全員を見渡した。それから、祈りを捧《ささ》げるように深く目を閉じた。しばらくすると、席を立ってキッチンに戻った。僕らがそっと覗《のぞ》くと、キッチンの真ん中に立ったハルさんは、使い慣れた鍋《なべ》や包丁やまな板や、シンクやガス台や冷蔵庫や、それに様々な皿やグラスが並んだ食器棚などをぼんやりと眺め回していた。迷《まよ》い子が、恐怖を押し隠しながら、自分がいる場所を見定めて家路を見つけようとしているようだった。

ハルさんが倒れたのは、その日の午後のことだった。教授がハルさんと一緒に過ごしていた。玲玉は、雑巾《ぞうきん》で角筈ホテルの廊下を拭《ふ》いているところだった。ただで泊めて貰っているお礼だといって、毎日そうしてきたという。僕は二階の部屋の窓辺にぼんやりと坐《すわ》り、読書をしながら時折ホテルの前庭を見下ろしていた。寄り添うようにそこの草取りをしていたハルさんと教授を思い出していた時に、教授の甲高い声が聞こえたのだ。

階段を駆け下りて飛んで行くと、プレイングルームの床に倒れたハルさんが、両手で頭を押さえて苦しそうに唸《うな》っていた。躰を抱きかかえて助けを呼んでいた教授は、顔色が真っ青だった。

教授に代わって、僕が救急車を手配した。その後すぐに嶌久さんの携帯にも連絡を入れると、すぐに駆けつけるので、病院がはっきりしたらまた連絡をしろといわれた。

救急車は、青梅街道沿いの病院にハルさんを運んだ。診察室に運び込まれるのを見届け、改めて嶌久さんに電話を入れ、僕は教授と玲玉の二人と並んで待合室の長椅子に坐った。

診察室に運び込まれたまま、なかなかハルさんは出て来なかった。そのうちにストレッチャーに乗せられて一度姿を現したものの、そのまま別の部屋に連れて行かれ、また長い時間が経過した。そこは検査のための部屋だった。嶌久さんが来た時もまだ、ハルさんの検査はつづいていた。

時は緩慢に流れた。時間が経てば経つほどに、なんだか奇妙で場違いな気分が増した。ずっと元気に動き回っていた人がいきなり倒れ、こんなに長い間あれこれと検査を受けなければならないなんて、誰かの思いついたタチの悪い冗談のように思われた。だが、事態は一向に好転せず、やがて医者が一人で現れると、御家族の方をといって嶌久さんを呼びつけた。

医者と一緒に元の診察室に入った嶌久さんは、それほど時間がかからずに出て来た。

「色々検査があるんで、このまま入院しなけりゃならないそうだ」

嶌久さんは僕たちを見回していい、それから小首を傾《かし》げた。

「ええと、それで着替えなんかを持って来いといわれたんだが、弱ったな」

教授が頷いた。

「そ、それじゃ、私が一旦《いったん》、角筈ホテルに戻りましょう。玉ちゃん、きみも一緒に来てくれますか。下着とか、わ、私じゃちょっと、わからないので」

「それじゃ、悪いが教授に頼むぜ。玲玉もつきあってくれ。俺と厳はここでハルさんを待つからよ」

玲玉を連れた教授が出て行くと、嶌久さんは胸のポケットからたばこを抜き出し、僕を喫煙所へと誘った。

「そういや、おまえの親父から連絡があって、角筈ホテルに顔を出すつもりだというから、一応事情を話してこの病院の場所も教えておいたぜ」

一服つけ、思い出したように告げてから、訊いてきた。

「ところで、教授は息子が戻って来られなくなった話を、もう伯母《おば》さんにしたのかな？」

「どうでしょう。僕にはちょっとわかりませんが」

嶌久さんは、斜め上をむいて煙を吐いた。その横顔に、微《かす》かな違和感を覚えざるをえなかった。

「どうしてです？」

「なあにね。いってなかったならいいと思ってな。これから、俺が一夫に電話してすぐに帰国させる」

一人息子が家族を連れて帰国すれば、確かにそれに越したことはないだろう。だが、どうして嶌久さんが急にこんなことをいうのかわからなかった。

「家族を呼んだほうがいいと、医者からいわれた」

僕のほうを見ようとはしないままで、嶌久さんはいった。

「そんな……」僕は呟いた。「どういうことなんです？　いったいハルさんは、どこが悪いんです。あんなに元気だったのに……。つい半日前まで、あんなに元気に動き回ってたじゃないですか」

「どうやら、頭の深いところに腫瘍《しゅよう》があるらしい」

息を呑んだ僕は、つい今朝まであんなに元気だったのにと、たった今口にしたのと同じ言葉を繰り返した。

「そんな莫迦《ばか》なことが……」

呟く僕を、嶌久さんは黙って見ていた。

「手術は……。手術をすれば治るんでしょ？」

何も答えてはくれなかった。

「雨か……」

そう呟いたのを聞いて窓の外を見ると、いつの間にか空が掻《か》き曇り、病院の窓の外に大粒の雨が落ち出していた。

嶌久さんの隣に並んで表を眺めながら、そういえば角筈ホテルに来た日にも、激しい俄《にわか》雨に降られたことを思い出した。こんな時に、人はそんなどうでもいいことを思い出すものなのだと、誰か他人が胸の中で呟くかのように思っていた。


一旦全員で引き上げようという段になっても、教授一人はもう少しここに残るといい張って聞かなかった。ハルさんは痛みどめと睡眠薬で眠っており、医者によると今日はもう目覚めないだろうとのことだった。

嶌久さんから何度か促された挙げ句、やっと一緒に引き上げる気になったが、角筈ホテルに戻ると、教授はひっそりと自分の部屋に引き籠《こ》もってしまった。ハルさんの病状について、嶌久さんはまだ何も話してはいなかったが、その打ち拉《ひし》がれた様子を見ると、教授がもう何かを察しているようにも思えてならなかった。

心配な僕は、しばらくして教授の部屋に様子を見に行った。ドアをノックして開けると、教授はいつものように本の山の間に埋もれて坐っていた。僕を見て、薄い笑みを浮かべた。

「むこうに行きませんか。じきに父も来ると思うし、みんなで何か食べましょうよ」

僕は用意した台詞《せりふ》を口にしたものの、

「今夜はハルさんの手料理が食べられないんですね」

という教授の嘆きに出端《ではな》を挫《くじ》かれ、そのまま会話の継ぎ穂をなくしてしまった。

「ハルさんにね、結婚を申し込もうと思うんですよ」

何の前置きもなく、いきなりそう告げられた。

「ずっと躊躇《ためら》い、ただあの人の傍にいられればそれで幸せだと思ってやってきました。本当は、もしも気持ちを打ち明けて、ハルさんが頷《うなず》いてくれなかったなら、もう二度と会えなくなる。あの人の前から、自分が消え去らねばならなくなるのが怖かったんです。でも、やっと心を決めましたよ。勇気を持ってプロポーズし、承諾してくれるなら、私がずっとハルさんを守って暮らしていきます。誰がハルさんを施設に入れたりするもんですか。たとえ息子がなんといおうと、ホテルを売却など絶対にさせません。私がいつも傍にいて、ずっとハルさんと一緒に生きていくんです」

教授は一息にそういってから、「ね、厳君」と同意を求めた。

僕は辛うじて頷いた。

教授の目は熱に浮かされたように潤み、その奥に強い光が燃えていた。僕の顔を見つめているくせに、僕を通り越したどこか遠くの一点をじっと凝視しているようでもあった。

「お金はなんとかなるんです。厳君、きみは何度か私に、どうやって暮らしているのかと訊きましたね。恥ずかしくて、一度も本当の話をしませんでしたが、本を書いてたんですよ」

僕は教授の顔を見つめ返した。嶌久さんも風太も、誰も本当のところを知らない自分の過去について、今話そうとしているのか。

「それじゃあ、教授は作家なんですか？」

「そんな大それたものじゃありません。私が書いていたのは、クイズの本でしてね。十冊ほど書き、やめました」

「――どうして？」

「嫌になったからですよ」

教授はちらっとこっちを窺《うかが》い見た。

「クイズ、ですか……」

僕はただそう呟《つぶや》き返しただけだった。どう反応すればいいものやらわからなかった。

「当時、私は、ある都立高校の教員をしていました。いっておきますが、教授というのは、自分でつけた渾名《あだな》ではありませんからね」

といって、仄《ほの》かに笑った。

大学時代からずっと文学に傾倒していた教授は、そうして高校で国語を教え出してからも、せっせと小説を書きつづけていた。そんな教授に、ある同僚が、知り合いで小さな出版社をしている友人がいて、クイズ本の問題を作ることを頼まれたので手伝わないかと誘ってきたそうだった。戦後最初のクイズブームの頃だった。半信半疑のまま、自分の書いたものが活字になるのが嬉《うれ》しくて引き受けたようなものだったが、教授はクイズ作りについて思わぬ才能があり、二冊目からは同僚を抜きに直接注文が来るようになった。出す本が次々とベストセラーになり、毎週教授の口座には、教員のボーナスと同額ぐらいの印税が振り込まれた。

「現実のこととは思えませんでした。それに、そんなふうにお金が振り込まれたところで、大した使い道だってありません。私が買うものといえば本ぐらいでしたし、ちょっと贅沢《ぜいたく》をして遊ぼうにも、公務員のアルバイトは禁止されていますから、副収入があることは秘密です。ですから、同僚を誘うわけにもいきません。結局、そうやっていくらお金が入ってきたところで、使い道がないままで時間が過ぎたんです」

そんなある日、教授はふと気がついた。教員を辞めても、今の貯金があれば十年や二十年は食べていられる。贅沢さえしなければ、一生暮らすことだって可能だろう。そう思うと、もう教師として働きつづける意味を見出《みいだ》すことが出来なくなり、同時に、子供の頃からずっと思い描いていた作家になるという夢が、再び大きく立ち現れてきた。教授は思いきって高校の教員を辞めた。そして、新しい家を借り、そこで心機一転、来る日も来る日も原稿用紙を埋めつづけた。三十五歳の時のことだった。

「もう一度文学を勉強し直すつもりで、自分の原稿を書いていない時には、教員時代には忙しくて読めなかったような文学書を貪《むさぼ》るように読みました。あんなに懸命に原稿を書き、あんなに無我夢中で本を読んだのは、私の人生の中であの時がピークだったように思います。あの頃の私は、誰かが新人賞を取る度に、あるいは芥川賞や直木賞といった有名な賞の受賞者が決まる度に、彼らと自分の年齢を比べたものです」

しかし、教授自身は、いくら新人賞に応募をつづけても、決して報われることはなかった。一度だけ最終候補まで残ったことがあり、その後しばらくはその雑誌の編集者と直接原稿のやりとりをしたが、結局雑誌掲載には至らぬまま、その編集者も異動で他の部署へと移ってしまった。

「彼が去ってしまったあとも、私はひたすらに書きつづけました。ここまでやってきた以上、もうあとには引けない。ここでやめてしまったら、自分がつづけてきたことが全部無駄になってしまう。そんな気がしました。しかし、そのうちにふと私は気づいたんです。自分の中にはもう何かを誰かに伝えたいという気持ちが、それほど強くは残っていないことに。いつの間にか、心のどこを見渡しても、これだけはどうしても伝えたいということがなくなってしまっていたんです。あるのはただ毎日原稿用紙を埋めつづけることの苦しみと、自分一人がぽつりと取り残されてしまったという実感だけでした。私の吃音が出始めたのも、その頃からです。この部屋にいて、こうして好きな本に囲まれている分にはいいのですが、人前ではどうしても自分のいいたいことがいえなくなってしまう」

そんな時に、この角筈ホテルを知ったのだと教授はいった。最初は何ものんびりと本を読んで暮らしたいと願って、ここに来たわけではなかった。独り暮らしの家で机にむかいつづけていても、雑念ばかりが湧いてどうにも集中が出来ない。環境を変えれば、またもう一度自分の小説に集中出来るかもしれないと思って、このホテルに缶詰になったのだ。

「ここには昔、多くの文人や映画監督たちが缶詰になったことがありましたので、彼らと同じ環境に身を置けば、自分もまた書けるような気がしました。――それとも、それが最後の足掻《あが》きだったんでしょうかね」

と、教授は仄かに笑った。

「ですがもう駄目でした。何かが通り過ぎてしまっていたんです。この部屋で、原稿用紙にむかって何日かが過ぎた時、私にははっきりとそれがわかりました。あんなに恋い焦がれていた作家になりたいという夢が、もう自分のどこを捜しても見当たらないことに気づきました。私はもう、五十近くになっていました。そんな歳になって、何をいったいと思うかもしれませんが、でもね、厳君。四十歳だって五十歳だって、それに私の今の歳だって、本当は人間というのはそんなに変わりはしないものなんですよ。だから、十代や二十代と同じように悩んだり苦しんだりもしますし、十代や二十代で夢がなくなってしまうこともあれば、五十歳や六十歳になってからなくなることだってあるんです」

話し終えた教授は、なんだか少しさっぱりした顔をして見えた。

「こんな話をしたのは、何年ぶりでしょう。いえ、初めてかもしれないな」

といい、少し遠慮したような顔つきで僕の顔を覗《のぞ》き込んできた。

「若いきみにこんな話をしたら、人生についてすっかり怖気《おじけ》づかせてしまったでしょうか。ただ、これだけはいえますが、ずっとつづくものなんて、この世には何一つないんです。そして、私たち自身も変わっていきます。だから、やりたいことがあったら前だけを見て、ひたすらにそれに没頭することですよ」

「――――」

「私のような人間がそういっても、きみは説得力がないと思うでしょうか。でも、信じないかもしれないけれど、私は自分の生き方を決して悔やんではいないんです。それは挫折《ざせつ》感も味わいましたし、自分の中から夢がなくなっていると気づいた時のあの寂寞《せきばく》感は今でも忘れられません。でも、三十代の半ばからおよそ十五年もの間、私はひたすら夢を見つづけて、そして、来る日も来る日もただ小説を書きつづけました。今から振り返ると、それはそれで面白い人生だったと思いますよ。あとは残された何年か何十年かを、ハルさんと二人で生きていくことさえ出来れば、それでもう思い残すことはありません」

僕は結局、ハルさんの病気のことを一言も伝えることが出来ないままで、教授の部屋をあとにした。

しかし、やはり本当は教授はもうそれに気づいていたのだろうか。気づいた上で、あんな話を僕にして聞かせたのか。それは時間が経ったあとでもなおわからない。

部屋を出て、プレイングルームへと戻りかけた時だった。窓硝子《ガラス》の外で子犬が吠《ほ》えるような鳴き声がして目をやると、裏庭の庭木の小枝にとまり、カースケがこっちをじっと見ていた。

3

嶌久さんと玲玉に加え、僕が教授と話している間に来ていた父も一緒に表に出ると、角筈ホテルの前庭でスーさんが僕たちを待っていた。外はまだ蒸すし蚊も出るので入ってくれと嶌久さんが誘ったが、他人の家に入るのは窮屈で嫌だとスーさんが固辞したために、結局プレイングルームと食堂の外にある中庭で話すことになった。

「蔣が連れ去られたですって」

話を聞かされた僕らは、思わず口々にそう声を上げた。

もっとも、父たちの場合は僕と玲玉とは違い、蔣が今までスーさんたちによって匿《かくま》われていたということ自体にまず驚いていたのだ。

「ちょっと待ってくれよ。そうすると、蔣建国って男はあんたらが匿ってたのか？」

嶌久さんがスーさんを押し留《とど》めるように訊《き》いたが、

「話せば長くなるから、その点はひとまず措《お》いてだな」

と、あっさりといなされてしまった。強面《こわもて》のデカも、スーさんが相手だとすっかり調子が狂うらしく、何かいいたいのを我慢するように唾《つば》を呑《の》み下した。

「色々とあって、あの若者はしばらく儂《わし》らと過ごしていたわけだが、自分を拉致《らち》して麻薬パーティーのインチキ写真をでっち上げた河林たちもめでたく御用となったし、そろそろ仲間と連絡を取り合い、日本から出国出来るようにと手筈《てはず》を調えることにしたわけさ。日本のお国も、おぬしら警察も、あの若者を見つけて捕らえたら、中国政府に送り返す方針なんだろ。いつまでもこの国にいるのは危険だし、ヨーロッパやアメリカでの民主化集会などにも参加したいらしいわい」

「で、その蔣を連れ去った連中には、見当がついてるのかよ？」

「中国人さ。あれは、莫の手下どもだな」

「確かなのか？　はっきりと断定出来るのか？」

「出来るわい。仲間が顔を知っておった」

「連れ去られた場所は？　どこでどんなふうに連れ去られたんだ？」

「それに関連して、娘さんにひとつ訊きたいことがあってな。それでこうして訪ねて来たんだ」

と、スーさんは玲玉のほうに顔をむけた。

「おまえさんの仲間の鼓というのは、どんな男なんだ？」

全員の視線を浴び、玲玉は居辛《いづら》そうに口を引き結び、目を瞬きながら俯《うつむ》いた。

「その男が怪しそうなのか？」父が訊いた。

「はっきり怪しいとまでは断言出来んがの。その鼓と連絡を取り、待ち合わせ場所に行ったところ、莫の手下たちに襲われて連れ去られてしまったんだ。やはり、匂う気がするだろ」

「その場所に、鼓という男は現れたのか？」

「いいや」

「鼓という男が莫の手下に捕まり、待ち合わせ場所を漏らしちまったってことだって考えられるぞ」

「なるほど、確かにそれはあるな」

スーさんは一旦《いったん》言葉を切り、少し間を置いてからつづけた。

「だが、実をいえば蒋という男は、儂らに匿って貰《もら》っておることを仲間にまで秘密にしつづけて、ずっと誰とも連絡を取らなかったんだ。それは新宿で蒋を匿い、外国に送り出そうとしておった仲間たちの中にも、裏切っている人間がおるかもしれんと疑っておったからだ」

僕は話を聞きながら、あの穴の中で交わしたスーさんとの会話を思い出した。蒋がここに匿われていることを、早い段階で蒋の仲間たちに報《しら》せてさえいれば、二人の中国人が鰐の餌食《えじき》になることもなかったと詰《なじ》る僕に、スーさんは確かこんなふうにいったのだ。事情があって仲間に報せることも本人が望まなかった、と。

「そんなふうに疑うのは、何か具体的な理由があったからなのか？」

嶌久さんが訊いた。

「単純な話だ。蒋は、河林が中国本国との間に持つ蛇頭のルートを使って日本に潜り込んだあとは、仲間たちに匿われ、河林たちが居所を押さえられたはずはなかったそうなんだ。だが、隠れ家に入ってしばらくすると、そこを榊原という男が幹部を務める亀和田興業の組員に襲われて拉致されてしまった。あとを尾《つ》けられたのでなかったとすれば、仲間の中に裏切り者がいたことになる」

「だけど、裏切り者がいるのだとしても、それがその鼓という男だとは限らないだろ」

父がいい、玲玉を見た。「たとえば、この娘はどうなんだ。彼女が莫の野郎に、蒋って男の居所を教えた。つまり、仲間の中で裏切ってたのは鼓って男じゃなく、彼女だって可能性だってある」

突然話がおかしな雲行きになったことに驚いた僕は、思いきり父を睨《にら》みつけた。

「何をいってるんだよ。玲玉はそんな子じゃないぞ」

「どうかな」

「どうもこうもないさ。よせよ、父さん」

しかし、父の横で今度は嶌久さんが首を振って見せた。

「いいや、俺もこの娘には、一度きちんと話を訊いてみたいと思ってたところさ。いったろ、一昨日《おととい》、おまえの親父が妙な中国人に襲われたんで、莫の野郎とその周辺をきちんと調べてみることにしたとな。それでわかったんだが、莫のやつにゃ、この半年ほど前から、新しい愛人が出来たそうなのさ。愛人は何人もいるらしいから、一番新しい愛人ってことだろうがな。さっきおまえの親父にゃ教えたんだが、その女の名前は、王玲玉というそうだ」

僕は言葉をなくしたまま息を吸い、吐いた。自分がどんな顔をしているのか想像がつかなかった。

「それに、こんな話も聞いたぜ。莫は、高田馬場の神田川沿いに建つマンションを借り、その女に会ってるとな。そうだったのか、彼女」

と、嶌久さんは玲玉のほうに顔のむきを移して訊いた。

玲玉は、唇が白くなるほど嚙《か》み締めて嶌久さんを睨み返したが、じきに細く息を吐きながら視線を伏せた。

僕は自分の耳が信じられなかった。玲玉が中国人のマフィアのボスの女だなんて、何かの間違いに決まっている。つい数時間前に愛を確かめ合った彼女の美しい躰《からだ》を、あんな中国人の脂ぎった中年男が自分の思うがままに抱いていたなど、到底認められるわけがなかった。

だが、糸の端を持って引くとするすると縺《もつ》れが解けていくように、頭の中でひとつの明確な繋がりが見えようとしていた。神田川沿いに建つマンションとは、僕が玲玉を莫たちから救ったあのマンションにちがいなかった。僕はずっとあのマンションに、莫のアジトのひとつがあるのだろうというぐらいに考えていたのだが、どうして思い至れなかったのだろう。中国人二人の死体を見つけた朝、野次馬《やじうま》の中に玲玉の姿を見つけた。あの早朝、彼女があそこにいたのは、マンションの窓からたまたま外を眺め、人だかりが出来て騒ぎになっているのに興味を覚えて様子を見に来たからにちがいない。彼女は莫に囲われて、あのマンションに暮らしていたのだ。

「貴美子さんだけじゃなかったのか……」僕は呟《つぶや》いた。「きみもスパイだったんだな。僕らの動きを、その莫というボスに何もかも話していたんだな」

玲玉は僕の顔を見つめ返した。

「ちがう。あたし、スパイ、ちがう」

その目には必死な光があったが、それがかえって僕の怒りの炎に油を注いだ。貴美子さんだけじゃなく、玲玉までもが僕を欺いていた。頭の中を、繰り返しそんな言葉が飛び交った。

「イワオさん、しんじて。あたし、スパイ、ちがう」

「いい訳は聞きたくない。蒋の幼馴染《おさななじ》みだという話も、蒋のために必死で奔走してるという話も、何もかもが嘘だったのか。蒋は密《ひそ》かにきみを疑ってたんじゃないのか。だからきみが昨日、居場所を捜し当てた時も、やつのほうじゃあまり嬉《うれ》しそうな顔をしなかったんだ。そうなんだろ。どうして僕たちを騙《だま》したんだ。なぜ自分が莫の愛人だということを隠してたんだ」

最後の言葉を吐きつけた瞬間、玲玉は電流に触れたように顔を顰《しか》め、一歩後ろに下がった。目の中の必死の光を、どんよりとした鈍い哀しみと諦《あきら》めの色が覆い始めた。

「若者よ。そうそうぽんぽんと責め立てるものではないわい」

スーさんが話に割って入った。「娘さんには娘さんのいい分があろうて。おぬしのようにそう責め立ててばかりでは、話せるものも話せなくなってしまうと思わんか」

僕はそっぽをむいたが、そうしてスーさんにとめて貰って感謝をしていた。このままだと、自分がどんなひどい言葉を吐きつけてしまうかわからなかった。

「それから」と、スーさんは父と嶌久さんに顔を転じた。「ぬしらのいうことにも、ひとつ欠点があるぞ。以前に蔣が仲間の元から連れ去られた時のことはわからんがな。今日、蔣が連れ去られた場所がどこなのかを、このお嬢さんが知っておったとは思えんのだが、どうかの?」

そういいながら、僕と玲玉を交互に見た。

そう指摘されれば確かにそうで、今日、彼女はずっと角筈ホテルにいて、電話は勿論《もちろん》、外から何か連絡が来た様子もなかった。

「さて、この娘さんのいい分を聞いてみようじゃないか。どうだな、いいたいことがあるなら、落ち着いて全部話してみるんだ」

スーさんに促され、玲玉はおずおずと話し始めた。僕を見ていた。

「イワオさん、あたし、あなたにうそをついたわけじゃない。あたし、莫のおんな。それをかくしてたのはごめんなさい。でも、あなたにはなした蔣とのはなしはぜんぶほんと」

僕は何もいえなかった。

足下がぐらつくような気がした。莫の女であり、それでも蔣のことを懸命に助けようとしていたというのか。それでは僕とのことは何だったのだろう。

「イワオさん」と、玲玉はもう一度僕の名前を呼んだ。

「あなたがたすけてくれたとき、田代が莫にあたしのはなしをしてしまった。あたしが蔣をたすけようとしてるとはなしてしまった。それはもういったでしょ。あのときたすけてくれなかったら、莫、あたしをたくさんたたいたとおもう。どんなにたのんでもゆるしてくれない。莫、とってもこわいひと。でも、あなたにたすけてもらったつぎのひ、莫のてしたがやってきた。このままあなたのそばにいて、あなたのおとうさんやってきたら、しらせろといった。いわれたとおりにしたら、ゆるしてくれる。でも、そうしないと、あたし、どうなるかわからないといわれた」

「どうして莫が父の居所を……」

僕の問いに、玲玉ではなく父が答えを出した。

「なるほどな、読めてきたぜ。金沢から戻った夜、田代と話し合いを持ったあとで莫の手下どもに襲われたことを考えると、野郎の狙いは、俺が田代に売りつけようとしてる切り札らしい。どうしてあの野郎は、俺の切り札を狙ってるんだ？」

玲玉は父から僕へと顔を転じた。それから、スーさんと嶌久さんを順番に見つめた。

「日本語でぜんぶはなすの、むずかしい……」

躊躇《ためら》いがちにいうと、スーさんが胸を叩《たた》いて見せた。

「それなら儂《わし》に中国語で話せばいいわい」

玲玉は頷《うなず》き、いわれた通りに話して聞かせた。スーさんは頷いたり首を振ったりし、途中でいくつか短い質問を差し挟みながら玲玉の話を聞いた。最後に一度大きく頷くと、僕たちのほうにむきなおり、幾分得意そうな顔で口を開いた。

「莫という男の最大の狙いは、この新宿に福建マフィアの勢力を拡大することらしいわい。そのために、自分の息のかかったホステスを新宿に増やしたり、密かに中国政府とのコネも作ったりしとるそうでな、蔣を中国の公安に差し出すことにしたのも、その辺りの思惑と関係しとるようだ。だが、ここから先が面白いのだが」

といってから、すっと口を閉じた。

「おいおい、気を持たせるようなことをするなよな」

苦笑していう父に対して、スーさんは首を振って見せた。

「そうではなくてな。おぬしの切り札というやつについて、こっちの警察の旦那《だんな》の前で、詳しい話をしてもいいものかどうかと思ってな」

今度は嶌久さんが苦笑をする番だった。

「しょうがねえな。いっそのこともうこのまま通すよ」

「ほんとだな」と念を押し、スーさんは父を見て政治家の名前を口にした。

「おぬしの切り札を、自分のほうで押さえられれば、その政治家の鼻面を好きなように引き回せるようになると考えたらしいわい。河林や亀和田興業の榊原たちと手を組んでいるよりも、結局はこの政治家を押さえるのがもっとも近道だと悟ったようだ。ましてや、河林と榊原の二人がお縄になったこの状況ならば、切り札さえ手に入れれば、自分の思う通りに大きく勢力を伸ばせると踏んでおるんだろ」

　父はしばらく思案顔をしたのち、頷いた。

「面白いじゃねえか」

　玲玉が、父のほうに近づいた。

「おねがいがあります。おとうさん。あなたのきりふだ、あたしにください」

「なんだと――？」父は素頓狂《すっとんきょう》な声を出した。「どうしてこの状況で、そういう話になるんだよ？　どこをつつくと、そんな結論が出て来るんだ？」

　しかし、玲玉は真剣そのものだった。

「それをあたし、莫にわたす。そうしたら、莫、蔣をこのくにのそとにつれだしてくれます」

「中国には連れ帰さないで、って意味か？」

「そうです」

「なるほどな。そう約束して、だから俺の居所がわかったら報《しら》せるようにともいい含められたってわけか？」

「そうです」と玲玉は繰り返した。「だから、おねがい、おとうさん。もしあたしのたのみをきいてくれたら、あたし、なんでもする。だから、おねがい。きりふだを、ください」

父はしばらくじっと玲玉の顔を見つめ返していたが、やがて声を立てて笑った。

「まったく、なんというか。俺にゃ返す言葉がないぜ。どうして俺がおまえの頼みを聞いて、大事な切り札を莫なんて野郎にくれてやらなけりゃならねえんだ。それからな、俺をおとうさんって呼ぶのはやめろよ」

「おねがい」

「そんな目で見たって、何にも変わらねえぜ。いいか、お嬢さん。俺がおまえさんの望み通りに切り札を差し出したら、刑務所行きなんだぞ。なんでもするっていったがな、それなら俺に代わって臭い飯を食ってくれるのか。それにだいいち、俺が切り札を渡したって、その莫って野郎が蔣を解き放す保証なんか何もないんだぜ」

「莫、やくそくした」

「だから、そんな約束を守る保証は何もないといってるんだよ」

さすがに父も声を荒らげた。

玲玉は困惑した顔で唇を嚙み締めた。

「それじゃ、つまりどうするつもりなんだな?」

スーさんが訊いた。

「どうするって、何をだよ?」

「決まっとる。蔣という若者のことさ」

「それこそ決まってる。見殺しにするのさ」

父の答えは、単純明快だった。

「この話はもう、これで終わりだ。俺はそろそろ行くぜ。もうじき田代から金を受け取る約束になってるんだ。さっき電話を寄越して、金が用意出来たというんでな。河林も榊原も警察に取っ捕まっていなくなったせいで、すっかり低姿勢になりやがって、むこうからどこにでも出むくというから、この角筈ホテルに呼びつけておいた。ま、おまえらは、しばらくビールでも飲んでろよ。金が入ったら、そのまま祝い酒に移ろうじゃないか」

後半は父らしからぬ早口でいった。なんだか自分以外の人間が、これ以上何かいうのを阻もうとしているようにも見えた。

4

角筈ホテルのアプローチが望める前庭へと移動した父に僕もついて行った。田代との取引を見届けたいというよりも、玲玉の傍にいたくない気持ちのほうが強かった。玲玉は冷たくあしらわれてもなお、なんとかして父の切り札を手に入れたいと懇願をつづけたが、嶌久さんに押し留《とど》められてプレイングルームに居残っていた。

「スーさんって、どういう人なの？」

前庭に置かれたベンチに並んで坐《すわ》った父に訊《き》くと、父は微笑みながら小首を傾《かし》げた。

「俺にもよくわからん。俺がおまえぐらいの時にも爺《じい》さんだった。いったいいくつになるのか見当がつかんよ」

カースケはその時もスーさんと一緒にいたのかと訊いてみたかったが、僕はやめにした。もしも一緒だったなんていわれたら、どうすればいいかわからなかった。

当のスーさんが、ほどなくしてまた姿を現した。

「爺さん、悪いがな、もう何をいっても無駄だぜ」

機先を制するようにして父がいうのにむけ、スーさんはあののんびりとして摑《つか》みどころのない笑顔を浮かべ、手の先をひらひらと振った。

「それならそれでしょうがないわい。しばらく面倒を見てるうちに、儂も蔣という若者にすっかりシンパシーを覚えたんだが、ぬしに切り札を無理やり差し出させるわけにもいかん。あとは儂らで蔣のいそうな所を捜し出し、なんとか手を打ってみるわい。もっとも、福建マフィアとなると、儂らにもちょいと未知の相手だからな。蔣が本国に連れ戻されてしまうのに、はたして間に合うかどうかわからんがの」

父は苦笑した。「だから、何をいっても無駄だといったろ。あの若造が国に連れ戻されてどうなろうと、俺の知ったことかい」

「それは、若造が天安門のリーダーとして連れ戻されればどうなるかを、わかっていっておるんじゃな」

父はスーさんの問いに、肩をすくめて見せた。たばこを抜き出し、風の中で火をつけて吹き上げた。

「話は終わりにしようぜ。俺の心は変わらんよ」

「わかっとるって。それじゃあな、儂は行くよ」

父は遠ざかっていくスーさんを黙って見ていた。煙がしみるのか、傾き始めた夏の陽射しが眩《まぶ》しいのか、目を細めて小刻みにしばたたいていた。

「蔣が中国に連れ戻されたら、どうなるの？」

僕が訊くと、不機嫌そうな表情を浮かべた。ちらっとだけこっちを見たが、すぐに顔を前方に戻してしまった。

「日本じゃ民主化ってのを軽く考えてる風潮もあるだろうが、お国柄がまったく違う。天安門事件ってのは、あの国の政府にとっちゃ反逆事件だし、リーダーは当然反逆罪ってことになる。下手をすりゃ死刑だな」

「死刑……」

「おお、そういえばひとついい忘れておった」

足をとめたスーさんが、額に右の掌《てのひら》を当てて振り返った。

「何だよ、やめてくれよな。もうそろそろ田代の野郎が来るんだ」

父は幾分口調を荒らげたが、そのくせどこかでスーさんとのやりとりを楽しんでいるようにも見えた。

「すぐに終わる話だ。知っておったか。蔣という若者は、労働者だから疎《うと》まれたんじゃ」

「どういうことだ？」

「おぬし、あの天安門事件の時に、多くの人間を立ち上がらせるきっかけとなった決起書があったことは知っておるかな？」

「いいや」と父は首を振ったが、僕のほうは玲玉から聞いた話を思い出した。

「ハンガーストライキの呼びかけのことですか？」

スーさんは頷いた。「蔣の書いたこの呼びかけが仲間たちを奮い立たせ、天安門の騒ぎを大きくしたきっかけともなったわけだ。だが、学生のリーダーたちの中には、この決起書を作ったのは自分だといいたがっている人間がおる。そういった連中は、蔣のことが気に入らんのさ」

スーさんはそこで一度言葉を切り、父の反応を窺《うかが》うような間を空けた。父はただ黙ってスーさんの顔を見ているだけだった。

スーさんは仕方なさそうにあとをつづけた。

「蔣自身、そういった空気を読んでおったんで、日本で自分を匿《かくま》ってくれておる仲間たちの中にも裏切り者が出る危険を感じていたのさ。この国に来ておる中国人たちだって、正規のルートで留学してきたような幹部の子弟から、ヤクザやチャイニーズマフィアと結びついた密入国業者に借金をして稼ぎに来てる売春婦たちまで、様々だからな」

「鼓とかいう野郎は、エリート学生の一人なのか？」

父がつい興味を惹《ひ》かれたように訊いた。

「ああ、そうさ。ただ、所謂苦学生らしくて、悠々と勉強に来てるような連中とは違うらしいがな。日本で蔣を匿っておったグループのリーダーなので、蔣もこの男は信じるしかなかったわけだ。だが、まだはっきりしたことまでは断定出来んが、どうも見方が甘かったのかもしれんな」

「鼓という男は、中国人のホステスが六合彩という宝籤《たからくじ》を買う時、お金を集めて回る仕事をしてたんです」

ふと思いついていった僕に、父とスーさんが視線をむけた。

「何でおまえがそんなことを知ってるんだ？」

父が問うのに、僕は《燦》という店を張り込んでいた時に鼓を見かけた話をした。

「それは、玲玉を連れた莫が田代と一緒に車に乗って行くのを見つけた夜のことをいってるんだな」

そう確かめる父の横で、スーさんがぽんと手を打ち鳴らした。

「その六合彩賭博《とばく》を仕切ってるのは、おそらく莫のはずだ」

「つまり、鼓という男を集金に走り回らせてた親玉は、莫だってことになるんですね」

「そういうことになるのお。これは益々鼓という若造が怪しいわい。雑誌の記事は、決起書を自分たちが作ったものだとしてしまいたい学生リーダーたちやそのシンパにとっても、蔣を引きずり下ろす絶好の機会になったようだ。莫というマフィアに身柄を託し、中国政府に引き渡してしまえば、蔣は麻薬中毒のぬれぎぬを着たまま裁かれることになる。学生たちのほうは学生たちで、あれはリーダーでも何でもないただの一労働者だとでも声明を出し、自分たちの主張を声高に叫べばいい」

僕は鼓や蒋ではなく、玲玉のことを考えていた。莫に睨《にら》まれれば自分の身が危なくなるかもしれないというのに、それでもなお必死で蒋という男を助けようとしていた玲玉のことが、頼もしくも一層哀れにも思われた。

父はスーさんに顔を戻した。「スーさん、あんた、人が悪いぜ。そんな話を聞いたら、俺が気持ちを変えるとでも思ってたのか」

スーさんは黙って白髪を撫《な》でつけるだけで、何も答えようとはしなかった。

「おっと、話はそろそろ終わりだぜ」

父がいい、親指を立てて路地の先を指さした。「悪いな、爺さん。あんたの期待を裏切るようだが、もう客が来たぜ」

スーさんは意味深げな笑みを浮かべて背中をむけた。ポニーテールの白髪を揺らして歩き出した。

去って行くスーさんが道の端に寄った。角筈ホテルの前の細い路地を、大型の黒い高級車が入って来たのだ。ホテルの正面で車が停まり、後部シートにふんぞり返って坐る田代が見えた。

車を降りた運転手が素早く後部ドアに回り、慇懃《いんぎん》な素振りでドアを開けた。

「さて、取引相手の御登場だ。いたけりゃここにいても構わんが、おまえは何も口を挟むなよ」

父が僕にそう釘《くぎ》を刺した。

田代はゆっくりと大仰な動作で車を降りた。陽の光の下で見ると、顔色が不健康に青白く、いつかの夜、福建マフィアの親玉の莫と一緒に《燦》という店から出て来た時よりも一層貧相な感じがした。

だが、本人にはそんな意識は微塵《みじん》もないらしく、角筈ホテルのアプローチを近づいて来る動きもまた、どこか大仰で芝居がかったものだった。気温が三十度以上はある中で、仕立ての良さそうなスーツの上下をきちんと着ていた。運転手役の男が、そのまま背後につき従っていた。

スーさんはもう引き上げるといったくせに、表の路地に立ち止まっており、目を細めてこっちを見ていた。

「よお、待たせたな」

と、田代は父に片手を上げて見せた。父の話によれば、ここまで呼び出されてすごすごとやって来たらしいのに、あくまで大物ぶった振る舞いをしたいらしかった。そのくせ気《け》圧《お》されたように視線は微妙に逸《そ》らしており、瞬きの数も多かった。

父は何もいわずにただ軽く頷くだけだった。

「今日も暑いな。こんなところに長居は敵《かな》わん」と、田代が先を急いだ。「さっさと済ませよう。金は用意して来たぜ。そっちのブツはどこだ？」

「そんな恰好《かっこう》でいるから暑いのさ」

父はいった。立ち上がり、両手でゆっくりと尻《しり》をはたいた。

「何？　ああ、仕方ないさ。商売柄、ネクタイと上着は必需品だ」

「そういう恰好に慣れると、夏でもあまり汗をかかなくなるらしいな」

「ふん、まあな」

そう応じながら、田代は油断なく辺りに視線を巡らせ出した。父が時間稼ぎをして、何か企んでいると思ったのかもしれない。口数の多さを訝《いぶか》ったのだ。僕もそうだった。父は取引を済ませるといいながら、心のどこかでは、スーさんから聞かされた話を気にしている。そうではないか。

だが、父はポケットから鍵《かぎ》を抜き出した。

「新宿駅の西口のコインロッカーのものだ」

田代は前方に顔を戻し、父の指先の鍵を見つめた。

「間違いなくブツは入ってるんだろうな。裏切ったら、命がないぜ」

「あんたにゃ、そんな脅し文句は似合わないよ。安心しな、ブツは間違いなく入ってる。俺だって、取引を終えてさっぱりしてえんだ。亀和田興業かどこかの鉄砲玉にでもつけ狙われた日にゃ、これから毎日が不便でしょうがねえからな」

「わかってるじゃねえか」

田代は唇を歪《ゆが》め、上着の内ポケットから封筒を抜き出した。

「望み通りの金額の小切手だ」

父が鍵を指先にぶら下げたままで動こうとしないので、田代が仕方なく自分のほうから近づいて来た。

「父さん――」

父の左手が田代の右手の封筒に、田代の左手が父の右手の鍵へと伸び、今にも触れそうになった時、僕は思わず呼びかけていた。

父が僕に顔をむけ、田代もまたそれに釣られたようにして、そのままの姿勢で僕を見た。父は何もいわないまま、ただ黙って僕を見つめた。それは実際にはほんの数秒にも満たない時間だったのだろうが、この時の父の顔が僕の脳裏に焼きつき、そして、なんだか長い間ずっと父に見つめられていたような記憶となっている。

「蔣という男が死刑になるのを、このまま見過ごしてしまっていいの?」

僕はいった。声がかすれてしまっていた。

「取引の間、口を出すなといったはずだぞ」

父は厳しい声を出した。

僕は何も答えられなかった。胸の中で自分に訊《き》いた。父は切り札を手放せば、刑務所に行かなければならなくなる。自分が父の立場だったとしたら、見も知らぬ中国人を一人救うことと引き替えに、せっかく手に入れた切り札を手放し、何年かを刑務所で過ごすような道を選べるだろうか。

「なあ、このガキは何の話をしてるんだ?」田代が訊いた。

「なあに、こっちの話さ」父がいった。

「それならあとにしろよな。とっとと取引を済ませちまおうぜ」

その時、大声で何かを叫びながら、角筈ホテルの建物を回り込むようにして玲玉が現れた。彼女は裸足《はだし》だった。

「おねがい、おとうさん。きりふだをください」

田代の姿を目にして一瞬ぎょっとしたようだったが、父に走り寄って懇願した。

「おめえ、こんなところにいやがったのか！」田代が両目を吊《つ》り上げた。「莫のやつが知ったら、どうなるかわかってるんだろうな」

「おねがい、おとうさん」

玲玉は父に縋《すが》りついた。

だが、田代につき従って来た男が近づき、彼女の腕を捻《ね》じ上げた。身のこなしからいって、田代が運転手とボディーガード役を兼ねて連れて来た男らしかった。

苦痛に顔を歪める玲玉を目にして、僕はふたりに走り寄った。そして、男をとめようとしたが、片手で簡単に押しのけられてしまった。

「あんたのほうで、この女に用があるのか？」

田代の問いに、父はちらっと僕を見た。

僕は口を開きかけたが、その前に父はもう田代に顔を戻し、首を振ってしまっていた。

「さあて、どうかな」

「それなら、この女を俺が貰《もら》ってても構わねえだろ。俺のほうじゃ用があるんだ」

「どんな用なんだ？」

「莫との関係をうまくやっていくのに、手土産代わりに差し出すのさ」

田代はにんまりと笑みを浮かべた。父のほうは無表情に近かった。

「榊原と河林がいなくなったんで、今度は莫とうまくやっていこうってことか？」

「おいおい、あの二人など蜥蜴《とかげ》の尻尾《しっぽ》さ。別にそれで大勢が変わるわけじゃない」

「はっきり答えろよ。今度は莫に乗り換えるってわけか」

「だったらどうした。おまえの知ったことじゃないだろ。なあ、話はこれぐらいにしようぜ。俺も忙しい身なんだぜ」

「痛がってるじゃないか。腕を緩めてやれよ」

父は田代がいうのを無視し、玲玉を押さえつけている男のほうに顎《あご》をしゃくった。

男は田代の指示を確かめてから手を緩めた。痛みに息を詰めていた玲玉が、大きくひとつ息を吐いた。

父は何秒かの間、そんな玲玉を見やっていた。それからまたちらっとだけ僕に視線を投げてから、右手の指先で頭髪を掻《か》いた。そうしながら、いくつか言葉を出し入れしていたのかもしれない。やがて、いった。

「おまえは蜥蜴の尻尾じゃねえのか」

「何――？」

「おまえだって蜥蜴の尻尾だろっていってるんだよ。ただし、河林や榊原よりもてめえの手を汚すことが少なくて、身を隠す大きな木の近くにいるだけだ。今回は転《こ》けたのが河林たち二人だけだったが、土地を右から左に転がして、誰も彼もが浮かれ狂ってるような時代が、この先いつまでもつづくわけがねえんだ。いよいよこの莫迦《ばか》騒ぎが終わりを迎え、歯止めが利かなくなった時にゃ、おまえだって同じように切り捨てられるさ」

田代は父を睨みつけ、顳顬《こめかみ》を小刻みにひくつかせた。

「話はこれぐらいにしようぜ。さっさと鍵と小切手を交換しようじゃねえか」

怒りを湛《たた》えた目を細め、抑えつけたような声でいった。

父はそれを無視したまま、いつの間にか田代の高級車のすぐ後ろまで来て、アスファルトにぺたんとしゃがみ込んでいたスーさんに呼びかけた。

「なあ、爺《じい》さん、さっきの話は本当なんだな」

「さっきの話って、何だね？」

「わかってるんだろ、蔣って野郎が天安門の決起書を書いたのに、労働者だから学生たちから疎まれて裏切られたって話さ」

「作り話だと疑ってるのか。そこまで儂《わし》は人が悪くはないよ」

スーさんはいい、ふおふおっという鞴《ふいご》が空気を押し出すようなあの独特の笑い声を上げた。

父は一度きつく目を閉じた。瞼《まぶた》を太陽の光に晒《さら》すように顔を上げ、戻した。

「気が変わった。今日の取引はやめだ」

田代は小首を傾げて両眼を瞬いた。

「何だと……？　何をいってる？」

「聞こえなかったのか。気が変わったといったんだ」

「莫迦いうな。おまえの望み通りの金額を用意したんだぞ。これ以上、どうしろっていうんだ」

「別にどうしろともいってない。とにかく、気が変わったのさ」

田代の目の中を戸惑いが駆け抜け、段々と怒りの炎が燃えてきた。そんなふうに怒りを露《あら》わにすればするだけ、貧相な印象もまた強くなった。

「おい、師井。おまえ、自分が何をいってるかわかってるのか。おまえだってこの金がなけりゃ、刑務所行きだ。それに、金が回らなけりゃ、事業があれもこれもおじゃんになるはずだぜ」

「そんなことは、おまえとは関係ないだろ」

田代は手下の男に顎をしゃくった。男は玲玉の腕を放し、敵意を剝き出しにした顔で僕と父にむき合った。

「おまえは下がってろ」

父がいったが、僕だってここで引くわけにはいかなかった。何か棒きれがあれば、剣道の突きのひとつもお見舞いしてやるのにと思いつつ、腰を落として身構えた。

だが、男が動きをとめた。田代の顔にも戸惑いの表情が広がっていく。

「よお、こんなところで何をしてるんだ」

声が聞こえて振り返ると、角筈ホテルの壁に凭《もた》れて嶌久さんがこっちを見ていた。

「なんでサツがここにいるんだ？」

田代が吐き捨てるようにいった。

「なあに、俺もちょいと関わりがあってな。ただし、手出しはしないつもりだったんだが、暴力沙汰《ざた》になるのなら、俺も考えを変えにゃならんかもしれんぜ」

嶌久さんは腕組みをして、いつもの大して興味もなさそうな口調で告げた。

玲玉が素早く身を翻すと、気の強さを発揮して、さっきまで自分の腕を捻り上げていた男の股間《こかん》を思いきり蹴《け》り上げた。不意を突かれた男は悲鳴を上げ、前屈《まえかが》みになって顔を歪めた。痛みを堪《こら》えながら玲玉を捕まえようとしたが、彼女は子猫のようにすばしこく擦り抜け、僕と父の背中へと逃げ込んだ。

田代が小さく舌を鳴らした。抜け目なさそうな視線をあちこちに飛ばすが、雰囲気に変化が生じていた。戻って自分の飼い主に相談する気になっている。大物ぶって見せてはいても、自分では何一つ決められない男なのだ。

「後悔するなよ」と陳腐な捨て台詞《ぜりふ》を残すと、まだ痛みでぎごちない動きしか出来ない手下の男に車を運転させて消え去った。

事情を察した玲玉が、顔を輝かせて喜びを露わにしかけたが、父はそんな彼女を一喝した。

「礼なんかいうんじゃねえぞ。俺は今、自分が善人ぶったことをしようとしてるのにむかっ腹が立ってるんだ。気が変わらないうちに、俺を莫のところまで案内しろ」

そういい放ち、目をしばたたく玲玉からスーさんへ、そして嶌久さんへと顔を転じた。

「莫って野郎は田代とは違い、海千山千のはずだ。悪いが、あんたら二人も一緒に来てくれ。話し合いをスムーズに済ませるにゃ、あんたらの力が必要なはずだ」

スーさんは黙って頷《うなず》いた。

「旦那《だんな》はどうだい？　みすみす手柄を逃すことになるかもしれんがな」

父が訊くのに、嶌久さんは苦笑した。

「乗りかかった舟だ。まあいいだろ。俺が蔣ってやつをパクれば、公安の鼻は明かせるが、結局は中国に送り返されて同じことだ。あんたが損を承知で動こうってのなら、つきあうぜ」

父は頷き、最後に僕を見た。

「おまえはここにいろ」

僕が一緒に行くといいかけるのを、厳しい顔で遮った。

「駄目だ。ガキは連れて行くわけにはいかん。田代なんかとは違う危険な相手なんだ。足手まといになる」

5

ひたすら父の帰りを待ちつづけながら、濃くなる夕闇を眺め、カナカナの声に耳を傾けていた。そうしていると、僕はふと、ずっと昔の少年の日にもこんなふうに父の帰りを待っていたことがあるような気がした。それはただの錯覚か、夏の夕暮れにぼんやりと頭に浮かんだ幻想にすぎないのかもしれないが、糸の切れた凧《たこ》みたいに生きてきた父が、僕にとってはいつでもいくら待てども戻らない人だったことは確かだった。

だが、この日の父は、夕闇の中を、ズボンのポケットに片手を突っ込んでふらりと戻って来た。父は一人で、スーさんも嶌久さんも一緒にはおらず、玲玉もまた消え失《う》せてしまっていた。

ホテルの石段に坐《すわ》って待つ僕を見つけた父は、目を合わせないようにしながら近づいて来た。どことなく照れ臭げで、きまりが悪そうな顔をしていた。

「莫との話は済んだぜ。こう暑くっちゃ敵《かな》わん。中でビールでも飲みながら話そうぜ」一息にいってから、少し声を低めて尋ねてきた。「おまえ、ここでずっと待ってたのか?」

父の姿が見えてほっとした瞬間から、胸の中に熱いものが込み上げてきて、僕には不機嫌な顔しか出来なかった。

「誤魔化《ごまか》さないで、ちゃんと話してくれよ。どう話が済んだというんだ?」

「莫と手打ちをしたってことさ。野郎は蔣って男を野郎の持つルートでアメリカに送り出す。俺のほうは、それと引き替えに切り札を渡す。明日か明後日《あさって》には取引が成立だ。蒋は死刑を免れる。俺はしばらく刑務所に行く。切り札を手放しても、巧く立ち回れるかもしれんが、おそらくは駄目だろう。だから、莫が約束を守ったことを見届けたら、嶌久の野郎に自首をするよ。今回は、あの旦那には色々世話になっちまったからな、ひとつぐらいは手柄を立てさせてやらんといかんだろ」

ちゃんと話を聞かせてくれといったくせに、僕は言葉をなくして父の顔を見上げているしかなかった。父は、そんな僕の隣に並んで坐った。

それから、物珍しげに辺りを見回した。「すごい蟬の声だな。駅のほうから久々にずっと歩いて来たんだが、途中でがらりと雰囲気が変わった。まだ新宿にもこんな場所が残ってるんだと、しみじみそんなふうに思ったぜ」

「僕も夏の初めにここに来た時、同じことを思ったよ」

僕がいうのに、父はこちらを見ようとはしないままで「そうかい」と頷いた。

「蒋という男にも会ったの？」

僕は訊《き》いた。

「一応はな」

「あの男はお高くとまってる感じがして、今ひとつ好きになれないよ」

僕がいうと、父は苦笑し、「俺もさ」といった。

「革命のリーダーになるような野郎は、どこかてめえだけは特別な人間だと思ってやがって、人を人とも思わないようなところがあるんだろうさ。ただ、さすがに俺と莫とが取引をしたと知ると、大げさに感謝を表してたがな。だが、そんな感謝の気持ちだって、いつまでつづくかわかったもんじゃねえさ。自分の存在や思想に共鳴した日本人がいたなんてふうに、そのうちに勝手に考え出すかもしれん」

「――でも、それなら」

「なんで野郎を助けるのかっていうのか？　いいじゃねえか。俺は別にあの野郎に感謝されたいわけじゃねえよ。玲玉って娘は、泣いて喜んでたがな。天安門事件なんてのも、俺にはまったく関係ないし、今後あの国がどうなるかにも別段興味もない。若い頃、この国で革命だなんだと叫ぶ連中がいた時だって、俺には知ったこっちゃなかったんだぜ。海のむこうの国で何が起ころうと、知ったことかい。俺はただ、いつでも自分が面白いと思ったように生きてきただけだし、今度はちょいと気まぐれを起こしてみただけさ」

僕は言葉を探したが、何といえばいいのかわからなかった。

「それにな、俺が切り札を田代の野郎に買い戻させるんじゃなく、こうして莫に対して切って見せたことで、田代やその後ろの政治家まで安泰じゃいられなくなった。河林と榊原にとっちゃ、本丸が揺らぎ、この先甘い汁を啜《すす》れなくなったってことさ。つまり、片がつくという意味じゃ、このほうが綺麗《きれい》に片がつくんだよ。それだって面白いじゃねえか」

ちらっと僕のほうを見て、父は困惑したように鼻の頭を掻《か》いた。

「おい、そんな顔をするなよ。こっちまでしんみりしちまうだろうが」

「切り札を手放したのは、俺があれこれいってしまったからなのかい？」

「よせよ、莫迦《ばか》野郎。それにな、俺は軽業師だといつもいってるだろ。決して綱から落ちたわけじゃないんだぜ。俺の元に潜り込んでた河林の手下は押さえてある。こいつを警察に突き出せば、詐欺罪のほうは免れる。あとは金を俺がネコババしたと騒ぎ立ててる連中のほうだが、これだけなら、そんなに長く喰《く》らい込むことはないさ」

父はふてぶてしく笑ったのち、「それにな」とつづけた。

「おまえは田代って野郎の顔を見てどう思った？　いつの間にか、この国にゃ、野郎みたいな卑しい顔をした人間ばかりがのさばるようになってきた。俺にゃ、そう思えてならねえのさ。てめえじゃ手を汚そうとせずに、何かでかい物の傘の下に入り、そこでうまい汁を啜りつづけてるような連中さ。俺は、そういうやつには虫酸が走るんだ。へこましてやって、スカッとしたぜ」

父は一度言葉を切って、にやっとした。

「そんなわけだから、当分はお別れだ。おまえはおまえで好きにやれ」

父が腰を上げそうな雰囲気に気づいて、僕は驚いた。

「もう行っちゃうの？　警察に行くのは、莫との取引を見届けてからなんだろ」

「娑婆《しゃば》にいる間に、あれこれとやっておかなけりゃならねえことがあるんだよ。身辺整理ってわけだ。こう見えても、一人で色々と動かしてきたんでな。幕を引くのだって、俺が自分でやらなけりゃならないことが多いのさ」

「ねえ、昔、角筈ホテルで夕食を食べたろ」

このままではもう父が行ってしまう。そう思った僕は、咄嗟《とっさ》にそんなことを口にしていた。

「何の話だ？」

腰を上げかけていた父は、坐り直して訊いた。

「母さんと会った日のことさ」

何もいわずに頷く父に、僕は訊いた。

「あの日、母さんや山之内さんと別れた後、どこかで二人で晩御飯を食べたよね。あれは、どこだったんだろう？」

「そんなことがあったかな」呟《つぶや》いてから、父はしばらく宙を睨《にら》んでいた。

「そういや、そうだったな。俺もおまえも久々に忍と会った緊張で、食い物があまり喉《のど》を通らなかった。だから、忍たちと別れた後、どっかの居酒屋へ、おまえを連れて一杯やりがてら腹ごしらえに出たのさ。だけどな、俺としちゃ、おまえとここでこうして並んで坐っていたことのほうが、忘れられないよ」

「ここで？」と僕は訊き直した。

「なんでえ、それは憶えちゃいないのか」

父はちらっと僕を見て、莫迦にしたように吐き捨ててから、顎《あご》で表の路地を指した。

「さっきあそこを歩いて来て、ここに坐るおまえを見た時に、ちっちゃなガキだった頃の姿が頭を過《よぎ》ったぜ。忍を乗せた車が走り出すと、おまえは泣いて後を追った。俺と残るといったくせに、泣いて母親の後を追いかけたんだ。憶えちゃねえだろ。そして、忍の車が見えなくなっても、どうしても泣きやもうとはしなかった。しょうがねえから、俺はおまえをこの石段に坐らせて、じっと隣に坐ってたんだ。母親と一緒にいたいのなら、今からでも遅くはねえ、連絡をしてやるから忍のところへ行け。最後は、こっちだって自棄《やけ》だった。そういっておまえを怒鳴りつけた。そしたら、ちっちゃな手で俺の服の裾《すそ》を摑《つか》みながら、俺の顔を睨みつけ、おまえは怒ったような顔ではっきりと首を振ったんだ。その顔をさっき、改めて思い出した」

「――――」

「俺は父親らしいことは何もしてこなかった。男なんてやつは、てめえの実の子に対してだって、自分が父親だって実感を持てるようになるには時間がかかるものらしいぜ。正直いやあ、あの頃、俺は自分がおまえの父親になれるなんて思えなかったし、今だってやっぱり自分とおまえの関係がどこか奇妙な気がしてならねえ。だがな、ここで俺を睨みつけて首を振るおまえの顔を見た時に、男同士としてつきあっていけりゃあそれでいいんじゃねえかと思ったんだ」

父が笑いかけるのに、僕は薄く微笑み返した。

いつの間にか夕闇が辺りを覆い尽くし、どっぷりと暗くなっていた。蟬の声がやみ、代わりにあちこちで虫がすだき始めている。何年も経ったあとになって父のことを思い出した時、必ずこの時の笑顔が目に浮かぶことになった。辺りに昼間の明るさが残る間は、照れ臭くてどこか構えた顔しか出来なかったくせに、夕闇に紛れてやっと、少し力を抜いた笑顔を見せたのではないか。

「おっと、そうだった。伝えるのを忘れるところだったぜ。玲玉が、おまえに詫《わ》びと礼の両方をいってたぞ。すまなかった、そして、ありがとうとな」

「──彼女はどうしたの？」

「もうここには戻らんよ」

「──────」

「おまえ、あの女に惚《ほ》れてたのか？」

「わからないよ」と、僕は嘘をいった。

父はそんな僕を見透かしたような目をむけてきた。

「あの女には、手荒な真似はしないそうだ。莫は俺にそう約束した。だが、自分を裏切る女を手元に置いておく気はないので、やつの組織が繋《つな》がりを持つ地方の店に売り払うといってた。それは俺にもとめることは出来ん」

僕は何もいえなかった。

「二、三日のうちには、他の女たちと一緒に移されるといってたぞ」

父はそうつけたすと、腰を上げた。

「さて、俺はほんとに行くぜ。達者でやりな。次に会う時は、おまえも大学を卒業してるんだろうな」

僕は一拍遅れて立ち上がった。並ぶと僕のほうが背が高かった。父は僕の顔を見上げ、「じゃあな」と背中をむけた。

アプローチを遠ざかる父の背中を見ていた。

「父さん」と、呼びとめた。

無言で振り返る父に、僕は何歩か歩み寄った。

「大学を辞めようと思ってるんだ」

父は僕の言葉に驚いたようだったが、それから愉快そうに唇を歪《ゆが》めた。

「せっかく浪人までして難しい試験に通ったのに、半年も経たずに辞めちまうのか」

「うん、そうしようと思う」

「で、辞めて、どうするんだ?」

「僕は建築家になりたいんだ。もう一度、今度はそのための大学に入り直す」

「ほお」と、いよいよ愉快そうな顔をした。

「インチキな土地転がしをやってきた俺の息子が、建築家か。面白いじゃねえか。何でもやりたいようにやったらいいさ。俺もそうしてきたんだからな。もう、おまえも立派な大人だ。おまえのやりたいようにやったらいい」

僕は苦笑した。「いつでもずっと子供扱いしてたくせに、急にそんなことをいうなよな」

父は指先で鼻の頭を掻いた。

「だけどな、男ってやつは、大人になる必要がある時にはもう大人なのさ」

十三　風の街

1

そんなふうにして、あの夏の事件には決着がついた。色々なことがあったけれど、結局は父が自分自身の手で幕を引いたことになる。

しかし、僕にはまだもう少しだけ語っておかなければならないことがある。

ひとつは、ハルさんのことだ。ハルさんは実にあっけなく、家族が駆けつけて来る前に病院で息を引き取ってしまった。入院した翌日のことだった。脳の腫瘍《しゅよう》を詳しく調べるために造影剤を注入したところ、それが腫瘍を刺激してしまったらしく、昏睡《こんすい》状態に陥ってそれきりだったのだ。

あんなに元気に動き回っていた人が、あっけなく息を引き取ってしまうなんて、ひどすぎるように思ったが、時が経つに従って僕は少し違うことを思うようになった。息を引き取る前日まで角筈ホテルで元気に動き回り、僕たちお客が舌鼓を打つ素晴らしい料理を作りつづけていたハルさんは、むしろ幸運で幸福な人だったのではないだろうかと。

病院に駆けつけた一人息子は、医療ミスがあったのではないかと疑い、なんだかんだと医者に食ってかかったようだ。僕は彼やその家族と、ハルさんのいなくなった角筈ホテルで出会った。息子夫婦は、僕と教授に挨拶《あいさつ》をしたあと、二人で角筈ホテルをあちこち歩き回っていた。息子のほうがする思い出話に、妻が耳を傾けている様子だった。彼らの子供は小学校の高学年と低学年の兄妹《きょうだい》で、最初のうちこそ両親にくっついていたが、そのうちにそこかしこを我が物顔で走り回るようになった。中庭の芝生で転げ回り、日本のテレビを物珍しそうに眺め、母親が決めた時間にはきちんと昼寝をし、勉強もしていた。だが、彼ら二人が僕や嶌久さんのように、プレイングルーム に置かれたハンプティ・ダンプティに興味を示すことはなかった。

ハルさんの通夜と葬儀は、どこかの斎場を借りることもなく、角筈ホテルで行われた。祖父の藤木幸綱と母に次いで、僕にとってはその夏三度目の葬儀だった。驚いたことに、それは大変に盛大なものとなった。どこでどう聞きつけたのか、かつての常連客たちが集まって来たためだ。中には角筈ホテルに缶詰になって、シナリオや小説を仕上げたという、有名な映画監督や小説家たちも混じっていた。

風太もまた演奏旅行の旅先から駆けつけた。通夜には間に合わなかったが、葬儀の途中で姿を見せた。風太は立ち話で僕に、演奏仲間たちと互いに気が合うことがわかったので、このまましばらくの間ずっと一緒に日本全国を回ることに決めたといった。今日も焼香を済ませたらすぐにとんぼ返りをしなければならないとのことで、腰を落ち着ける間もなく引き上げて行った。

僕はハルさんの葬儀が終わったあと、それほど日を置かずに角筈ホテルをあとにした。ハルさんの息子は、口には出さないまでも、女主人が亡くなったあとに留《とど》まっている宿泊客を快く思っていないのが明らかだった。僕自身、テラさんの店でもうしばらくアルバイトをしながら、新宿の街の空気を楽しんでいたいという気持ちがなくはなかったが、それよりも一刻も早く落ち着いた環境に戻り、建築家を目指して新たに勉強を始めたいという気持ちのほうが強かった。

新宿駅まで、教授が僕を送ってくれた。ル・コルビュジエに関する本は素《もと》より、建築に関する面白そうな本を何冊か、自分の蔵書の中から選び出し、餞別《せんべつ》だといって僕にくれた。教授は教授で、どこか田舎で広くて安い家を貸してくれるところを見つけたいといっていたが、この時点ではまだ落ち着き場所が決まっていなかった。大量の本が一緒なので、便利さや環境よりも、まずは移る先の広さが問題になるにちがいない。それより何より、この時の教授はまだハルさんを亡くした哀しみから少しも立ち直ってはおらず、送り出される僕のほうが不安になってしまうほどだった。

教授については、もうひとつ話しておくことがある。それから五、六年が経ったある日のことだった。僕は何度か引っ越しを繰り返していたが、足跡を追うようにして転送されて来た本が一冊、手元へと届けられた。筆者名には心当たりがなかった。

それは『私の森の生活』というタイトルの一冊で、ソローの『森の生活』を受けたものらしかった。内容もまた、東北のある小さな田舎町で、森と湖に囲まれた空き家を農家から借り受けて生活を始め、毎日読書と思索に耽《ふけ》っているといったものだった。じきに僕は、それが教授の書いた本であることに気がついた。その日の夜、ちびちびと水割りを啜《すす》りながら、僕は一晩かけてその本を読んだ。

森や湖の自然描写や、自由闊達《かったつ》に飛び回る思索の冒険ともいうべき記述も面白かったが、僕にとって最も印象深かったのは、筆者がかつて長期に亘《わた》って滞在した角筈ホテルでの思い出を綴《つづ》った条《くだ》りだった。何人かの評論家やコラムニストたちにとっても同様だったらしく、いくつかの雑誌や新聞がこの条りに触れては、かつて新宿にあった伝説的な名ホテルとその経営者であるハルさんのことを書いていた。賞にも縁がなく、派手なベストセラーにもならなかったが、息が長く読まれつづけたようで、その後も僕は何年もの間ずっと、あちこちの書店の片隅でこの本と再会した。

京都に戻った僕の目には、不思議なぐらいに様々なものが違って見えた。下宿の部屋も、その周辺の街並みも、大学も、ちょっと見ない間にすっかり居住まいを正し、僕との接し方を変えていた。鏡子さえもが違うふうに見え、それほど魅力的な存在には思えなくなっていた。何不自由なく育った故に我が儘《まま》なところがあり、常に誰かの注目を集めていなくては安心が出来ない性格なのだと、そんなふうに少し客観的に見られるようになったのだと思う。

僕はすぐに勉強に取りかかった。大学の建築学科に入り直すには、まずは入試をパスしなければならない。浪人時代に使った参考書や問題集を買い直したり、静岡の屋敷を見て貰《もら》っているトキさんに連絡を取って、見つかったものを送って貰ったりして、およそ半年ぶりにもう一度受験勉強を始めたのだ。

二学期が始まっても大学には出ないまま、遊び仲間たちとの接触もやめ、僕は下宿と図書館を往復する暮らしをつづけた。特に二学期の半ばに京都の大学を辞めてしまってからは、いよいよ切羽詰まった気持ちで勉強に打ち込むことになった。心のどこかには、大学に一応は籍を置き、それなりの保証は残したままで新たなチャレンジをしたいという気持《もち》ちもあったのだが、環境がそれを許さなかった。父からの仕送りが当てに出来ないのは勿論《ろん》だったが、それればかりか父の事業に絡んだ出資者たちが民事訴訟を起こし始めたことで、静岡の屋敷や土地まで手放さなければならない状況になってしまったのだ。

あの時の僕には、しかし、生まれ育った屋敷を失う不安よりも、お金に絡んだばたばたに巻き込まれて、勉強の時間が取れなくなるほうが一大事に思われた。アルバイトで生活費を稼ぐのが精一杯で、それ以上のお金も時間もなかった僕は、大学を辞め、背水の陣で新たな受験に挑むことにしたのだった。

幸いなことに、翌年の春には、いくつかの大学から合格通知を得ることが出来た。今度もまた僕は東京は避け、結局大阪の大学に入学を決め、卒業後はそのまま大阪の設計事務所に職を得た。やはり東京に対しては消せない違和感があって、自分の生活の場としてあの街を選び取ることは出来なかった。かといって、なぜ大阪だったのかはわからないし、大した理由もなかったのかもしれない。僕は建築家の卵として生き始めた。

この国のほうは、バブル崩壊後は深刻な不景気に落ち込み、世紀が変わった現在もなお、そこから抜け出る気配はないままだ。むしろ、街にしろ人にしろ、どんどん悪くなっていく。――刑期を終えて出て来た父はそんなふうにいい、しばらくすると日本を捨て、何を思ったかオーストラリアに渡ってしまった。観光ガイドをやったり、日本からの移住希望者の面倒を見たり、色々と手広くやっているようだ。お父さんに世話になったが、日本に戻ったら息子に渡して欲しいといわれて土産を預かって来たといって、時折僕に連絡をくれる人がいるので、あまり周囲の迷惑になるようなことはしていないのだろうと信じることにしている。

風太のその後について触れておきたい。僕らはその後も何かと折に触れては会い、一緒に酒を飲んだり語り合ったりした。僕が設計事務所で修業中に、西のほうに演奏に来た風太が気まぐれで電話を寄越して飲んだこともあれば、風太が演奏するライブ会場に僕が出むき、演奏が終わったあとで遊んだこともあった。しかし、そんなふうに語り合う数は、もう決してあの夏のように多くはなかった。一緒にバイトに行き、夜食を食べに繰り出したことも、十二社温泉で湯に浸《つ》かってビールを飲んだことも、中央公園で風太が練習するサックスをぼんやり聴いていたことも、部屋に泊めて貰って朝まで語り合ったことも、何もかもがひとつの夏が過ぎ去るとともに思い出になった。僕らはそれぞれに違う道を進み出し、人生の中でその道が二度と交わることはなかったのだ。ただ、お互いに時折時間を見つけては、思い出を持ち寄ったり、それぞれの生活を報告し合ったりするだけだった。

二年前の春のこと、朝食を摂《と》りながら開いた新聞で、僕はひとつの記事を目にした。演奏旅行でニューヨークを訪れていた日本人のジャズマンが、夕食のあとでホテルに帰る途中に強盗に襲われ、頭を撃たれて即死したとのニュースだった。そこに風太の名前と顔を見つけた僕は、顔から血の気が引くのを感じた。名門ジャズクラブでの初日の演奏が終わったところで、地元紙には、日本からやって来た有望なサックス奏者の登場といった記事が用意されていたらしい。

僕はその事実を受け入れることが出来ないままで仕事に出たが、一日中ずっと気分は虚《うつ》ろだった。結局、翌日事務所に休みを貰い、どうしていいかわからないままで新幹線に乗り、そして、実に久しぶりに新宿にむかった。

十年以上が経過して訪れた新宿には、さらに高層ビルが増えていた。角筈ホテルも蔦《つた》屋敷も当然のようになくなっていて、ともにマンションになっていた。時の経過が街並みを変え、記憶を曖昧《あいまい》にしたために、風太のアパートの場所は結局わからなかった。

だが、テラさんの店は少しも変わらずにそのままだった。ヤマさんも変わらず店にいた。二人とも風太のニュースは知っており、僕が訪ねた夜にはちょうど昔の仲間が集まって、風太のことを語りながら飲んでいるところだった。したたかに酔ったテラさんは、やがてすっくと立ってピアノに歩み寄ると、本人はセシル・テイラーの再来だと思っているあの奇妙な演奏を始めた。テラさんは頭がすっかり禿《は》げ上がっていて、顔の皮膚にも老いが忍び寄っていたが、演奏中の身のこなしは昔と少しも変わらずに滑らかで切れが良く、そしてやっぱり滑稽《こっけい》だった。

叩《たた》きつけるように弾くピアノの音色を聴くうちに、僕は少し涙ぐんだ。僕自身もまたテラさんたちと同じように、大分酔ってしまっていたのだろう。だから、その夜のその後の記憶は曖昧で、今振り返っても奇妙なものだ。

何時間かをテラさんの店で過ごして表に出た僕は、ホテルを目指して歩き出した。とっくに電車はなくなっているし、タクシーで帰宅する人間さえいなくなっている時刻だった。さすがの新宿の街も人通りが途絶えて静まり返っていた。

だから、それが何の声なのかすぐにわかった。

街路樹の枝にコクマルガラスがとまり、僕のほうを見下ろしていた。

「カースケ」と僕は口の中で呟《つぶや》いてから、辺りも憚《はばか》らずに「カースケなのか？」と呼びかけた。

僕の呼びかけに応じるように、コクマルガラスが再び鳴いた。

カースケに間違いなかった。いつの間にかその足下にスーさんが立ち、僕に微笑みかけていた。

「よ、青年」

と、もうそろそろ青年ではなくなりかけている僕に呼びかけ、昔と同じような仕草で手の先をひらひらと振った。テラさんもヤマさんも、そして僕自身だって歳を取っていたというのに、スーさんだけは十年ちょっと前のあの頃と少しも変わらないように見えた。

「どうしておった。久しぶりだの」

そんなふうにいうスーさんの顔を見ているうちに、僕は自分の中の歯止めが利かなくなるのを感じた。必死で涙を堪《こら》えながら、もうこの世にはいなくなってしまった風太の話をスーさんにした。

スーさんは道端に並んで坐《すわ》り、それを黙って聞いてくれてから、「ちょいと一緒に来るか」と僕を誘った。どこに行くのかという問いに、とっておきの場所さと答えるだけで、行く先を教えてくれはしなかった。

しばらく夜道を歩いた僕たちは、やがて立派なビルの通用口を入った。廊下に僕を待たせたスーさんは、厳《いか》めしい守衛室へと入って二言三言言葉を交わすと、じきに笑顔で戻って来た。こんなビルに、こんな時間に入り込んで大丈夫なのかと戸惑う僕を促し、エレヴェーターでビルの最上階へとむかった。そこからさらに細い階段を上ると、ドアの鍵《かぎ》をちょちょいと指先でいじり、「ほらここじゃよ」と屋上に出た。

酔っていたとはいえ、そのビルにむかって歩く途中で目にしたシルエットを思い浮かべると、そこはどうも都庁のビルだったようにも思えてならないが、わからない。深夜の都庁にホームレスのスーさんがあっさり入れるわけがないが、それは他のビルでも同様だろう。

屋上に出てしばらくすると、春とはいえ、強い風に吹きつけられて躰《からだ》が冷えてきた。だが、気にはならなかった。屋上の隅っこに並んで坐った僕とスーさんの足下には、新宿の美しい夜景が、大パノラマになって拡がっていた。

じきに夜が明け始めるとともに、それは一層素晴らしい景色に変わった。濃紺色の空の一点がぼんやりと明るくなったかと思うと、その光が左右に拡がり出し、地平線付近に連なるビルの輪郭をひとつまたひとつと浮き立たせていった。明るさを増した空のほうが、夜空よりもずっと大きく見えた。空は淡いオレンジ色を経て、宇宙の奥行きを示すような水色へと少しずつ変わっていった。雲の陰影がはっきりし出す頃には、地上をビーズ玉のように覆っていた街灯の明かりは消え、闇に沈んでいた街が一望に出来た。ビルも家も道路も車も、何もかもが驚くほどに小さかった。人影はひとつも見当たらず、この何秒か何分かの間だけは、新宿の街は僕とスーさんだけのものだった。

「どうだな。少しは気持ちが和んだかな」

スーさんは僕に静かに問い、それからあの鞴《ふいご》で風を吹くような笑い声を漏らした。

2

そして、あれからまた時が流れた。

些《いささ》かの迷いはあったものの、僕は風太の死を知ったあの年の秋には、大学を卒業後ずっと二十代を過ごした設計事務所に別れを告げ、自分の新しい事務所を開けた。今なお順風満帆とはいいがたいが、なんとか食い繋《つな》ぎながら、自分の手で設計した建物をひとつずつ増やしている。僕は今年、三十二歳になった。人生というものがそれほど安全ではないとわかり始める一方、だからといって躊躇《ためら》ったり怯《おび》えたりしつづける必要もないのだと思えるようになってきた。

あの夏の物語を終えるに当たって、他に語っておくべきことは、もうあとひとつしか残っていない。それは他でもない玲玉のことだ。何も勿体《もったい》ぶっていたわけじゃない。あの夏に出会った何もかもがなくなってしまったように思う時でも、最後に見た玲玉の姿はずっと心に留まりつづけている。そして、僕の胸に痛みを引き起こす。その痛みは少しずつ弱まることこそあれ、決して消え去りはせず、今なお僕の中に留まりつづけているのだ。

ハルさんの葬式が終わった夕暮れのことだった。角筈ホテルの下階では、まだ多くの人間たちが残って思い出話に花を咲かせていたが、そういう席が苦手な僕は一人二階の部屋に上がり、喪服からTシャツに着替えてぼんやりとしていた。誰かが窓に小石を投げつけたような音がして目をやると、カースケが窓硝子《ガラス》をつついていた。僕と目が合い、あの子犬のような鳴き声を立てた。

僕はカースケと言葉が通じるといっていたスーさんの話が、嘘ではなかったことを初めて知った。その時、僕には、カースケの伝える意味がわかったのだ。

「玲玉がどこかへ行ってしまう……」

そう呟《つぶや》いた僕にむけてカースケはもう一声鳴くと、庭先で丸く円を描きながら飛んだ。

僕は階段を駆け下りた。表に出て走り出してもなお、それでこの先どうするつもりなのか、自分でもよくわからなかった。自分が玲玉の裏切りを許しているのかどうかもわからなければ、自分の玲玉に対する怒りの根がどこにあるのかもわからないままだった。

路地をいくつか走り抜けると、それが何度か走ったジョギングコースだと気がついた。玲玉が莫に囲われていたあのマンションまで、走って十五分ぐらいの距離だった。僕はその距離を走り切る間に、むこうで玲玉に会えたら自分がどうすべきかを決めればいいのだと思った。それに、玲玉と会うことなど出来ないかもしれない。たとえそうでも、走って汗をかくことで、気持ちがいくらかでもさっぱりすればそれでいい。そんなあやふやな気持ちだった。

しかし、そうして走りつづけるうちに、自分が段々と変わっていった。本当の気持ちが、明らかになっただけかもしれない。僕は後悔に襲われた。この目で見て感じた玲玉の真摯《しんし》さや可愛らしさや悲しさや、色々なことから目を逸《そ》らして、ただ彼女が莫の女だという事実だけですべてを打ち消そうとしていた浅はかさに腹が立った。もしもこのまま玲玉を行かせてしまったら、一生後悔しつづけるにちがいないと、そんな気がしてならなかった。

夏の夕立ちが来たが、僕は構わずに走りつづけた。広い通りに出てタクシーを拾おうにも、慌てて飛び出して来たので財布がなかった。だが、大通りに出るよりも、神田川に沿って走ったほうが、ずっと近道のはずだった。雨はひと時激しくなり、目に入り、口の中にまで飛び込んで来た。雨の中を駆けつづけながら、僕は胸の奥で繰り返し玲玉の名前を呼びつづけていた。

通り雨だった。マンションの前にたどり着いた時にはやみ、再び陽射しが覗《のぞ》き始めていた。神田川の畔《ほとり》からマンションの窓を見上げて途方に暮れかけた。どの部屋に玲玉がいるのかわからない。

だが、その時、駐車場の出入り口から表の通りへと出て来る一台のバンを見つけた。男が運転席と助手席におり、後ろの席には二列に亘《わた》って女たちが坐っていた。その最後列の左の窓際で俯《うつむ》くのが、間違いなく玲玉だった。

僕がそうと気づいた時には、バンは車の流れに切れ目を見つけ、通りへと滑り出そうとしていた。

「玲玉――!」

僕は叫んだ。

通りに出たバンを追い、再び走り出した。

玲玉の後頭部が、バンの後部ガラスの奥で小さく揺れていた。

「玲玉――!」

しかし、いくら叫んでも、玲玉はこちらを振り返ってはくれなかった。窓を閉め切っていて、僕の声が聞こえないにちがいない。

僕は追いかけた。目を濡《ぬ》らしているのが、通り雨の名残りか涙かわからなかった。自分の青臭さが腹立たしかった。青臭くて無力な自分が腹立たしくてならなかった。

バンは見る間に遠ざかって行き、僕のことを置き去りにした。

しかし、ふたつ先の信号が赤に変わった。

スピードを落として停車したバンを目指し、僕は全力で駆けた。息が切れ、心臓がばくばくと大きな音を立てていたが、やめなかった。

「玲玉――！」

僕は叫んだ。車が途切れているのを見定め、バンの後方へと走り寄った。

一歩遅く、僕がたどり着く直前にバンは再び動き出してしまったが、その交差点を左に曲がりかけ、横断歩道を渡る歩行者に引っかかって停まった。車体を左に捻《ひね》りかけて停止したバンの後部シートに、玲玉が見えた。玲玉はふと顔を上げて前方を見やってから、なんとなく引き寄せられるようにしてこっちをむいた。僕を見つけ、驚きに目を大きく見開いた。

窓を開けようとして叶《かな》わず、運転手にむかって何かを叫んだようだがそれも叶わなかった。

「玲玉――！」

僕は叫んだ。

窓をやっと細く開けた玲玉は、その隙間に口を寄せるようにして僕の名を呼んだ。

「イワオさん――！」

玲玉の声がはっきり聞こえた。

僕は何かいいたかったが、何と声をかければいいのかわからなかった。運転手が車を路肩に寄せて停める気配はなく、歩行者が途切れるのを待って交差点を左折し始めた。

玲玉が窓に顔を寄せて何かいった。

しかし、車はもう動き始めてしまっており、声は聞こえて来なかった。

僕はまだしばらくあとを追って走ったが、やがて力尽き、走り去るバンの背中を見つめるしかなかった。その窓の奥で、躰を捻って僕を見つめていた玲玉の姿は、じきに見えなくなってしまった。

だが、小さくなる彼女を見送る間に、僕には突然、玲玉がさっき何といったのかがわかった。

「だいじょうぶよ」

「だいじょうぶ」

彼女は僕を見つめ、何度もそう繰り返していたのだ。

これがあの夏の思い出のすべてだ。これ以上語ることは何もない。あの夏、僕はまだ子供で、どこにむかってどんな一歩を踏み出せばいいのかさえわからずにいた。挫折《ざせつ》を恐れ、傷つくのを恐れ、ぬるま湯の中に自分の居場所を探すような愚か者だった。人の愛し方を知らず、自分が大事に思うものを大事にしつづけて生きていくにはどうしたらいいのかもわからなかった。だが、長い時間が経過したあとで振り返ってみると、あの夏に新宿という街で自分が巻き込まれた出来事と、それに何人もの人たちとの出逢《であ》いによって、僕は自分自身の人生にむかって最初の一歩を踏み出せたような気がしてならない。世界というものが、それまで自分が思っていたよりもずっと大きくて面白いことを教えてくれたのは、あの夏のあの街だったように思うのだ。

今でもまだ僕はふと仕事に行き詰まった時や、自分の生き方に迷った時に、あの街のことを思い出す。一人の部屋で、好きなモルトウィスキーを啜《すす》りながら、風太の影響ですっかり詳しくなったジャズのＣＤからその夜の気分に合った一枚を抜き出してかけていると、ハルさんや教授や嵩久さんや、テラさんやヤマさんや貴美子さんやスーさんや、それに勿《もち》論《ろん》風太と玲玉の二人のことを思い出す。彼らと交わした会話が蘇《よみがえ》り、しんと静まり返った夜に流れるジャズの音色の中で、今なお僕に何かを語りかけてくるような気がする。そして、その声に耳を傾けながら、僕はこんなふうに思うのだ。大切なものはいつだって、手を伸ばせば届くところにある。

解説

池上冬樹

香納諒一といえば、一般的には、日本推理作家協会賞の長編賞を受賞した『幻の女』（一九九八年）をあげる人が多いが、個人的には『梟の拳』（九五年）をあげたい。

元チャンピオン・ボクサーが網膜剥離《はくり》で視力を失い、障害者を励ますために「平和テレビ」の二十四時間チャリティ番組に出演することになるが、番組スポンサーの原子力エネルギー推進公団の重役の死体にぶつかり、事件へと巻き込まれていくという物語。チャリティ番組、原子力エネルギー、朝鮮人、そして障害者と、本が上梓された九五年まで日本の作家があまり触れずにきた微妙なテーマを正面から鋭く切り込んでいる。しかも上っ面な紋切り型正論ではなく、あくまでも盲目のボクサーの人生に則しているために説得力があった。捨てたはずの過去と対峙《たいじ》し、新たな生に目覚める過程に社会的なテーマが横たわっていたのである。盲目の一人称一視点という実験的趣向は必ずしも成功しているとはいいがたいものの、その挑戦意欲は買いたいし、なによりも多少の瑕瑾《かきん》を補って余りあるほどの熱気とパワーがあった。一読忘れがたい社会派ミステリであり、実に熱い熱いハードボイルドの佳作だった。

もちろん『幻の女』もいい。出来としては『梟の拳』以上だろう。弁護士が過去に愛した女性の死の真相を追及するハードボイルドで、彼の過去が幻の女の人生と呼応していく。複雑なプロット、多彩なキャラクター、奥行きのあるヒーロー像と申し分ないし、とりわけ主人公の感情の軌跡を丁寧に描き、男の人生の陰影を提示するあたりは抜群に巧《うま》いのだが、しかし（これは過去に書評で述べたことでもあるが）、あまりに物語がきれいにおさまるべきところにおさまっているのが不満だった。香納諒一は優れた職人であり、職人にありがちな定型へのこだわりが強く、逆に物語の拡がりを削《そ》いでいるきらいがある。そのために大きく羽ばたかないでいると思えて仕方なかった。せっかく定型をやぶらんとする熱気とパワー全開の『梟の拳』を発表しておきながら、どうしてまた定型のなかにおさまってしまうのかと、僕などは思ったのである。

でもこれは、いま思えば、いいがかりのようなものである。『幻の女』は丹念で洗練された上質のミステリであり、その完成度の高さを称賛すべきだろう。『梟の拳』のまえにも『春になれば君は』（九三年）という端正な佳作があり、香納諒一という作家は『梟の拳』のようなダイミナックな作風も、『春になれば君は』『幻の女』のような端正な作風も得意とするのだろうと思った。

事実、『幻の女』以降も、ミステリのなかで少しずつジャンルを広げ、短篇連作や普通小説なども発表するようになった。香納諒一というと新世代のハードボイルド作家のイメージが出来ているけれど、短篇では人情小説や恋愛小説などにも手をのばしている。とくに短篇集『タンポポの雪が降ってた』（二〇〇一年）などでは、さまざまな人生の悲しみや切なさを、さりげなく切り取っていて、実にいい仕上がりを見せている。

その普通小説への傾向は、『タンポポの雪が降ってた』から三年後の『夜空のむこう』（〇四年）と本書『あの夏、風の街に消えた』（〇四年）にも顕著だ。前者は、編集者たちの人生の変遷を群像劇風に捉《とら》えたもので、後者は一人の青年の成長する姿をなんともリリカルに捉えている。近年ではまたミステリへの傾向を強め、『贄の夜会』（〇六年）『夜よ泣かないで』（〇六年）『ガリレオの小部屋』（〇七年）などミステリの佳作もあるけれど、やはり香納諒一がもつ良質の抒情《じょじょう》が流れているのは、『夜空のむこう』であり、『あの夏、風の街に消えた』ではないのか。

では、『あの夏、風の街に消えた』を見てみよう。この小説も『夜空のむこう』同様、新宿が舞台で、「僕」が学生時代を回想する。時代はバブル末期の一九九〇年の夏、京都で大学生活を送る師井厳は、十九歳だった。

夏休みが始まった昼、厳が、失恋の痛手と猛烈な二日酔いを抱えたまま目覚めると、一人の青年、風太がいた。十九歳で、ジャズのサックス奏者をめざしている彼は、厳の父親に頼まれて迎えにきたという。話をきくと、父親は会社を潰《つぶ》し、ヤバい連中に追われて身を隠していた。厳にも危険が及ぶかもしれず、東京で身を隠すことになる。

風太に連れられて新宿の古いホテルに投宿した厳は、そこで予想外の事実を知る。そこの女主人から、自分が生まれて間もなく亡くなったはずの母親が、つい数ヶ月前に泊まりに来たというのだ。しかも、存在すら知らずにいた自分の祖父の家がホテルの近くにあるとも。厳は風太とともに「蔦屋敷《つた》」と呼ばれる家を訪れると、そこには腐乱した祖父の死体があった。いったい祖父に何があったのだろう。そして母親は本当に生きているのか？

と紹介するとミステリの印象が強まるかもしれない。本書はいちおうミステリだが、どちらかというとミステリ風味の青春小説といったほうがいいだろう。もちろん父親が追われる事件や祖父が巻き込まれた事件も解かれていくし、その途中で中国の民主化をめぐる戦い、中国マフィアの暗躍、やくざによる土地ころがしなども大きく扱われる。しかしそれは結果的には、主人公の厳自身の家族と彼自身の内面に深く関わる問題である。大人のとばくちにたつ厳がいかにして自分の出自と、己が人生の行く末を確認するのかという物語なのである。事件の真相以上に、読ませるのは、事件が主人公の厳に跳ね返り、内面を強くしていく過程だろう。具体的には、父親と息子の絆《きずな》、一人の中国人の女性との愛といったテーマが迫《せ》り出してきて、いちだんとリリカルに物語られることになる。

そこで注目すべきは、主人公の内面の変化を追ううえで、作者が厳の感受性に気を配っていることである。エンターテインメントにも数多くの成長小説や教養小説があるけれど、主人公の感受性を丁寧に描ききった作品が多いかという疑問である。もう完全に感受性を放棄して、ドラマを中心としたストーリー展開に重きをおく。もちろんそのドラマ性が高ければいいのだが、そうもいかない。ときとして厚紙のヒーローが、書き割りのなかを歩いているとしか思えないものがある。最近の若手作家たち（どころか中堅の作家たち）もそうだが、主人公が目にする風景や季節といったものを描かなくなった（いや正確には、描ききる力がなくなってしまった）。しかし香納諒一は違う。まず、冒頭の場面から何とも瑞々《みずみず》しいではないか。

通路を出た。ビルの隙間の空を、輪郭も色合いもくっきりとした雲がいくつも追い立てられるように奔《はし》っていた。水蒸気で膨れ上がり、今にもそれを雨滴に変えて吐き出したがっていそうな雲だった。

夏の夕方の強い陽射しが、低い角度から空一杯に拡がり、雲の切れ間には対照的な青空が覗《のぞ》いていた。だが、雨の気配が飽和近くになるにつれ、景色も、景色の中を歩く僕たちも、張りつめた空気に包まれた。もう一分、あるいはその次の一分が経過するうちには、爪先に雨が落ちて来て、街の景色を一変させる予感——。

主人公が歩くところに風景が展開するのではなく、なにかの不安を抱えた青年の心理のフィルターを通して風景が展開するのである。心理と風景が共振し、呼応するからこそ、風景が生々しく輝く。ときに内面へとなだれこんでくる。香納諒一が見事なのは、この青年の感受性をまるごとしっかりと摑《つか》みとっていることであり、それがそのまま読者の感情をふるわせることである。右に引用したあとに、〝公園通りのむこうに拡がる新宿中央公園の緑が見渡せた。刻一刻と強さを増す風に騒ぐ木々が、水から上がったばかりの犬のように、盛大に躰《からだ》を震わせていた〟というくだりがあるが、これなども風景の美しさに息をのみつつ、同時に主人公が感じている心の震えが読者に伝染することになる。

いうまでもないことだが、僕らは主人公の目を通して世界をのぞく。主人公の目を通して世界の尖端《せんたん》にたつ。その目が曇っていて、感受性が鈍っていていいわけがないのに、僕らは早い展開のストーリーに目がくらんで、感受性そのものを忘れている。香納諒一の小説を読むことが愉《たの》しいのは、僕らの感受性自身をあらためて磨いてくれることだ。そうか、木々が〝水から上がったばかりの犬のように、盛大に躰を震わせ〟ることもあるなと思う。そして、いい感覚だなとふと立ち止まって、世界の認識のひとつを教わる。それも「小説」の大きな効用だろう。本書には、そういう効用がいくつもある。たとえば、玲玉がいう〝巨人の影〟の話や地下の河でうごめくもの（これはあとで種明かしされるが、しかし最初に提示されたときの恐れは普遍的なものをひめている）などが、なにかしら生きていく上でのシンボルになり、ふと自分にひきつけて考えこんでしまう。

そのほかには、やはりバブル時期の日本の狂騒も読ませどころだろう。とくにそこに、六〇年代に学生運動をしていた団塊の世代と、中国の民主化で学生運動をする現代の若者を配する妙も面白い。また物語を彩る人物たち、すなわち認知症気味の女主人や彼女を大切に扱う宿泊人の〝教授〟をはじめとして、ホームレス、刑事、女詐欺師なども多彩である。いつも厳がだれかと一緒で、もっと孤独な風景や場面をみてみたかったなと思うところもあるが、そのあたりはエピローグの抒情的な語りで満足させてくれる。

ともかく本書は、多彩な職人作家である香納諒一の、「小説家」としての実力を十二分に伝える恰好《かっこう》の小説といえるだろう。

香納諒一著作リスト

1『時よ夜の海に瞑れ』(祥伝社、一九九二年七月)↓角川文庫(改題『夜の海に瞑れ』)
2『石の狩人《チップ》』(祥伝社、一九九三年七月)↓角川文庫(改題『さらば狩人』)
3『春になれば君は』(角川文庫、一九九三年十二月)※文庫オリジナル
4『風熱都市』(徳間書店、一九九四年七月)↓徳間文庫(改題『風よ遥かに叫べ』)
5『梟の拳』(講談社、一九九五年十一月)↓講談社文庫
6『ただ去るが如く』(中央公論社、一九九六年九月)↓中公ノベルス↓角川文庫
7『雨のなかの犬』(講談社、一九九七年四月)↓講談社文庫
8『深夜にいる』(中央公論社、一九九七年九月)
9『天使たちの場所』(集英社、一九九八年二月)↓集英社文庫
10『幻の女』(角川書店、一九九八年七月)↓角川文庫
11『宴の夏　鏡の冬』(新潮社、一九九八年九月)
12『刹那の街角』(角川書店、一九九九年六月)↓角川文庫
13『デイブレイク』(幻冬舎、一九九九年九月)↓幻冬舎文庫
14『ヨコハマベイ・ブルース』(幻冬舎、二〇〇〇年二月)↓光文社文庫
15『アウトロー』(祥伝社、二〇〇〇年三月)↓祥伝社文庫

16『炎の影』（角川春樹事務所、二〇〇〇年九月）↓ハルキ・ノベルス↓ハルキ文庫
17『タンポポの雪が降ってた』（角川書店、二〇〇一年三月）↓角川文庫
18『夜空のむこう』（集英社、二〇〇四年五月）
19『あの夏、風の街に消えた』（角川書店、二〇〇四年九月）↓角川文庫　※本書
20『贄の夜会』（文藝春秋、二〇〇六年五月）
21『冬の砦』（祥伝社、二〇〇六年七月）
22『夜よ泣かないで』（双葉社、二〇〇六年十一月）
23『ガリレオの小部屋』（実業之日本社、二〇〇七年一月）
24『孤独なき地―K・S・P』（徳間書店、二〇〇七年三月）
25『第四の闇』（実業之日本社、二〇〇七年九月）

本書は二〇〇四年九月、小社より刊行された単行本を文庫化したものです。

あの夏《なつ》、風《かぜ》の街《まち》に消《き》えた

香《か》納《のう》諒《りよう》一《いち》

角川文庫 14833

平成十九年十月二十五日　初版発行

発行者―井上伸一郎
発行所―株式会社角川書店
東京都千代田区富士見二―十三―三
電話・編集（〇三）三二三八―八五五五
〒一〇二―八〇七八
発売元―株式会社角川グループパブリッシング
東京都千代田区富士見二―十三―三
電話・営業（〇三）三二三八―八五二一
〒一〇二―八一七七
http://www.kadokawa.co.jp
印刷所―暁印刷　製本所―BBC
装幀者―杉浦康平

落丁・乱丁本は角川グループ受注センター読者係にお送りください。送料は小社負担でお取り替えいたします。

定価はカバーに明記してあります。

か 24-8　ISBN978-4-04-191108-2　C0193

角川文庫発刊に際して

角川源義

第二次世界大戦の敗北は、軍事力の敗北であった以上に、私たちの若い文化力の敗退であった。私たちの文化が戦争に対して如何に無力であり、単なるあだ花に過ぎなかったかを、私たちは身を以て体験し痛感した。西洋近代文化の摂取にとって、明治以後八十年の歳月は決して短かすぎたとは言えない。にもかかわらず、近代文化の伝統を確立し、自由な批判と柔軟な良識に富む文化層として自らを形成することに私たちは失敗して来た。そしてこれは、各層への文化の普及滲透を任務とする出版人の責任でもあった。

一九四五年以来、私たちは再び振出しに戻り、第一歩から踏み出すことを余儀なくされた。これは大きな不幸ではあるが、反面、これまでの混沌・未熟・歪曲の中にあった我が国の文化に秩序と確たる基礎を齎らすためには絶好の機会でもある。角川書店は、このような祖国の文化的危機にあたり、微力をも顧みず再建の礎石たるべき抱負と決意とをもって出発したが、ここに創立以来の念願を果すべく角川文庫を発刊する。これまで刊行されたあらゆる全集叢書文庫類の長所と短所とを検討し、古今東西の不朽の典籍を、良心的編集のもとに、廉価に、そして書架にふさわしい美本として、多くのひとびとに提供しようとする。しかし私たちは徒らに百科全書的な知識のジレッタントを作ることを目的とせず、あくまで祖国の文化に秩序と再建への道を示し、この文庫を角川書店の栄ある事業として、今後永久に継続発展せしめ、学芸と教養との殿堂として大成せんことを期したい。多くの読書子の愛情ある忠言と支持とによって、この希望と抱負とを完遂せしめられんことを願う。

一九四九年五月三日

香納諒一の角川文庫

さらば狩人

ノンストップ・ハードボイルド
サスペンスの傑作。

陰謀と争いに己を賭す男たち。
闇から逃れようとあがく女たち。
出口のない街に明日は来るのか？

ISBN 4-04-191103-6

ただ去るが如く

気鋭が放つ、
鮮烈なピカレスク。

組織を捨て、世間からもはぐれた男が、
冷たい炎を胸に三億円強奪に挑む。
寡黙な狼たちの肖像。

ISBN 4-04-191105-2

香納諒一の角川文庫

刹那の街角

拳銃は要らない、同情は敵。
警察小説の傑作！

俺たちの仕事は、人を疑うことだ――。
運命に翻弄され、いつしか犯罪に
巻き込まれていく人々の哀感を、
刑事部屋の目を通して描く連作集。

ISBN 4-04-191106-0

香納諒一の角川文庫

タンポポの雪が降ってた

懐かしくてせつない、珠玉作品集。

甘美な恋の思い出と、裏切りの痛みをたどりなおす旅を描いた表題作をはじめ、誰もが胸に抱く思い出の数々を謳いあげる。

収録作
「タンポポの雪が降ってた」「大空と大地」「歳月」「海を撃つ日」「不良の樹」「ジンバラン・カフェ」「世界は冬に終わる」

ISBN 4-04-191107-9

角川文庫ベストセラー

標的はひとり　大沢在昌
心に傷を負う殺しのプロが請け負った標的は、世界一級のテロリスト。狙う側と狙われる側との目に見えない死のシーソーゲームが始まった!

烙印の森　大沢在昌
犯行後、必ず現場に現れるという殺人者〝フクロウ〟を追うカメラマンの凄絶なる戦い! 裏社会に生きる者たちを巧みに綴る傑作長編。

追跡者の血統　大沢在昌
六本木の帝王・沢辺が失踪した。直前まで行動を共にしていた悪友佐久間公は、その不可解な失踪に疑問を抱き、調査を始めるが……。

天使の牙(上)(下)　大沢在昌
新型麻薬の元締を牛耳る独裁者の愛人が逃走し、その保護を任された女刑事ともども銃撃を受けた。そのとき奇跡は起こった! 冒険小説の極致!

眠たい奴ら　大沢在昌
組織に莫大な借金を負わせ逃げるヤクザ・高見、そして刑事の月岡。互いに一匹狼の二人は手を組み、暗躍する悪に立ち向かう。ハードボイルド巨編。

B・D・T［掟の街］　大沢在昌
不法滞在外国人問題が深刻化する近未来東京、急増する混血児たち。無法地帯の街で、失踪人を捜す私立探偵の前に巨大な敵が立ちはだかる!

秋に墓標を(上)(下)　大沢在昌
裏社会から足を洗い、海辺で静かな生活をする松原龍。だが杏奈という女との出会いによって、松原は複雑に絡む巨大な悪の罠に飲み込まれてゆく。

角川文庫ベストセラー

友よ、静かに瞑《ねむ》れ　北方謙三

男は、かつて愛した女の住むこの町にやって来た。古い友人が土地の顔役に切りつけ逮捕されたのだ。闘いが始まる…。北方ハードボイルドの最高傑作。

遠く空は晴れても　北方謙三

灼けつく陽をあびて、教会の葬礼に参列した私に、渇いた視線が突き刺さった。それが川辺との出会いだった。ハードボイルド大長編小説の幕あけ！

たとえ朝が来ても　北方謙三

女たちの哀しみだけが街の底に流れていく——。錆びた絆にさえ、何故男たちは全てを賭けるのか。孤高の大長編ハードボイルド。

冬に光は満ちれど　北方謙三

報酬と引きかえに人の命を葬る。それを私に叩き込んだ男を捜すため私はやって来た。老いた師に代わり標的を殺《や》るために。孤高のハードボイルド。

死がやさしく笑っても　北方謙三

土地の権力者の取材で訪れた街。いつしか裏で記事を買い取らせていたジャーナリスト稼業。しかしあの少年と出会い、私の心に再び火がつく！

いつか海に消え行く　北方謙三

妻を亡くし、島へ流れてきてからの私は、ただの漁師のはずだった。「殺し」から身を退いた山南の情熱に触れるまでは。これ以上失うものはない…。

秋ホテル　北方謙三

三年前に別れた女からの手紙が、忘れていた何かを呼び覚ます。薬品開発をめぐる黒い渦に巻き込まれた男の、死ぎりぎりの勝負と果てなき闘い。